Dancing
with Clouds

令狐与无忌

著

与云共舞

上海文艺出版社

目录

自序　001

第一章	杜塞尔多夫的"贼"	001
第二章	比做贼更糟糕	009
第三章	黑木岛上的坠落	017
第四章	老谢"二出宫"	026
第五章	曾子健的老地方	033
第六章	友好客户卡恩	043
第七章	"中国人来了"	053
第八章	狼行千里吃肉	062
第九章	自我批判	071
第十章	烟花易冷	079
第十一章	"网络安全"是什么？	088
第十二章	事成人爽	097
第十三章	境由心生	105
第十四章	"把我的脑袋放在桌子上！"	115
第十五章	一波三折	125

| 第十六章 | 一波既平，一波即起　　134

| 第十七章 | 转身　　143

| 第十八章 | 一个人奔跑　　153

| 第十九章 | 人生何处不相逢　　161

| 第二十章 | "安全永远是一段旅程"　　170

| 第二十一章 | 问责　　178

| 第二十二章 | 云与沙　　186

| 第二十三章 | 东山再起　　195

| 第二十四章 | 美女驾到　　205

| 第二十五章 | 摆渡人　　215

| 第二十六章 | 圣诞之吻　　224

| 第二十七章 | 念念不忘，必有回响　　233

| 第二十八章 | 傲慢的年轻人　　244

| 第二十九章 | 对标　　253

| 第三十章 | 诺伊尔访华　　262

| 第三十一章 | 花乱情迷　　270

| 第三十二章 | 巴黎任务　　　　　　　　　　280
| 第三十三章 | 塞纳河畔　　　　　　　　　　289
| 第三十四章 | "漏电体质"　　　　　　　　　298
| 第三十五章 | "Follow your heart"　　　308
| 第三十六章 | 天下父母心　　　　　　　　　318
| 第三十七章 | 吴俪俪的工作　　　　　　　　327
| 第三十八章 | 意料之外　　　　　　　　　　337
| 第三十九章 | 一地鸡毛　　　　　　　　　　346
| 第四十章 | 连夜雨　　　　　　　　　　　356
| 第四十一章 | 马革裹尸　　　　　　　　　　367
| 第四十二章 | 信息不对称　　　　　　　　　377
| 第四十三章 | 出走　　　　　　　　　　　　386
| 第四十四章 | 是新的生命还是一个煎蛋？　　396
| 第四十五章 | 鲶鱼　　　　　　　　　　　　405
| 第四十六章 | 破壳　　　　　　　　　　　　414
| 第四十七章 | 皆为序章　　　　　　　　　　424

| 自序 |

《与云共舞》是我的上一部小说《与沙共舞》的"后来"。

《与沙共舞》讲的是这个世纪最初十年中国科技企业方才"出海"、方才撞进"全球化"舞台的初体验。

小说中相聚在埃及开罗一套三居室公寓中的钱旦、谢国林、路文涛携手行走在北部非洲和阿拉伯半岛，奋斗在"农村包围城市"的"农村"，体验着"生活在别处"的喜与忧，与他们的公司一起经历着在海外市场站住、站稳、跟着跑时的痛并快乐着。

《与云共舞》则来到了这个世纪第二个十年，中国科技企业中的佼佼者正在不知不觉中从抓紧牛尾巴、奋力跟着跑，变成了所在行业的执牛耳者之一。它们面临着与过往大不一样的挑战和压力。

路文涛、谢国林、钱旦如今分别在世界不同地方、在截然不同的工作岗位上继续成长。

路文涛在莱茵河畔负责销售，志在扩大公司产品在欧洲的市场份额。

谢国林在南太平洋的岛国当项目经理，他一只眼睛盯着"苟且"，一只眼睛望着"远方"。

钱旦则在深圳迎接网络安全管理的新挑战，他并不知道，这是几年后的一个风暴眼。

小说以他们三人新的所见、所闻、所经历，各自新的成长历程为三条线索展开。

至于三条线索之间的联系，我想既是表面上的，通过工作、友情的彼此联络、汇聚，又是存在于他们骨子里的共同特质，在一代人身上闪现的一种植根现实的理想主义。

他们身旁，又有后来的、更年轻的年轻人奋斗、生活、体验、成长或者迷惘、失去的身影。

有人说，那是全民焦虑的十年。

2010年，位于深圳的那家著名代工厂发生了工人"13连跳"；2011年，大家在谈论"PM2.5"；2012年，房价涨势再起，深圳住房均价在已是高位的基础上，五年内又不止翻了一倍；孩子们的教育花费越来越高。

故事的角色，一样有着属于他们个人的焦虑。

有人焦虑孩子，有人焦虑房子，有人焦虑位子。

年长一点的，有人在焦虑自己的年龄；年轻一点的，有人在焦虑自己进步太慢。

过去的成功者，有人在为了和新领导"怎么也尿不到一个壶里去"而焦虑；过去的失败者，有人在为了尽快"扳本"而焦虑。

每个人对待自己焦虑的方式不一样，选择的路径不一样，得到的结局不一样。有些人一直在成长，有些人聪明终被聪明误。

第一章
杜塞尔多夫的"贼"

2012年4月，某一天。

德国西部，杜塞尔多夫。

德语中"Dorf"是村庄之意，所以人们戏称杜塞尔多夫是"欧洲最大的村庄"。

曾经，它确实是依偎在莱茵河畔的一个小渔村。

如今，这座有着几百年历史的城市是德国广告、博览、时装和通信行业的重镇，是欧洲的物流中心之一。

杜塞尔多夫不能算一个旅游城市，但是它高度国际化，特别是和遥远的东亚联系紧密。

上个世纪，它是日本企业进军欧洲的桥头堡，是欧洲最大的日本人聚居区之一。新世纪以来，"你好"变得比"磨西磨西"更加风行，杜塞尔多夫成为了中国企业数量增长最快的德国城市。截至2011年，已经有三百多家中资企业落户于此。

它只有不到六十万人口，是一座安静而洁净、传统和时尚相得益彰的城市。

傍晚，天空浅蓝，云如柳絮，夕阳把金色光辉洒在穿城而过的莱茵河上，一艘特别长的拖轮在河面上悄然划过。

承载着历史记忆的杜塞尔多夫老城面积不到一平方公里，建在河畔，保留着古老的教堂、钟楼、市政厅，传统的民居，青石板的街巷。

小小的老城里酒馆、餐厅、迪吧一间紧挨一间，据说总数超过三百家，号称"世界上最长的酒吧街"。

此时此刻，一些人松一松领带，站在酒吧外的路边喝着啤酒，消除一天的疲惫。一些人则在电视机前等候欧洲冠军联赛半决赛，拜仁慕尼黑和皇家马德里的对决。

靠近河边的一家餐厅，绿色和白色条纹的帆布顶棚，四围没有封闭的墙，只是通过深褐色桌椅的摆放圈出了它的势力范围。

一位年轻的中国人走了进来，他中等身材、大脑门、发际线高但不妨碍他留着刘海。他身上穿着一套羊毛及桑蚕丝混纺的丹宁色"杰尼亚"西装。西装看上去很新，整个人意气风发。

他一边告诉服务生将要来就餐的人数，一边选好了位置自己动手，试图把几张台的桌椅拼放在一起。

他刚刚布置好，几个中国人和德国人拥了进来，为首是一位身材高大、孔武有力的中国人。他见了，举高一只手晃动，用既不显得在公众场所"咋呼"又足够吸引同伴们注意力的声音叫道："孙总，孙总，这边，我占了个好位置！"

餐厅里人越来越多，越来越显得拥挤，老孙从人群里大踏步走了过来，抑制不住的大嗓门："小祥不错！找了个这么好的位置！闹中取静，离电视机也不远。"

罗小祥得意地说："我就知道今天晚上来看球的人多，怕没位了，赶紧冲了过来！"

他看了看陆续坐下来的众人，换了英语说："每个人都在这里了吗？路文涛和张文华在哪里？"

老孙也换了英语："张文华在路上！路先生嘛，他说我们晚上聚餐，下午才通知，太没有计划性啦！他有约会，要缺席我们的聚会。"

罗小祥先是惊讶的表情，然后望着落座的几个德国同事，笑着说："真的吗？什么时候路先生变得这么强调计划啦？"

老孙爽朗地"哈哈"两声："理解他！他本来计划复活节假期带家里人去荷兰玩，结果被我拉着加班，和总部讨论'喜马拉雅B项目'。这段时间他也是经常加班，总是临时取消和他老婆的约会；今天说是早就约好了，他老婆包饺子慰劳他，放他回家吧！"

餐厅外，广场上，人气越聚越旺。

广场下到河边的台阶上渐渐坐满了看河上风光的人们。

如果，顺着他们的目光一直望向前方，在莱茵河的对岸，相比热闹老城，城西大部分地方在傍晚之后更加宁静。

一辆半旧不新的黑色大众车已经是连续第三天在河西一片独栋小屋的住宅区兜圈。车开得不快不慢，遇到路口似乎总是犹犹豫豫。

车里三个中国人，都是二十来岁。开车的是个小胖子，穿一件皱巴巴西装；后排两个人瘦弱，不约而同穿深色夹克，戴近视眼镜，书生气质。

后排一个人膝上放一台笔记本电脑，另一个人手里拿一部手机。他们眼睛盯着各自的"屏"。

小胖子说："你们签证允许的停留时间短了点儿，不一定搞得定啊！"

后排的一个人问："万一我们事情没干完，签证到期了怎么办？他们说不走也没关系，可以先黑着，出境的时候罚点款就行了？"

小胖子一副"你们啥都不懂"的表情："谁告诉你的？你们去非洲出差的猪队友说的？在欧洲不能这么干！"

一辆车身漆成蓝色、黄色、灰色相间的警车不知道从什么时候开始悄悄跟在他们后面。

小胖子从后视镜里瞥见了警车，炫耀道："后面有辆警车，宝马。德国的警车除了奔驰，就是宝马！"

后排两个人饶有兴趣，回头打量。

小胖子不想他们分心太久，催促道："赶紧干活！刚才路总又给我电话，问测试情况，今天'夺命追魂 Call'已经打了三个了。

我们今天早点结束,早点回去看欧冠,拜仁对皇马。"

"感觉路总很强势啊!他是'老海外'了吧?"

"他在海外十年了,以前在中东、非洲,去年才调到德国来。他一线经验很丰富,其实人挺好的,是个性情中人。"

十字路口,前面横路上又出现一辆警车,快速驶近。

突然,那警车鸣两声警笛,闪起警灯,方向一歪,斜刺里向他们的车逼了过来,正好别在前面不远不近处停下。

小胖子吓了一跳,下意识一脚刹车。后面两个人猝不及防,好在车速不快,膝上放着电脑的那人赶紧护住了电脑,拿着手机的那人把手机摔在了地板上。

跟在他们后面的那辆警车恰到好处地贴着他们车的后保险杠刹住了。

四个警察下了车,手按在腰间,分别从前、后逼近他们。

摔了手机的兄弟捡起手机,惊魂未定,问小胖子:"杰瑞,什么情况?我们被警察包围啦!"

英文名叫"杰瑞"的小胖子镇定地说:"不知道,我是讲究人,不闯红灯不逆行。我去问问什么情况?你俩带着护照的吧?"

小胖子下了车,一边用德语殷勤问候"Hallo! Guten Abend!",一边把手往西服内口袋掏,他随身带着护照、驾照。

前面车上下来的两个警察已经一左一右逼近,近的那个离他只有一步之遥。见他把手往西服里掏,那警察呵斥一声,一大步跨过来,伸手抓住他的右腕,一拧。杰瑞还没反应过来,人就被牢牢摁在发动机盖上。

有两个警察拔出了枪,留在大众车里的一个人吓得一哆嗦,慢慢举起双手。另一个人见了,赶紧跟上动作,忽地一下把双手笔直举高。

一个一身"阿迪达斯"、腆着啤酒肚、牵一条大黑狗、仿佛遛狗路过的中年男人不知道从哪里冒了出来。他情绪激动,对着警察"叽里哇啦"说着德语,末了,转身对着三个中国小伙鄙夷地说了一句英语:"贼!你们是贼!"

有人说德国历史上之所以盛产哲学家,是因为冬天冷。从前的年代到了冬天,大家宅在屋子里,要么望着屋外漫天纷飞的大雪胡思,要么对着屋内壁炉中的熊熊火焰乱想。

每年10月,德国人在冬季到来之前要把汽车的轮胎换成更适合在有积雪和冰的路面行驶的冬季轮胎,等到来年4月的复活节前后再换回夏季轮胎。

路文涛终于有空去车行,把他的"宝马X3"的冬季轮胎换成了夏季轮胎。他把换下来的轮胎塞在车里,把车开回了办公室。

他三十多岁,是一个热爱川菜的天津人。他自认玉树临风、气质出众,自称"莱茵河第一气质男"。他在总部位于深圳的一家通信设备供应商"伟中"工作。

路文涛是公司第一批"雄赳赳、气昂昂,飞过印度洋"的员工,在2001年,二十来岁时被公司派驻中东、北非。在阿拉伯半岛和北部非洲的广袤土地上流窜了十年之后,2011年,他被空降至欧洲,开始新的征程。

他的十年海外路,是为自己、为家庭赚更多的钱,也是为了与公司一起成长的过程中带来的成就感,还是为心底里藏着的见证、亲历、创造一个新时代的家国情怀。

加班早成习惯,今天好不容易事情少一些,他没有去同事们的聚会,而是计划早点回家,陪老婆、女儿。

临近下班时,收到他负责的关键客户卡恩的邮件,问他项目进展,邮件抄送了双方老大。他不想让这样的邮件过夜,认真回复了,时间又过了晚上七点。他想:客户今天应该不会有事了,领导带着一帮人去老城"Happy"了,偷得浮生一晚闲,晚上就把电脑留在办公桌上，不像往日一样带回家了。

路文涛合上电脑，站起来，手机响了，一看号码，居然是公司电话会议系统的接入号码。

"靠！刚关电脑，没看到有会议通知啊！"

耳机没电，他举起手机，随着一声"Welcome to join the conference（欢迎加入会议）"的提示语，接入了电话会议。

他有些烦躁，大声喊："喂，我是路文涛，这什么会啊？"

"土人，在干吗呢？"一个熟悉的声音从电话那头幽幽传来。

接着，另外一个人"呵呵"两声，说："把他拉上线啦？今天是不是有欧冠半决赛？土人是不是在看球？"

"不管！我们没得时间看球，不许他看！他必须陪我们聊天！"

路文涛听出来那头是谢国林和钱旦了。他不在乎线上有没有其他人，骂道："靠！两个大傻×！你们在哪里？"

七年前，他们三人同在中东、北非工作，曾经同住在埃及开罗的一套三房公寓里。三个人年龄相仿，都是国内理工科大学毕业，最初都是以"工程师"身份"出道"。

他们都是有理想的现实主义者，或者，是植根现实的理想主义者。

如今，路文涛在欧洲做销售。谢国林和钱旦常驻深圳，一个是承担海外重大项目管理的高级项目经理，一个在负责一个产品线的客户支持。

路文涛被公司外派到中东的前几年压力大、心里压抑，把"出口成脏"当作了一种释放，后来游刃有余了，又升职带了团队，变斯文了。调动到德国之后，他又粗犷了，越是亲近的人，越容易被他尊称为"傻×"。

谢国林站在一张大会议桌前，脸上是他标志性憨厚笑容，仿佛桌面上一个八爪鱼一般的电话会议终端是路文涛本人的脸："土人，我们在深圳，想你了呗！"

"想个毛线，肉麻！北京时间半夜一点了吧？你俩大傻×不回家，还在一起'搞基'？"

钱旦端坐在老谢旁边的椅子上："真受不了你，'出口成脏'，素质太低！老谢参加印尼的项目分析会，我处理巴基斯坦的网上事故，刚刚散场，一不小心在楼下打卡机前偶遇，决定先关心一下你的人生再回家，特意回办公室又定了一个电话会议。"

老谢又是"呵呵"两声，对着钱旦说："这土人文明了没几年，到欧洲后又放飞自我了！"

然后他问路文涛："在爽啥呢？没看欧冠？"

"我真服了你俩！机关现在是不是个个都有会议强迫症？一看日程，接下来的一个小时居然没会议？难受！深更半夜还要定个电话会议聊天。我这段时间忙死了，今天好不容易清静一点，正准备回家，又被你们俩大傻×骚扰。"

钱旦问："在忙啥？你们的'喜马拉雅项目'不是已经胜利关闭了，公司都论功行赏完了吗？"

"老子现在搞'喜马拉雅B项目'，每天从早到晚，一堆的事！"

钱旦是做软件产品的，对公司的无线网络产品及项目的最新情况确实不是太清楚，他既是真不明白，又有心抬杠："服了你了！整天傻×傻×地骂，连项目都取名叫×项目？"

从三个人开始电话就一直乐呵呵的谢国林抢答："'喜马拉雅项目'关闭了，他们接着启动了'喜马拉雅B项目'。目标是替换掉客户正在使用的竞争对手的设备，争取更高市场份额，同时获取更合理的利润。"

路文涛说："还是老谢爱学习，与时俱进，什么都知道。老旦，你整天瞎忙啥？像个与世隔绝的傻×。"

《权力的游戏》第二季刚刚首播,他们在追剧。

钱旦说:"我忙啥?我在绝境长城做守夜人,整天忙着处理重大事故,清零网上问题,还有地球上各种土节日、洋节日、奥运会、世界杯、天灾人祸的通信保障。"

电信通信网络是一个国家的关键基础设施,一旦发生导致打电话、上网中断的重大事故,不但会给电信运营商带来经营和品牌上的伤害,而且可能影响社会安定。无线网络进入3G时代之后,通信网络更是越来越频密地和国家安全联系在一起说事。

保障电信通信设备的安全、稳定运行是电信运营商和设备商共同承担的社会责任。

钱旦负责的软件产品总是客户需求多变,版本升级频繁,而对于一个复杂软件系统,版本变更、升级越多,出现事故的几率就越大。他"压力山大"。

老谢似自己感叹,似与钱旦共鸣,似向路文涛解释,说:"老旦管维护确实不容易!不出事故吧,静水深流,大家感觉不到你的存在,没有绩效。出了事故吧,管维护的人锅甩不掉,更加没有绩效。不像我们做销售、做交付,拿下一个项目马上有一个项目的成就感。"

钱旦满意地说:"老谢确实什么都知道,做维护是长期7天乘以24小时守在长城上,我就像琼恩·斯诺,永远是'凛冬将至'的心态。"

路文涛记起了什么,看了眼时间,大叫:"我靠!两个大傻×!你们不回家,我要回家了!"

话音刚落,谢国林和钱旦面前那个八爪鱼一般的电话会议终端只剩下了"嘟嘟嘟"的忙音。

| 第二章 |

比做贼更糟糕

路文涛在公司的"莱茵电信客户部"工作。他是部长老孙手下最得力的"三驾马车"之一，负责无线网络产品的销售。

他在办公室的地下车库找到自己的车。上车，正要按响发动机，手机响了。

电话那头是"三驾马车"的另一驾，负责技术方案与服务的技术主管张文华，他问："土人，在哪里爽？怎么没来看球？老孙拉着大家 Team Building（团队建设活动），就你溜了。"

路文涛语调轻快："傻×，我跟老孙请过假了。本来说好复活节带老婆孩子去荷兰玩，结果放四天假加了四天班，这段时间也天天加班。你们出去花天酒地，我早点回家。"

张文华说："花天酒地个屁！杰瑞和两个来支持我们测试的研发兄弟被警察抓走了，我刚啃了一口猪手，喝了半杯'Altbier'，就接到电话，现在在去警察局路上！"

猪蹄配酸菜、精酿老啤酒"Altbier"是路文涛每次去老城的最爱。饥肠辘辘的他刚要咽口口水，就被张文华的话吓一跳："杰瑞被警察抓走了？什么情况？什么时候的事情？我下班前还给杰瑞打过电话。"

"就刚才！三个土人加班'路测'，没在意自己连续几天晚上开车绕着别人家门口转，被德国人当作踩点的贼，报警了。"

"靠！在哪个警察局？我现在过来。"

"你过来有毛线用？应该问题不大，德国法律没说不能在公共道路上兜圈。我拉着公共关系部的德国佬去搞定，你在家陪雨霏吧！"

"也行，那你搞定，有事打我电话！"

浙江人张文华个子不高、脑袋不大，但思虑周全，做事细致，路文涛信任他。

从中东到北非到西欧，路文涛在迥异环境中遇到过太多古怪。谁知道这三人在被当贼抓的过程中发生了什么？他心里不踏实。但确实，有张文华，有公共关系部的德国人，他现在去警察局"没毛线用"。

路文涛继续驱车回家。

"喜马拉雅B项目"对"莱茵电信客户部"的要求是利用无线通信网络一代接着一代演进的契机，在德国替换掉"莱茵电信"正在使用着的、上一代的、由西方竞争对手提供的无线网络产品。"伟中"的既定目标是其无线基站在"莱茵电信"至少占到40％的市场份额。

路文涛是这个子项目的责任人，这是他当下最重要的任务，也是将来公司视他为英雄还是狗熊的最重要衡量标准。

竞争对手占有在"莱茵电信"网络中运行着的无线基站的绝大部分份额，他们当然想继续守住经营多年的山头。而"伟中"只有打破垄断，才能够扩大自己的市场份额。双方不可避免要直面竞争。良性的商业竞争是这个世界活力与进步的源泉之一。

为了验证"伟中"的产品，获取客户上上下下的充分认可，他们在杜塞尔多夫先建了个小规模的验证性质的网络。

无线通信网络性能测试的一个重要组成部分是"路测"，通常是测试人员驾着车，使用专用软件去测试手机的信号强度、话音质量、接通成功率、切换及接入的过程等等。

小胖子杰瑞是常驻德国的工程师，他和两个从深圳总部过来支持的研发工程师正是在测试、分析、优化他们这张试验网络的性能。

没料到他们异于常人的行为被路边的居民当作贼而报了警。

"伟中"为了促使中方员工更好融入当地,在社会环境较好的欧洲等地已经实行了住宿社会化,公司不再提供宿舍给外派中方员工,而是给予住房补贴,大家自行租房居住。

路文涛一家人租住在一个独栋小屋中。

他把车停在了那幢有着灰蓝色人字屋顶、白色外墙房子外面,打开后备箱,从车里搬出一个换下来的冬季轮胎,往房子里面滚。

三岁的女儿路雨霏圆嘟嘟的脸、樱桃小丸子的发型,戴着一顶男孩爱戴的船长帽。一见爸爸推着个轮胎进门,她冲过来扑在轮胎上,头上的帽子飞出老远:"老爸,你为什么把轮胎滚到家里来?我来帮你!"

"哎!别帮倒忙!老爸先把轮胎滚进去再和你玩。"

妻子吴俪俪早就习惯他的各种爽约,仍然表达了一句嗔怪:"你不是说今天早点回来吃饺子吗?打你电话还一直占线?"

"今天不算晚吧?"路文涛想着与谢国林、钱旦闲聊而消磨掉的时间,心虚,赶紧装出理直气壮样子,"TMD!一到下班的时候就电话不断,一接电话时间就过去了。"

"文明一点!别带坏宝宝。"

路文涛把轮胎滚进一楼往二楼楼梯下的储藏室,路雨霏紧跟着他,往里挤。

他把轮胎放好,转身一把抱起女儿:"来,'公主抱'!"

两个人来到客厅,雨霏在路文涛双臂上惬意躺着,轻声说:"吓妈妈!"

路文涛心领神会,面对着吴俪俪,突然作松手状,把雨霏往下一掉,然后一边紧紧接着女儿,一边夸张叫道:"哎呀!抱不住了,掉下去了!"

吴俪俪配合地惊叫:"哎呀!吓死我了。"

路雨霏开心不已："老爸，'球抱'，吓妈妈。"

她说着挣着下来，跑到沙发上，跪着，再弯腰，把头往膝盖里藏，把自己团成一团。

路文涛走过去，一把抱起团成球状的她，故伎重演，装着抱不住："救命呐！小屁孩掉地上了！"

吴俪俪过来一起抱住女儿："来了来了，妈妈来救你啦！"

小雨霏更加开心："老爸，再换个抱法，倒着抱！吓妈妈！"

吴俪俪说："好啦！我去煮饺子啦！吃完饭再玩。"

路文涛说："你下饺子吧，我再去拿一个轮胎进来。"

路文涛出门，滚着第二个轮胎的时候，手机又响了。

张文华说："土人，情况不妙！我们到警察局的时候，杰瑞已经被放出来了，但是两个研发兄弟麻烦有点大。"

路文涛心中另一只靴子落地。他把轮胎放倒在路边，一屁股坐在轮胎上："咋回事？说！"

"他俩被警察抓的时候，说他们在'工作'，警察一看他俩是'商务签'，把人扣了，现在不是贼的问题，是非法务工的问题！"

各个国家均有自己严格的签证管理的法规，普适规则是持有"工作签"的人才能在当地合法工作，持有"商务签"的人只能参加会议、谈判、展览、参观等活动。持"商务签"工作并接受雇主的薪水，雇员和雇主双方均违法。

"伟中"在海外逐一突破、快速发展的时候对来自国内的人力资源的需求既多又急，虽然公司对各个子公司合规经营有越来越严格的管理要求，但总是有些短期出差的场景本身就在模糊地带。

路文涛说："不至于吧？又不是在机房，又不是在办公室，开着车在路上也会被人抓用'商务签'工作？"

"这两兄弟英语不好，又要展示临危不乱，拼命叨叨他们不是贼，而是在为'伟中'和'莱茵电信'工作，在为丰富德国人民的沟通和生活而工作。总之，他们的英语水平差是差，但是足够各种强调自己是在'工作'，说服警察把他们拿下。"

"傻×！你平时怎么教杰瑞的？"

"杰瑞被警察一把按在车前盖上，额头上磕出个大包，被磕懵了。"

"现在解释不通了吗？"

"解释了，没搞定！今天晚上捞不出来，可怜两个小兄弟要在警察局过夜了！不过，沟通好了，不会连夜把他们转移走，今晚单独关一间。明天我写个正式的公司证明，拉上'法务'和外部律师一起去搞定。"

路文涛担心道："做贼还好，个人行为，欧洲现在遍地小偷，德国人总不会质疑'伟中'是一个盗窃集团？拿'商务签'工作，别害公司被移民局盯上，影响今后办签证。现在来出差支持的人这么多！"

"影响今后签证？我担心移民局明天来抄家，把所有没有'工作签'的人全给抓起来，驱逐出境！"

"你说你们省啥钱？不能雇个熟悉环境的当地司机带着他们'路测'？找个带路党啊！非要三个中国人在外面兜圈？"

张文华幽怨地说："你以为我没想到吗？找了本地司机，给人家开到四千欧元一天，人家还是不愿意干。说像我们这么一整天开着车兜圈，坏前列腺！坏腰！说他们没办法做到像中国人这样能干活。"

路文涛的手机有电话进来，发出"嘟嘟"的提示音。

他瞟了一眼屏幕上显示的来电号码，问张文华："你给老孙汇报过了吧？"

张文华说："汇报过了，我现在回老城他们那边去。"

路文涛说："罗小祥和老孙在一起吧？罗小祥打电话给我，应该也是这个事情,我先接他电话,等下到老城来找你们。"

"你现在还过来干什么?在家里陪着她们吧!"

"靠!我是以为会在家里清静一晚上,你们这帮傻×不是又整出事来了吗?"

"我们整出事来了?你良心被狗啃了?兄弟们可是为了你路总的项目!"

伟中公司的组织结构中存在各种矩阵,典型之一是以专业为纵线,以项目组为横线的矩阵管理。杰瑞按照专业看,是张文华管理的技术工程师;按照项目看,投入在路文涛的项目中。两个人一纵一横,共同承担管理责任。他们不是互相甩锅,只是兄弟间逗趣。

罗小祥的电话锲而不舍要进来。

罗小祥就是在老城的那家餐厅里穿着丹宁色"杰尼亚"西装的那位年轻人。他是"三驾马车"的第三驾,负责"莱茵电信客户部"的固定网络产品的销售。

年方二十九岁的罗小祥已经连续两个半年的绩效考评结果是"A",正得意中。

客户部的几个Leader中每次考评只能打出一个"A"。罗小祥和路文涛、张文华不一样,他急于"后浪追前浪",每一次都很在意那个"A"。

路文涛接通电话,罗小祥大着嗓门说:"哎呀,路总,你终于接电话了!昨天公司刚开会强调合法、合规经营,我们怎么就闹出这么大的事情来啦?"

他故意大着嗓门在老孙身边说完这句,才起身往酒吧外僻静处走。

路文涛不耐烦:"有多大的事情?一场误会,明天一大早去把人领出来。"

"路总，你不重视啊？万一我们公司在德国因为非法用工被查封，你说是多大的事情？别说公司在社会信任上遭受到的损失，我们地区部可是一心想着今年要超过亚太，成为海外收入最高、绩效最好的地区部！"

"罗总，你讲得无比正确，能不能具体指导一下，该怎么办？怎么解决问题？能动用你的资源把人赶紧捞出来吗？"

"路总，叫我小祥！我只是传达领导通知。孙总要我交待大家，明天从公司来出差支持的、没有'工作签'的人一律不要在办公室出现！以防移民局过来，查到一堆'商务签'的人在办公室，解释不清楚。请各位主管立即、亲自电话通知到每一个人！"

吴俪俪把电视机调到了一个动画片频道，令得吵着要出门帮爸爸滚轮胎的女儿安静下来。她自己站在窗口，望着屋外坐在轮胎上的路文涛。

她已经习惯眼前这样的画面，路文涛知道自己在讲电话时，嗓门会不自觉变粗，脏话会不自觉进出，他常避开宝贝女儿，呆在屋外讲电话。有时候踱步在草地上，有时候站在垃圾箱边，有时候坐在马路牙子上。

子夜，深圳。

钱旦和谢国林的家安在相邻小区。这天谢国林想着在公司班车上，利用路上时间补睡一觉，就没有开自己的车去公司。晚上加完班遇着了钱旦，他正好搭个便车回家。

两个人结束了和路文涛的"电话会议"，开车离开公司。

钱旦不怕在老兄弟面前露怯，问："我真不是很清楚无线产品，公司在欧洲到底靠什么打开局面的？不仅是价格低、人力投入大吧？"

谢国林自信地说："产品有优势！我们的无线基站，2G、3G

和4G可以集成在一起，插不同的板子就能支持不同的制式，已经领先业界一两年了。"

他怕钱旦不知其所以然，补充道："也就是说我们的产品集成度高，一套设备能够实现别人要用几套设备才能实现的功能。我们可以从融合、绿色、宽带、演进四个方面帮助客户降低网络'TCO'、提升运维效率。"

"TCO"即"总体拥有成本"，是指从产品采购到后期使用、维护的总成本。谢国林讲的降低网络"TCO"，已经有别于对中国的旧印象中，仅仅构建在低人力成本上的低价格带来的成本优势。

钱旦若有所思，说："公司总是能抓住特定时代的契机，我觉得挺了不起的！当初在原油价格暴涨、'911事件'之后阿拉伯世界向东看的背景下改变了中东北非的市场格局，现在是不是可以理解成在金融危机、欧债危机之后，西欧运营商在控制成本方面更加迫切，我们产品和解决方案的演进正好又满足了客户的需求？"

谢国林骄傲地说："是的！我们现在是凭借产品和解决方案的先进性，在网络演进的过程中帮助客户降低成本，既降采购成本，又降运维成本，还降演进成本。"

钱旦说："你今天参加的印尼项目分析会，是'爪哇移动'那个几亿美金的大项目吧？记得我刚到中东北非时，一个国家年销售额过亿要大庆祝，现在一个项目动不动就几个亿美金了。"

谢国林说："亚太的兄弟不服欧洲以喜马拉雅山自居，不服他们只是山脚下的其他地区部。他们启动了一个'黑土地项目'，意思是他们才是肥沃的黑土地，才是公司最大粮仓。以前我们在伊拉克的兄弟刘铁也在'爪哇移动'项目做区域经理，最近项目进度延误严重，今天开会我把他给骂了一顿。"

"哟，你开始摆机关领导威风了？"

"并不是。他在那里狂讲客观原因,领导脸色越来越阴沉,我赶紧抢先骂醒他。不然领导当众收拾他,更尴尬。"

南坪快速路上只有他们一辆车,车驶上转沙河西路的立交桥。钱旦常在夜里加班后独自回家,他特别欣赏这一段高高低低、昏黄路灯照射下的山坡、公路、楼房、路过的火车,欣赏城市之美。

午夜的收音机轻轻传来一首歌,钱旦拧大了收音机的音量:

一路上与一些人拥抱
一边想与一些人绝交
有人背影不断膨胀
而有些情境不断缩小
……
每个人都是单行道上的跳蚤
每个人皈依自己的宗教
每个人都在单行道上寻找
没有人相信其实不用找

| 第三章 |

黑木岛上的坠落

刘铁整个晚上没有睡好。

一个国家无线通信网络的建设规模与其人口关系紧密。一亿人口的国家,如果每人一部手机就是一亿部手机;一千万人口的国家,每人一部手机只有一千万部手机。用来实现一亿人打手机的无线通信网络要比用来实现一千万人打手机的无线通信网络规模大多了。

有着2.6亿人口的世界第四人口大国印度尼西亚当然是"伟中"在海外市场聚焦的重点国家之一。

年初,一个中东石油大亨控股的移动运营商"爪哇移动"启动了在印尼全国新建设一张无线通信网的计划。"伟中"拿下了项目一期合同,要在一年内建设大几千个无线基站。一期合同交付结束后,客户会紧接着启动二期、三期建设计划,万岛之国上的人们将享受到优质、高速、宽带的无线通信服务。

"伟中"必须按时完成项目一期交付并保证质量,才能确保获取后续的二期、三期合同。但是项目交付开局不顺。

项目还在计划阶段,客户就来了几次高层投诉,甚至抱怨"伟中"项目团队不专业,项目正在走向失败的道路上。2月底在一年一度的巴塞罗那"世界移动通信大会"上,"爪哇移动"的董事长亲自向"伟中"的董事长投诉了一把。

对客户保持战战兢兢、如履薄冰的心态是"伟中"刻在骨子里的基因。加之公司的"赛马文化",亚太不服欧洲是"喜马拉雅山",铆足劲要保住公司年度销售收入最高的海外地区部,用经营数字来证明作为"黑土地"的价值,"爪哇移动"项目一期年内验收是决定全局的重中之重。他们迅速撤换了项目总监,不住地向公司呼唤炮火支援。

这是一个超大项目,"伟中"的项目管理团队以项目总监为首,又按区域划分了若干子项目组,刘铁是其中黑木岛区域的项目经理。

项目刚刚进入实施阶段,雨季来了,黑木岛上的工程受到雨季影响比他们预期大,项目进度不仅落后于计划,而且在几个区域的"赛马"中排名最后。

晚上十点钟,随着手机里一声令人厌烦的"Welcome to join the conference(欢迎加入会议)",刘铁被上任不久的新项目总监李应龙带着大项目组中分别负责技术、财务、采购、供应链、质量、人力资源等模块的"八大员"拉进了电话会议。

专门针对黑木岛区域的项目分析会开了三个多小时，一群人把他摁在地上摩擦，练到了夜里一点多。

七嘴八舌中，有些人的点拨令他颇有启发；有些人讲的只是体现自身存在感的，无比正确的废话，他们提的一些意见就道理而论无比正确，但与刘铁在黑木岛上遇到的实际情况差之千里。

散了会，他冲了个凉，躺在床上，没有辗转反侧，只是瞪着天花板。

刘铁的区域项目组在一家不大不小的酒店租了几间房。酒店有些年头，三层的筒子楼，红砖墙、褐瓦顶，屋檐和走廊的装饰有着浓郁的当地特色。

他们在黑木岛上没有租办公室。他的房间一天房费不到一百元人民币，却有六十平方米，既是他在岛上的住处，又是区域项目组当下的办公室。

酒店隐在小巷里，干净、安静。

他有一点儿怀念从前在伊拉克的日子。

他在2004年主动向公司申请去了海外常驻，唯一目的是多赚钱，供在深圳买的房。他争抢到了机会，欣然奔赴公司海外补助最高的国家，伊拉克。

那是第二次海湾战争爆发之后第二年。

他记得在巴格达机场，宿舍是一个集装箱，头顶经常有美军"阿帕奇"掠过。他们总想对着直升机挥个手，又怕引发误会，炮火从天而降。

他记得在巴士拉，躺在屋顶看远处火箭弹划过夜空，居然是期待流星雨一般的心情。

他记得在摩苏尔大街上，与汽车炸弹擦肩而过，几颗碎石砸在车顶时的恐惧与庆幸。

在伊拉克奋斗了四年，调动回国后，他发现自己已经习惯海阔天高，再难适应在总部机关规规矩矩、遍地"领导"的生活。并且，从伊拉克回到机关，没了高额补贴，奖金还少了一大截。

他在机关坚持了两年，熬不住，申请"二出宫"。他争取到了机会，被派驻到那一年公司海外销售收入最高、绩效最好、员工升级加薪最快、奖金最高的亚太地区部。

"伟中"早年在国内的项目中只负责自家设备的安装、调测，后来在海外出现不少"交钥匙工程"。

所谓"交钥匙工程"，就是"伟中"不仅要负责自家通信设备的安装、调测，还要负责站点获取、电力引入、铁塔、机房等基础设施的建设，全部完工之后将整张电信通信网络，包括土建基础设施的所有权和管理权的"钥匙"依合同完整地"交"给客户，由客户开始经营。

在异国陌生的自然、人文、社会环境中做如此复杂的大项目当然是更艰巨的挑战。海外大型"交钥匙工程"一度是项目经理的"绞肉机"，项目经理"下课"的几率那是相当的高。

"伟中"是个乐于改变、善于聚焦主要矛盾及矛盾主要方面的公司。

面对挑战，除了从外部招聘土建等领域的专家，公司内部不少土生土长的产品技术专家也挺身而出，转身成为了"交钥匙工程"的项目经理，刘铁是其中的一员。

在做这个黑木岛的区域经理之前，他并没有真正做过包含土建的大项目，只是参加过项目经理转岗培训，在地区部项目管理办公室做过一些纸上谈兵。

他在艰苦国家"上过战场、开过枪、受过伤"，做过跨文化团队的领头羊，有过与海外客户打交道的成功经验。前一任项目总监自己也是"伟中"土生土长的产品专家转型而来，信任他的能力和资历，每次开会，只要他发言，领导就是欣赏、赞许的表态。

新项目总监李应龙是从外部招聘的土建项目经理出身，上任之后，对缺乏土建实战经验的刘铁各种质疑。每次开会，只要刘铁发言，领导就是各种挑战、反驳。

早几天项目组和公司内部各方领导们开大会，刘铁抱怨雨季耽误了工期，抱怨"会叫的孩子有奶喝"，欧洲几个项目还没有签单，公司就安排了中方员工中的精兵强将过去支持，自己手下却只有几个新人。

不料从前在中东北非时的老兄弟谢国林先跳出来发言，叫他多使用印尼当地的资源，多学习其他项目的经验，提"要人"之外的具体求助，叫要叫到点子上。

"一回机关就不接地气！官僚！'缺人'难道不是我叫在点子上的具体求助吗？"他心里暗骂。

这些天刘铁觉得有些倦，甚至厌，自己年过四十了，在"伟中"，在这个行业，都算是年龄上的"老人"了。是不是到了该"退出江湖"的时候了？

他悄悄在炒股，早几年赚了些钱，但最近一年"大A"跌跌不休，自己不仅把吃到肚子里的盈利全部吐了出去，还亏掉了一些本钱。

有人说，"财务自由"的标准是"一个人的资产产生的被动收入至少要等于或超过他的日常开支"。他心里计算，考虑到孩子未来教育的花费，考虑到一家人已经习惯的消费水平，现在的积蓄尚不能令自己"财务自由"，高枕无忧。

自己这一把转型成为一个"交钥匙项目"的项目经理是不是一个错误选择？

光阴易逝，时不我待。这几年在公司的技术服务体系做一个项目经理比做一个技术专家更容易升职级、加薪水、成英雄,但自己似乎对华丽转身的困难预料不足、准备不足?

他心想,这是个吃青春饭的行业,超过四十岁,在外面要找一份收入水平不比"伟中"低的工作不容易。Anyway,咬咬牙,再干几年,至少坚持到四十五岁以后吧!

刘铁又听到了屋外院子里"哗咕哗咕"的鸣叫声,本地人说那是壁虎的叫声,他一直将信将疑,真的是壁虎吗?

他拉开房门,循声想探个究竟。

酒店院子不大,叫声似乎是从院子中一棵黄金椰树下的草丛里传来。他竖起耳朵,蹑手蹑脚走近,"唰啦"一声,一个黑影从树下窜出,窜到了旁边的假山石上。

他被吓了一跳,借着昏黄路灯定睛一看,一只松鼠。

松鼠在假山石上立定,打量着他。四目相对,松鼠的目光里没有和他一样的忧愁。

刘铁不知道草丛里还会有什么,被松鼠一惊吓,他脑子一激灵,倒是定了第二天的计划:

天亮之后,先给其他几个区域经理打一圈电话,认真取取经。然后叫上车,把黑木岛上每个施工站点再跑一遍,现场诊断分包商施工队的问题。晚上去仓库,管理仓库的本地人说里面已经堆满了货,几个站点却在停工等待现场的货物齐套,他要去看看怎么回事?

总之,既然雨季已经结束,他必须追上项目进度,不能坐以待毙。

黑木岛上有火山、有雨林、有海滩、有湖泊、有农田,还有市井。

市井当中一片低矮的房子边上,有一个刘铁项目团队刚刚建起来的无线通信网络的基站。

有基站的地方才会有人们的手机信号。不管是"3G"、"4G"还是"5G",都离不开"伟中"和他的客户、合作伙伴、竞争对手们在世界各地建设起来的大小、形态各异的无数基站。

眼前的这个基站由栅栏围住的一个十来平米的活动板房、一个高大铁塔以及市电和柴油发电机组成的供电系统组成。

铁塔有五十米高,是一座三角重型塔,上面夸张地装挂了数十面天线。有圆形锅状的微波天线,那是用来处理无线网络设备之间的数据传输的。有长条板状的基站天线,那是用来为人们的手机提供信号的。

雨季结束后的第一个月是岛上最热的时候,但这天早晨的阵雨带来了凉意。

路面不平,雨后泥泞,一辆皮卡颠簸着驶来,停在基站的栅栏外。

车上下来四个印尼本地人,三个男人是承接了"伟中"工程施工的分包商的人,一个女生是"伟中"新近招聘的本地员工。

女生齐肩头发,清纯的脸有点婴儿肥,发育良好的胸部把一件白衬衣撑得紧绷绷。

她入职不久,虽是在办公室里做计划控制、质量管理、项目文档整理的工作,但想亲自上站一趟,学习站点是长什么样子的,就跟着分包商的施工人员来这个距离办公室不远的站点见识。

这个站点差不多已经完工,分包商的几个人只是来做一些简单的收尾工作,又冒出来一个形象、身材俱佳的小姑娘跟着,大家更是心情愉悦。

他们进了活动板房,那是基站配套的机房。一个穿着黑色 T 恤的小伙最多话,一一指点着机房里的布局和设备,为女生讲解,尽管他自己对其中一些东西并不知其所以然。

他们从机房出来,来到了铁塔下。其中两个男人准备"爬塔"。他们一边大声说笑,一边向女生示范着穿上全身安全带、捆好专用工具包、扣好所有安全扣、戴上安全帽、挂上双钩安全绳。

双钩安全绳是高空作业必须的保护措施,绳子的一头固定在高空作业人员的背后,另一头分成两股,每股绳头分别有一个挂钩,作业人员必须将挂钩挂在头部上方的牢固处,人工作的地方要低于挂钩挂住的位置,并且,两个挂钩必须挂在不同位置,禁止同时摘钩。这样,一旦发生坠落,安全带、安全绳和金属配件的联合力量就可以将人员拉住,起到保护人身安全的作用。

"黑T恤"身手敏捷,加上今天荷尔蒙爆棚,他朝着女生屈起一只手臂,秀了秀肌肉,走向铁塔上的爬梯,徒手攀爬起来。安全绳的两个挂钩一直扣在他的腰间,并没有按照作业要求往塔架上挂。

另一个往塔上攀爬的男人严守作业规范,比较起来显得笨拙,落后了"黑T恤"几米远。

开车的司机站在塔下,点燃一支手工丁香烟,眯眼望着他俩。

女生举着自己带来的一只旧"佳能 IXUS 95"数码相机,仰头拍照。

阳光直射在铁塔上,"黑T恤"攀爬至离地面二十多米、一处安装有基站天线的水平面。他离开爬梯,灵活地移动到装挂天线的抱杆处。

他低头看见女生正举着相机对着自己,开心地向她挥了挥手,然后,一个潇洒的转身。

或许是直射的阳光晃了眼睛,或许只是因为兴奋而分神,他转身时,塑料凉鞋没有踩实,脚下一滑,身子一扭,人失去了平衡。

意外来得猝不及防,甚至连他自己都没有意识到发生了什么,没有惊叫,没有恐惧,他的身体径直向下坠落。

他下意识用手去抓，却抓不住那么近的钢铁架子。

阳光最后一次刺中双眼，他想开口喊叫，但身体已经"砰"地砸在了地上。

事故往往在所有人反应过来之前就已经结束，几秒钟的沉寂，时间凝固在几秒钟空白之处。

女生从喉咙深处爆发出的尖叫令时间继续流动。

跟在"黑T恤"后面的男人赶紧往下爬，他手抖、脚软，在离地面四五米时不能自已，纵身跳了下去。落地时一个趔趄，扭伤了脚，但他完全没有感觉到疼痛，朝"黑T恤"冲了过去。

司机扔掉那支抽了一半的丁香烟，冲过来想抱起"黑T恤"。他犹豫一秒钟，掏出了手机拨打急救电话。

阳光从没有拉紧的窗帘缝隙斜射进来，刘铁睁开眼睛，望着溜进来的光影，享受那一刻的慵懒。

他伸手摸到手机，看一眼时间，蓦然地坐起，居然已经将近上午十点钟了。

凌晨四点才入睡，睡前把手机闹钟调到了早上七点半，他努力回忆，闹钟到底响了没有？区域项目组的办公室就在他的房间，但平时大家习惯了晚睡晚起，早上他没打开门，别人不会急着来敲门。

他仔细看了看手机，有一个未接来电。看号码是本地分包商的小老板，自己怎么没有听到来电的铃音？睡得那么沉吗？

外面走廊上传来匆匆脚步声，渐近，停在了他门外。

脚步声一停，没有片刻间隔，立刻响起了敲门声，史蒂文在门外急促地喊："刘总，刘总！"

史蒂文是一个马来西亚华裔，入职"伟中"亚太地区部的采购部门不到一年。刘铁想要总部的中方员工，不住"呼唤炮火"，好不容易给他增派来了一个马来西亚新员工史蒂文，帮助他做当地的工程分包管理等采购相关工作。

刘铁套上件衣服，拉开门，纳闷地望着这个长得帅气、头发飘逸、耳朵上一个耳钉的小伙。

见到刘铁，史蒂文压抑住慌乱，刻意地压低声音："刘总，出事了，分包商的一个兄弟从塔上掉下来，摔死了！"

"你听谁说的？"

"分包商的老板打你的电话没人接，打了我的电话。"

| 第四章 |

老谢"二出宫"

职场上的坏消息应该由你来向你的领导汇报，而不是反过来，等着你的领导受到惊吓之后来质问你。

刘铁清楚他该第一时间向项目总监李应龙汇报伤亡事故，这也是公司的管理要求。但是他想着又会被李应龙狠狠训斥，心里几分害怕、几分厌烦、几分抗拒。

他先去了医院，然后和史蒂文、分包商的几个人一起去了事故现场。

铁塔下，血迹不多，但不难找到坠落下来的位置。他们站在旁边，那位司机比划着当时情况。史蒂文拿着女生那只"佳能IXUS 95"数码相机，指着相机2.5英寸的小液晶屏幕，叫刘铁和分包商的老板看。

刘铁看着史蒂文指点的照片，叹了口气。他走开几步远，掏出手机，准备汇报。

手机抢先响起了来电铃音，屏幕上显示正是李应龙的大名。

刘铁赶紧接通，对方远在首都雅加达，但强大气场越过两人之间隔着的大海、火山、农田，从手机听筒逼迫而出："你们出'EHS'事故了吗？"

"EHS"是环境（Environment）、健康（Health）、安全（Safety）的缩写。

印尼乃至亚太一直保持"EHS"零事故的记录，在这个早上被打破了。

刘铁的心又向下坠落几层："领导，我正准备向你汇报，你怎么知道的？"

"我怎么知道的？刚才项目组质量经理找你们那个新招的小姑娘，对齐质量计划，她接电话就哭，说你们出事了。到底怎么回事？死人了吗？'EHS'致死的事故需要一个入职没几天的本地小姑娘来向我汇报？你胆子很肥啊！你计划隐瞒多久？"

"领导，我没打算隐瞒，是有一个分包商的员工从塔上摔下来，没救过来。我听到消息就去医院了，然后赶到现场来了，想先了解清楚细节，马上向你汇报，刚才正准备打你的电话。"

李应龙质问："你去医院干什么？摔死的那个人家属在医院吗？"

刘铁说："没有，听说他们家在岛上火山湖最里面的山里，很远，平时一个人在外面打工。我们……"

李应龙打断了他："谁叫你跑医院去的？你准备被家属包围，然后把责任包揽过来吗？让家属今后天天找我们闹，要'伟中'赔偿？你们和分包商的分包合同是怎么签的？人身安全的管理责任在分包商吧？"

刘铁赶紧回答："是，是，分包合同很清楚，分包商完全承担责任。正好我们有个本地员工和他们一起上站，拍了几张照片，我一看照片，就发现他们错误太低级了……"

李应龙又按捺不住地打断了他："什么叫他们错误太低级了？

你不要以为你可以甩锅！我讲的是对外的法律责任要清楚，社会责任要清楚，与家属扯皮、赔偿的责任应该是分包商的。在内部我们必须承担管理责任。天天说项目管理要管细，你一天到晚到底在管什么？我发现你们人在区域，也未必就是脚粘泥土。"

"领导，我没准备甩锅，我第一时间就往医院、往现场跑……"

"你第一时间应该向我汇报！你处理这类事情很有经验吗？人已经死了，你一个人闷着头往医院、往现场瞎跑很有用吗？公司要求第一时间汇报的意义在哪里？意义在能够协调资源、经验来帮你处理。你干了这么多年，这都不懂吗？"

刘铁讲一句，李应龙教训十句，他不想发言了。

李应龙并没有忽略他讲的话，绕回来了，问："你们照片拍到什么了？什么低级错误？"

刘铁说："照片拍到摔下来那个兄弟，双钩安全绳的两个钩子都挂在身上，根本就没往爬梯上挂，然后，他徒手爬塔，手套也没戴，穿着双塑料凉鞋，不防滑，更不要说太阳刺眼，最好戴墨镜什么的，可能犯的错误他全犯了。"

李应龙声音又大了："徒手爬塔？连'EHS'绝对规则都不遵守！你怎么要求分包商的？你用的什么分包商？你们在黑木岛上为什么没用我们的主流分包商？你在当地找的什么小屁分包商？"

"领导，这个分包商不算小，确实是我们在岛上新认证的分包商，那也是为了控制成本，从岛外找的分包商成本高一些。"

"谁逼你控制成本了？我逼你控制成本了吗？讲进度，进度落后大家一大截；讲质量，都出死人的事故了。你控制成本有个屁用！"

刘铁憋着难受，憋不住了："领导，我也想样样都做好，但不是缺人吗？我拼命呼唤炮火，好不容易来了一个采购的新员工，自己招了一个小姑娘管质量、计划等等。我自己什么都要管，哪有精力去盯着分包商的现场施工？你们高高在上，支持了我什么？"

李应龙更怒："我没敢指望你们样样做好！你们总要有一样做好吧？公司非常重视'EHS'，马上会发文，出了'EHS'伤亡事故要问责，要弹劾项目经理、项目总监，直至子公司总经理，你撞在枪口上了！一堆人被你连累！印尼和亚太地区部的年度组织绩效也会被扣分！我高高在上？我马上订最快的航班过来，看看你到底怎么回事？"

星期六，深圳。

钱旦醒来时，妻子秦辛和女儿仍然睡得很香。

女儿两岁多，以前是妈妈或者外婆陪着她在她的小闺房里睡。钱旦想让她开始试着自己一个人睡，晚饭时商量得好好的，结果到晚上关了灯，她就抱着自己的小枕头、玩偶小猪，跑过来，钻到爸爸妈妈中间来了。

他们的床不算大，女儿抱着玩偶小猪挤在中间。她嫌热，踢被子、翻来覆去，弄得大家没睡好。

钱旦看了看时间，八点多了。他怕挤着女儿，一晚上靠着床边仰面躺着，这时候一翻身就下了床。

他穿好衣服，怕声音太大，进了洗手间关好门才敢刷牙、洗脸。

他背起电脑包，在客厅茶几上找到两支香蕉，几口吃了，出了门。他今天要加班，去做面试官。

"伟中"每年要在国内组织规模庞大的校园招聘，享用自上个世纪九十年代大学扩招以来，每年大量理工科毕业生给国内人才市场带来的"工程师红利"。

在校园招聘之外，各大部门的社会招聘一轮又一轮，一些优秀的人才更是可能被几个部门争抢。

科技园南区有一家"勃朗咖啡"，既是咖啡馆，又是餐厅，位置在路口显眼处。店内两层楼，二楼有足够的大包房，一楼布局既宽敞，又通过墙、柱、隔断形成较好的隐私性。这里，成了"伟中"一些部门利用休息日招聘面试的一个据点。

钱旦今天是去做最后一关的综合面试官，可以晚到一会儿。他驾着他的黑色"迈腾"，半开车窗，吹着这个时节深圳不太热的晨风，听着早上的收音机，不急不忙地往"勃朗咖啡"去。

他最近有些"胸闷"。

公司在强调干部"之字型"发展，即让干部们跨专业任职。好处是可以丰富领导们的阅历，提高他们的综合素质、能力。问题是一些管理岗位其实并不是综合管理岗，而是专业管理岗，业务的复杂度又越来越高，没有相关专业经验的干部"之字型"走过来，可能会掉进外行领导内行的沟里去。

"外行领导"如果善于学习、内心既开放又强大就好，可以让组织既有继承，又摆脱"延长线思维"，得到有创新的发展。

"外行领导"如果沉迷于过往自己在其他专业的成就，又太急于证明自己比前任更有独特价值，对组织反而可能带来伤害。

公司规模越大，业务越复杂，客观上会导致组织越繁乱，擅长内部运作而非专业能力的"外行领导"越多。

钱旦换了个领导，新领导是研发管理部门过来的运作型干部，没有一线服务工作经验，向领导的领导呈现自己比前任高出一筹的欲望强烈。一帮下属唯恐自己被打上"沉淀""守旧""懈怠"的帽子，多费了不少做精美"PPT"、各种汇报沟通的精力。

钱旦负责产品线中"不出事，难见绩效；出了事，更没绩效"的客户运维支持。令他不安的是，新领导对他说的、做的一切似乎都存疑问，令他有种和领导怎么样也"尿不到一个壶里去"的"胸闷"。

胡思乱想中，到了咖啡餐厅的停车场。

他看见一辆蓝色"途观"，心情愉悦了一些，故意把车贴着"途观"的驾驶位旁边停下，近到让它驾驶位的门打不开。他心想："早知道你老谢要来，我就不开车了，搭你的车多好！周末小区里占着个车位多不容易！"

钱旦进了"勃朗咖啡"，一眼望见谢国林。老谢背对着门口，正和一个HR妹子愉快聊天。

钱旦刻意一声不响地走近，快要接近老谢后背时，HR妹子抬头发现了他，招呼道："钱总，今天你这边面试的人好多，谢总这边少一些，我们正在跟谢总商量，让他帮你面几个。"

老谢转过身，脸上是他标志性的憨厚笑容。

钱旦自信满满地表了态："没关系，我面试的速度快，前面环节快一点，别拖就行。"

HR妹子说："前面环节没问题，今天安排的技面官和集面官多，早上同时开了两场集体面试，马上要结束了。"

"伟中"的集体面试通常是三个面试官，十多个应聘者，应聘者分两组，先就给定的讨论题目进行分组的无领导讨论。

讨论题目例如："如果唐僧去西天取经，可以在李逵、孔子、瓦特、林黛玉、郑和、武则天、牛顿、李白八个人中挑选同伴，请把这八个人按照你想带的意愿从强到弱排个序，并解释为什么这么排序。"

分组讨论之后是各种发表、辩论，题目并无标准答案，面试官在过程中制造压力和挑战，考察每一个应聘者在逻辑思维、为人处世、口头表达等方面的能力。

集体面试主观性更强，钱旦知道各部门急着招人，此次集体面试非"选择优胜",而是"排除劣质",只会淘汰掉几个面试官们以为有明显不足,例如太内向、例如太偏激的应聘者。两场集体面试结束,意味着有一二十个应聘者进入下一关的挑战,他们的工作也就快要开始了。

老谢却迫不及待讲起了别的话题:"老旦,我下个星期要去印尼了。"

"去支持'爪哇移动'的项目?要去多久?"

"去常驻,二出宫。"

钱旦惊讶:"下个星期去印尼常驻?早几天见你,没听你说啊?"

老谢叹气的时候笑容不凋谢:"唉!计划没有变化快,昨天才通知我。"

"伟中"忌讳干部和专家懈怠,崇尚关键时刻的挺身而出。公司只有成功的"真心英雄",没有失败的"悲情英雄"。钱旦深谙公司文化,仍然觉得意外:"这么着急?项目出事了?"

老谢对 HR 妹子说:"你去看看集面和技面进展怎样?有简历过来了吗?我和老旦聊几句先。"

他把钱旦拉到一旁不显眼的角落:"项目组压力大啊!本来就各种不顺利,早几天又出了'EHS'事故,死人了!刘铁下面出的事,地区部领导暴怒,要把他干掉,还找公司领导投诉,说机关高高在上,脚不粘泥土,对项目支持不够。"

钱旦继续他的震惊:"刘铁那倒霉孩子!你去出差支持不行?才回来两年就要二出宫?是你自己在算计外派补助吧?"

老谢说:"公司领导认为现在机关听不见炮声的官僚多了!我关系要调动去马来西亚资源中心。"

"你才回来两年就要二出宫?那我岂不是也要被盯上了?"

"不会盯上你的,公司马上会要求销售和服务的干部,没有海外工作经验的不能向上任命,国内还有一堆人没有海外工作经验,排着队要出去。我是反正也要去印尼项目支持,最起码一年回不来,还不如去常驻。"

老谢接着老实交代:"早几天我老婆突然一本正经对我说,'老谢,你发现没有,最近两年家里存钱的速度慢了啊!'我当然发现了,机关比一线奖金少,没补助。我老大上小学,'学而思'什么的费用很高的,老二刚补缴了十多万罚款,将来花费也少不了。"

老谢有两个儿子,老大已经十岁了,老二才两岁。老二是一不小心超生的,他刚为老二缴了罚款,上了户口。

钱旦说:"我早说了,让你学他们去香港生老二,你说懒得折腾。那你拖着,晚点上户口也行,二胎政策都放松了。"

老谢说:"老实缴罚款只有那么大的事情,不是重点。重点是将来两个娃长大的压力大!真差钱!"

"唉!没结婚的小年轻愁房子,结了婚的老男人愁娃,好像就我没心没肺不算将来的账?"

"我是两个儿子,两个建设银行,你是一个女儿,是招商银行,不怕!"

一个熟稔的HR小姐姐走过来叫他们:"两位帅哥,有简历在等着你们了,要么你们先去接客?"

| 第五章 |

曾子健的老地方

钱旦面试人的速度比谢国林快。

老谢会与应聘者探讨提及的专业问题;公司海外业务规模已超

过国内，要求销售和服务人员必须接受全球调派可能性，老谢会耐心引导应聘者减少对公司希望承诺可以去海外任何国家工作的顾虑；他会借面试机会了解应聘者现公司情况，甚至会扯到人生。

老旦认为对专业能力的考察是技术面试官的事，他懒得与应聘者切磋武艺；他很看重应聘者"四海为家"的本心，认为言不由衷的承诺会给将来埋下一颗雷；他不会给应聘者任何"通过"或者"不通过"的暗示，不想在招聘现场有太多纠缠。

老谢笑容可掬，展现公司的亲和力；老旦不苟言笑，总想通过给应聘者更大压力来考察其坚韧性。

两个人像繁忙时的医生，一个接一个地"问诊"，难得片刻休息。到下午五点多，算是把等候的简历清了零。

二人并肩走向停车场时，钱旦说："今天晚上约了人了，要么我们明天去'胜记'喝个早茶，给你钱行？"

"不钱了，时间太赶了，明天我带家里人去'大梅沙'玩。你叫你的小兄弟在印尼整两个重大事故出来，你好找机会过来出个差，给客户道个歉，顺便看我。"

"滚！乌鸦嘴！"

谢国林的蓝色"途观"驾驶位这边靠着一辆黑色"迈腾"，距离近到他没法打开驾驶位的门。

他愣了一秒钟，很快反应过来："我靠！你怎么停的车？太不讲究了吧！"

钱旦得意地说："我故意的，不能让你比我先回家！"

钱旦和秦辛约了诗诗吃晚饭。

曾子健、诗诗两口子曾是他们最好的朋友、老乡。曾子健和钱旦在加入"伟中"之前就是同事，他比钱旦大了半岁；诗诗和秦辛则是好闺蜜。

千禧年，曾子健在钱旦鼓舞下南下深圳，两个人前后脚加入了"伟中"。过了几年，钱旦在曾子健鼓舞下走出国门，两个人前后脚被外派去了中东北非常驻。

外面的世界很精彩，钱旦沉醉于异域风景、风情，自在于生活在别处。正如公司老板所说，他主观上为自己、为家庭，客观上为公司、为国家奋斗着，满足于一分耕耘一分收获。

外面的世界很无奈，曾子健一只眼是望远镜，不满足于当下所获，另一只眼是放大镜，看到了公司之外的机会。他焦虑打工打不动了之后怎么办？他在埃及开了一家自己的旅游公司，聚焦中国正火热的出国游，甚至买了一艘游轮来运营"埃及南部、尼罗河四天三晚浪漫之旅"。

为了更快赚钱，他悄悄出卖商业机密给"伟中"的竞争对手。

东窗事发，被公司锁定是内鬼之后，尽管曾子健心思缜密，没有被人抓到实证，他仍是不敢贸然回国，一家人留在了埃及。

2011年初，阿拉伯世界动荡，埃及亦陷入混乱。诗诗带着孩子回了国，曾子健继续滞留异乡。

钱旦对曾子健背叛公司、成为内鬼谈不上多么深刻的仇恨，但对他把大家的彼此信任以及并肩追求、共同珍惜的一切弃若敝屣的行为不能接受，他们从此陌路。

最近一年间，秦辛、诗诗不时见面，遛娃。诗诗说了好几次，三个人一起吃顿饭。秦辛把话带回家，钱旦总说要加班，一再推辞。

那天，秦辛和诗诗在"红树林"遛了娃回家，说曾子健过得不好，埃及局势动荡，旅游业萎缩，他那个主打中国人市场的公司经营惨淡，他又听了本地朋友忽悠，在埃及股市投资，损失惨重。他们赚的钱已经全部亏了回去，以诗诗名字命名的那艘游轮亦不复存在。

钱旦开始觉得：善恶终于有报，自己是不是没有必要连诗诗也躲着？

钱旦在自家小区门口接了秦辛，然后去诗诗小区门口接她。

周末，门口停满了车，他俩把车停得有些远。

钱旦问："诗诗知道我的车不？要不要再给她打个电话，或者你到门口去看看？"

秦辛平日里是开着自己一辆红色"飞度"出门，她说："没跟她讲过你的车，我刚才只跟她说我们马上到了。"

她正准备下车，后座的门被拉开，诗诗一屁股坐了进来："哎呀！宝宝同意放你们假，让你们出来？我儿子叽歪，说我答应陪他看动画片的。不理他！我现在真的是好难得有自己的时间！"

秦辛说："我们宝宝也不乐意，我爸妈在哄她。"

诗诗伸手拍了拍钱旦肩膀："好久不见！开车，饿死了。"

他们去蛇口"海上世界"，"明华轮"甲板上一家新开张的餐厅。

钱旦说："秦辛正准备下车去找你，你就神出鬼没地冒出来了。"

"我在'百果园'门里面，看到你们的车过来，就追出来了呗。"

"你怎么知道是我的车？"

"我猜的！你吧，应该不会一回来就买个高调的车，也不会买个差的，这年头，你肯定也不会买日本车不？什么'迈腾''途观'不是你回国那两年，你们一帮子土人买得最多的车吗？"

"真的假的？你是看到我们了吧？"

"你就不能相信是我了解你的气质吗？"

那一刻，钱旦觉得诗诗仍然是最初那个活泼、快乐、话多的女孩。

诗诗说："深圳从4月份开始有直达湖南的高铁了哦，等于是把以前的'武广线'拉长了，不用在广州转车了。我带着老的小的回了一趟长沙，三个小时就到了，真的很方便！"

秦辛说："是呀，钱旦有个中学同学'五一节'带着一家人来深圳玩，三天假期玩得也还好。"

钱旦说："我一直讲嘛，高铁改变中国。以前出趟远门多不容易？回长沙火车要十个小时，我回老家要差不多二十个小时，还经常晚点，一晚几个小时。现在多方便！中国人会越来越习惯出远门的。"

诗诗当然知道钱旦一直不愿意和她见面，今天久别重逢，她从一上车就特别开心。

收音机里，"飞扬971"放起了阿黛儿的"Someone likes you"，她跟着哼了几句，说："真好听！"

钱旦的记忆被拨动："我想起了那年我和你，还有他开车在尼罗河边上，你俩跟着收音机哼'You are beautiful'，推荐詹姆斯·布朗特给我，就像昨天的事情一样。"

诗诗更开心了："是啊，是啊，我也记得！时间过得好快！那时候全世界都在'You are beautiful'，现在全世界都在'Someone likes you'。"

秦辛说："我就记得我去开罗，一上尼罗河上那个游船，对了，叫'法老号'的，埃及人唱'我爱你，爱着你，就像老鼠爱大米'了。"

诗诗说："子健讲他当年去伊朗，伊朗人在追《倚天屠龙记》，还拉着他讨论张无忌的性格特征。"

钱旦共鸣道："我春节前去越南出差，电视台天天晚上放中国电视剧，越南人配音特别搞笑，没有抑扬顿挫，像同声传译一样。"

到了"海上世界"，下了车，钱旦和诗诗认真打了个照面。

他说:"你一直是这个发型哈,真的像《人鬼情未了》里的黛米·摩尔,不过,现在长胖一圈了。"

她叫道:"谁长胖了?你长胖了吧!你以前像布拉德·皮特,现在像林雪。"

秦辛认为夸张了:"他脸是长肿了蛮多,但离林雪还差得远,好不?"

钱旦故意叹气:"唉!没办法啊!我是工作上事情太多,想问题太多,把脑袋给想肿了。"

三个人走到"明华轮"下,诗诗突然就沉默了。

走上船头甲板,到了餐厅,坐下来,她叹了口气:"唉!深圳那么大,你们偏偏带我来个轮船上。我在埃及的大轮船没有了!"

秦辛惊道:"哎呀!我们没有想到这个!钱旦说这家新开张,环境好,乐队好听又不嫌吵。"

钱旦沉吟:"我记得有一次在约旦的佩特拉古城,曾子健对我说'对这个世界来讲,我们都是来出差的,匆匆过客;佩特拉古城可以算被外派到地球来常驻的了,但也到底还是会消失;死海、尼泊山才是地球真正的主人'。世界上唯一不变的是变化,你们现在的生活又不差,可以重新开始。"

诗诗笑了,她对曾子健的爱里包含着一点崇拜:"我们家曾大师还讲,人生是一个与自己不断和解的过程,与自己该做而没有去做的事情、不该做而去做了的事情和解;与自以为该得到而没有得到一切、自以为不该失去而失去了的一切和解。然后,向前看,向前走。"

秦辛关心地问:"我看新闻,埃及局势还是没有稳定下来,子健是不是回来算了?"

诗诗说:"也没有那么急着回来,他不去乱的地方活动就好了。我们在埃及还有些事情要处理。"

吃着吃着，说着说着，钱旦的手机又响了，是他领导的"夺命追魂 Call"。

"伟中"是越往上越累。这个周六钱旦只是白天加了个班，领导们不知道在哪里研讨了一整天，晚上仍没散会。在会上，他们产品线某个由钱旦负责的业务指标排名比兄弟产品线靠后了，"赛马"没有赛赢别人，领导电话过来发泄了一通不满。

钱旦认为那是一项以他们软件产品的特点很难和别人硬件产品去比较的指标，就不是应该放在同一赛道的"赛马"。但他没能把领导给说明白。

接完电话，回到餐桌，钱旦心情不爽了。

诗诗拿起手机打岔："旦旦，你有'微信'不？"

钱旦说："有啊！去年'微信'一出来我就注册了，玩了一阵子'摇一摇''附近的人'，被秦辛骂了，我就没怎么敢玩了。"

秦辛要诗诗评理："你不知道他咧，什么'米聊''陌陌''微信'全部第一时间注册，讲他是搞软件的，要跟踪业界动态。狗屁！他就是想学人家不正经！"

诗诗说："你还'陌陌'啊？真看不出来！子健在开罗无聊死了，一个人去了尼罗河边我们常去的那家餐厅吃饭，刚才给我发了几张照片过来，尼罗河的中午，真漂亮！"

三个脑袋凑近了，一起欣赏曾子健发来的开罗照片。

诗诗没有告诉钱旦、秦辛的是，曾子健已经了结在埃及生意，即将低调回国。

诗诗不知道的是，曾子健在开罗确实有为生意失利而焦虑，但并非只剩无聊。他不是一个人去的那家餐厅，他身边有位中国女孩。

那家餐厅名字叫做"Casino"，中文直译是"赌场"意思，却与赌场无关，只是在尼罗河西岸，距离吉萨"四季酒店"不远的一家河畔餐厅。

餐厅一半在岸上,一半在水上,曾子健和那女孩坐在最靠近河水,他以前和诗诗常选的位置。

一群开罗的年轻人在开生日聚会,音响里放起了生日歌,一个姑娘举着生日蛋糕,蛋糕上插着正在燃放的小烟花棒。这是餐厅为客人做生日聚会的习惯套路,眼前一幕对于曾子健来说若昨日重现,又恍如隔世。

女孩长发及肩、一米七左右的身高,相貌和身材有几分似这两年在电视上红起来的那个叫杨幂的女星。她望着曾子健,眼睛里有爱慕的光,嘴里说不完的话。

他们吃了一顿西式午餐,一个人要了牛排,另一个人要了鱼;一个人要了罗宋汤,另一个人要了法式蘑菇浓汤;两个人分享一大盘由西红柿、黄瓜、洋葱等拌以橄榄油、醋而成的"东方沙拉";点了提拉米苏、冰淇淋;开了一瓶红酒。

吃完之后,他们走出餐厅,沿着尼罗河边人行道走了不长一段路。一拐弯,进了尼罗河西岸的"四季酒店"。

酒店大堂人不多。墙边、角落、柱旁殖民时代风格的木桌上摆放着很多造型各异玻璃花瓶,瓶中白色玫瑰、百合插放得拥挤。酒店布置如世外桃源,温馨而富有异国情调。

曾子健扫视一圈,没有熟人,他握住了旁边女孩的手。

不过几秒钟,女孩把自己的手从他手中滑了出来。

他们进了电梯,出了电梯,在客房过道上一前一后,安静走着。

终于进了房间,房门在身后关上,女孩仿佛松了口气,赞道:"哇!这房间好赞!"

曾子健平静而自得:"你去窗户前看看外边。"

女孩走到窗边,叹道:"呀!能看到金字塔咧!"

曾子健走到她身后，一只手揽在她腰上。

女孩推却，转身往浴室走："我先洗个澡。"

曾子健跟在后面，亦步亦趋，等她经过床边时，猛然在她背上一推。女孩"啊"的一声，伏倒在大床上。

曾子健压住了她，一只手去拽她的牛仔裤……

事毕，女孩起身，嗔了一句"你今天好野蛮"，朝浴室走去。

她叫吴锦华，二十六岁，比曾子健小了十二岁，比诗诗小了六岁，本科毕业，校园招聘进了"伟中"的销售部门，被外派至埃及。她在学校是好学生，在"伟中"是优秀新员工。

她读大一那年交了男朋友，男孩是高一届校友，硕士毕业后进了南京一家国企。两个人至少在表面上感情稳定，未来可期。

曾子健出卖"伟中"商业机密的事情因为没有证据，并没有人尽皆知。知情人纷纷调离埃及之后，了解他的人更少。他没有刻意接近"伟中"的圈子，也没有刻意远离。大家只知道这么一个留在埃及当地做生意的前同事。

他在2011年日子过得郁闷，信了当地朋友的邪，把钱投进了埃及股市不久，国家动乱，他还没来得及跑，股市跌停、长达一个多月的休市。3月重新开市后，"EGX30"指数更是创下了开盘60多秒暴跌9.93%的记录。接着，生意一蹶不振，局势不见平定的曙光，他把老婆、孩子送回了国，独自留守。

他在马阿迪俱乐部游泳时遇见了吴锦华。

他和吴锦华一起游泳，一起买菜做饭，一起看片、追剧、听歌，一起玩游戏，一起利用局势稍定的间隙外出。

除夕，因为时差，他们在尼罗河的下午向在国内的家人拜年。到了尼罗河的子夜，他们一起上了床。

曾子健在浴室洗澡，他想起了往事，这家酒店是他和诗诗的老地方，两个人有孩子前有时过来浪漫，儿子也是在这里怀上的。

他下意识里这是他的"老地方",并没去想这是他和诗诗共同的"老地方"。此刻,他没有觉着心理不适,他的人生不对任何已经发生的事情后悔、内疚。

他没有想过许诺给吴锦华未来,两个人甚至没有定义过这段关系。一个月前,吴锦华告诉他自己快要调动回国了。他想,也许无疾而终是最好的结局?这段关系既然从来没有宣布过"开始",那么也不需要给予"结束"仪式感吧?

回忆刚才在床上片段,吴锦华比诗诗放肆。他有些舍不得。心想,是不是不需要结束这段关系?自己也要回深圳了,山水有相逢,尽管,他并没有告诉吴锦华自己的回国计划。

他认为男男女女之间,花花草草的关系要达到动态平衡,关键是两个人期望值要一样。那么,吴锦华期望的是什么?说不定自己想多了,人家压根没想过要你负什么责呢。

他洗完澡,回到房间。吴锦华靠在床头打电话,雪白被子下面露出一截小麦色皮肤,和诗诗的白皙不一样。

她说了句"亲爱的,Bye bye",挂了电话。

她对曾子健莞尔一笑:"我男朋友,我快要调回去了,他在和我讨论结婚的事情。有个问题是我们将来把家安在深圳?还是南京?"

曾子健望着她,觉得她的表情自然,没有尴尬,难道自己还要回答这个问题不成?他没吭气,走过去,躺在她身边,手从她肩头穿过,抱住她,冒出来一句:"你对我们,期望是什么?"

吴锦华的心里在期盼他的回答,期盼他对两个人的未来有个答案。她从未对他提过自己的期盼,只是因为矜持。对他的反问,她迟疑了一下,口气有些勉强:"我的期望是什么?呵呵,是满足身体上的欲望呀?"

他温柔地问:"那你刚才满足了吗?"

她突然不想说话了。

她划拉着自己的"iPhone 4S",然后,侧过身体,顺势离开了他的怀抱。

她把手机放在床头柜的音响座上,阿黛儿沙哑、浑厚、有穿透力的歌声环绕在房间里:

> I wish nothing but the best for you too
> Don't forget me I beg
> I'll remember you said
> Sometimes it lasts in love
> But sometimes it hurts instead
> Sometimes it lasts in love
> But sometimes it hurts instead

| 第六章 |
友好客户卡恩

德国,杜塞尔多夫。

老城酒吧区有一家本地传统餐厅,位于临街三层楼房子一楼的小小门面,柜台和厨房在十来平米室内,食客们在室外露天坐着。

它深褐色木头门脸,门楣处绿色灯箱,上面伏着一头猪的雕像。店里主打德国猪手、酸菜、啤酒,是路文涛最爱。

晚上八点多,5月的天色没有暗下去。店铺里和街边,灯已点亮,黄色的灯光。

五个中国人围坐在一张黑褐色餐桌旁,每个人面前一个白色大餐盘，餐盘里是各自的德国猪手、酸菜。每个人面前一个500ML左右的高、直玻璃杯，有的杯子里是黑啤酒，有的杯子里是白啤酒。

在 C 罗、卡卡、拉莫斯都没有把点球踢进对方球门、拜仁慕尼黑队在欧洲冠军联赛半决赛中淘汰皇家马德里队的晚上，被德国警察抓走的两位研发兄弟完成了他们的出差任务，第二天要回国了。路文涛、张文华、杰瑞为他们饯行。

啤酒上到第三轮，一个研发兄弟举起了杯，他酒量有限，说话已经卷舌头："张总、路总、杰瑞总，谢谢你们的照顾！"

路文涛说："别总、总、总了，公司现在见到个人就叫'总'，腻！"

张文华喝了一大口："没照顾好兄弟们！你们第一次来海外出差就被警察抓去关了一晚上！"

另一个研发兄弟说："我当时心里还是怕的，不过现在想，也是难得的人生体验！德国警察局一夜游。"

他问："听说为了救我们出来，客户的高层帮忙了？"

张文华说："你们得敬老路酒，是他找的人。"

两张仍带稚气的脸特别诚挚地望着路文涛，手里酒杯举得高高的。

时间回到他们被抓走的第二天，一大早张文华就拿着一份证明材料，带着公司法务和外部律师去了警察局。

他们要证明两个研发兄弟此行不是"工作"，而是"商务"。参加会议、技术讨论都算商务活动。张文华细致，材料中的日程表和申请签证时的相符，在和"莱茵电信"的会议之外，还有足够的"伟中"总部团队与当地团队的技术讨论、会议的时间表。

德国人严谨，警官认真地审视完材料，提出问题："既然最重要的是和'莱茵电信'的会议,你们能不能提供'莱茵电信'的相应证明?例如会议日程。否则,仅仅是你们自己写个东西,就来证明自己清白?"

张文华琢磨不能再浪费时间,得直接向客户高层求助。

路文涛去了"莱茵电信"的办公楼拜访卡恩。

卡恩是路文涛对口的一位客户高级副总裁,五十多岁,金发、碧眼、粗糙皮肤、魁梧身材,即使头发不算长,路文涛也觉得他似"金毛狮王"。

全世界几乎所有电信运营商的办公楼里都可以看见晃来晃去的中国人。他们要么西装领带或者套裙,拎一个大公文包,要么穿着随意些,背着塞满了的电脑双肩包。

他们,是几家中国电信设备供应商的销售人员或者工程师们。中国人正以他们特有的诚挚、谦逊、坚韧,帮助世界各地的电信运营商们解决各种各样的问题,也兢兢业业构建着从"CXO"至普通工程师的组织型客户关系。

路文涛先去一楼的咖啡厅买了三杯咖啡,用硬纸杯托装着,再匆匆上楼,直扑卡恩的办公室。

卡恩见到路文涛端着三杯咖啡冲进来,耸耸肩:"哦,咖啡,又是咖啡。"

路文涛说:"那,下次我端着啤酒进来?"

卡恩呵呵一笑:"'伟中'的销售人员是咖啡、咖啡、再咖啡,你每次来办公室都给我带一杯咖啡。你的竞争对手可比你要好一些,她是低胸、低胸、再低胸,每次来穿得都更低胸一些。"

路文涛敏感,尽管此行任务特定而紧急,他仍然警觉又装着随意地问:"谁?我的竞争对手?他们经常来找你的不也是一位绅士么?"

卡恩接过咖啡:"不是那家卖无线设备的竞争对手,是惠逊公司,他们的销售经理最近来了两次,一位叫雷奥妮的女士。"

"雷奥"这个前缀在拉丁语中有狮子的意思,卡恩一边刻意强调她的名字,一边伸出手,做出了狮子爪的样子。

"惠逊"是一家美国公司,是开发、销售 IT 和"云计算"产品及解决方案的玩家,并不是"伟中"在电信设备领域的传统竞争对手。

虽然路文涛对卡恩的信息留了个心眼,但并没有意识到"惠逊"可能带来什么样的威胁。他无意在这个上午发散,伸手多扭开了一粒衬衣扣子:"那,我今后就咖啡加上低胸?"

卡恩哈哈大笑。他俩认识将近一年了,交往不仅限于办公室里。卡恩心底里欣赏这个看似风风火火、不拘小节,实则勤奋、务实、可靠的中国人,也认可他背后那家公司,乃至那个国家。

路文涛在来时路上已经通过电话交待了事情的来龙去脉。

卡恩收起笑容,说:"我不能证明你的两个同事没有做与签证不符的事情,我只能证明'伟中'与'莱茵电信'的相关工作计划,包括我们已经确定的会议日程。当然,我们可以增加一两次待定的会议日程。"

路文涛略一思考:"卡恩先生,请你再帮忙说明试验网络的地点,我想证明他们两人出现的地点是与我们后续的会议、谈判相关的。"

"你确定?你想证明什么?他们在那里工作吗?"

路文涛拿不准了:"他们遇到警察时拿着电脑、手机,在测试,这些是违背'商务签'要求的活动吗?真烦人!我们现在来出差的同事全部不敢坐在办公室里了,很不方便。你知道,如果我们是在餐馆洗盘子,一看就是'工作',但我们坐在办公室里对着电脑,怎么区分是在'工作',还是在做会议、谈判等商务活动的准备?"

卡恩干脆地说:"我不知道!不要猜测,去问你们的律师。我们要习惯让专业的人回答专业的问题!我已经让埃莉诺在准备你们要的材料了。"

一个三十来岁、个子不算高、中长金发做成"波波头"发型、脸庞轮廓感很强的女士踩着高跟鞋走了进来。她叫埃莉诺,是卡恩的下属,在客户方负责此次"伟中"网络的验证。

卡恩示意她把材料递给了路文涛:"如果没问题,你带走这份纸面件,然后,埃莉诺会按照你们提供的邮箱,发一份电子件过去,抄送你们。"

不等路文涛看完材料,埃莉诺说了句:"我想这是'莱茵电信'仅能提供的,所有!"然后对着卡恩一笑示意,对着路文涛翻了一个完美的白眼,转身就走。

路文涛赶紧拿起桌上剩下的一杯咖啡:"埃莉诺女士,上午好!这是你的咖啡。"

埃莉诺顿了两秒,不情愿地伸手接过咖啡,说了句"谢谢",又翻了一个完美白眼,"噔噔噔"地走了。

埃莉诺是土生土长德国人,但即使在"莱茵电信"内部,性格也不讨喜。她不喜欢路文涛,也不喜欢"伟中"。

路文涛认真看了材料,再谢过卡恩,转身离去。

走到门口时,卡恩叫他的名字,他驻足、回头。

卡恩说:"谢谢你的咖啡!告诉你一个秘密,低胸和咖啡,我都喜欢。"

拿着"莱茵电信"和"伟中"的证明材料,加上公司法务、外部律师的努力,两位研发兄弟在那天下午被放了出来。

他俩一旦恢复自由,着急的就是手头工作,继续加班加点,终于完成了验证网络的测试、调优。"伟中"向"莱茵电信"提交了报告,双方开过两次会,两位兄弟需要赶在签证到期之前离开德国。

五个人又碰了一次杯,这一大口酒是路文涛谢谢技术团队支持,令他有信心让"伟中"的无线网络产品在"莱茵电信"实现规模销售。

一位研发兄弟有些不好意思:"我出差之前认真学了签证知识,学了德国出差指南,还通过了网上考试。但是当时太紧张了,就想说明我们不是坏人,又不知道怎么才能表达清楚,急得在警察面前反复讲是来'工作'的。"

路文涛安慰他:"没关系,兄弟们都是这样过来的,我那时候更土。我刚到海外时去见客户,谈验收,觉得平时和客户关系挺好的,干嘛拖着不验收呢?一着急脑子里想着'你丫这个面子都不给',对着客户来了一句'Give me a face please',神奇的是,客户听明白了。"

张文华跟着讲段子:"杰瑞同学刚来德国时,有一次我们租了辆商务车出去,他最后上车,一上车冲着德国司机喊'Open the car please',把德国人唬住了,认真思考中国人这是想怎样把车子打开?"

杰瑞说:"我到德国时英语已经进步很大,从'很差'进步到'比较差'了!我第一次出国是去西班牙出差,从香港飞马德里,中间在迪拜机场转机的时候晕了,不知道怎么走了,最后遇到一个女同胞,一问,居然也是去马德里的,还是去探亲的公司员工家属,我就像见到救星一样地跟在她后面走,帮她拎包、买吃的,就怕她不带我走。"

路文涛说:"那还有更经典的,中东有个兄弟从迪拜飞香港,在曼谷经停时以为到站了,吭哧吭哧往里面冲,一直冲到 Passport Control(入境签证检查的区域)才搞清楚到的是泰国,不是香港。那兄弟边走边纳闷,怎么出来才一年,广东话腔调不一样啦?"

他段子存货不少,再来一个:"当年公司大牛给海外客户讲PPT,全程就会用三个英文词,首先指着投影在墙上的材料内容,讲第一个词'Look!(看!)',沉默两分钟,用第二个词问客户'Understand?(明白了吗?)',等客户点头后说第三个词'Next!(下一页)',然后翻到下一页PPT,重复Look, Understand, Next……"

几个人笑得开心。

一位研发兄弟问:"杰瑞,公司是怎么做通你的工作,逼着你到海外来常驻的?"

杰瑞自豪地说:"我自己报名的!当时的部门领导不想放,我沟通了好几次。我觉得吧,人总是要离开自己的舒适区,不断去新鲜环境中刺激自己的。讲好英语是多大的事情?不敢张口永远没有,敢张口进步就大。"

张文华赞许地说:"杰瑞过来之后不但英语越来越溜,现在德语都可以讲讲了。我在海外这几年,看到太多菜鸟高飞的故事了!尤其技术工程师,不少是理工科专业毕业的宅男,出来后不但要搞定技术问题,还要和客户打交道,扑腾着、扑腾着就越飞越高了。"

杰瑞不失时机地动员两位研发兄弟:"欧洲正缺人,你们要不要考虑下?申请转技术服务或者销售,到海外来,趁年轻多赚钱、快涨经验值、快升级!"

一位研发兄弟踌躇的样子:"我想申请来海外,不过现在公司对外派常驻的要求变高了,不是想出来就能出来的。我有个同学在技术服务,说是调动到海外前必须完成英语考试,考'托福''雅思''托业'都行,我怕短时间内搞不定考试。"

杰瑞继续鼓动："有什么搞不定的？你从小到大考试少了？就看肯不肯把时间花在上面。任何事迈出第一步难，一旦迈出了第一步，你就停不下来了。"

张文华感慨："以前那一代中国的年轻人，为了不继续受穷，鼓起勇气从内地农村跑到沿海去打工。现在我们这一拨人，为了过得更精彩，一不小心就跑遍了全世界。怕什么？年轻就是最大的本钱！"

路文涛望着杰瑞，他之前对张文华手下的这个小兄弟并不熟悉，他问："杰瑞，你是哪一年的？"

杰瑞说："路总，我1984年的。"

"说了别叫我'总'，叫老路吧！1984年的，二十八岁，结婚了没？"

"没有。"杰瑞顿了顿，坦白说，"刚和女朋友分手，现在变回单身狗了。"

杰瑞自提一大口，喝完杯中酒。

他的女友在三个月之前成为了前女友。

她是他大学校园里初恋。杰瑞出国以后，女孩越来越发现自己需要的是有个人陪在身边，两两相望。杰瑞却发现外面的世界很精彩，他以为女孩仍然与他望向同一个方向。

一旦两个人的期望不一样，男男女女之间，花花草草的关系就难保持动态平衡。女孩身边出现了新的追求者，杰瑞得到消息的时候，女孩已经急着"奉子成婚"，新郎不是他。

有一句西谚"Every each black cloud has embedded a silver lining"，"每一朵乌云都镶着一道银边"，意思是任何困境中都隐藏着希望。杰瑞偶然读到这句谚语，这段时间，尽管他心里一朵大乌云，但身上依然阳光。兄弟们不知道他的伤心。

路文涛说："我怎么觉得你这一杯酒喝的净是惆怅呢？在德国

再找一个女朋友呗！以前我们一帮兄弟在沙特，大家都以为见不到女人，无比同情他们，结果，他们暴露了一张吃火锅的照片，照片上居然一半男生，一半美女！他们居然和一家医院的中国女护士搭上线了。德国总比沙特有资源吧！"

杰瑞摇头："路总，哦，老路，我先不找了，聚焦工作，一起把我们的无线产品卖进'莱茵电信'。"

一个研发兄弟问："领导，客户对测试结果满意吗？会给我们大规模进入的机会吗？"

路文涛说："客户还没有决策，很难说结果！客户提了一些新的功能特性，我们现在的软件版本不满足，下一个版本可以满足，但是新版本计划9月10日发布，太晚了！我正在推动你们领导，要求提前到7月15日发布版本，还没搞定。"

那位研发兄弟说："提前这么久？领导，不可能的，我们部门现在人手真的很紧张，9月10日已经是极限了。"

张文华笑道："不可能？'伟中'没有不可能的事情，如果你们领导说不可能，我们就找你们领导的领导推动，再不行就发邮件给老板。"

路文涛说："你们领导跟我急了，他和你的说法一模一样，不可能？我不打算和他废话了，今后邮件单独主送你们产品线总裁，抄送你领导，算告知他进展，以示礼貌。"

研发兄弟吐吐舌头，又端起了酒杯："一线好有狼性啊！"

杰瑞也端起了酒杯："不然呢？没狼性怎么打硬仗？竞争对手会拱手把他们的奶酪给我们分一半？一线不以客户为中心，公司的钱从哪里来呢？兄弟们的工资、奖金从哪里来呢？"

几个人不同程度地舌头打卷，该散场了。

三个小伙子往河边走，最后一夜，杰瑞要带着两位研发兄弟沿莱茵河边的散步道走走，看看风景。

张文华再三交待明显喝多的他们不要太靠近河边，别掉到河里去了。"伟中"这些心怀好奇、充满活力的年轻人行走、奔跑在全世界的角落，人身安全自然是该特别小心。

张文华和路文涛向另一个方向走，打算找辆出租车回家。

经过老城集市广场，路文涛掏出手机，借着灯光，对着广场中央一尊戎装骑士的青铜雕像拍照。雕像是十八世纪初的选帝侯约翰威廉二世，据说它不仅是杜塞尔多夫的象征之一，还是阿尔卑斯山以北最重要的巴洛克风格骑士雕像之一。

张文华问："拍啥呢？你来过多少次了，没拍过照？"

路文涛说："发个'朋友圈'。"

"微信"最新版本增加了可以把照片分享到"朋友圈"的功能，大家正玩得热闹。

张文华说："别骚了！别在'朋友圈'发些风花雪月，让人以为我们在欧洲有多爽！偶尔发个午夜办公室的孤灯、加完班回家路上的冷清、又奋斗了一年的决心就行了。"

路文涛眯着有些醉意眼睛："那我发小群里，总可以吧？"

张文华说："小群也少发！罗小祥中午吃饭的时候在领导面前内涵你了，讲我们在欧洲不能只对公司讲故事，讲业务前景多么美好、客户关系多么好的故事，要拿数字说话。这小子现在销售数字好看，嚣张也就罢了，一有机会就暗踩别的兄弟。你屁股大，哪天你在他脸上坐一屁股。"

路文涛笑笑："我屁股不大，也不会在公司内部搞办公室政治。他就是个精致的利己主义者，不过他说得没错，他卖得不错，我一直在描绘我们无线产品大规模卖进'莱茵电信'的美好前景，一直没有真正卖进去，没有像样的订货和收入数字么！做销售的当然要拿数字说话，现在到了我'不成功便成仁'的时候了！"

路文涛听进了张文华关于"朋友圈"的忠告，但是他仍然发了一条，没有留文字，只是一张夜色里策马前行的青铜骑士雕像的照片。

| 第七章 |

"中国人来了"

一天下午，路文涛请了两个小时事假，带着老婆、女儿去幼儿园面试。

初来杜塞尔多夫时，他们没有想到在德国上幼儿园会与在深圳一样面临学位问题，还得去面试。

德国法律规定，必须给三岁以上儿童提供幼儿园学位。德国三至六岁儿童入园率达到90%，但幼儿园能够接收孩子的数量有限，有些家庭在妈妈怀孕的时候就在报名学位了。他俩考虑晚了，又想找一家离家近的，更是不容易。

终于，他们排着学位那家幼儿园有小孩搬走，出现了空学位，轮到了他们。

幼儿园离家只有八百米，小小一个门面，从外面看不像是在国内时对一所幼儿园的印象。但推门进去，一个童趣盎然的世界跃然而现。这算是一所中等规模幼儿园，两层楼建筑，有大片室外活动场地，五六十个孩子。

幼儿园园长，一位日耳曼老太太接待了他们。

夫妻俩坐下，小雨霏起初认生，伏在妈妈腿上，很快变得好奇，一会儿跑开，去看看正在玩耍的小朋友，一会儿又欢快钻回妈妈怀里，跑开的时间越来越长。

老太太问了他们一些问题，在哪里工作？为什么选这家幼儿园？这家幼儿园为什么要接收路雨霏小朋友？诸如此类。

老太太问完了，路文涛有问题："我看到我们的小孩不是按照年龄分班的，而是混龄在一起，那么，大孩子会不会打小孩子？"

老太太和蔼："小孩子打架不是大问题，只要他们不使用武器，就不会造成严重后果。并且，我们的社会本来就是由不同年龄段的人组成的，小孩子要适应与比她大的、比她小的各种人共处。"

路文涛迟疑了一下，问："我看到我们幼儿园有阿拉伯小孩？"

老太太不高兴了："当然！我们是一家国际化幼儿园，我们接收任何种族的孩子，你有问题吗？"

吴俪俪见老太太板起了脸，生怕节外生枝，瞪了路文涛一眼。

路文涛赶紧解释："我对此没有任何担心。我在阿拉伯世界工作生活了十年。我觉得很亲切。"

吴俪俪补充："我们的宝宝是他在也门工作时怀上的。"

老太太重新露出笑容："很好！"

一家三口，大手牵小手，从幼儿园向家里走去。

吴俪俪说："雨霏，上幼儿园就不能睡懒觉了哦，每天早上八点钟就要赶到幼儿园。"

路雨霏一本正经说："妈妈，我又有点想去幼儿园，又有点不想去。"

路文涛说："人家还没有说你通过面试了，你还不想去？如果老奶奶同意你进去，说明你很厉害，通过她的考试了！幼儿园多好玩，那么多小朋友。"

吴俪俪担心了："老公，你说我们会通过面试吧？都怪你，问她什么阿拉伯小孩的问题，移民的事情在德国越来越敏感。"

"我不是解释了么？老太太最后笑得多开心！看来她是德国人正统立场，不会有歧视，那我们也更放心把雨霏放在她那里！"

吴俪俪放心了："雨霏，园长奶奶很喜欢你哦！"

"妈妈，那我每天几点钟从幼儿园回家？"

"下午四点。"

"那你要每天第一个出现，比别的小朋友爸爸妈妈都要早！"

"好的！"

三个人到了家，路文涛看了看时间，没有急着离开。

三岁孩子乐于重复简单的快乐。雨霏见爸爸没有要回公司的意思，兴奋起来，缠着爸爸要"公主抱""球抱""倒着抱"，然后要假装抱不住，把自己掉到地上的样子，去吓妈妈。这是她最近喜欢的游戏，一遍又一遍，乐此不疲。

将近晚饭时间，路文涛说："不玩了，爸爸约了客户吃晚饭，得走了！"

路雨霏失望地翘起小嘴，这是他们家经常发生的事情。

吴俪俪牵着女儿把路文涛送到门口，目送他消失在拐角。

她曾经是深圳一家互联网公司年轻的网络安全专家，深得领导信任。路文涛常驻海外，他们长期牛郎织女，到了想要宝宝的年龄，只能利用路文涛的年休假时间来造人。她迟迟没有怀上。

两个人再三权衡，决定了她放弃自己的工作来海外做员工家属，陪着路文涛。她的日常生活从深圳科技园的大厦变成了也门萨那的小民居。

"伟中"不少这样的海外员工家属，自己亦年轻、优秀，却因为丈夫长期外派，面临着是坚持自己事业还是为家庭生活做出牺牲的选择。

一个强调"奋斗"的公司应该给予奋斗者足够劳动所得。"伟中"公司的员工薪酬远远高于深圳平均水平，长期绩效良好的骨干一个人的收入足够养个小家，一些员工家属便安于全职太太，成为"男人背后的女人"。

另一些人则坚持自己事业，或者接受"两情若是久长时，又岂在朝朝暮暮"的日常,"金风玉露一相逢,便胜却人间无数"的短聚;或者因为两个人之间的遥远,感情由浓转淡,到头来"一别两宽,各生欢喜"。

还有一些人,如吴俪俪,既愿意追随丈夫脚步更多地照顾家庭,又不愿意在事业上完全放弃自我。她们一段时间扮演家庭主妇角色,一段时间又忍不住地重出江湖。

女儿真要去上幼儿园了,想到白天大部分时间属于自己了,吴俪俪却又不知道该忙些什么?家属中有人在做代购,四年前的"毒奶粉事件"让欧洲奶粉生意火爆,但她兴趣不大。她决定先报个德语班,把多出来的时间花在学习上。

那天晚上,路文涛约好了卡恩吃饭。

客户关系像个蓄水池,客户帮你忙,算是从池子里取水,取水取多了,池子里水位降了,自然该再蓄上。这段时间卡恩对"伟中"支持不少,于他算是公事公办,但路文涛想着该把他请出办公室吃顿饭了。

客户迟迟没有决策无线基站的升级换代合同,路文涛在"喜马拉雅"脚下久久徘徊,仍然没有登上第一个大坡。"伟中"在欧洲捷报频传,同事们的大旗四地里飘扬,他没有压力是不可能的。他想在办公室之外探探项目消息。

他选了一家离有轨电车经过的大马路不远、又要往巷子深处走上约二十米的意大利餐厅。卡恩没到,路文涛坐在靠墙一张圆形餐桌旁,先要了一杯气泡水。餐桌不大,白色桌布上面已经放好大小玻璃杯、各种刀叉,显得拥挤而亲密。

卡恩之于路文涛,是一种亦商亦师亦友的关系。

"伟中"的销售人员要去解读客户"KPI(关键绩效指标)",要在客户中发展自己的"教练",这是一种职业训练,对路文涛,亦是一种"自带 buff"的技能。他父母皆有兄弟姐妹多人,皆是兄弟姐妹中老大，对其兄弟姐妹，皆非强势指挥，而是真心照顾。路文涛耳闻目染，从小习惯在人际交往中多关注"你"。

说到解读客户"KPI"，路文涛"自带 buff"的思维模式就不是我有什么产品，我想卖给你什么产品？而是你的商业模式、成功要素、竞争环境是什么？你的痛在哪里？客户各个部门主管的"KPI"是什么？我要做些什么来帮到你？

说到发展"教练"，正是这种出自内心，而非职业习惯的对客户商业成功的关注，加上从他身上可见的泼辣、大胆，又勤奋、务实的工作作风，令得卡恩愿意把"莱茵电信"的实际情况、决策链上每个人的观点，甚至竞争对手情况有意无意地告诉他。卡恩起到了客户中教你该怎么做的教练作用。

路文涛独自坐了十分钟，"金毛狮王"卡恩走了进来。

他起身迎接，再坐下时，卡恩顺手把一个牛皮纸袋递给他："你要的红酒。"

路文涛摸出一个信封："三百欧元。"

卡恩坦然接了，放进自己口袋。

卡恩爱红酒，第一次邀请路文涛上家里做客时带他参观了自己的酒窖。他收罗了不少好红酒，有节假日享用的，有存着待升值的。路文涛着急融进欧洲人圈子，正在培养自己在红酒上的品位，他除了拜卡恩为师，还偶尔从他那里买瓶好酒。今天这瓶是有老乡回国休假，他买来让其带回去送给他姐姐。

这也许可以理解为他们作为"友"的一面。作为甲方乙方，这样的行为显然很不"严谨"。但他俩保持着这个习惯，路文涛依照市场价买酒。

卡恩点了一份蛤蜊意大利面，配番茄的。路文涛要了一份威尼斯牛肝。

卡恩有些嫌弃地望着炸得有点黑的牛肝："你喜欢吃这个？"

"我最近胖了，决定晚上不吃碳水化合物。"

"你晚上不吃碳水化合物？那么，我们来意大利餐厅做什么？嗯，这里有意面、披萨、提拉米苏，所以你来迷惑意大利人？"

"吃牛肝啊！"路文涛见他嫌弃，故意说，"德国人不是也爱吃内脏么？"

"谁告诉你德国人爱吃内脏？"

"德国的全称不是德意志香肠共和国吗？我知道德国人杀一头猪，除了眼球，其他部分全部包到香肠里去了。"

卡恩哈哈大笑："路，你来了不到一年，已经是我认识的亚洲人中间最了解德国的一个了。"

他吃了两口意面，暂时放下刀叉："我昨天晚上在线上看了一部纪录片，BBC 的《中国人来了》。"

路文涛说："我看过这一部。"

卡恩的碧眼望着他："你怎么看待这部片子？"

路文涛说："我记得这部片子讲了在非洲、巴西和美国的中国人的故事，客观上说，它反映了中国人在这个世界的存在感越来越强，但是，我感觉制作这部片子的人有些嫉妒，在暗示'威胁论'。"

卡恩点头："事实上，一些德国人也不习惯中国人现在扮演的角色。他们担心你们什么都做，迟早会强势进入德国的传统优势产业，动了德国人的奶酪。"

卡恩形象地补充："过去你们输出玩具、袜子、中餐馆，现在你们输出一个国家的关键基础设施。过去你们的工人在《时代周刊》封面，现在你们的工程师满世界飞。"

路文涛想了想："我认为，几年前中国工人作为一个群体成为《时代周刊》的年度人物既是反映了中国制造对世界的贡献，反映了一个时代中国在享用其'劳动力红利'的客观事实，又反映了西方一些人对中国价值的诉求,他们希望中国人永远仅仅为西方代工。"

卡恩问:"不好吗?这个世界本来就是分工协作的。"

"我记得去年底有一个'iPhone'的利润分配分析,说每卖出一台'iPhone',苹果公司获取将近60%利润,物料供应方获取20%利润,中国代工厂只获取到1.8%利润。这不是一个问题,苹果公司颠覆了人们过去对手机的定义,这是他们该得的。问题是中国代工厂这1.8%的利润还是建立在低成本的工人高强度的劳动上的,就是在中国工人成为《时代周刊》年度人物的第二年,那家代工厂发生了十三起工人跳楼事件。"

卡恩心里认同路文涛说的话,但他继续挑战:"可以让'苹果'这样的公司把利润多分一点给你们,你们可以改善工人的薪酬、福利水平,继续做好世界工厂,不好么?"

路文涛说:"卡恩先生,如果中国工人要求更高的工资,更好的劳工福利,你认为苹果公司的选择是牺牲一些利润,接受中国代工厂的劳动力成本逐年上涨?还是会选择去印度、越南、马来西亚甚至尼日利亚寻找劳动力成本更低的代工厂?"

"产业链是一个复杂的问题。不过,我同意你,中国有十三亿人,十三亿人对世界的贡献不应该永远停留在提供低成本劳动力上,他们中总会有一些人有更高追求。"

路文涛曾经思考过这个问题:"中国的大学从1990年代开始扩大招生,培养了不少工程师、程序员。现在,例如我们看到的电信行业,中国人从研发、制造到交付,表现出了很强的端到端的集成能力。西方应该接受中国从享用'劳动力红利'到享用'工程师红利'的转变。这个世界上唯一不变的是变化,不应该只是抗拒变化。不管东方人西方人,我们不要去怀念什么过去的黄金年代。黄金年代永远只在当下,因为我们可以做的选择在当下！"

卡恩欣赏地望着路文涛："但是你们动了别人的奶酪，你们在试图踩破人们已经习惯的旧的利益链，重构新的利益链。你们必须特别小心！另外，我想说的是，我并不是因为喜欢你们而支持你们，而是为了'莱茵电信'的利益。供应商一家独大对'莱茵电信'来说不是一件好事情，我希望通过你们来平衡你们的竞争对手，重构这个利益链。"

卡恩一贯开放而务实，他说得真诚。

路文涛见他主动把话题引到项目上来了，问："'莱茵电信'已经决策了吗？我们会得到好消息吗？"

卡恩埋头吃了点东西，等自己咀嚼完，说："本周内会决策，我们要在明年一季度末之前完成至少20%的无线基站的替换。工程时间紧，如果给你们一部分，你们能吃得进多少？"

路文涛毫不犹豫："当然是你们给多少，我们就可以吃进多少啊！"

卡恩笑了："贪婪的家伙！"

路文涛认真地说："我们有在德国其他运营商的成功交付经验。我相信交付能力是没有问题的。并且，你刚才说供应商一家独大对'莱茵电信'来说不是好事，那么，没有足够的份额怎么打破垄断？"

卡恩问："上次会议谈到的新功能特性，你们的新软件版本什么时候可以出来？"

公司研发原来计划是9月10日发布新版本，路文涛已经在气势汹汹地推动，要求将版本时间提前到7月15日，但还没有得到公司的结论。

他保守地报了一个大概时间："我仍然在等研发最后答复，应该在8月份。"

卡恩似乎是随口嘟噜一句："你们的竞争对手在圣诞节之前是不会有版本满足这些功能特性的。"

路文涛的耳朵当然捕捉到了关键信息。"伟中"的上上下下已经围绕项目做了很多工作，他会在与卡恩的饭局之后第一时间把信息和他的领导老孙共享。

吃完饭，两个人在餐厅门口告别。

不知道路边一树一树白色的是什么花？空气中弥漫着花香，一辆银色有轨电车从不远处的马路上悠过，驶入夜深人静。

路文涛想起了什么："卡恩先生，最近那位低胸的母狮子还经常来拜访你吗？"

"偶尔。"

路文涛追问："我有些好奇，为什么惠逊公司的销售经理开始频繁拜访你呢？他们是做IT和'云服务'的，应该去拜访你们主管IT的诺伊尔才对嘛？"

"好问题！"卡恩应了一句，不吭气了。

路文涛有些无奈："卡恩先生，我知道是好问题，但是，我想有答案。"

卡恩狡黠一笑："她不仅拜访我，还拜访莱曼。路，你是一个优秀的销售人员，敏感、喜欢思考，而且行动敏捷。至于雷奥妮为什么拜访我？我把这个问题还给你，作为你的家庭作业吧！"

他提到的莱曼是"莱茵电信"主管固定网络的一位高级副总裁，是罗小祥对口的客户。

路文涛问："那么，你能不能给我一个线索？"

"当然！刚才我们提到垄断，电信设备市场越来越封闭了，这个世界上像样的供应商算上你们，不到五家。"

"但是美国人并没有无线网络产品？惠逊公司的优势在IT和'云'。"

卡恩那一刻的语气真像一个教练，他说："你是技术工程师出身，应该多关注技术趋势。你先思考，等你有了开始，我们再讨论这个课题。"

说再见之前，卡恩最后给了路文涛一个提醒："诺伊尔不支持你们。"

路文涛心里一惊，他们反复分析过关键客户对"伟中"的支持度，以及这个项目的客户决策链。他们认为主管IT的诺伊尔与这个无线设备的项目关系不大，是个打酱油的。

他问："诺伊尔是你们的'首席信息官'，我可以理解他不支持我们的IT产品，但是，他为什么会不支持我们的无线网络产品？"

卡恩说："诺伊尔不仅是'首席信息官'，他兼着'首席信息安全官'，作为中国公司，你们在网络安全上要特别小心！"

| 第八章 |

狼行千里吃肉

从"伟中"办公楼出门，跨过一条大马路，经过一大片树林、草地，就到了莱茵河边。

星期六下午，不少住在附近的人沿着河边草地上骑车、跑步、遛狗。

路文涛朝着河走，经过草地，下到水边的碎石子滩涂上。

他弯腰选了两个石子，捏好，侧过身子，屈下右腿，用力扔出一颗，石子扑通一声沉进河水里。

他调整站姿，歪着头，用力扔出第二颗，石子在莱茵河面上跳跃，打出了一串水漂。

一个比他高出差不多半个头的德国妇人从他身后路过，叫了一声："很好！九个！"

路文涛得意地挥了挥手："谢谢！"

妇人手一扬，手里的一个网球被扔得远远的，在草地上跳动。她身边那条正瞪着路文涛的黑色大狼狗追着网球而去。妇人小跑着追着狗去了。

路文涛记起小时候他和姐姐跟着爸爸去河边散步，姐弟俩人喜欢比赛，看谁能打出更多的水漂？而老爸总是最后出手，经常一个石子打出一二十个水漂，令姐弟俩五体投地。现在，老爸应该没有什么力气，打不了那么多水漂了吧？

外派海外十余年，生活在别处，奋斗在他乡，路文涛对自己从"伟中"获得的回报满意，不管是远超过父辈的物质收入，还是这个平台给予自己的小时候不曾想过会拥有的经历、见识和成就感。

并且，他觉得自己就是一颗不安分的心。抛去所有得失错漏的计算，自己本心就是喜欢这样一种变幻与笃定交织的人生，变幻是在异乡的每日所见、所闻、所发生，笃定是在内心深处的某种说不清道不明的坚信、坚守。

但是，随着年岁渐长，他偶尔会思乡了。他不是一个没心没肺的人，他清楚自己失去了亲情陪伴中很重要的一部分，缺席了大家庭中不少重要时刻。

好在父母身体尚好，不用他操心。不过，他知道父母即使身体不好，一定也会因为怕自己操心而报喜不报忧。他在心里默念，希望父母一直能够保持身体健康，不要有一日令自己因为"树欲静而风不止，子欲养而亲不待"而遗憾。

他再弯腰捡起一个石子，又打出了一串漂亮水漂。

女儿顺利通过面试，下个星期要上幼儿园了。小姑娘在一天一天地长大，快要够力气打水漂了吧？将来，她会不会一样离开父母，去远空翱翔？而自己，也许终将变成那个在千里之外守望的老父亲？谁知道呢？我们的生命就是以这样的方式在一代接一代传承、延续吧！

路文涛是来办公室开会的，"莱茵电信客户部"主管们一年一度的自我批判会。

领导老孙一大早和客户老大去科隆打高尔夫球去了，那里在莱茵河和森林之间有一座著名的乡村球场。

科隆距离杜塞尔多夫四十多公里，老孙说是吃了午饭回来，下午三点开会。路文涛到了办公室，却看到老孙发给大家的消息，说会议推迟到下午四点。他就独自来莱茵河边走走。

又是一个星期过去，客户迟迟没有决策无线项目。老孙沉不住气了，他与客户老大的这场高尔夫球亦是醉翁之意不在酒。他从科隆回来，会带来什么样的消息呢？

清爽天空，有风，路文涛眯着眼睛欣赏缓缓舞动的云。

过去在北部非洲，与沙共舞。阿拉伯半岛上不时遇到沙尘暴，常常见到一堵墙从远方缓缓移动近来，却又能望见在墙顶之上的蓝色天空、白云甚至飞鸟。

每次沙墙来袭，乐观的他视线寻觅总是墙顶之上的蓝天。在他眼里，沙尘与蓝天是结合在一起的完整画面，只看得见其中之一会失之偏颇。

如今在欧洲，不再能够遇见来自撒哈拉的沙。他爱欣赏蔚蓝天空上云的舞动，蔚蓝与洁白间一样蕴含无穷变幻的可能。他想象着自己与云共舞。

看看表，快四点了，他转身向办公室走去。

办公室以前只在一楼门厅有一道门禁，现在每一个楼层都加上了门禁。他上到三楼，一个戴着"伟中"工卡的生面孔刷不开这一道门，正对着玻璃门里面张望。

"生面孔"见有人来了，有点儿拘谨地表明身份："我是机关来出差的，来支持'德国电信'项目的，上来开会。"

"你是'商务签'吧？你要让你们项目组的人来带你进去，要登记。"

"是。"

话虽这么说，路文涛从牛仔裤兜里掏出工卡，刷开了门，并没有制止跟在屁股后面溜进来的那位兄弟。今天不是工作日，移民局不会来查签证。

两个研发出差员工因为签证问题被警察扣留之后不久，移民局上门来查了一次签证。因为他们提前把没有"工作签"的员工赶出了办公室，所以没有招来质疑。但那么多短期出差的员工，完全不来办公室太不方便。"伟中"请了专业的律师来帮他们回答专业的问题，制定了更严格的签证管理规则。

一是他们在中国大使馆支持下，与德国政府相关部门就加快"短期工作签"的办理周期达成了共识，应该办理"工作签"的出差场景，就办理"工作签"。

二是他们把办公室做了分区，一楼作为访客区，其他楼层作为工作区，通过不同的门禁权限隔离。执"商务签"来出差的员工一律坐在一楼的访客区，作为工作区的几层楼只允许执有"工作签"的员工进入，或者由具有权限的员工带入会议室开会，开完会必须立即离开。

作为踩破旧的利益链的后来者，又是不同文化的代表，中国公司必须更加小心。他们在用工、签证、贸易合规、反商业贿赂、知识产权与商业秘密保护、网络安全与隐私保护上必须"白上加白"。在公司合规运营的方方面面哪怕有一个小污点，也可能被无限放大。

四点钟，路文涛踩着点进了会议室。

罗小祥、张文华等几个人已经坐在了里面。领导没有到，又是星期六，大家正高谈阔论得欢。

罗小祥见他进来，热情招呼道："路总，你真准时！就差你和领导了，领导什么时候来啊？"

"我哪儿知道？他不是发消息说四点吗？应该快了吧？"

"我还以为是你安排领导去科隆的，他没跟你及时通报进展？"

最近客户部的头号大事是无线项目，老孙要么被路文涛拉着参加项目分析会，要么拉着路文涛讨论。那天他俩在电梯口遇见罗小祥，只顾着窃窃私语，没有多在意一旁的罗小祥，只是敷衍地回应了一句他的招呼。罗小祥居然产生了一种被领导冷落的失落感，见到路文涛，他话里有点儿不自觉的阴阳怪气。

路文涛没有在意他的腔调。他留意到他穿着那套"杰尼亚"西装，真心觉得不错，打趣说："星期六穿这么正式？晚上有约会？你这套新西装真不错，骚气十足！哪里买的？"

罗小祥低头认真看了看："不骚吧？这个面料和颜色是显得鲜亮一点，上个月去'奥特莱斯'买的。路总，我都是去打折村买衣服，不像你们去旗舰店。"

从杜塞尔多夫往荷兰去，进入荷兰之后不久在德国、荷兰、比利时三国交界的鲁尔蒙德有一个卖打折名品的"奥特莱斯"购物村。"伟中"人招待国内来出差的同事的一个保留节目是带人去"奥特莱斯"。

路文涛说："我们都是去'奥特莱斯'买西装的好吧！去旗舰店的只有老孙。"

说曹操，曹操到。一阵脚步声，一身高尔夫装扮的老孙冲了进来。

他一屁股坐在会议室里他习惯坐的座位上，壮实身躯令椅子一震，先说了句"都到了吧！"再扫视大家，接着说："临时加一个项目分析会，讨论无线项目，讨论完了再自我批判。"

罗小祥端着他的水杯，要跟着几个与项目无关的主管出去，老孙说："小祥，你不用走，你可以提提建议。"

老孙其实挺欣赏这个有追求、有冲劲、能力强、出成绩，又会做人的年轻人。

"莱茵电信"在明年一季度结束之前要将正在使用的无线基站的20%进行升级换代，这是"莱茵电信"无线网络演进项目的第一期，这个计划没有改变，必须不打折扣地完成。

"伟中"已经围绕这个计划做了大量工作，包括邀请客户参观深圳总部、上海研究所、与国内运营商共建的样板点，令客户充分认可"伟中"产品和解决方案的优势；包括安排交付专家与客户就工程方案、搬迁方案的细节交流，打消客户对"伟中"交付能力的疑虑；包括小规模测试、验证，包括数轮商务报价方案的优化等等。之前所有努力均达到了既定目标。

最后关头，客户说他们可以把项目第一期的份额全部给"伟中"，条件之一是"伟中"必须使用满足新功能特性的新版本如期交付，条件之二是"伟中"在之前报价的基础上再降价15%左右。

罗小祥看似由衷高兴："路总，恭喜啊！还是领导牛！去打了一趟高尔夫，帮你把这一期的全部份额拿回来了！"

老孙倒不想把一切功劳归于自己："兄弟们之前已经做得差不多了！就是临门一脚磨磨叽叽的，我去推进一把节奏！大家别高兴得太早，后面还有很多事情要做。"

路文涛并没有喜形于色，他问："领导，这两个条件你都承诺了？"

老孙亦是风风火火、不拘小节的风格，但这次谨慎："没有，我承诺我们星期一提交Last price（最低价格），以及最新的交付计划给客户。"

他拧开桌上一瓶水,喝了一大口:"客户要求我们使用新版本再做一次小规模验证,最迟9月1日要通过小规模验证的验收,然后才能启动大规模部署,这是必须满足的一个关键时间点。如果9月1日搞不定,合同就变更,我们交出一半份额给竞争对手。"

老孙瞪着张文华:"我马上就给家里产品线总裁打了个电话,他说之前路文涛一直在叫,要求7月15日出新版本,研发充分评估过,搞不定!最早8月20日才能发布版本,我们从8月20日拿到版本到完成小规模验证,要多长时间?十天够不够?"

张文华果断地说:"不够!软件版本升级上去不稳定运行半个月,很难通过验收。而且,我们逼着研发赶出来的版本,质量风险很大,再加上升级操作、升级前的测试等工作,起码得留一个月。如果8月20日拿到版本,那就是9月20日左右了。"

老孙转向罗小祥:"小祥,你有什么建议?"

罗小祥一直没有参与项目,他面露迟疑几秒钟,然后自信地说:"我认为我们在报价上可以更狼性一点,答应客户的降价诉求。但是在通过小规模验证,也就是启动大规模部署的时间点上可以去和客户谈,从我打交道的情况看,德国客户严谨,对工期要求不会那么激进,我们能够保证明年一季度最终的交付时间点就可以了。"

张文华不同意:"报价之前给过几轮了,现在的销售毛利率很低了。我们已经脱得只剩内裤了,怎么再降价15%左右啊?"

罗小祥挑战他:"老张,你每次都说脱得只剩内裤,一到年底总结,销售毛利率又改善了。你们每次都穿着N条内裤,项目预算做得很大的水分啊!尤其是交付成本打的埋伏多。"

"你别胡说!公司在海外那么多算账没算清楚、做亏了的项目，你不知道？将来兄弟们的奖金包可是从项目利润中来的！"

"老张，有点狼性嘛！你们可以设定个挑战目标，倒逼自己在交付过程中去降成本，卖得价格低一点，你就把成本降更多，一样保得住利润。"

罗小祥讲的道理没有错，张文华有责任通过降低成本来获取利润，通过降低成本来使报价在竞标时更有竞争力，销售人员的压力也会小一些。

但张文华更希望是销售时就签订一个利润空间大的合同，令他在交付时获取项目利润的难度小一点，这是他和罗小祥、路文涛常常有矛盾，要"拧毛巾"，要"PK"的地方。

老孙打断了他们："路文涛，你的项目，你说！"

路文涛推演过多次项目的各种情况，他问："兄弟们，客户为什么决策把这期合同的全部份额给我们？"

他自己回答："一个表面上的逻辑是只有我们可以在今年使用满足他们要求的版本交付，竞争对手实际是不满足'技术标'的要求，算弃标。另外一个背后的，符合客户长期利益的逻辑是他们要平衡供应商一家独大的现状。"

他坚定地说："我的意见是交付计划不要讨价还价了，就按照客户要求的时间点去承诺。否则，他们选择我们的表面上的逻辑不成立！但是，在价格上我们就不要再打折了，他们选择我们不管是表面的逻辑还是背后的逻辑都不是因为我们更便宜！"

张文华说："不降价我同意，交付计划的问题，竞争对手的版本圣诞节前出不来吧？考虑到圣诞和新年假期，那实际就是今年出不来！我们8月20日发布版本，已经有很大优势了，是不是也可以和客户谈一谈？"

张文华的团队要对项目交付承担最主要责任，他下意识要为后续交付争取更好的条件。

路文涛说："老张，客户老大向领导提了两个条件，我们总要从了一个吧？老大对老大，不能一点面子不给吧？而且，我们要保证明年一季度的最终时间点，也得在9月1日之前开始大规模部署了！你逃不掉的！我们就跟家里说竞争对手为了扳回来，已经把版本计划提前到8月份了，我们必须8月1日拿到版本，不然合同就没了。现在公司不是要求海外无线项目我们'技术标'必须排第一么？那研发总不能在德国输给竞争对手而丢标吧？"

"靠！研发的兄弟要是发现被你欺骗，天天加班睡办公室赶版本，恨死你了！"

"那不然呢？我们和竞争对手花一样多的时间去喝咖啡，能赶得上人家？不仅是研发的兄弟，一旦研发把版本发布出来，炸药包就交到了我们手上，我们一样会脱层皮的。"

罗小祥觉得路文涛说得有道理，他有些后悔，自己表态草率了，应该不会在领导心里加分。

果然，老孙说："我的看法和路文涛差不多，但是，客户老大要求我降价，我总不能一毛不拔，不给他面子吧？"

路文涛说："领导，我们总把狼性挂在嘴巴上，啥叫狼性？狗行千里吃屎，狼行千里吃肉，我们得吃肉啊！而且，没有爽一点儿的利润，将来公司给我们论功行赏的时候，总会差一点儿不？如果要向客户老大表示诚意，我们给客户两百万美金'Voucher'呗，条件是如果他们今后继续采购我们的无线网络产品，合同达到一定金额时可以一次使用一百万，两年内用完。"

"Voucher"类似于国内商场搞促销时的代金券，是"伟中"与客户谈判商务报价时的一种可选方案，为了保住产品的成交价格水平，可以以"Voucher"方式给客户让利，并为将来的持续销售埋下伏笔。

老孙一拍桌子："同意！你订个项目决策会，明天把机关的老大门都拉上,强暴他们!"

路文涛说:"领导,别明天了,现在就拉机关领导决策吧!星期六晚上让他们晚点睡和星期天骚扰他们没多大区别!"

"好!这样,你拉人!我去上个厕所,回来开会。"

老孙走出会议室,看见在外面等着开自我批判会的几个主管,他的大嗓门传来:"哎呀!还有自我批判会?!这样,你们点几份披萨来,我们开完项目决策会,接着就自我批判!"

|第九章|

自我批判

尽管是在北京时间的星期六晚上,路文涛也很快拉齐了人。

各方就合同的几个关键决策点迅速达成一致,只是在新版本发布时间上吵架半个小时。

大家逼着产品研发主管任志刚承诺8月1日发布新软件版本。任志刚说8月1日发布版本可以,但实在是违背客观规律,他没有办法保证版本的质量。

路文涛拍着桌子说必须在会议纪要上白纸黑字写上"符合质量标准的版本",任志刚梗着脖子不同意就"符合质量标准"几个字签字画押,双方又吵架半个小时。

最终,总部的领导拍板,以客户为中心,听一线的。如果将来因为产品质量问题误了项目交付,怎么问责是将来的事,断无可能现在就发一面质量上的免死金牌。

末了,大佬们恶狠狠威胁,将来要把路文涛调回总部负责这个产品的研发,把任志刚调去"莱茵电信客户部"负责无线网络产品的销售。让他俩对调脑袋思考,对换屁股再撕。

开完会，路文涛瘫坐在椅子上，对张文华说："文华，这两个月养精蓄锐，8月份你亲自挂帅，打硬仗！"

"伟中"强调项目的端到端管理，但还是分了两段，通常由销售部门出人担任销售项目总监，服务部门出人担任签单之后的交付项目总监。如此的重大项目，当然需要重量级的人物挂帅。

罗小祥听到之后急了："各位领导，老张亲自挂帅的固网项目要到圣诞前才能结束。他还要管自己团队的人和事，这两个月养不了精蓄不了锐，8月份忙不过来啊！"

张文华正在一个罗小祥负责销售的项目上亲自挂帅交付。

路文涛爽快："靠！那我管杀管埋，自己上！这个项目我从销售到交付打通关，搞不定就跳莱茵河！"

老孙把脸一板："屁话！我们的要求是必须搞定，不是搞不定跳河！你跳河能跳出花来？专业的人做专业的事，路文涛，你懂不懂交付项目管理？不懂就呼唤炮火，找地区部或者总部要个项目经理来支持。"

"领导，我可是交付出身的！怎么会不懂呢？我们肯定会向地区部求助的，但是最起码今年我自己逃不掉，这个项目我不下地狱谁下地狱？"

老孙突然记起了什么，说："对了，今天客户老大又跟我提了他们的'首席信息安全官'因为网络安全上的担心而反对我们的事，网络安全到底可能会出些什么问题？公司谁管？管理策略是什么？我们应该做的管理动作是什么？张文华，你研究下！"

在"伟中"做个稍大一点的主管就需要超强体力。老孙显然具备基本素质，他星期五晚上参加地区部组织的经营分析会，十二点多散会；星期六一大早陪客户去科隆打高尔夫；下午四点赶到会议室，讨论项目，吵吵嚷嚷中将近晚上八点；然后马不停蹄，自我批判会。

"伟中"的各级主管每年要组织一次自我批判会,自我批判会不讨论具体业务,重点反思自己在个人素养、工作作风等方面不足,制定改进计划。

类似"伟中"这样的科技企业,可以说是一个由知识分子组成的商业军团。"伟中"在人力资源管理上最大成功之一是把一帮秀才改造成了在本行业激烈商业竞争中有血性、意志坚韧的斗士。大家聚焦业务目标,聚焦"成事",以战功论英雄,内部管理相对简单、高效。

只是,一些人在业务压力之下,变得仅仅关注"成事",而忽略了"为人"。公司快速发展,坐在大船上顺风顺水的人多了,自负、狂妄的人多了,一些人甚至表现出"小人得志"的做派。公司很重视一年一度的"照镜子"。

公司相信大企业病的核心是组织的动脉硬化,相信活力是组织之魂,相信蒙尘的珍珠终究是珍珠,不完美的英雄终究是英雄。自我批判并不是为了否定优缺点同样鲜明的那些人,而是为了他们走得更远。

自我批判会由 HR 主管主持,先进行组织的自我批判,再做与会每个人的自我批判。西方人不习惯当众自我批评,因此,只是老孙带着几个中方骨干与会。

老孙提出今年的要求:"首先,大家在自我批判时要互相提意见,决定每个人的自我批判是否可以过关?但是,重点是自我批判,不是互相揭发、批斗!其次,大家不要去讲什么改不了的性格问题,讲你能改的,下决心改的!"

几个人在组织的自我批判时迅速达成一致:"莱茵电信客户部"最大毛病是"本地化"倒退。

"莱茵电信客户部"一直有本地客户经理,过去在路文涛、罗小祥的位置也是"1 本地+1 中方"的配置。半年前两个"本地高端"离职了,剩下两位中方骨干都有很强客户连接能力,路文涛与卡恩、罗小祥与莱曼都建立了信任关系,老孙就没把招聘新的"本地高端"作为当务之急。立足长远,这是一个问题,放在当下,他们的本地化做得比兄弟部门差。

半年前,路文涛在与他位置上那位"本地高端"发生了表面化的冲突。

他们带的小团队获得了一个公司内部的"团队奖",到手一笔奖金。"本地高端"理所当然要按职位高低把奖金瓜分到个人钱包里,路文涛理所当然要把钱用来大家一起花,大吃大喝一顿,再一起去莱茵河或者易北河的游轮上度一个周末。

两个人各执己见,"本地高端"骂"Dummes Chinesisch",路文涛则骂"愚蠢德国人"。最终老孙拍板,把钱分到个人。这件事情在每次谈到"本地化"时,几个人都要翻出来讲一次,到底谁该迁就谁?

罗小祥侃侃而谈,从这段往事讲到他对文化适应与融合的理解,讲艰苦奋斗可以对西方人解读为精益求精,自我批判可以对西方人宣讲为持续改进。

他旁征博引,甚至讲到了智人都是源自非洲,文化差异从来不是固化的,中国人在世界面前应该怎么样?应该既不要盲目自大,也不要盲目自卑。"伟中"既要坚持公司核心价值观,又要师夷长技。

大家一致同意,路文涛说:"本来就是,在蛇口'海上世界'买盗版碟的欧美人可开心了。人性是相通的,我们要有文化自信!"

老孙瞪他:"你举的什么狗屁例子?我们要互学精华,而不是比烂!你要跟别人讲文化自信,那你首先得有文化!你们要学习小祥,才子,讲得多么有文化!时间不早了,下面进行个人的自我批判，路文涛带个头。"

"领导，那还是要长幼有序，从你开始。"

老孙批判自己最大的毛病是过于理想主义，太急躁，对下属要求太高，给大家的压力太大。

罗小祥坐在老孙对面，专注倾听，频频点头。

路文涛与老孙坐在会议桌同一侧，他心里觉得领导这是在自我表扬还是自我批判呢？批判得不触及灵魂嘛！他忍不住窃笑。

坐在他对面的张文华见了，朝他眨巴了一下。老孙瞥见，扭头一望，路文涛赶紧正襟危坐。

老孙讲完，大家一个一个就他的自我批判发言。

张文华说："孙总一直很自信，相信自己的业务感觉，很强势。但我们业务复杂度越来越高，专业人员的意见很重要。希望孙总今后在时间允许的情况下，在决策之前多听取大家的意见，多讨论，而不是习惯直接下命令，这样也有利于大家成长。"

路文涛说："我觉得领导讲话控制一下嗓门吧！办公室不少本地员工，领导嗓门一大，容易吓到他们，我们新招聘的那个'本地高端'巴拉克就问我'老板对你们有什么不满意？总听见他对你们嘶吼'，我只能跟他讲中国人'打是亲，骂是爱'的故事。"

在下属们中间老孙最喜欢对路文涛"嘶吼"。他是因为喜欢神经粗糙，俗话称"耐操"的路文涛。老孙平日工作压力不比他们小，每日劳心劳力，还要想着怎么哄好"玻璃心"的下属？他觉得自己没有那个空。

罗小祥最后发言："孙总确实过于理想主义，不但对我们要求高，对自己要求更高，一天到晚太忙太累了！我建议要注意劳逸结合，多休息。"

老孙的自我批判过关，其他人一个接着一个来。

张文华说自己毛病是技术思维重，找问题的习惯大于找亮点的习惯，在一些业务场景下显得偏保守，豁不出去，不够狼性。

轮到罗小祥自我批判："我觉得吧，我的缺点和孙总一样，也是太理想主义，有时候急于求成，不够稳重。"

他心里知道"稳重"在"伟中"企业文化中并非优点，公司更欣赏"敢"，他故意把它当作缺点提了出来。

路文涛说："我觉得小祥确实有些急于求成，长江后浪推前浪是客观规律，也是我们公司不断进步的一个重要原因。但后浪并不是一定要着急把前浪拍死在沙滩上，可以前浪后浪一起浪。"

路文涛是真心反馈，想提醒他少一些浮躁。但罗小祥表达自己"急于求成"是想表白自己急于做好工作，明贬实褒，他觉得路文涛在讲他急于"上位"。

罗小祥有种被点破心事的暗自尴尬，他担心越描越黑，忍住没有开口辩解。而且，自我批判会的规则是对于他人意见，不要解释，有则改之，无则加勉。

自我批判到路文涛，他反思了自己在与本地高端配合时总觉得别人是"傻×"的缺点，他自己认为本质上不是文化适应性的问题，而是关键事务上对伙伴缺乏信任，合作性上存在不足。

张文华给他提意见："我建议你出口成脏的毛病要改，不要整天'傻×''傻×'的。你是见到不喜欢的人，背后骂'傻×'，见到喜欢的人，当面骂'傻×'。"

罗小祥清了清嗓子，说："我觉得老路还是文化适应性上的不足。我再举个例子，老路有时候中午在办公室睡午觉，不关门，把脚搁在桌子上，本地员工本来就不睡午觉，他们看到了既觉得不礼貌，又觉得中国人精神状态不好。还有，听我这边的客户讲，卡恩下面那个埃莉诺不喜欢中国人，一方面是固有偏见，另一方面我们之前对口她的本地客户经理和她关系很好，那个本地客户经理走的时候在她那里讲了不少老路的坏话……"

罗小祥突然有种不吐不快的心情，他讲得有点多。

自我批判会一直到将近十二点才散场，大家各回各家。

罗小祥和杰瑞两个人合租了一套两房公寓。杰瑞不用参加今天的会议，但罗小祥到家的时候他还没有睡，敞着门在卧室里玩《英雄联盟》，他也是难得浮生一日闲。

两个人打了个招呼，罗小祥回到自己房间，本想冲个凉睡觉，却又顺手拿起桌上一包烟，走出自己房间，来到客厅旁的开放式厨房，打开冰箱，拿了一瓶比利时修道院啤酒"Rochefort 10"。

他穿过客厅，来到阳台上，点燃一支烟，喝了一口啤酒。

他没有烟瘾，来德国之前不吸烟。只是老孙有烟瘾，他瞅着老孙在楼下吸烟区时要凑上去，这样才能更好地融入领导身边的圈子。老孙加班到很晚时，偶尔会关起门偷偷在自己办公室抽一根烟。如果能瞅时机混进去，一起违反办公室禁烟规定，聊些私下话题，更是与领导亲近。

罗小祥从小就比别人跑得快，小学、初中、高中都是班长，大学是校学生会干部，进了"伟中"，新员工培训时是班长，到了部门是优秀新员工，考评拿"A"是家常便饭。他去年开始负责"莱茵电信"固定网络的销售，公司严格按人数比例分层分级打考评，但即使与客户部几个骨干放在一起，他也连续两个半年拿到了唯一的"A"。

路文涛今天讲中了他的心思。"伟中"崇尚自古英雄出少年，这几年更是注重对年轻干部的提拔。罗小祥今年二十九岁，他有明确人生目标，要在三年之内负责一个重要"客户部"，做到老孙现在的级别，要在三十五岁前做到子公司总经理的级别。

他并不是不切实际地梦想。他算计过，公司不愿意常驻欧洲的中方员工利用公司平台去获取所在国的永居权甚至办理移民，在德国常驻最多五年原则上就应该调离，这是人力资源管理的刚性要求，主管也不能例外。他在和老孙抽烟时装作不经意问过，老孙已经在德国四年了，调走就是这两年的事情。

现在客户部骨干中张文华的特点是偏技术，偏服务，短板很明显，建立及维系高层客户关系的能力存疑。

路文涛？他心里瞧不起路文涛，普通本科毕业，自称"莱茵河第一气质男"，其实长得有点猥琐。他们那一拨人不就是靠在中东客户面前装孙子、靠在艰苦地区"卖惨"熬出来的么？而且，年龄的加分在自己这边。

今天路文涛有一句话说得对，"狗行千里吃屎，狼行千里吃肉"，自己背井离乡，放下结婚不久的妻子跑到海外来常驻，图的是什么？当然不是按部就班慢慢发展！

他又想，路文涛在这个时候拿下合同，上半年考评打"A"的可能性很大啊！他甚至有点儿希望合同在最后关头节外生枝。

路文涛和张文华同路回家。

张文华是个细心的人："小祥同学今天不爽你啊！"

"傻×！我就是觉得现在的小兄弟浮躁！我记得以前在也门时，有个兄弟觉得自己的收入与付出不匹配，委屈，找我诉苦，讲他能吃苦，读书时候暑假去打工扛大米，别人扛一包他扛两包，我心里想，你能扛大米有毛线用？我们又不是靠蛮力。那时候一些小兄弟是憨厚得可爱！现在，一来就想当总裁，看霸道总裁、逆袭总裁、穿越总裁看多了，那么急干嘛？"

"话又说回来，也能理解，你在深圳买房时几千块钱一平米，他们买房要几万块钱一平米了，有点志气不想啃老的，能不急吗？"

"那也不要总是觉得踩着兄弟们的感觉很爽嘛！公司的考核方式的确是人和人比，但我们的快感还是要从'事成人爽'来吧？对了，你监督我，我改！今后一个星期最多骂三句'傻×'，明年自我批判会前彻底不叫你们'傻×'了!"

| 第十章 |

烟花易冷

夏天,"鸟叔"跳着"骑马舞",唱着"江南 Style",凭着覆盖越来越广、速率越来越高的互联网以及网络上的视频网站、社交媒体活跃在全世界的手机、电脑、电视上。不到半年,"江南 Style"成为了互联网历史上第一个点击量超过十亿次的视频。

"鸟叔"迅速火遍全世界的背后,"伟中"和它的竞争对手、合作伙伴们帮助电信运营商打造的,速率越来越快、覆盖越来越广的电信网络是默默的贡献者。

钱旦不喜欢那个油头粉面的韩国人。这些日子他唯一的娱乐时间就是每个星期五晚上看一集《中国好声音》。他轻易地被每个歌手上场前那段励志"鸡汤故事"感动,他为场边加油的亲友团的激动而激动,他喜欢丑得有味道的吴莫愁。

他压力越来越大,工作不仅霸占了他的大脑,还渗入血液,无时无刻不流淌在血管中。尽管如此,他仍然和他的领导怎么样也"尿不到一个壶里去",这令他持续"胸闷"。

他在长沙出差,晚上和同事在城东吃饭,饭后独自去了城西的湖南大学。

湖南大学是他的母校,岳麓山上是他和秦辛初吻的地方。这里,也可以说是他出发的地方。

湖南大学的校园没有围墙。出租车在岳麓山下的"东方红广场"停下,他没有往山上走,而是顺着麓山南路、牌楼路而下,往湘江去。

他读大学时候,"东方红广场"边上有个自卑亭。牌楼路边满是夜宵摊、小饭店、录像厅、租书店、桌球室、卡拉OK、电子游戏厅,史称"堕落街"。

如今的街道干净、整齐,再没有昔日那些少年的身影,只有栽上不久的歪脖子树。

暑假夜晚,更是清静。他一个人走着,记起网络上一首打油诗,诗云:"前不见自卑亭,后不见堕落街,念时光之匆匆,独怆然而小弟弟下。"

他又觉得搞笑,又突然从心底里生出些许忧伤。

来到湘江边上,正好遇见橘子洲上烟花表演的尾声,一组绿色、紫色、橙色的烟花在湘江上的天空中绽放,燃烧一瞬间,然后,落入冷清。

公司业务发展很快,组织结构随着持续变革,再加上干部管理的"强责任结果导向",导致各个部门主管变化得快:要么去了新的战场,要么随着组织变革换了位置,要么达不成目标下课了,要么打了漂亮仗被迅速提拔了。

钱旦在"伟中"十余年间换了七八个直接主管,并非都是彼此一见钟情,但他总是能想办法在保持良好绩效的同时有效沟通,把领导给整明白。

这是他第一次发现自己遇到了所谓职业危机,尽管他上半年的"KPI"完成得不算差,仍然得不到认可,领导对他说的、做的一切充满质疑,下意识的挑战。

他不是"玻璃心",2000年刚进公司时遇到部门缺人,完成电信基础知识培训之后去部门报到的第二天就被扔去了国内一线项目组。

项目组中带他的师傅盼着机关派援兵来救火,盼来盼去,发现来的是个新兵蛋子,非常不爽。钱旦每次请教问题,师傅回答从不超过三句话，其中一句必然是"你连这都不懂?!"

他没有崩溃，几乎不眠不休地学习，发邮件给自己读到的每一份内部文档的作者去请教细节，很快就能够独当一面。

一年之后，因为组织变革带来的人员调动，他和师傅分别在两个省份。某天，师傅突然电话过来请教他问题，等他答完，师傅虚心地说："我年纪大了，脑子转不动了，好好干，未来是你的。"

但现在，"我本将心向明月，奈何明月照沟渠"的感受驱之不去，他有些气馁。

这么多年他一直为同一个产品线服务，算是一个人缘不坏的"老杆子"，最近总有人来好意提醒他。

上个月底有人告诉他，领导在一个饭桌上背后指责他"没有责任心"。这令他郁闷。

他知道原因在于自己在一些业务策略上有不一样看法，他对领导的设想没有附和也没有行动。他反思是过去的一路顺利令自己内心骄傲，以为自己的观点才符合业务本质，托大了。但是，"没有责任心"？他觉着是为了要"杀人"而"诛心"。

这个月初有人提醒他，领导在一个酒席上对其他同事说"像钱旦这种不把我当兄弟的，哼！"这令他沮丧。

从前，不管你是谁的兄弟，只要能够做好事情就会受青睐。他喜欢"伟中"，亦是因为尽管自己缺乏长袖善舞的天赋，学不会站队、跟人，还是可以一直受到上下左右的好评与激励。

他在人际关系上是一种闲散的心态，从来没想过站队。过去十年可以顺风顺水，如今却突然被拷问这么一个"是不是兄弟"的问题？

是因为过去公司人少，大家聚在一起，打下一个山头就分享一个山头的酒肉，而如今公司大了，机关里山头多庙多，每个庙想着怎么分到更多的香火钱，怎么凸显自己的无比重要，单纯的风气就不再了？

还是因为自己过去长期在一线，得失错漏简单明了，并不了解机关各个庙里方丈们之间的利益争夺，自己回机关后学习不够、进步慢了？

或者是自己的性格根本就应该重返海外一线常驻？老兄弟路文涛已经在海外十余年，仍乐在其中，谢国林也为了赚钱"二出宫"了。尤其老谢一走，自己受到触动，那种逃离庙宇，行走江湖的冲动又在心底里若隐若现。

昨天晚上他和路文涛、谢国林又开了一个"电话会议"。这次是路文涛为准备他即将到来的项目交付向高级项目经理老谢请教，他俩聊完了觉得钱旦似乎销声匿迹一段时间了，就订了一个电话会议，把钱旦拉上了会。

钱旦讲了他的"胸闷"，他说："前一个领导说我最大的优点是责任心强，换成这一个，我变成没有责任心了？"

三个人之间从来直言不讳，老谢说："你要管理领导啊！最差的管理是只管理下属，中等的管理是要管理同僚，最好的管理就是要管理好领导，得让领导理解你的业务，与你同欲。"

钱旦不爽："你咋变得爹味十足呢？我努力沟通过多次了，没用！现在公司这样的事情你见得少了？今天这个领导说你行的时候，你是不行也行，明天那个领导说你不行的时候，你是行也不行！如今不幸轮到我了，咋办？"

路文涛说："咋办？树挪死，人挪活，赶紧逃呗！你守着同一个产品线这么久了，为什么不换个部门呢？"

老谢说："是啊！我们项目管理能力中心缺人，你要不要调过来？"

钱旦问："过来干啥？"

老谢答:"现在我们的大项目管理还是过于依赖个人英雄主义,项目交付一搞不定就是把项目总监、项目经理换掉,就是让公司领导亲自下来督战,堆人。公司想在方法、工具上改进得更快,比如把'数字化交付'的步子迈得更快一点,现在正缺建设未来的人,来不?"

"建设未来?就是在机关写'PPT'?"

"不会,在大项目中边战边输出。你过来肯定是先把你丢到一个大项目中,带着任务去练,练死了拉倒,练不死的话回来交作业,烧不死的鸟是凤凰呗!要不要来涅槃一把?"

钱旦向来不惧快意恩仇的战斗,只怕不知所以的磨耗,他顿时动了心:"你帮我推荐下呗!不知道这边会不会放?"

今天下午老谢来了个电话,说他向部门主管推荐了钱旦,他那边的主管清楚钱旦的历史,乐意接收,只要这边肯放人。

钱旦担心现在的领导从对方嘴里突然得知自己想走,对自己更不爽,他下班前给领导发了个邮件,邮件写长又删短,说明了自己想换个部门的意愿。

等回复的心情难受,他看看时间尚早,给领导拨了一个电话。他从来是服从组织安排、四海为家,并不擅长这样的沟通,有些紧张:"朱总,我是钱旦,你方便吗?"

"你说。"

"是这样的,我下午给你发了一个邮件,不知你收到了没?我在软件干了很多年了,想换一个地方。"

"我看到你的邮件了,你目光要放长远一点,我们产品线马上会有很好的发展,很多人找我沟通,想调动过来。"

"朱总,我不是怀疑部门的前途,只是我个人想换个环境。"

"我知道了,你有其他事情吗?"

"没有,谢谢朱总。"

那边挂了电话，钱旦更想逃了。

他记得公司第一年组织自我批判会时，上级建议他对人柔和一点，不要太强势；同僚说他整天一副"见人杀人，见鬼杀鬼"的模样；下属说他太急躁，给人的压力太大。现在自己打起电话来怎么变得这般拘谨？不能再这样过日子了！

他转身再向岳麓山走去，一直走到"爱晚亭"，他才停下来，发了一条"骚气十足"的"微博"：

我穿过堕落的街、自卑的亭、登高的路，忍住我所有忧伤和喜悦。烟花在身后升腾，照得亮前头的路么？

埃及，开罗。
曾子健送吴锦华去机场。

吴锦华要调回机关。曾子健说自己在一周后也会回国。她以为他是因为她的调动而决定了回国，听了开心，说："好呀！好呀！我们两个一起走，我从来没有和你一起坐过飞机。"

他毫不迟疑答应，订了同一个航班，临了却说有事情没有处理完，自己得晚一个星期走，要改机票。其实是他清楚诗诗一定会来机场接他，与其到时候面对可能同场的两个女人而伤脑筋，不如提前找借口规避风险。

他怕吴锦华的感受不好，怕诗诗有所察觉，更怕自己的生活陷入一地鸡毛的状态。

吴锦华要走的那天一早离开自己宿舍，去曾子健住处和他云雨了一番。

他们去尼罗河边的"Friday's"餐厅吃午饭，那家餐厅全名"T. G. I. Friday's"，意思是"Thank Goodness, It's Friday's（感谢上帝，又到星期五了）"，是曾经在开罗的"伟中人"熟悉的地方。

吃完饭，站在路边等出租车，曾子健的手机响了。

他接了，是诗诗来的电话，他意外，诗诗一般是等他电话回家，极少主动打到埃及来。

诗诗语气兴奋："老公，你最后订的是哪天的航班？你把航班号发给我呀！我把时间空出来，把儿子安排给爸妈，我到香港机场来接你，我们在香港住一晚上，过下二人世界再回家呀！"

曾子健瞟了一眼吴锦华，她离得有一步远，几辆出租车从他们身前驶过，吴锦华没有挥手拦车。

曾子健尽量让自己的声音在诗诗听起来没那么生硬，在吴锦华听起来没那么温柔："好啊，我晚一点把航班信息发给你。"

曾子健挂了电话，赶紧伸手拦了一辆出租车，心里嘀咕："这小姑娘在工作上优秀，在生活中真是处处需要人呵护，时间这么紧张了，她不知道自己伸手拦一辆车，非要等着我来。真要是和她长相厮守，时间长了，我能照顾好吗？"

他俩上了出租车，往吴锦华的宿舍去。车到了离她宿舍不远的迪格拉广场，他下了车，走进路旁花店，她继续回去。

"伟中"在社会局势不稳的埃及尚未实行住宿社会化，她住公司宿舍。她怕室友觉得奇怪，早上没有把整理好的行李带出来，她要回宿舍拿行李，然后在同事们欢送下，坚持一个人坐上订好的公司的车离开，然后在这个路口再捎上曾子健，他将陪她去机场。这是她计算好的告别开罗的最后时刻。

每次与曾子健幽会，她都会在脑子里想象完美计划：去哪里逛街，去哪一家餐厅吃饭，看一场什么样的电影，在哪里散步，甚至聊一些什么样的话题。

曾子健经常打乱她的计划，他的计划永远只有一样：上床。

女人的世界与男人的世界常常不一样，即使那一刻他们并肩站着。

刚才在"Friday's"餐厅门口，她正准备招手拦车，曾子健的电话响了。他手机的音量不小，她离他不远，听见了电话里说的每一个字。

她有些恍惚，午饭之前，这个男人还在自己身体里，此刻却在自己身旁与老婆商量着他们的二人世界。

不久前，在尼罗河对岸"四季酒店"的床上，他问她："你对我们，期望是什么？"她回答："是满足身体上的欲望呀。"

当然不是她的心里话！她有男友，她知道他有老婆孩子，她认为自己总不能去逼着他抛妻弃子吧？他成熟、睿智、有思想，他应该来承担为这段关系指引前路的责任啊！

男友总以为她仍是初识时那个小学妹，喜欢给她讲道理。比如，她抱怨加班多、累，男友告诉她"劳动法"规定可以拒绝加班，这是她的合法权利；她说同事们都习惯了加班，不少人是"爱觉不累"的样子，男友说他们太容易被资本家洗脑，只会麻木地服从；她说其实自己并不是排斥加班，男友说人贵在"独立思考"。

她觉着男友说得没有错，但不是自己想要的。不管别人怎么认为，她向往的生活中就是包括了工作出色、在职场上不平庸、领导和同事认可与尊重、获得能够满足自己想要的收入及成就感。她觉得累的时候、抱怨的时候，需要的只是安慰和鼓励。

曾子健毕竟曾经是"伟中"在中东北非的"老杆子"，既熟悉公司的明规则、暗规则，又懂得这片土地上的风土人情与客户，他总是会耐心听她诉说，温和地给她具体行动上的建议，并且，总是可以令她茅塞顿开。

除夕那天，她给男友电话，也向男友的爸妈拜年。没有人问她埃及局势稳定了没有？她怕不怕？辛苦不辛苦？男友妈妈说：

"将来你们结婚了，夫妻俩是要有分工的，你应该早点回南京来，安心做男人背后的女人，一起把家庭呵护好。"

她嘴里不敢多说，心里想：凭什么我就要安心做男人背后的女人？虽然男友硕士、她本科，但到目前为止她收入可是高了一大截，她还经常打钱给男友哩。

更重要的是，她喜欢在"伟中"的环境与氛围，喜欢奋斗当中的痛并快乐、奋斗之后"事成人爽"的感觉，凭什么就一定是她该放弃？

"伟中"的本地司机开着车，吴锦华和曾子健坐在后排。他伸手握住她的手，她没有缩回，也没有回应，她脑海里回想起刚才他老婆在电话里的声音。

她又记起了还是那次在"四季酒店"，她告诉曾子健她和男友正在讨论该把家安在南京还是深圳时，她心底里就是希望曾子健有所反应，希望曾子健说："别和他结婚！在深圳吧！我和你一起！"

她是失望的，她想和他就此别过，又怕是自己给他的时间不够，而且，她的个性里面总是怕面对身边人不开心的样子。

曾子健不知道吴锦华心里所想，他以为她此刻沉默只是因为离别时的不舍，他觉得要安慰她就不可避免要对未来有所承诺，他不敢承诺，他又舍不得利用离别时机来结束这段关系。

他迷恋吴锦华的身体，但他发现自己已经不止如此了！吴锦华身在竞争激烈的商业环境中，骨子里却有一种不食人间烟火的气质，这种气质隐约散发出来，令他迷恋，仿佛自己也能变得简单。

但是他没法变得简单，他确定自己在埃及已经没有机会赚回亏掉的钱，他要回国去扳本！老同学、老朋友们给他介绍了几个项目，他要尽快确定一个赚钱最快的，这是他需要聚焦的当下。

他相信自己能够东山再起，但他不知道如果吴锦华知道了自己的过往，发现了自己并不如表面上看起来那般光鲜，又会怎么样？

车在从马阿迪去开罗国际机场的公路上疾驰，阿里清真寺远远出现在左前方，它孑然矗立在开罗高处俯瞰众生已经上千年。曾经有那么多人来到这里，饮过尼罗河的水，又匆匆别去，走向各自不同的下一站。

在二十六岁的吴锦华和三十八岁的曾子健的下一站等待着他们的，又将是什么？

| 第十一章 |

"网络安全"是什么？

从长沙回深圳之后的星期六，钱旦又去"勃朗咖啡"的招聘会做了一天综合面试官。

面到最后，剩下一个从同城一家著名代工厂来的小伙，钱旦觉得他性格偏内向，来应聘需要与客户面对面良好沟通的岗位有些勉强。他简单问了几句，说："我没有别的问题了，我们一周之内会给你消息，谢谢你抽时间过来面试。"

钱旦站起身来，摆出送客架势。小伙感觉到自己面砸了，跟着站起来，却不挪动脚步。

他嗫嚅："领导，我，我是慢热型的，刚才有点紧张，回答得不好，能不能给我一个机会，我很想加入'伟中'，我什么地方都可以去，非洲、伊拉克、阿富汗都可以的。"

钱旦做面试官时从来不会给应聘者"通过"或者"不通过"的结论或者暗示，一是还有后续审批流程要走，面试通过并非百分之百等于最终录用；二是不愿意与"不通过"的应聘者在现场纠缠。

过去他多半会相信自己看人的眼光，坚定而不失礼貌地把人打发走，这次却心念一动，望了一眼其貌不扬、豆芽身材、戴副眼镜的小伙，再坐了下来。

他想给一个压力性的问题，看看小伙在面对不礼貌甚至冒犯的沟通对象时的反应，他装作不耐烦："你现在的公司一年能跳楼十多个人，太夸张啦！你们是不是一个个都很脆弱？我们公司工作压力大，你过来能受得了吗？"

小伙子不卑不亢，说："跳楼的事情是多方面原因吧？工人在流水线上长期工作，很枯燥，精神容易压抑，加上厂里军事化管理，没有解压的时间，就会受不了，这个和'伟中'一线的环境应该不一样的。还有，每个人的个性不一样，我有同学在'伟中'的非洲国家工作，我问过他情况的，我的个性应该会喜欢你们这种生活。还有，不能把'跳楼'作为标签打在一个公司的每个人身上吧？"

钱旦无意与小伙探讨社会问题，听他能有条理地分析出个一、二、三，尤其最后那句"不要打标签"，他改变了对他的印象。

钱旦又仔细看了一眼小伙，觉得眼镜后面的目光倔强又不偏激，他们多聊了十分钟。

钱旦最后问道："你对薪酬的要求是什么样的？"

听到这个问题，小伙察觉到自己扭转了局面，明显舒了一口气："比现在高就行！我了解过'伟中'的工资框架，肯定不会比我现在低吧？"

送走小伙，钱旦在面试意见表上认真地填写着"建议录用"的理由，然后，给了一个不错的建议薪酬。

钱旦住的小区周末晚上难找车位，他没开车出来，搭了住得不远一个同事的车回家。

已是晚上七点多，他在同事小区门口下了车，自己向家里走去。

钱旦回想起今天最后面试的小伙，小伙察觉自己与面试官沟通出了问题时没有放弃，最终赢得自己想要的机会。

有些时候，抓住或者失去机会就是那么一瞬间的事情，自己是不是应该真正抛去内心的骄傲，再去和领导好好沟通一次？毕竟为这个产品线工作这么多年，感情深厚，不一定非要逃吧？

路过"天虹商场"门口，一个和他差不多年纪，背着一个黑色电脑包的男人靠着玻璃幕墙的墙根讲电话。

那人激动，声音不小："肯定不能这样，分解给每个部门的目标当然要加成，不可能到年底你们的目标都达成了，就大部门的目标达不成？你们挑战大，你说谁挑战不大？公司哪一年的挑战不大？"

钱旦暗笑，那肯定是一个在和下属部门沟通业务目标的"伟中"同事。公司不少部门主管每年会为了业务目标的分解、承担吵两次架，年初一大吵，年中一小吵。

争吵背后是"强责任结果导向"下的绩效管理机制。在"伟中"，上级给下级的永远是"不可能任务"。有出息的下级永远不会说"我不能达成目标"，只会说"我一定能够达成目标，请给我什么样的炮火支援"。而每每一到年底，大家一不小心又超额完成任务了。

格局决定结局，压力带来动力，在这个快速变化的行业，办法常常会比困难多。

附近住了不少公司同事，走在路上，常常遇到这样旁若无人，沉浸在自己目标中的人。

手机响了，是产品线的人力资源副总裁打过来的，他周末晚饭时间亲自打电话给自己干什么？

路上行人熙熙攘攘，钱旦也站到了"天虹商场"玻璃幕墙的墙根下，与那位正与人争吵业务目标的陌生同事遥遥相望，站在这里确实比在人行道中显得安静。

人力资源副总裁在电话里接着说："朱总说你想换个环境，正好公司要求产品线给网络安全管理部输送一个能力强的骨干，他推荐你去。"

钱旦觉得突然："网络安全管理部？就是以前信息安全管理的那些事情吗？"

"不是，是个新部门，公司很重视，要求我们输送三个人，其中必须包括一个P9的骨干，这个岗位职级和你现在的个人职级是匹配的，你不用担心。"

"领导，我觉得我更擅长销服一线的工作，我自己也在找下家。我能不能先了解下网络安全是什么？考虑一下。"

电话那头的人迅速失去了耐心："我其实不是和你商量这个事情，这是今天管理团队会议的决议。这个岗位需求很急，你必须服从安排，在一个星期内调过去！"

"这么急？那我手头上的工作呢？"

"朱总会安排人和你交接，交接完之前你两边兼着。"

"但是，这个岗位要做什么？我完全没概念啊？"

"我也不清楚这个岗位的细节，反正管理团队定了就是你去干！网络安全管理部的领导是肖武，具体工作要求你去向他请教吧！"

钱旦决定接受新的岗位。

事实上，他没有讨价还价的余地。大公司中的小人物，过去十余年，他像是庞大机器上一颗螺丝钉，心无旁骛在自己位置的责任上，过往的工作顺利更是令他没怎么想过主动设计自己在公司的人生。

他确实对部门起了二心,但当谢国林告诉他有地方收留他时,他又舍不得走,正纠结要怎么去向他的领导好好解释"不把领导当兄弟"的问题?

他的领导没有跟他提过一句推荐他去做网络安全的事情,忽然之间,人力资源部来直接通知他调离,更令人觉得冷冰冰,没法留恋昨日。

第二天,钱旦给未来的领导肖武打了个电话。肖武算是公司一位德高望重老领导,钱旦知道他但没有打过交道。电话接通,那头压低声音说正在开会,让钱旦去会议室,到了门口再发个消息。

钱旦找到那间会议室,在门口发了消息,不一会儿,一个瘦高身影急匆匆走了出来。

老肖笑容很有亲和力,他把钱旦拽到一旁,热情地说:"你们产品线总算把人给定下来了,欢迎!公司要求如果你们产品线一周内再不完成人员输送指标,就把你们人力资源主管降薪一千!这两天正好是公司网络安全体系的全球工作会议,你进去找个座位,听两天,然后我们再交流。"

"伟中"为了保证一些新部门,或者是正在快速发展的重要部门能够迅速招到兵、买到马,加快业务节奏,常常会通过人力资源这条线来勒令其他部门输送人员过去。

肖武拍拍钱旦胳膊,转身和站在门口的会务秘书交待了两句,又急匆匆走了进去。

会议室里按照研讨会方式把与会人员分成了六组,每组人围坐在一张由几张小桌拼成的大桌旁,每个人前面放着自己的名牌。

肖武径直回到了最靠近讲台的一组,钱旦跟在后面进了门,他匆匆看了眼环境,从会议室后面拖了张椅子,挤进最靠近门口一组坐下。

钱旦坐定之后打量四周，发现会议室一角隔了一个密闭小玻璃屋，里面关了两个女孩，他知道那是做同声传译的。再定睛看看与会人员，每一组都有几个外籍员工。

"伟中"不少涉及海外的会议都有外籍员工参加，但并不是都会配置同声传译。不一样的还有，大多数有外籍员工参加的会议中都少不了来自非洲、阿拉伯世界的年轻面孔，这个会议室里老外几乎全是白人，年龄似乎都不小，好几个头发、胡子花白的。

讲台上一个脸部轮廓如美剧"斯巴达克斯"中那个"不败的高卢人"一般的老外正讲着他的"PPT"，钱旦定神听了一会儿，他讲的是对什么"R226"条款的遵从？

钱旦拿起桌上一个同声传译器，调到中文频道，戴上耳机听了两分钟，觉得能听明白他讲的每句话，但对整个内容仍是云里雾里。

钱旦小声问坐在他身旁的一位中方同事："R226是什么？"

"法国刑法第226条。"

那人见钱旦茫然的样子，补充了一句："法国刑法中关于数据保护相关的条款。"

钱旦问："这人是谁？公司法务部的外籍高端？"

"不是，是法国子公司的首席网络安全官。"

钱旦的目光被那位同事的笔记本电脑所吸引，他的电脑摄像头被一小块黑胶布封上了。钱旦盯着琢磨了几秒钟，忍不住好奇："你怎么把电脑摄像头贴上了？"

那人倒是耐心："怕不安全啊！万一有人远程调用了摄像头呢？"

钱旦听了两天会，会议结束后的第二天去了肖武办公室，正式拜访了领导，总算大概弄明白了"网络安全"的真正含义是什么？他未来的工作目标是什么？

过去说到"网络安全"，他脑子想到的是计算机系统的防病毒、防黑客攻击，那其实只是在技术层面的"Network Security"，是一种狭义的"网络安全"。

他未来要从事的"网络安全"指的是"Cyber Security"，是针对由电信网、互联网、计算机系统等组成的信息通信环境的安全保护。新的部门要做的工作不仅仅在技术层面，还包括了运用管理、法律等综合手段去保护全球各地使用了"伟中"设备的电信运营商从设备、系统到数据、应用各个层面的安全。

这些年社会上讨论得越来越多的对个人数据及隐私的保护就是"网络安全（Cyber Security）"中最具备当下现实意义的重要部分。

"伟中"致力于以创新的技术和解决方案为这个世界提供更好的电信基础设施。随着人类社会在工业制造、农业生产、社会服务方方面面向数字化演进的深入，"伟中"的生意越来越多地触及到各个国家的关键基础设施之一，数字化社会中装着所有数据的那个"大管道"。他们在网络安全保护上所承担的责任越来越大。

比如法国人在会议上提到的"R226"，如果法国的电信运营商或者"伟中"作为数据处理者未向最终用户或执法部门通报电信网络中个人数据泄露的事故，仅"未通报"一项就将因为违反法国刑法第226条，而面临最高三十万欧元的罚款以及法人代表最高五年的监禁，更不要说政治因素将给公司带来的更严重后果了。

世界并不大同，每个国家对"网络安全"的理解和实践不尽一致，欧美发达国家步子更快，要求更为严苛，尤其是对"伟中"这样来自中国的公司。因此，"伟中"网络安全工作在当下的起步阶段聚焦在英国、美国、澳大利亚、德国、法国、日本等国家，尤其是业务量越来越大的几个西欧国家。

参加这个全球工作会议的，除了机关各个领域的主管、专家，就是来自这些国家的首席网络安全官，他们都是背景深厚的"老鸟"。

肖武告诉钱旦，"伟中"在"网络安全"上的自我要求是"白上加白"，要比西方公司更加严格要求自己。因为同样的问题，如果是西方公司犯了错，欧洲人美国人只会视之为"技术问题"，如果是中国公司犯了错，一些戴着有色眼镜的政客必然借题发挥。

肖武说："整个公司也是这两年才开始加大在网络安全上投入，大部分业务部门没概念、不重视，不少人认为是没事找事，我们开展工作的难度不小。你的工作重点先放在软件产品的网络安全管理上。"

"伟中"的工作永远是"时间紧、任务重"，这一次也不例外。

钱旦他们首先要张罗是产品的整改。过去的软件版本在"网络安全"上没有一致标准，例如一些版本在定位问题的日志中明文记录了最终用户的 IP 地址，在过去的认知中无关紧要，在新的时代就被认为有泄露个人数据的风险；例如个别版本中存在只有开发人员才知道的、定位问题使时用的"超级命令"，在过去是处理故障时急用户之所急的设计，在新的安全标准下是绝对不可以有的红线。

他们要整理分布在全球各地的、已经在客户的网络上运行着的所有软件版本情况，分出轻重缓急，组织各个开发团队、一线技术服务团队去升级、替换有风险的旧版本，一切还得在静水潜流中完成。

在为过去"埋单"的基础上，更重要是面向未来构建更安全的产品和服务。他们要将网络安全要求融入到产品开发、市场销售、技术服务等业务活动中去，让"网络安全"成为"伟中"固有的基因。

夜，偌大开放办公区，加班的同事慢慢离去，一盏灯下最后走的人随手关上了那盏灯，整层楼的光线依次暗淡。

钱旦在座位上收拾东西，他要搬去新的办公楼，他想悄悄离开。

不远不近的角落里还亮着灯，一位一天中大多数时间在默默对着自己电脑的中年男人专注在灯下，他是钱旦进"伟中"之后的第一位部门主管，如今是他们大部门的一位业务专家。

钱旦望着他背影，想起那个夏天自己被公司分配至国内某办事处常驻，白天在办公室没有见到主管，晚上遇到停电，他刚在宿舍床上躺下，房门被猛力推开，主管进来一屁股坐在床沿，他赶紧坐了起来，等着领导训话。

主管说："你是新来的那个钱旦吧？我想你也没打算在'伟中'干多久吧？不管怎么样，做一天和尚撞一天钟，一天没离开，就要好好干一天！"

不知道这位老兄那一天受了什么委屈？对第一天报到的新员工致了这么一番欢迎词。

人来人往，如同花开花落，钱旦只在他手下干了半年就因为公司组织变革而分道扬镳。

多年以后，两个人在同一个开放办公区重逢，每天望得到彼此，但不是同一个业务领域，少有交流。

如今，又要在物理距离上分散开来，但是，他们仍然没有离开"伟中"这个庙，仍然在兢兢业业撞着自己的钟。

大公司中的小人物，纵然有些人在精心计算自己每一步，但更多人就这样在事业与家庭、私心与责任、理智与情感的来来回回之间前行，努力去撞响自己心底里的那只钟。

第十二章
事成人爽

需要尽快告别昨天、活好当下的还有"伟中"在黑木岛上的团队。

发生本地分包商施工人员从铁塔上坠落致死事故之后,项目总监李应龙飞到了黑木岛上。

工程分包协议中对分包商的安全管理责任白纸黑字地提出了要求,死者又是个人违反规则,没有正确使用双钩安全绳等个人防护用具而导致事故,李应龙一方面声称"伟中"的基本立场是如果死者家属要因此事索赔,鼓励走法律程序,另一方面表示"伟中"可以在分包商赔偿的基础上,基于人道主义增补慰问金。

死者家人淳朴,分包商竭力大事化小,善后并不难。但安抚完死者家属,并不等于事情就此了结。

公司内部问责了事故:亚太地区部的年度组织绩效扣两分、印尼子公司总经理和"爪哇移动"项目总监上半年绩效考核降一级、刘铁上半年绩效考核为"D"并且撤去区域项目经理一职。

"伟中"的绩效考核最初起源自美国"通用电气"前总裁杰克韦尔奇的"活力曲线",典型的精英主义和淘汰法则。他们以半年为一个考核周期,强制比例:

20%的人为"A"、40%的人为"B"、30%的人为"C"、10%的人为"D"。

打"A"的人群是公司一定要喂饱的"领头羊",他们升级快、每年的加薪幅度大、年度奖金比其他人高出一大截。

落在后面10%的人被打上的标签是"不合格"。刘铁的这个

"D",意味着他不仅被从区域项目经理的岗位上"末位淘汰",而且未来一年时间的升级、加薪、奖金都没了影踪。以他的个人职级来估算,损失数十万,这个惩罚不轻。

至于对分包商的处理,李应龙把问题留给了紧接着空降而来的谢国林。谢国林刚落地黑木岛两天,李应龙就飞回了雅加达,那边的压力也不小。

谢国林决定了"二出宫",第二次外派海外常驻时领到的首要任务是以项目副总监的身份加入"爪哇移动"大项目组,负责"数字化交付"的变革推行。计划没有变化快,李应龙让他先救火,到黑木岛来把刘铁下课后区域项目经理的职责给兼了。

区域的工程进度已经大大落后于项目计划,加上致死事故,团队士气低落。

谢国林认为工程进度要想追上计划,先得把分包商的问题给解决了。他拉着刘铁、负责采购的史蒂文在刘铁的房间讨论。

谢国林问:"我昨天晚上研究分包商的情况,挺奇怪的。'A公司'明显资质更好,和'爱立信''诺西'合作多年,是优质分包资源。'B公司'的规模、实力要差多了。为什么我们当初只给了'A公司'30%的工程份额,反而给了'B公司'70%的工程份额?"

"B公司"是这次出了致死事故的分包商。

史蒂文回答:"'A公司'报价高,又是'爱立信''诺西'的传统合作伙伴,我们公司在黑木岛这边刚有大项目,他们对我们信心不足,承诺的施工队数量偏保守。'B公司'价格低,和我们合作意愿强,配合度高,虽然实力弱一些,但可以培养。"

他望了刘铁一眼,补充:"谢总,这个是刘总和之前来支持的采购在项目准备阶段定的,在采购委员会汇报通过的策略,当时我还没有来。"

谢国林看到史蒂文表情，觉得他补充这一句，似乎是表明自己有不同看法，但他没有追问，只是交待："你们别叫我谢总，叫老谢吧！"

他和刘铁商量："老刘，我仔细看了项目进度，我们现在延误就延误在'B公司'这边，'A公司'最近进度比较快。分包协议中写了，如果发生'EHS'致死事故，我们有权中止合作，下一步我们调整分包商的份额，把大头转给'A公司'做怎么样？"

这些天，刘铁"防守心态"更重，总是下意识觉得别人在责怪自己，第一反应总是"辩驳"。

他条件反射地表达疑虑："老谢，我们项目经理权力没有那么大，公司防腐败，调整份额要采购委员会集体决策，比较麻烦。'A公司'贵，如果重用他们，我们的项目成本又要被拉高了！而且，他们和我们的竞争对手关系好，不一定愿意加大在我们这边的投入。"

谢国林外表忠厚，内心坚定："老刘，你讲的这些都不是绝对的吧？第一，平时没事调整份额有腐败嫌疑，是比较敏感，但现在是'EHS'事故触发的，采购委员会为什么不能同意？我的诉求是要么调整份额，要么按协议中止和'B公司'的合作，马上引入新的分包商！"

谢国林接着说："第二，项目这么延误下去拉高的成本你们算过没有？我们可以找项目财务算算，按这个进度，仓储积压的成本、回款延迟造成的资金成本、自有员工的人力成本、将来可能被客户罚款的成本、等等有多少？第三，'爪哇移动'一期是我们独家中标，其他运营商这段时间有项目给竞争对手吗？竞争对手在这片区域有工程给'A公司'做吗？你们了解过没有？"

史蒂文回答："出事之后我想我们可能会按照协议中止与'B公司'合作，我赶紧去了解了其他分包商资源的情况，现在找新的分包商确实难度大，但'A公司'的施工队资源应该是没有问题的。"

谢国林点头，多问了一句："史蒂文，你对之前的分包策略有什么不同看法吗？"

史蒂文说："我来了之后了解这边的情况，'A公司'的价格其实不算高，和他们以前给'诺西''爱立信'做的价格是差不多的。他们承诺的施工队数量偏保守，是基于我们压价压得有点大。我感觉'B公司'一开始对项目的判断有些太乐观了，他们的低价对他们自己也是个坑。"

谢国林仍然盯着他，似乎知道他心里还有话，史蒂文犹豫两秒钟，大胆表达："我认为'A公司'是这个区域最优质的分包商，我们更要和他们建立更好的合作关系。'伟中'在这个区域是新玩家，如果将来在这个区域有项目和竞争对手竞争，分包商资源的竞争也是很关键的！我们不应该避着竞争对手的传统合作伙伴，更应该利用大项目的机会去抢夺他们的资源。"

在这个行业的市场竞争中，供应链的竞争也是重要的。大型"交钥匙项目"包括土建实施，项目的交付进度、交付质量和交付成本与分包商施工队的数量、质量密切相关。在同一个区域，如果客户把合同给了不止一家设备商，大家同时开工，就会去比拼进度，就会去争夺有限的优质分包商资源。

谢国林对史蒂文有此见解感到意外，他认真看了看这位长得像谢霆锋，耳朵上戴着一个耳钉的马来西亚华裔，问："史蒂文，你进公司多久了？"

"一年。"

他赞许地说："老刘，史蒂文很有狼性啊！既看得到苟且，又看得到远方！"

刘铁仍是愁眉苦脸样子："这个时候调整分包商的份额，会不会风险有些大啊？毕竟'B公司'从一开始就是按照70%份额的工程量准备的施工队，准备更充分。"

谢国林说："老刘，你不觉得现在的情况，如果我们还死靠着'B公司'，风险更大吗？施工队资源和施工队产能是两回事，他们进度搞不定，队伍素质值得怀疑。我们不趁着现在他们出了死人的事故，借着必须要处罚的机会赶紧申请调整，过两个月就真被他们套牢了！"

"老谢，我已经下课了，你定吧！过两个月我都不知道自己在哪里。"

谢国林真诚地望着刘铁："老兄弟了，我们先一起把进度赶上去。我跟李应龙沟通好了，你熟悉情况，先在这边干着。这两个月算是和我工作交接，之后干什么我们再讨论。"

他转向史蒂文："史蒂文你准备汇报材料，我们尽快汇报！还要去和两家公司沟通。"

史蒂文效率很高，第二天就准备好了汇报材料。

谢国林看了很满意，材料中讲清楚了此次调整的来龙去脉、调整后项目成本变化的初步测算，建议的新方案是60%的份额给"A公司"、30%的份额给"B公司"，预留10%的份额根据下一阶段的质量、进度评分奖励给表现好的分包商。

史蒂文一边约了采购委员会的汇报时间，一边约了"A公司"的人，他要在汇报之前带谢国林去"A公司"考察一次。

刘铁本来要跟着一起去，临出门的时候电话响了。他接完电话，对谢国林说："老谢，'站点获取'出麻烦了！'B公司'的人打电话给我，讲市内有几个站点的业主突然变卦了，不同意我们施工，要求增加一次性补偿费。"

电信运营商建造无线基站需要获取相应位置的土地、楼顶等的使用权，需要和土地、房屋的业主达成一致，签订租赁合同。

这个取得站点使用权的活动过程被称为"站点获取"。"爪哇移动"项目的合同中站点获取的责任在"伟中"。

老谢问："变卦？他们之前没和业主签合同吗？"

"之前谈得差不多了，正准备签合同，业主突然说要把一次性补偿费提高差不多50%，几个站点的业主同时提，可能串通好的。要么我不和你们去'A公司'了，我先处理这个事情。"

"你咋处理？"

"我和分包商的人买点鲜花、水果去和业主点对点沟通，问清楚他们的顾虑在哪里？实在不行就考虑换到其他候选站点，反正不能再加钱了！"

谢国林和史蒂文去了"A公司"，老谢以"伟中"新一任项目经理身份拜访了"A公司"的老板，"A公司"的老板亲自展示了他们过去为"诺西""爱立信"做的漂亮工程，老谢亲自演示了"伟中"的业务前景以及最新的"数字化交付平台"。原计划一个小时的拜访，双方愉快地聊了整个下午。

考察结束，一行人缓步走到车前，本地司机已在车里候着，史蒂文拉开后门钻了进去。

老谢一副依依不舍的样子，小声问身旁的"A公司"的老板："关于市区内的站点获取，你有没有有能力的朋友帮忙？"

"A公司"的老板心领神会，胸有成竹地说："我在政府、警方都有一些好朋友，还有很好的律师，噢！我在这个岛上长大，认识一些黑社会的人。"

谢国林又说了一次"再见"，这才进到车里。

等车开动，他告诉史蒂文："我们尽量把市区内的站点调整给'A公司'，和业主的沟通让他们去弄。老刘是个实在人，但我们几个外国人去掺和业主沟通事倍功半。这个老板一看就是知道里面套路的，估计是在岛上走黑道白道都不会吃亏的人。"

回驻地的路不近，一直连轴转的谢国林有些倦，闭眼休息了一会儿。

他醒来发现还在路上，回头看见史蒂文精神旺盛的样子，饶有兴趣地聊天："史蒂文，你是毕业之后就进了'伟中'的吗？"

史蒂文答："我看起来没有那么小吧？我在吉隆坡一个系统集成公司做了两年采购之后才进'伟中'的。"

"你能有多大？八五后吧？"

"是的，不到三十。"

"你怎么会来'伟中'的？"

"我本来是想去'苹果'的，面试没通过，然后来面试'伟中'，很顺利地过了。当时想法是来'伟中'工作几年，让简历变得漂亮些，再去面试'苹果'。"

三个星期之后，黑木岛上形势终于向好。

"伟中"借事故处罚的机会调整了两家分包商份额和地盘划分，他们没有以此为条件压"A公司"的价格，"A公司"乐于吃下新的蛋糕；"B公司"自己出了事故，按协议该中止合作，他们清楚自己力不从心，没有消极对待调整，而是打算努力保住30％的份额，争取10％的预留奖励份额。

大项目组空降了一个供应链专家，帮助他们梳理物流、仓库的问题，加上"做一天和尚兢兢业业撞一天钟"的刘铁，加上越来越像岛上原住民一样熟悉当地环境的史蒂文，工程进度尽管还没有赶上初始项目计划，好歹人力资源与项目计划、货物与项目计划的匹配度越来越好，产能在稳步提升。

那天夕阳快要入海的时候，谢国林让刘铁带他去海神庙看看。黑木岛旅游资源丰富，但谢国林来了一个月无暇多看一眼。他并不是真想去看落日，而是想和刘铁聊聊未来。

海神庙始建于五百年前，在海边悬崖上。每天涨潮时岩石被海水包围，神庙孤单在海里，退潮时它才与陆地相连，可以上去一窥究竟。

两个男人并没有走近神庙，他们在岸边高处望着挂在印度洋天际的夕阳，眼睛里满是火红，沉默着。

刘铁先开口说话："总算感觉项目有希望了！你来之前，我真的是孤立无援的感觉。"

两个人认识多年，谢国林问一句："比在伊拉克时还要痛苦？"

"老谢，伊拉克不痛苦啊！那时候刚打完仗，竞争对手没敢回伊拉克，我们是独家供应商，和客户关系很好，虽然生活环境艰苦一点，但是什么事情都能顺利做下去，那时候你和钱旦在地区部给我下业务目标，我每年都是百分之一百二十达成吧?！事成人爽，并不痛苦。"

"那你安心在这边干下去？既然感觉项目有希望了，那么我们一起，再事成人爽一把！"

"不是我安心不安心的问题，在这边干下去，李应龙不会放过我吧？我上半年背一个'D'，调动也难，可能和你交接完之后就只有离开公司了。"

"不至于，你知道不知道这次老李是保了你的？"

"他保我？他早看我不顺眼了！"

"他一直是那个风格。领导有几种，最糟糕是对外软、对内硬，对外部唯唯诺诺，爱惜羽毛，对兄弟们苛刻；最苦命是对外软、对内软，在外面被别人踩躏，对内部不敢管理；最剽悍是对外硬、对内软，在外面见神踩神、见鬼杀鬼，在内部和兄弟们嘻嘻哈哈，自己还有本事活下去；老李是内外都硬，他对兄弟们要求高、整天骂骂咧咧，在外面拍着桌子护犊子，一年手机都要拍坏两部。"

"是吗？"

"他大骂机关官僚，对一线支持不够，说兄弟们太累，顾得了头顾不上尾。你以为我是怎么过来的？被他骂过来的！你们这'EHS'事故出的，地区部年度组织绩效扣两分，领导一看今年地区部绩效排名要比不过欧洲了，气疯了，问责的时候一心要开除你。老李坚持末位淘汰可以，但不是开除，而是从项目经理岗位上末位淘汰，换个合适岗位将功赎罪。"

刘铁沉默不语。

谢国林接着说："你调动去别的地方确实风险高，上半年背了一个'D'，下半年在新地方可能不够时间做出成绩，如果年度再打一个'D'，就真废掉了！你留下来负责我们的计划控制、质量管理等，帮我带本地新员工，然后我们一起在项目中践行'数字化交付'，为公司积累新打法的经验，事成人爽的可能性还是很大的。我和老李都了解你的情况，只要你下半年有贡献，年度绩效考评绝对不会黑你！"

鲁迅先生说"人类的悲欢并不相通"，"伟中"这群人各有各的悲欢，但有一个大家共同认可的基本价值观，就是"事成人爽"。一个人要想在公司活得爽，必须先做成事，做出绩效是所有物质回报和精神回报的基础。

刘铁欲言又止。

谢国林心里一动，问："你是不是已经找好下家？决定离开公司了？"

| 第十三章 |
境由心生

"还没有决定，"刘铁在老兄弟面前实话实说，"我昨天刚拿到'阿里'的'Offer（录用信）'。"

"去'阿里'？"

刘铁年龄比周围人要大一些，但也才过了四十岁。这些日子他干活并没有打折扣，但谢国林每次望见他一个人走路时拖沓、竟然有了些老态样子，回忆初识时他年少气盛风貌，觉得难受。

他早和李应龙沟通好让刘铁继续留在项目中，将功赎罪。

有时候男人和男人之间讲心里话并没有那么容易，他终于约了刘铁出来，就是想鼓励他重新振作起来。

谢国林在心里骂自己只忙着处理"事"，与刘铁的这次沟通拖得久了点。

他问："你什么时候去面试的？他们能等你多久？"

刘铁说："我有个同学在'阿里'，干得很不错，他帮忙做的内部推荐。你来了之后，我觉得我交接完工作就要失业了，和他们做了个视频面试。昨天拿到'Offer'，我说我在海外项目中，他们答应最久等三个月，三个月内必须去报到。"

"你去'阿里'能做什么？"谢国林是真的觉得奇怪，同事们跳槽要么是去"爱立信"这样的竞争对手，要么是去"腾讯"这样的互联网公司，要么是转投电信运营商，变成甲方。"阿里"不是网上卖货的电商么？

刘铁说："'阿里'现在不只是电商，他们在做'云计算'，去年已经对外卖'公有云'服务了，这个机会对我来说，既是回到熟悉的赛道，又是进入全新的赛道。"

他俩最初都是软件工程师出身，曾经有不错的软件编程、技术支持、软件项目管理和业务理解能力。谢国林早早转了行，刘铁离开软件不算久，所以他说自己是回到熟悉的赛道。至于全新的赛道，那是一个与当下的"伟中"没什么交集的行业。

谢国林问："'云计算'？"

"我们以前的主机、存储等IT设备就像各自家里买了水缸，自家用自家的资源，'云计算'是把计算、存储等IT资源共享在'云'上，然后通过网络输送给用户，大家需要多少用多少，按使用量计费，就像使用自来水一样。"

"'云计算'的概念我知道，龙头是几家美国公司，'阿里'有'云计算'？它是'阿里'的核心业务吗？"

"'阿里'在2009年就创办了'云计算'公司，现在'阿里云'是国内厂商中最强的'云'，没想到吧？我也是才知道。"

谢国林又问："他们给你的薪酬能比在'伟中'高多少？"

刘铁回答："怎么说呢？薪酬比我在'伟中'考评拿'A''B'时要低，但是，老谢，我们这个行业是吃青春饭的，再过两年，外面就不会有公司要我了。我考虑的是要不要把整个职业生涯押注在'伟中'？人生还要不要有别的可能性？"

谢国林扭头望着刘铁："要么你别急着下结论，先拖一个月，再好好考虑考虑？公司现在仍然发展得很快，机会很多。'爪哇移动'项目一期交付完还有二期、三期，你可以变成从泥坑中爬出来的圣人嘛！'阿里'毕竟是靠做电商发财的，'云'是他们的主航道吗？我觉得不确定性很高。"

谢国林其实有些心虚，公司里有太多嗷嗷叫着要上位的后起之秀，年龄大不是劣势，但年龄大又掉进了泥坑里，要重新爬出来，需要有心气、有决心、有兴趣。不然，不确定性一样很高。没有人能够给刘铁打包票，一切需要他自己的努力。

他说："我是非常希望继续和你并肩战斗，事成人爽！但如果你认真考虑了，决定把黑木岛的失利作为你在'伟中'的最后一站，我再考虑后面的人员安排，现在就当你还没想好！不早了，觅食去！"

两个人转身离去，红日在他们身后，一点儿一点儿地坠入了印度洋。

越来越多来自中国的年轻人、不那么年轻的人就这样行走在异国他乡。他们的背影闪现在全世界的屋顶、街角、山林间、大海边、沙漠里、泥坑中。他们故事的舞台已与他们的父辈大不一样。

谢国林和刘铁找了家餐厅，吃了顿烤肉，喝了不少"Bintang"啤酒，半醉半醒地回了驻地。

项目组搬家了，从之前那家酒店搬到了一处民宿。

民宿是个四合院，有五间客房，用作宿舍。另有两个大房间摆设成了办公室的样子，算是有了工作的仪式感。

院宅门不大，隐在阔叶树下。进去之后边上是厨房，餐厅设在厨房旁边半开放的游廊里。中间庭院里除了花、草、阔叶树，还有一个水池般的小泳池。

这天本是假日，他俩进门时，项目组的本地员工已经回家了，来出差支持的一个供应链专家、一个刚毕业不久的技术工程师在各自房间和家里人视频，史蒂文独自泡在游泳池里。

两个人和水中的史蒂文远远寒暄两句，在游廊里的餐厅中对着庭院坐下。

谢国林对刘铁说："史蒂文很不错！精力旺盛、聪明、好学、有狼性，和中方员工一样勤奋。"

刘铁皱着眉头说："他是很强，但有个问题，不稳定。这小子本来是想去'苹果'的，面试没通过，就跑来我们公司，打算攒点经验值将来再去'苹果'，估计迟早会流失掉。"

谢国林不同意，语重心长地说："老刘，有句话叫'境由心生'，一个人的心态会影响他眼里看到的东西，你心里是牛屎时，看什么都是牛屎，你心里是鲜花时，看什么都是鲜花。史蒂文跟我也讲过他去'苹果'面试的事，我听了觉得很好啊，现在海外的年轻人眼里在'伟中'的工作经验是可以跳上'苹果'的跳板了，十年前，海外的年轻人谁知道'伟中'是卖什么的？史蒂文将来不一定真会去'苹果'吧？人的想法是会改变的，如果他在这边能得到他想要的，啥叫迟早会流失？他能把故事告诉你我，证明他心里不把去不去'苹果'当回事了。"

刘铁若有所思。

刘铁不甘心以一场失利、一个"D"结束在"伟中"的职业生涯，他想证明自己，又焦虑会被公司这辆高速前进的战车抛下车，再也追不上去。

去"阿里"对他来说既是找到了一条好退路，又是去新的赛道证明自己。他希望将来在新赛道上干好了，消息能够传回老东家，告诉老兄弟们自己只是运气差，不是没能力。

通信、IT、互联网行业换代式发展快，知识更新快，从业人员需要不断学习，并且不断有新的实践机会，才能始终跟上时代，所以说是吃青春饭的行业。

刘铁难得年过四十还能在外面的大公司拿到不错的"Offer"，此时不走？错过这个村就没这个店了！再过几年，谁会要四十五岁的自己？当断不断，必受其乱，也许，接受"阿里"的"Offer"是更理智的选择吧？

尽管走南闯北，但他和在"伟中"中随处可见的很多人一样，仍然是一个实在理工男。实在理工男有他们内心的骄傲和执拗，也许，留下的选项只是因为一种莫名的执拗而保留着。

刘铁说："老谢，我很佩服你的心态，我记得你在中东北非有一段时间老'背锅'，碰到过打劫，在乍得差点中过枪，经历过各种稀奇事，你一直都是这么好的心态！"

谢国林说："我不一样会郁闷！郁闷有毛线用？聚焦解决当下的问题呗！"

"你那把红棉吉他呢？我记得你那时候走到哪里带到哪里，骚得很。"

谢国林又憨厚地笑了："放在家里，一把年纪啦，背着吉他出差，不符合职业形象吧？"

刘铁也笑了："你看，你年纪大了，也开始爱惜羽毛了吧？"

"伟中"在变大，一个一个的"伟中人"在长大，渐渐，公司的规矩多了，爱惜羽毛的人多了。如果人人过分爱惜自己的羽毛，为了自己的小小名声和小小面子而瞻前顾后，那么，表面的光鲜将腐蚀掉一个组织内在的活力。

公司追求的是方向大体正确，组织充满活力，或者说主干清晰严肃，末端灵活开放。并不需要一只只过分精致的小鸟。

谢国林当然不是那么爱惜羽毛的人，不过他一时觉得无法辩驳，他只能"呵呵"两声。

谢国林到了黑木岛之后，刘铁觉得自己没有那么孤单了。此刻看到老谢认真、窘迫样子，他乐了。

客房那边传来动静，换了衣服的史蒂文和另外两位同事忙完各自手头公事、私事，打算加入老谢和老刘的聊天局。

史蒂文手里拿着一盒红色盒子的烟，炫耀道："你们要不要试试？印尼农民最爱的'Kretek'，丁香烟。"

谢国林已戒了烟，刘铁嫌弃本地烟，供应链专家兴致勃勃，年轻的技术工程师小张跃跃欲试。到了最后，五个人并排坐在游廊边上，五支丁香烟明明灭灭，异域芬芳伴随"咔嗒咔嗒"丁香燃烧的声音弥散开来。

供应链专家自豪地说："这个星期真是累成狗了！"

之前项目进度严重落后于项目计划，公司发货却是按照原定计划，大量货物到了黑木岛之后没法安装，积压在仓库。再加上从施工站点退回的损坏物件、工程辅料也往仓库里堆，导致租用的仓库面积越来越大，货物堆放越来越乱。

到了赶进度，一个基站接着一个基站要施工的时候，混乱的仓库又严重影响货物出库效率。

供应链专家带着管仓库的本地员工完成了一次彻底的盘点。

刘铁问："盘点清楚了没有？"

供应链专家说："彻底盘点清楚了！另外，我们把仓库、物流的作业完全导入到新的'数字化交付平台'上去了。现在账实相符、可视、与项目计划匹配、与作业流程匹配。我有信心一个月之后我们可以把两个仓库减少成一个，存货周转率优化40%以上，仓储和物流成本降低30%以上。"

刘铁高兴地说："给力！打了几个月乱仗，总算越来越有章法了！"

谢国林说："老刘，你和史蒂文下周再推动分包商，把他们的作业百分之百切换到我们的'数字化交付平台'上去。"

刘铁说："我前段时间让本地员工学习了，他们反映那个软件做得比较烂，不好用。"

谢国林斩钉截铁地说："但凡软件工具平台都是越烂越要用，不用永远烂！只有坚持用，反馈使用过程中发现的问题和需求，才能推动不断优化它！"

年轻的技术工程师小张带点好奇地问："现在到处讲数字化交付，我们不一直就是拿着电脑和网络完成工作吗？以前那不叫数字化吗？"

"以前我们所谓的数字化是离线的假数字化，现在是在线的真数字化！"这问题掉到谢国林饭碗里一样，他很乐意解答：

"以前我们养了一堆做'Excel'的'表哥''表姐'，他们整天要数据、整理数据、汇报数据。现在人、货、钱、计划、进度、质量、成功经验等等，全部在我们的'数字化交付平台'上可视、可管。我们的平台还可以对客户开放，客户可以通过平台远程验收站点。这种与业务流程紧耦合的数字化才是真的数字化！"

史蒂文说："我研究过了，这个软件平台功能强大！我们可以要求分包商到达施工现场后对人员、作业环境拍照，上传到系统中，就可以审视现场是不是由有资质的人执证上岗？施工人员有没有正确穿戴个人防护装备？监管好'EHS'。我们可以要求分包商把安装情况拍照上传，就可以远程检查安装质量。未来这些工作还可以利用人脸识别等AI技术来自动审核。"

谢国林说："未来已来！老刘，那天你讲觉得自己有时候能够及时想到应该做的事情，但就是做得慢了，闭环管理慢了，就像踢足球的时候虽然意识赶到了那个最好位置，但是身体没有赶过去，导致丢球。今后我们可以更多地借助自动化工具平台来帮助完成重复劳动，我们自己保证意识不落伍就行。"

五个男人越聊越开，从工作到生活，从印尼到中国，从过去到未来，时间不知不觉过了十二点。

刘铁突然听到了"哗咕哗咕"的鸣叫声："你们听到'哗咕哗咕'的声音没有？本地人说是壁虎的叫声。"

"真的假的？"

"壁虎会叫吗？"

"是虫子吧？壁虎的食物在叫！"

"我去找找。"刘铁跳下游廊台阶，在庭院中的草地上东边扒拉一下，西边踹上两脚，其他几个兄弟跟了过去，和他一起寻觅。

唯独谢国林坐着没有动，他仰望璀璨星河，用手机放起了一首流行的歌：

每当我找不到存在的意义
每当我迷失在黑夜里

夜空中最亮的星

请照亮我前行

夜空中最亮的星　能否听清

那仰望的人　心底的孤独和叹息

那个夏天后来的日子里，刘铁仿佛找回了从前的自己。

他白天去施工现场、仓库、分包商，"双手粘泥"地沉浸在项目每一个场景中。

晚上回驻地参加项目例会，兴奋地把自己的新体会、新经验与兄弟们分享，讨论如何让项目进度更快、质量更好、成本更低。

深夜他对着电脑，琢磨公司的"数字化交付平台"与项目实践的更佳结合。

他把自己晒出一身黝黑，瘦了，但精神了。

谢国林心里嘀咕，不知道刘铁是在尽心尽力站好离职前最后一班岗？还是已经不打算去"阿里"了？他忍着不提及这个话题，等着刘铁主动来给他最后的结论。

那天刘铁和技术工程师小张一早出了门，黄昏时回来，他反常地没有与大家交流，直接回了自己房间，一直不见出来。

到了项目例会时间，小张说："老谢，老刘讲如果到了开会的时间他还没有出现，他就请个假。"

"他怎么了？病了？"

小张犹豫片刻，说："老刘让我别说，别让大家大惊小怪的，他今天喝柴油了，估计这会儿还不舒服。"

"喝柴油？他喝柴油干什么？"

原来，他俩这天去了城外一个偏僻村庄紧急开通一个基站，分包商的施工人员一不小心把柴油加进了发电机的机油箱，刘铁一急，自己上阵，把柴油用嘴一口一口地吸了出来。

散会之后，谢国林去找刘铁。

刘铁的房间敞着一半，他为了大家随时可以找他交流，一般不关门。

谢国林站在门口叫他，他从卫生间里走了出来。

谢国林说："小张说你喝柴油了？"

"别听他瞎说，大惊小怪的。他们把油灌错了，灌进机油箱了，我找了根橡皮管把它吸出来，以前看别人吸过，虹吸原理，吸一口搞定，我弄得费劲死了，丢丑。"

"现在感觉怎么样？没事吧？"

"没事了，就是嘴唇还是麻的，刚才又刷了个牙，还麻！我们出去走走？"

他们就在庭院中踱步。

刘铁说："老谢，我决定不去'阿里'了。"

谢国林大喜："真的？想通了？"

刘铁似开玩笑似认真："不存在想通想不通，我还记得你在中东北非时讲世界上有一种鸟没有脚，生下来就不停地飞，反正是不能在地上休息，你讲你就是那样的鸟人。可能我也是吧！还没有在外面飞够！"

谢国林窘："我当年有那么骚吗？这不是我原创，是张国荣电影里说的。"

刘铁非常认真地说："这个项目之前的基站都在市区附近，虽然'爪哇移动'是新网络，但已经有其他运营商的基站了，我没有特别感觉。今天这个村子偏僻，其他运营商没信号覆盖，过去村里年轻人打手机要跑到外面很远的公路上去。今天我们一开通，村里能打手机了，村里人围着我们又唱又跳，高兴得不得了！有个种蘑菇的小孩说他要把他的蘑菇发在网上，让到处的买家都知道！我突然觉得我们真的很牛！真的是在丰富人们的沟通与生活！

我更舍不得走了。"

谢国林一本正经："那你不怕我和老李'黑'你，年底给你打个'D'充名额？也不怕过几年你劳动合同到期，公司不续签，在外面找不到工作？"

"伟中"的绩效考核是强制比例，再优秀的团队每次也必须打出10%的"D"。

刘铁说："怕！但我愿赌服输！我还记得你在中东北非时讲过一句话，要死卵朝天！"

"这真不是我说的话，是路文涛那个土人说的！"

"你去伊拉克出差时候说的啊！"

"你记错啦！我记得很清楚，是我俩和路文涛三个人在伊拉克的摩苏尔出差，帮助恢复当地的民用通信，我们的机房在美军基地里，比较安全，他要进城施工，心里怕得要死，出发前吼了这么一句！"

|第十四章|
"把我的脑袋放在桌子上！"

距离印度尼西亚黑木岛一万多公里、时差六小时的德国杜塞尔多夫。

"莱茵电信"办公楼，不大一间会议室，里面坐满了人。有人是从隔壁会议室拖来椅子，见缝插针挨着别人坐，无所谓社交距离，更显得拥挤。

"伟中"最终没有满足客户进一步降价的要求，以一个理想的价格拿下了"莱茵电信"无线替换项目第一期的合同。路文涛上半年绩效考评得了一个"A"。

这一屋子人正是"莱茵电信"无线替换项目组甲方和乙方的项目组成员。

路文涛忽地站起身，大声说："把我的脑袋放在这张桌子上！"

大家眼睛本来齐刷刷望着站在白板前的客户老大和"伟中"公司"莱茵电信客户部"的领导老孙，这一下子齐刷刷望向了路文涛。

路文涛迎着客户老大审视的目光，气血上涌。

"要死卵朝天！"他脑子里突然冒出这么一句话，这是他大学同寝室一个湖南同学的口头禅，他正在脑子里组织，打算接着把这句话用英语，甚至用德语甩出来，要掷地有声！却猛然看见站在客户老大身旁的老孙望着他的眼神里有担惊受怕的样子。

不能吓着领导。

他抑制住胡说八道的冲动，气血从头顶往下走了一点，接着说："事实上，我的脑袋不值钱，值钱的是'莱茵电信'的良好声誉和商业成功，值钱的是'莱茵电信'给予'伟中'的信任和机会！我用我的职业信誉承诺，我们在9月1日前一定可以通过小规模验证的验收，开始大规模部署！"

老孙带路文涛见过客户老大，但他不清楚客户老大是否记得路文涛？

这小子自称"莱茵河第一气质男"，但老实说长得有点儿猥琐，而且连续几个晚上没怎么睡觉，黑眼圈；头发洗得不认真，也许根本就是没洗；脸上油脂多，呈现不均匀的黑。

要不是衬衣熨烫得齐整，估计是他老婆每天给准备的，这几天的路文涛就像一个从地中海那边过来的难民。

老孙大着嗓门介绍："这是我们负责这个项目的路文涛，他在海外工作已经超过十年，具有非常丰富的大项目经验，他是我最得力的助手。"

老孙顿了顿："如果这个项目不能成功，我和他的脑袋都保不住！"

客户老大余怒未消，冲着路文涛说了一句："那么，祝你好运！"

说完转身就走，离开了会议室，老孙赶紧跟上。

这一天是2012年8月10日，星期五，路文涛、杰瑞几个人度过了灾难般一周。

按照合同承诺，"伟中"要在9月1日前完成小规模验证的验收，然后项目才能进入大规模部署阶段。如果9月1日搞不定小规模验证，合同就变更，"伟中"吐出一半份额给竞争对手。

他们7月份从总部研发拿到新软件版本的一个测试版本，尽管公司有质量管理要求，严禁将未正式发布的版本提供给一线，但产品研发团队受不了电话、邮件、会议各种推动的路文涛，破例把测试版本发给了一线项目组技术总负责杰瑞，杰瑞用测试版本提前做了些升级准备工作。

7月最后一天，产品研发团队赶在下班前正式发布了新版本，算是比承诺的时间提前交了差。

客户考虑到工期紧张，同意除了杜塞尔多夫市区里六十多个基站组成的小规模验证网络之外，在郊区多开了五十多个基站。一线团队准备了两天，就把这一百多个站升级到了新软件版本。

尽管这一期项目几千个无线基站的交付压力不小，但"伟中"在德国及欧洲其他电信运营商已经交付了多个无线的大项目，各种资源、能力的准备度，以及客观环境、客户职业化程度均比他们在黑木岛上的同事遇到的要好。

他们为了这一仗，已经准备了很久。

一切的开头看上去很美，但很快，灾难来了。

新版本升级上去之后没几天,各种问题接连冒了出来:

　　掉话率升高,手机用户正打着电话,严肃地谈着生意或者愉快地聊着天,突然间电话断了;
　　上网速率不稳定,手机用户正上着网,紧张地看着股市风云或者轻松地品着"Instagram"新照片,突然间卡住了;
　　……

杰瑞手上一张技术问题跟踪表,记录了大小问题十多个。

按流程,现场团队拿到新软件版本后,第一步,在不带实际用户的测试平台上测试;第二步,在选定小区域内带着实际用户做小规模验证;第三步,小规模验证通过验收之后,再进行大规模部署,接入更大地域范围的实际用户。

现在正是第二步,在客户指定的两个地方使用"伟中"的设备对手机用户提供无线通信服务,包括打手机,也包括上网。如果使用一段时间没有问题,就算是完成了小规模验证,可以进入第三步。

路文涛本来以为拿到新软件版本,要做的只是和客户验收新增的功能特性,他盯着的是下一阶段大规模部署的交付准备,万万没想到新版本会令无线通信网络性能指标变差。

"莱茵电信"不时接到体验变差的用户投诉,尽管德国的电信运营商之间的竞争不像"中国移动"和"中国联通"之间那么激烈,但"莱茵电信"在基本的电话、上网体验上不能比别人家差,坚定支持大规模引入"伟中"无线产品的卡恩等人所面临的压力不小。

"伟中"逢重大项目会建立专用的"作战室","作战室"墙上张贴着项目组织结构图、项目计划、进度监控等,营造出重大项目"作战氛围"。

他们把平时分散在各专业团队办公的项目组成员集中在"作战室"里,方便项目组成员面对面沟通,提升项目运作和管理的效率。

过去的一个星期,路文涛和杰瑞几乎没有回家。他们要么在"莱茵电信",要么在验证网络现场,要么在他们的"作战室"里。

星期五是与客户约定的项目每周例会时间,"伟中"这边路文涛、杰瑞等人与会,客户那边主管无线网络的高级副总裁卡恩、客户的项目经理埃莉诺等人与会。

客户老大本来不会来参加每周例会,但他头一天听了卡恩的如实汇报,要求后续项目日报全部抄送给他,这天早上看着项目日报中附着的问题列表,越看越愤怒。

他一个电话打给老孙,劈头一句"Arschloch(脏话)",心里冒着冷汗的老孙不敢怠慢,马上赶到了"莱茵电信"。

老孙进门没说两句话,就被客户老大领着冲去了正在开项目例会的会议室。

客户老大径直冲到会议室的白板前,怒气冲冲地问:"现在的进展是什么?"

会议室里众人正在由杰瑞带着过技术问题跟踪表,杰瑞说:"我们的研发团队紧急做了一次版本更新,今天凌晨把城里这个区域的设备做了新的升级,从研发团队对问题的分析来看,从现场到目前为止的测试看,掉话率、上网速率等关键问题应该可以解决。"

客户老大凶狠地说:"应该可以?'莱茵电信'的网络什么时候像这两个区域这么差过?如果你们的无线产品不行,请现在就滚蛋!不要等到9月1日,不要浪费我们的宝贵时间!"

老孙站在他旁边,急忙表态:"请相信我们,'伟中'能够尽快解决所有关键问题,在承诺的9月1日之前达到验收标准。"

客户老大环顾会议室里坐着的每个人,冷冷地说:"我不需要'应该',不需要'可能',我需要'一定'。你们谁能把自己的脑袋放在这张桌子上?给我一个非常、非常严肃的承诺!"

会议室里安静得能够听见一根针掉在地上的声音。

路文涛昨天晚上与技术团队一起熬了一个通宵,守着他们完成了版本更新和基本测试。他和杰瑞没有时间闭眼,直接赶到"莱茵电信"办公楼开项目每周例会。

他觉得"伟中"必须有人出来拍胸脯,他相信早上更新的版本解决了大部分技术问题,他忽地站起身,大声说:"把我的脑袋放在这张桌子上!"

这便是本章开头的一幕。

散会以后,路文涛跟在卡恩屁股后面去了他办公室,单独唠唠嗑。

卡恩说:"漫长一周!真是不可思议!你们的新版本怎么会比老版本质量下降那么多?"

路文涛实说:"这个版本做了不少新的功能特性,为了我们的工期要求,我一直在催研发团队提前发布版本,他们一直在加班,满足了我们的时间要求,问题出在测试不充分上。我们这次在进度、质量、成本的平衡上,过于倾向了第一项。不过,我相信今天凌晨紧急更新的版本已经解决了大部分问题。"

卡恩望着路文涛的疲态,没有点头也没有摇头:"希望如此!你几天没休息了?回家睡一觉吧!"

"睡不了!我要回办公室把今天的会议纪要和日报整理出来,夜里三点还要和总部的研发团队开会。"

"凌晨三点开会?"

"是啊!柏林时间凌晨三点,北京时间上午九点,我们要和公司研发团队同步现场情况，推动进一步优化。见不到这个项目百分之百的成功把握，大家怎么能有星期六、星期天？怎么能有白天与黑夜的区别？"

作为一个销售，路文涛心上刻着"以客户为中心"，身体上亦是"以客户为中心"。他对"莱茵电信"办公楼了如指掌，每次过来都会在开放区域走一圈，遇到熟悉客户就聊几句，遇到竞争对手模样的人就打量几眼。

离开卡恩办公室，他又习惯性地绕着走了一圈。

已是星期五下班时间，办公室里人已不多，他看见卡恩的得力下属，客户这一侧负责此次项目管理的埃莉诺仍在自己座位上。

埃莉诺的办公位在开放办公区一角。

她望见了他："嗨！你仍然在这里？"

埃莉诺过去不喜欢路文涛，她从不掩饰她的"不喜欢"。埃莉诺特别喜欢翻白眼，过去一年，路文涛收到过她无数完美白眼。

这个星期她居然没对路文涛翻过白眼，这还主动打招呼，路文涛受宠若惊，加快脚步向她走去："你也仍然在办公室？明天和后天主要是技术团队进一步的测试、验证，我想应该不会打扰到你，你可以度一个轻松周末。"

埃莉诺等路文涛走近，推开自己的椅子，把旁边一个垃圾桶拖了过来。

她弯下腰，把脑袋伸在垃圾桶正上方的位置，说："路先生，这是你脑袋现在的位置！"

埃莉诺穿着一条包裹下身曲线的铅笔裙，她刻意摆出的弯腰姿势更是凸显臀部。

路文涛暗想平时只见你翻白眼，没敢看你这么棒的曲线嘛！

他琢磨埃莉诺既不像在嘲讽自己，更不是在诱惑自己，正想开口说话，埃莉诺又开口了："你够勇敢！我将和你一起努力，保住你的脑袋!"

埃莉诺这才结束她的性感姿态,开始收拾桌上东西,准备下班。

路文涛意外她的表态,心生感激,忙不迭地说:"谢谢!非常谢谢你!"

"你不用说太多谢谢,对我来说这是为了'莱茵电信'的利益,'莱茵电信'的无线网络演进计划不能延误!不管怎么样,我俩现在在一条船上。"

"当然!为了'莱茵电信''伟中',你和我的利益!我想,今天在那个会议室的所有人都在一条船上。"

他俩都清楚,对"莱茵电信"来说,是否在无线网络中大规模引入"伟中"纠结得久了点,合同决策得晚了点,留给"莱茵电信"达成网络演进阶段性目标的时间并不多,此刻最佳选择不是让"伟中"滚蛋,而是推动、协助"伟中"交付成功。

埃莉诺还清楚,如果"伟中"最终交付成功,她个人作为"莱茵电信"这一侧的项目经理,功不可没。如果"伟中"失败,与她合作愉快的上司卡恩也许会由于坚定支持"伟中"而承担后果,那不是她希望的。

路文涛等她收拾好东西,一起下楼去停车场。

埃莉诺问:"我有一点奇怪,现在我们遇到的是交付过程中的技术问题,你是一个做销售的,你为什么立即就站起来,把自己的脑袋拍在桌子上?从责任上,为什么不是你们技术团队的同事,例如杰瑞、张文华?"

"我认为我承担的是端到端的,保证我的客户商业成功的责任,而不仅是一个销售员的责任。我和我的同事们是一个协作很好的团队,这个时候就让他们的压力聚焦在技术本身吧!"

路文涛坦率地说:"我希望'莱茵电信'和'伟中'的生意就

像良田，我就像农夫，大家一起把这片田地耕耘好，让它每年都能有好的收成。我不是把自己当一个游牧猎人，今年在这里打到了猎物，明年就跑去别的地方寻找新的猎物。"

"你是一个坦率的人！事实上，一开始我对你从你们销售的责任人变成了这个项目的交付项目总监有一点奇怪，但是从到目前为止的情况来看，尽管不顺利，你干得专业！"

"谢谢！其实我是交付出身，以前就做过项目管理，"路文涛说，"请别忘了推动你的同事们准备好计划9月份开通的基站的传输资源，我在今天的项目日报中会把它作为需要'莱茵电信'配合的重点工作突出强调。"

"你确定下个月的交付计划不会延迟？"

"当然！为了我的脑袋！"

埃莉诺笑道："如果不能成功，你打算按照你们的传统文化习俗，切腹谢罪吗？"

杜塞尔多夫是欧洲主要的日本人聚居地之一，埃莉诺显然记错了习俗。

路文涛抗议："拜托！切腹是日本人习俗！东亚的三个国家，连筷子的长度都各不一样，习俗并不一样。"

两个人在停车场道别，埃莉诺举着手机晃了晃："如果周末要联络我，你可以用'WhatsApp'，也可以用'WeChat'。"

路文涛赶紧拿出手机："你装了'WeChat'？我加你。"

埃莉诺刚刚在手机上装了"微信"的国际版本"WeChat"。

路文涛回到"伟中"的办公楼。

他在一楼等电梯，电梯口一开，遇见下班的罗小祥。

罗小祥热情地打招呼："哎呀，路总！星期五晚上还过来加班呢？听说今天领导被客户老大叫过去羞辱了一顿？"

路文涛装作惊讶："是吗？我怎么没有听说？"

他上了楼,去了项目组的"作战室"。

项目组主要成员都在:技术总负责杰瑞、地区部给他这个项目总监支援了一个项目经理、项目财务、供应链管理等人。

"莱茵电信客户部"中负责技术方案、技术服务的张文华也在,他的脑袋押在同时交付的一个固定网络重大项目中,白天没有去开无线替换项目的项目例会,只是晚上作为杰瑞的业务主管过来审视这边的情况。

张文华见到路文涛:"老路!听说今天领导被客户老大叫过去羞辱了一顿?"

"我靠!这栋楼都知道啦?'伟中'真是个八卦公司,估计到明天就地球人都知道了。"

大家一起讨论项目进展、问题与风险、困难和计划,刷新项目日报、会议纪要、求助。

路文涛自己执笔客户界面的项目日报和会议纪要,他完成后接上投影,给大家评审。

然后,他发了个邮件,主送埃莉诺、抄送卡恩,打算等他们审核之后群发出去。

过去几天他发了邮件都会紧接着发个消息提醒埃莉诺审核日报,但今天想着是星期五晚上,他犹豫了一下,没有发消息去催。

地区部支援的项目经理负责公司内部的日报,他已经把内容投影在白幕布上。

路文涛站着,盯着邮件主题的"莱茵电信无线替换项目日报20120810",对项目经理说:"这段时间的日报你发邮件给我,我来群发给公司的老大们!"

大家评审完,项目经理把邮件发给了路文涛。

就见他噼里啪啦几下,把邮件主题给改成了"被羞辱的8月10日!!!莱茵电信无线替换项目日报"。

然后，点下"发送"按钮。

第十五章
一波三折

有些事情日复一日，就习惯成了自然，以为那就是生活原本的样子。

有些成了自然的习惯，其实无所谓好与坏，无所谓应该沉迷还是觉悟，只要自己乐在其中。

星期五晚上留在"作战室"里的几个人，尽管已经把计划中当天该做的事情都做完了，却没有人离开办公室。大家自然而然地对着自己的电脑，继续加班。一时间房间里面变得安静。

路文涛打破了这安静："哎！今天晚上别耗着了！回去睡觉！折腾一个星期了。杰瑞，你开着闹钟，别忘了晚上三点和产品研发的会议！今晚我们不坐在一起开了，大家自己电话拨入。"

杰瑞伸了个懒腰："老路，今天晚上的会你不参加也行，就是和研发对技术问题，我带着几个 TL（Technical Leader，单产品的技术负责人）参加就可以了，你休息吧！"

路文涛嚷嚷："那不行！我必须参加！我要唱白脸。"

路文涛一回到家，女儿路雨霏格外兴奋，一把抓住他衣角不放手，把他拽到了客厅中的一个小白板前："爸爸，坐下，我给你上课。"

路文涛乖乖坐在白板前一个小凳子上："小小路老师，上什么课呀？"

"美术课，我来教你画画。"路雨霏指着白板上一朵稚嫩的花儿。

"这是什么花？真漂亮！"路文涛眼睛里满是宠溺。

妻子吴俪俪从厨房走过来："你吃晚饭了吗？我炖了鸡汤，热着了。"

"没吃，今天忙得像狗一样！早上吃了他们带的面包，然后刚才在办公室吃了个苹果。"

她在他旁边蹲下来，共同望着女儿，说："雨霏，你给妈妈的课还没有上完呀！你要先教会我呀！让爸爸先去吃东西，洗个澡，他一身臭死啦！"

路雨霏认真望着他俩："好吧！妈妈你坐好呀！"

吴俪俪大学毕业后先是在北京找到一份不错工作，干得渐入佳境时却决定跟随路文涛去了深圳。她在深圳得到一家互联网头部企业的"Offer"，工作中深得领导信任，却再次放弃自己的职业发展做起了全职太太，先跟着路文涛去了也门，然后来了德国。

路文涛明白她的牺牲，那亦是他奋斗的动力。

他坐在餐桌旁，一边温柔望着眼前一本正经当老师的女儿、一本正经做学生的老婆，一边把锅里剩下的鸡汤扫荡干净，认真啃过每一块鸡骨头，从早上睁眼就开始绷紧的神经舒缓了下来。

凌晨两点四十分，许巍的歌声突然打破宁静："那理想的彼岸也许不存在，我依然会走在那旅途上，有一些希望和理想，总在心里是最美的旋律……"

路文涛的手机闹钟一直是这一首歌，他伸手滑掉了闹钟。

他怕吵着老婆孩子，一个人睡在客房里。他洗了把脸，拿着电脑回到床上。

他靠在床头，打开电脑，在"Outlook"中寻找会议通知中的接入号，却先看到埃莉诺回复他的邮件。

埃莉诺对白天项目每周例会的纪要提了几点修改意见，路文涛留意邮件发出时间，是凌晨一点钟。

一首德国老歌里唱："他烤的面包最好，他酿的啤酒最好，他造的汽车最好，因为他像牲口一样工作……"

勤奋的标签通常打在传统中国人身上，同样打在传统德国人身上。客户的勤奋，令路文涛更觉压迫感。

他拨入了他们的电话会议。

离会议开始时间还差五分钟，产品研发主管任志刚已经在会议上候着。

听到接入后报出自己名号的路文涛，他怨道："路总上来了？大哥啊，你日报能不能不要用这么煽情的主题啊？什么被羞辱的8月10日，还打三个感叹号！我昨晚刚被领导骂了半小时，他今早一收邮件又把我骂一顿！"

路文涛的日报邮件主送、抄送了一堆公司大佬，董事会九个成员他抄送了五个。煽情的主题总是会在大佬们密密麻麻的邮件列表中显眼一些，不管大佬们是否每个人都关注到了这个邮件，任志刚的领导觉得脸上挂不住。

路文涛说："不能！你不被骂，我就会被骂！公司大佬们日理万机，一天收到邮件几百个，哪有时间认真看每一个？我不写醒目点，万一有人现在没看，将来说我不敢暴露问题，推动公司不力，冤死的是我！必须这么写，将来被砍了也要拉你垫背。"

"路总，你推动很有力了！兄弟们很有压力！不是兄弟们不努力，实在是你们给的时间太紧了！我已经一个星期没回家了，一堆人天天晚上睡在办公室。"

"不是我们给的时间，是客户给的时间！兄弟们辛苦啦！所以我并没有投诉你们，这么烂的版本，我只是实事求是的暴露问题么。昨天孙总被客户老大羞辱了，客户说了，如果星期一早上见不到问题收敛，就要孙总和我一个人背上绑一个基站，滚出德国！"

客户并没有真说过这样的话，路文涛存心夸张。

任志刚说："好啦，人都到齐了吧？不扯淡了，聚焦解决问题，还是那句鲁迅说的话，'胜则举杯相庆，败则拼死相救'！"

一线技术团队和机关研发团队通过电话会议一个一个过着未关闭的遗留问题，讨论着一些技术细节。

任志刚突然略烦躁地打断了讨论："什么声音啊？请不发言的兄弟静一下音，不要干扰大家！"

奇怪的声音仍在继续，比刚才大了一些。

有人听明白了："鼾声吧？谁在打鼾？"

大家笑了，气氛变得轻松一些。

任志刚平时嗓门也不小，这会儿刻意压低了："是一线的兄弟吧？路总，德国是凌晨三点多吧？下次会议我们换北京时间半夜开！"

路文涛没有回答。

杰瑞在电话里说："是老路睡着了吧？要不我打他电话叫一下？"

任志刚急忙说："别，别叫醒他啦！让他睡着吧，讨论完了我给他汇报。"

杜塞尔多夫、深圳、上海、西安，电话会议上那些年轻的"程序狗""工程狮"们在路文涛鼾声伴奏下继续着对一个一个技术问题的澄清、分析、确认，制定着下一步计划。

又测试、观察了一天，看起来10日凌晨更新的软件版本确实解决了大部分问题，最关键是掉话率恢复到正常水平，上网速率也稳定了。

路文涛放下心上石头，他那天日报的邮件主题仍然有些煽情："提心吊胆的8月11日！！！莱茵电信无线替换项目日报"。

新的一个星期，"伟中"的设备在城里城外两处小规模验证网络运行稳定，无线通信网络性能指标渐渐优于竞争对手设备，客户想要的新功能特性通过了验收，项目第一阶段目标达成有望。

8月17日又是星期五，路文涛早上刚把车开到办公室楼下，手机响了，杰瑞在电话那一头，声音有些紧张："老路，跟你汇报个事，早上我们市区里的基站自行重启了一次，还不清楚原因。"

路文涛条件反射地连问："什么时候？具体什么影响？客户知道了吗？"

"凌晨两点多，市区的六十多个基站自行重启，目前没有收到用户投诉，但从告警看，三分多钟时间里通信全部中断，正在进行的通话会断掉，新的呼叫不能建立，整个过程三分多钟，重启完就恢复正常了。客户下面的人知道了，领导应该还不知道，你是不是跟埃莉诺、卡恩说一下？郊区的五十多个基站全部正常，没有问题。"

"什么原因？有日志吗？"

"重启时有告警，但是看不出故障原因。"

"你在哪里？"

"在'莱茵电信'。"

"我马上过来。"

路文涛掉转车头，直奔"莱茵电信"而去。

他在车上给埃莉诺打了个电话，简单说了情况。与其等客户内部逐级上报，不如自己第一时间通知埃莉诺。然后再看用什么样的方式，既不显得遮三瞒四，又不至于反应过度地向卡恩报告？

事情说大不大，凌晨两点多打电话、上网的人不算多，三分多钟的时间不算长，对手机用户来说，可能抱怨几句"怎么突然没信号了？"重复拨两次，就通了。

事情说小不小，如果不知道故障原因，不解决问题，现在是一个小区域半夜重启，谁知道将来会不会是一座城市、一个州，乃至全国的移动通信在白天繁忙时中断五分钟、十分钟？

好比一个银行给你少算了一块钱利息，问题不在于一块钱是多大金额，而在于这家银行的储蓄系统变得不可信，它可能少算一块钱，就可能少算一万块钱。

路文涛清楚，这个问题不定位、不解决，在德国人那里没有通过小规模验证的可能。但离9月1日的"Deadline（最后期限）"只剩下两星期，最好是静水潜流地赶紧处理掉。

等他到了"莱茵电信"，杰瑞正拉着家里的产品研发团队电话会议，但是重启之后的基站运行到现在再没有任何异常，重启时也没有任何可以帮助定位故障的日志，他们没有方向和线索。

路文涛的技术水平不足以参与这样的细节讨论，他只能干着急。

一线和研发的技术团队分析了一天，没有头绪。

研发有人提出来："现在市区和郊外两个区域是一样的硬件设备，一样的软件版本，市区的发生了重启，郊外的没事，会不会是外部环境因素？有没有可能是市内这个区域恰巧在电力检修什么的？区域的电压抖动造成我们的设备重启，郊外的区域没有电压抖动就没事？不然，怎么解释一个区域全部重启，另一个区域完全没问题？"

下班前，路文涛和埃莉诺同步了进展。他在卡恩办公室门口"偶遇"卡恩，向他通报了项目最新情况，包括凌晨发生的基站自行重启。

路文涛告诉他们"伟中"的一线技术团队、产品研发团队将安排人二十四小时值守，监控问题会否重现？他说了大家对外部供电因素的怀疑。

18日、19日，风平浪静，问题没有重现。

偶尔出现，又没有任何有价值的日志记录的故障往往是最难解决的，你不知道事情的规律在哪里？

20日星期一下午，双方项目管理团队会议讨论下一阶段，大规模部署基站的准备工作。

"伟中"的项目经理详细讲解着9月交付计划及需要客户配合事宜，埃莉诺出去接了个电话。片刻，她的身影回到会议室门口，她把玻璃门推开一小半，向路文涛招手："文涛！"

自从她没那么讨厌路文涛之后，"路先生"变成了"文涛"。

路文涛起身过去，埃莉诺表情轻松，说："也许是好消息，我们向电力公司咨询，他们确实在17日凌晨有一次电力检修，期间有10毫秒级的闪断，也许我们至少找到了重启的原因，但你们要解释清楚你们的系统设计中对电压抖动的容错、保护机制是什么？"

路文涛立即把新的信息同步给了杰瑞。

散了会，路文涛照例在客户办公室开放区域走了一圈，转回来时看见埃莉诺又回到了会议室，一个人对着刚才大家写画过的白板。

路文涛推门进去："嗨！"

"嗨！我再次推敲9月的交付计划，看有无遗漏？"

路文涛和埃莉诺又讨论起来。

两个人讨论得热烈时，路文涛手机响了，他随手按通，那边居然是他老爸。

北京时间半夜，遥远家乡的老人突然来个电话，对一个懂得牵挂与守望的游子来说，他的心顿时提到了嗓子眼，家里出什么事了吗？

聊了几句之后只剩感动。

挂了电话，他说："我父亲从中国来的电话，他快七十岁了。"

埃莉诺察觉到路文涛情绪，她不喜欢与人讨论私隐话题，尤其是在工作场景中,她应了句:"那么?"

路文涛说:"我父亲在一家电力公司工作了一辈子,高级工程师。我刚才一直在想电压抖动的问题,顺手给他发了个消息,问他10毫秒的电压瞬间闪断是不是在电器的容忍范围内?电力系统怎么看待这样的电压抖动?我以为他会没事时回我一个消息,没想到他怕自己回答不周全,认真地查了资料,一直查到半夜,然后打电话过来与我探讨。"

"酷!"埃莉诺没有多说话,这些天她眼里的路文涛已经从一个有点浮夸、有点奸猾的销售员变成了一个勤奋、务实、可靠的合作伙伴,原来他是有家族传承。

至于之前她为什么认为路文涛只是一个有点浮夸、有点奸猾的销售员,除了一个与她关系很好的,已经离职的前"伟中"本地客户经理讲了不少对"伟中"、对中国人的负面评价,除了路文涛平素看似风风火火、不拘小节的做派不对她的脾气,在她心底里,其实一直以来有一个"结",或者说"疙瘩"。

时间已经不早了,路文涛心情不错,问:"埃莉诺,你晚上有空吗?中国人说'人是铁,饭是钢',德国人说'Die Liebe Kommt aus dem Magen(爱从吃中来)',我们一起去吃个工作餐?"

埃莉诺对着他翻了一个完美的白眼,但与过去不一样,翻完她自己笑了:"你为什么不回家去陪太太、孩子吃饭?"

路文涛说:"我跟她们商量好了,这两个月的工作日默认项是不回家吃饭。以我们现在的工作状态,时间没有规律,我回家吃饭?让她们每天等着我吗?我完全不知道自己到底几点钟到家,中国人是讲究吃热菜的。让她们不等我先吃吗?那不是没有共进晚餐的意义了么?"

埃莉诺接受了路文涛共进工作餐的邀请。

路文涛听她说从前只吃过那种一个人端一个大盘子，或者取一个塑料盒子，选了现成的菜之后去称重量卖的伪中餐之后，更加热情，带她去了一家中国人才去的川菜馆。

路文涛回到家，洗了澡，时间才到十点多。

他坐在桌前，对着电脑发呆。白天埃莉诺一说恰巧在基站重启的时候电力公司有检修活动，大家希望尽快闭环掉问题，尽快向前走，都下意识地认定二者是关联的。晚上路文涛冷静下来，越想越觉得心里没底。

女儿睡了，吴俪俪走到他身后，弯腰从背后贴紧他，撒娇："老公，睡觉不？"

他从沉思中回来："等我五分钟，我回个邮件。"

电脑屏幕上是他们的项目日报，这个星期他已经把公司内部项目日报的发送责任交还给了项目经理。

日报中有一条，对17日凌晨发生的基站自行重启问题下了结论，说是因为电力检修带来的电压抖动导致，下一步计划是须向客户提交报告，澄清电压抖动的容错、保护机制。

路文涛把邮件的"回复全部"按钮点了下去，他的手指在键盘上停顿了几秒钟，然后噼里啪啦地在邮件主题的最前面加上"我不同意现在对基站重启问题下结论！"，他喜欢在邮件主题中强调观点。

他又停顿了几秒，把一堆大佬的邮箱从抄送列表中去掉，只保留了两边技术团队的收件人。这个日报中的结论是他几个小时之前认可的，现在不仅是推翻研发的结论，也是推翻自己的结论。

他在邮件正文中说："请杰瑞负责明天通过客户获取当晚电力检修的细节情况，请研发根据当晚细节情况在试验环境中模拟相同的电压变化，只有在模拟环境中试验、重现了当晚的现象之后，才敢下结论！否则，风险太大！"

关电脑前收了收邮件，埃莉诺回复了他刚才不久发的客户界面项目日报的征询意见稿。

他在客户界面的日报上对"重启问题"没有提及电力检修的事情，只是说："原因不明，'伟中'正组织技术专家值守和分析中。"

埃莉诺在回复中把这一条摘出来加了黄色底色，问他："没有进展吗？"

路文涛知道她是指他俩在一起时就电力检修情况的同步，他回复："我不确定。"

他"啪"的一声合上电脑，转身淫贱地叫道："老婆，睡觉不？"

| 第十六章 |

一波既平，一波即起

第二天早上六点，手机在床头柜上唱歌。

路文涛迷糊中以为闹钟响了，但不对，闹钟是许巍的歌，现在是加拿大摇滚乐队"Nickelback"在嘶吼，那是他设置的来电铃音。

路文涛摸到了电话，杰瑞声音显得特别大："老路，我们郊外那五十个基站今天凌晨两点多自行重启了，这次市区里的六十多个基站全部正常。"

"我靠！什么傻×情况？"

有一阵子没有说"傻×"二字了，他脱口而出，然后，抱歉地看了一眼被惊醒的吴俪俪，去了卫生间关着门继续电话。

杰瑞说："'网管'上有告警，值守的兄弟当时就发现了，通知了我，我们已经和研发的兄弟在电话会议了，但是仍然没有有价值的日志。"

"两点多的事情，你怎么六点钟才通知我？"

"一样的现象，三分钟就恢复正常了。下面的客户还没往他们上级报。技术上的事情我来组织，让你多睡几个小时呗，天亮了就该你去给客户领导跪了。"

路文涛嚷道："幸好昨晚没在客户界面的日报中说是电力检修导致，不然丑大了！嗯，会不会恰好郊外那个区域今天凌晨电力检修？"

杰瑞以一个技术男的逻辑冷静地说："等客户上班了我就去问。我看到你昨晚的邮件了，正好验证，如果恰好今天也有电力检修，那就基本验证了之前的结论。如果没有电力检修，那就基本排除了电压的原因。家里也别扯淡说可能是现场有外部因素影响了，聚焦我们自己的产品问题！"

他们很快了解到，电力公司当天并没有做任何操作。

17日凌晨两点多，市区内"伟中"的全部基站重启，"莱茵电信"在那一带的手机通信中断了三分钟。

21日凌晨两点多，郊外"伟中"的全部基站重启，"莱茵电信"在那一片地方的手机通信中断了三分钟。

地点不同，两个地方基站的站型不尽相同，相同的除了"故障现象"，就是凌晨两点多这个时间点。

"伟中"将技术问题处理的级别进一步上升，公司成立了跨硬件、软件等多个部门的攻关组，每天通报攻关进展。

但故障现象未重现，重启时无日志记录，产品研发排查了几处疑点，迟迟不能定位故障原因。

其他技术问题倒是已经清理干净，小规模验证能否在9月1日前通过客户验收的瓶颈只在于此。

24 日凌晨两点多又来了一次！这次是市区内的全部基站重启，郊外的没事。

算起来一个星期时间里两个区域出现了三次同样故障，每次均导致区域之内所有手机在三分多钟内完全"没信号"，并且别说原因，连故障规律都没有摸清楚，前后方一样压力巨大。

24 日晚上，路文涛、杰瑞两个人仍在"作战室"里，墙上张贴着项目组织结构图、项目计划、进度监控，还有一幅挂历。

路文涛新买了一副配套电脑的蓝牙耳机，头戴式、带麦克风的。他这会儿觉得脑子转不动了，小憩，试试新耳机的蓝牙传送距离能有多远？只见他一会儿走近电脑，一会儿离远电脑，一会儿走出会议室往洗手间去。

杰瑞看着墙上挂历发呆，他刚才在 17 日、24 日上各画了个星，在 21 日上画了个圈。

路文涛回来："不错，电话会议神器！不过美中不足，一进厕所门就断掉了，不能一边拉屎一边开会。今后在家里参加一些无聊的会的时候，把电脑放在客厅，一边开会一边炒个菜是没问题的。"

杰瑞的注意力在墙上，他突然说："我知道了！"

"你知道什么了？"

"规律，我们的重启有很明显的规律，它是个轮回。"

路文涛摘下耳机，瞪着杰瑞："轮回？四象生八卦，八卦化重启？问题搞不定，玄学出来了？"

杰瑞指着挂历："我们总想着 17 日、21 日、24 日的日期，实际上是每个星期五凌晨两点市区的基站重启，每个星期二凌晨两点郊区的基站重启，换成星期几来看，规律就看得明显了！接下来应该是 28 日星期二凌晨郊区的基站重启。"

路文涛朝着墙上挂历："你这有点儿勉强吧？那为什么会这

样？我们的新版本会来大姨妈？一个星期来一次？"

"为什么会这样？这要产品研发来回答，我又看不到代码。不过，你看！"

杰瑞说着站起来，拿一支白板笔，走到挂历前，在10日上画了两个星星，在14日上画了两个圈圈："我们10日把城里的更新了版本，因为那天客户老大发飙，所以客户要求我们多观察两天，确认新版本不会比原来的更烂以后再动郊区的，我们是在14日凌晨更新了郊区的版本。我们更新版本时正好是在凌晨两点多做了一次重启，现在应该是从第一次重启的时间开始，每运行七天就会重启一次，城里是10日、17日、24日，郊外是14日、21日。"

路文涛觉着他讲的有逻辑了，问："10日和14日更新版本的时候，几十个基站都是在两点多同时重启？"

杰瑞说："老大，我们升级是把新软件通过'网管'成批地发到基站上去的，我记得差不多都是在这个时间点，这个可以查得到。"

一旦发现了问题的规律和线索，定位原因就快了。

产品研发团队找到了故障原因，新版本的软件质量存在问题：

软件设计中在某处XXX字节内存，每次应该占用一部分然后释放，结果它不释放，七天之后内存溢出，程序运行要用到的内存大于系统能提供的最大内存，此时程序就运行不了，导致自动重启。并且周而复始，每七天溢出、重启一次。

一旦定位了问题原因，解决问题就快了。

他们再次更新了软件，这次产品研发提供的是热补丁，也就是说不需要中断业务，不需要重启设备就可以修复当前版本的缺陷。换上新的软件之后，再没有发生基站在半夜自己重启的"怪事"。

终于，"伟中"跌跌撞撞通过了小规模验证的验收，项目进入到大规模部署基站的阶段。下一阶段，他们要用七个月时间在德国全境部署几千个无线基站。

产品研发主管任志刚给路文涛打了一个电话，他不好意思地说："路总，这次版本问题多了点，一线的兄弟们辛苦了！你老大多担待！"

"确实太烂了！内存溢出没告警、没日志的？不过，我聚焦解决问题，不发泄情绪，现在问题解决了，公司该怎么回溯、问责版本质量不关我的事！"

路文涛记起了什么，立即接着说："不行，我要给你发个感谢信，感谢你及时提供版本、及时排除故障！上次大佬们威胁要把我俩对调个位置，让我俩对换脑袋思考，对换屁股继续撕，我在海外还没呆够了，而且能力有限，干不了你这个活儿！万一大佬们还没忘记这事，决定现在把你踢到德国来，让我回去填你的坑，那我可会死得很快！"

长江上游滩多流急，中游水道复杂，下游静水潜流。在这个世纪的第二个十年，"伟中"的全球化之路仿佛是长江行船到了中游，公司在海外各国的一线团队常常会撞上过去不曾遇见过的挑战。

这种挑战区别于初登上全球化大舞台之际因为陌生而来的新鲜挑战，而是站在舞台中央之后，因为聚光灯把你从头到屁股照得纤毫毕现而来的复杂挑战。

一波既平，一波即起，眨眼到了9月下旬，"莱茵电信客户部"风波又起。

这一次惹来麻烦的是伟中公司"莱茵电信"无线替换项目组的技术总负责杰瑞，但他惹来的麻烦却不是一个技术问题。

那天路文涛吃完午饭，从项目组"作战室"溜回自己办公室，正把脚搁上桌面，想"眯"一会儿，手机里"Nickelback"又在摇滚，是卡恩来的电话，让他马上过去面谈。

晴朗天空上几朵云在舞动，他在路上琢磨：什么情况？卡恩很少这么急匆匆又故弄玄虚的语气。

是项目交付上的事情？客户有埃莉诺在负责，卡恩充分信任她，目前项目进展算正常，不至于突然召见。

有新的销售机会？依照两个人的沟通习惯，似乎不会这么突然。

他到了"莱茵电信"，在楼下餐厅买了三杯咖啡，端着上了楼。

他本想先去和埃莉诺说个"Hallo"，如果她知道卡恩找他何事，他可以在走进卡恩办公室之前的两分钟里有所准备。

埃莉诺不在办公位上。

路文涛走进卡恩办公室，她和卡恩两个人在里面。

分了咖啡，不等寒暄，卡恩开门见山："文涛，9月10日、11日两个凌晨，你们的人在未经'莱茵电信'许可情况下，擅自远程登入了已经商用的无线通信网络，这是一个大问题。"

路文涛脑子完全不在这个频道上，他问："我们的人登入后做了什么？"

埃莉诺说："文涛，我们已经调查过，是杰瑞，他的说法是我们在8月27日凌晨实施了修复重启问题的补丁，按照双方确认的计划值守到9月5日，一切正常。但他不放心，在软件更新后的第二个七天，也就是10日凌晨进入了系统察看设备运行状态，并打开了一个日志开关，11日他又做了同样操作。他使用的是'莱茵电信'之前提供的'VPN'账号和密码。"

路文涛困惑地说："既然是'莱茵电信'提供的登录账号、密码，那么，问题是什么？"

埃莉诺说："问题在于这两个区域是已经商用的网络，之前所有操作在我们计划中，有双方确认的方案，但这两次操作不在任何计划中，他在'莱茵电信'不知情的情况下从你们的办公室登入了网络。"

路文涛明白杰瑞犯了错，未经客户审批就登入客户现网（指已经正式投入公众使用的电信网络）一直是大忌，但他觉得项目整体还在交付阶段，杰瑞是技术总负责，两个德国人是不是反应过度了？

他道歉："对不起，我想杰瑞犯了一个低级错误，他这种行为是不能被允许的，我将在今天向团队再次强调技术服务的专业性、规范性。"

卡恩不悦："我想你没有意识到问题严重性！这不仅是一个专业性、规范性的问题，而是网络安全（Cyber Security）的问题。"

埃莉诺解读领导的话："'莱茵电信'安全团队在例行安全审计中发现了此次未获许可、不在记录中的远程登入，我们的'首席信息安全官'诺伊尔非常重视此次事件，他的疑问是，'伟中'会不会对'莱茵电信'所承担的社会责任构成威胁？会不会对'莱茵电信'向德国人民和政府做出的关于网络安全及个人隐私保护的承诺构成威胁？"

卡恩强调："文涛，我不认为在这里存在歧视，但是，我想要提醒你，作为一家欧洲以外的公司，尤其是中国公司，你们要非常重视这个问题！我曾经提醒过你，你们在试图踩破人们已经习惯的旧利益链，重构新利益链，你们要比你们的西方竞争对手更加苛刻地对待自己！"

路文涛清楚事情没那么简单了。

他谦逊地请教："那么，我们该如何补救此次事件？不管怎样，你们知道杰瑞这两次操作的真实动机，他脑子里满是解决技术难题，满是如何提高网络质量，更好地为客户服务。"

"是的，我们清楚杰瑞不是一个坏人，但是，我们不能靠猜测人们的动机去管理我们的系统，只能去管理人们的行为。'伟中'需要就此次事件做出详细解释，更重要的是拿出你们的改进方案，承诺绝不再有此类事件发生！"

卡恩又一次充当了"教练"角色："诺伊尔认为你们网络安全管理的意识和能力严重不足，我想你们必须尽快让他相信你们是安全的！"

当客户向杰瑞确认情况时，他没有意识到问题严重性，以为"心底无私天地宽"，自己把动机解释清楚就没事了，并没有及时向路文涛或张文华汇报。

下午，客户老大给老孙打了电话，老孙第一反应也是问题不大，但很快就意识到问题不小。尤其，当客户老大说："你知道这件事情最糟糕的演进方向是什么吗？你愿意想象你们导致了'中国人未获许可侵入德国无线通信网络'的大新闻吗？"

老孙打电话找张文华，一则因为张文华是客户部的技术主管，技术上的人和方案都是他分管；二则老孙没有忘记几个月前他交待张文华去研究"网络安全"是什么？可能会出什么样的问题？该做什么？

张文华和路文涛躲在一间小会议室里商量对策，接到电话赶忙去了老孙办公室。

老孙却在屋里打电话，两个人在门口晃荡了十多分钟才进去。

老孙质问张文华："我几个月前听说客户管理层担心我们的网络安全管理，交待你研究网络安全，你研究了没有？我们的管理策略是什么？做了什么管理动作没有？"

张文华支吾："我问了，公司负责对口一线的有个网络安全管理部，我找他们要了些文档，后来项目上事情一忙，就没有及时往下深入了。"

老孙大嗓门一顿猛轰："没有及时往下深入了？你成功地把一件事从重要不紧急变成了重要而且紧急！哪怕你确实没时间研究网络安全，我们最基本的服务规范意识在哪里？设备一经验收，或者一经移交商用就是属于客户的东西，你们不懂？你们偷偷摸摸翻窗子进到别人家里打扫卫生？还指望别人给你们发表扬信？想啥呢！"

路文涛帮着辩解："杰瑞是这个项目的技术总负责，已经商用的一百多个基站本来就是整个项目的一部分，现在是交付阶段，经常要动客户现网，以前欧洲客户在这个阶段好像也没有事事要求审批吧？"

老孙把炮火转向路文涛："我希望你牢牢记住一句话，'过去的成功不是未来的可靠向导'！以前能做的事情，不等于现在能做！今后客户对我们只会比现在更加严苛！你自告奋勇管这个项目的交付，你也逃不掉责任！"

他从桌子下面掏出两瓶矿泉水，扔给他俩，口气缓和了些："客户老大和我电话沟通了半个小时，现在电信设备被普遍视为一个国家的关键基础设施，这两年有些人正在对中国公司发出杂音，客户担心如果在网络安全，包含个人数据及隐私保护上出问题，事情发展甚至会超出客户所能控制的范围，带来巨大法律风险、社会舆论风险。"

张文华说："我刚才正在和老路讨论怎么准备材料向客户汇报，我们想杰瑞这次操作的动机是不难解释清楚的，关键是我们将来怎么预防同类事件发生。"

老孙说："不够！要让客户建立起长期的信心，相信'伟中'的产品和服务都是安全的！你们进来前我打了一圈电话，德国子公司现在有一个'首席网络安全官'，主要是政府沟通背景的，刚招进公司,我们客户部要自己先行动起来。"

他讲了他在布阵、排兵上的新想法,他打算安排招进来不久的"本地高端"巴拉克负责诺伊尔的客户关系,安排张文华以技术主管的身份一起承担责任。

他说:"我了解到诺伊尔在网络安全上有很深的专业造诣,他对我们的质疑并非只是来自偏见,而是出于他自己的专业背景,我们确实和他沟通太少,确实没有能够解答他心中的大问号。"

他安排:"张文华今后兼我们客户部的网络安全责任人,你找下机关肖武,请他安排专家过来支持这次客户沟通。"

离开老孙办公室,两个人写了一个长邮件,详细说明了发生的事情和求助,主送肖武,抄送一堆人。

邮件发出,张文华又打了个电话给肖武。

挂了电话,他对路文涛说:"肖总说公司正好有两个专家明天去荷兰出差,可以过来支持一把,他让我们和一个叫什么'咸蛋'的联系。"

"咸蛋?搞网络安全的'大拿'都用外号的?"

"我问他要了工号,我查一下。"

张文华在公司内网上查着通信录:"哦,不是咸蛋,是钱旦。"

路文涛歪头看了他电脑屏幕上显示的人:"我靠!这个傻×现在变成网络安全专家了?!"

| 第十七章 |

转身

时间回到半个月以前,星期天,钱旦近来仍然"胸闷"。

秦辛和诗诗去香港了。

"自由行"如火如荼的年代,她俩早上出发,挤在深圳湾口岸的汹涌人潮中过关,在那一边乘大巴去屯门的"时代广场",给孩子买奶粉,给自己买化妆品,然后赶回家吃晚饭。

中午,钱旦和女儿、丈母娘三个人在家里吃饭。

饭菜上桌,女儿却赖在沙发上,一边看电视一边玩她的小玩具。

钱旦催了两次,女儿无动于衷,丈母娘迁就地端着饭碗要去沙发上喂饭。

他无名火起,上去一把抢过女儿的玩具,狠狠摔在地上,凶恶地说:"给我老老实实上桌吃饭!"

女儿哇地一声大哭起来,丈母娘赶紧去哄,星期天中午的和谐顿时被打破。

吃完饭,他独自坐在书房,气呼呼地想要怎么纠正女儿不好好吃饭的毛病?小姑娘轻轻推开门,在爸爸沉默注视下慢慢走来,突然伸出小粉拳在他胸口擂了一拳。

钱旦正不知该做何反应,小姑娘一拳接着一拳捶在他胸口,边捶边嗔:"臭爸爸,你以为就你好?你很多坏习惯不改,你上厕所看手机……"

没想到女儿这么快地主动过来撒娇,钱旦的心一下子变得很柔软。他知道自己应该帮助孩子培养好习惯,但不应该平时只顾着工作,突然间就来发那么大脾气。

他知道自己不该把工作中的情绪带回家,不该任由在公司"转身"的不爽影响到家庭生活。

"转身"是一个在"伟中"有着特殊含义的词。

"伟中"的生意从中国农村、小城镇做到大都市,再走向亚非拉、欧洲、日本,涉及产品领域从固定网络产品到无线网络产品、电信软件、IT设备等等。快速发展中,公司总是处于"缺人"

境地。

要解决"缺人"问题，除了外部招聘，就是内部人员转岗。员工从自己熟悉的老岗位去到不熟悉的新岗位，需要尽快适应新岗位的工作要求，包括意识的转变，包括能力的提升，包括人际关系的重建，"伟中"常用"转身"来形容这个过程。

一个员工被火线提拔成了管理者，他需要从一个优秀的独立贡献者"转身"成为合格的带头大哥或者大姐。

一个员工从国内奔赴去了海外，他需要"转身"适应不同文化背景下的工作和生活。

一个员工从传统业务领域进入到了新的业务方向，他需要"转身"掌握新的知识、技能。

黑木岛上的刘铁经历了从产品技术专家向项目经理"转身"的痛苦，深圳的钱旦感受着从业务部门主管向行业管理专家"转身"的迷惘。

因为数字技术与人们生活的耦合形式、耦合程度在发生深刻的变化，所以"网络安全（Cyber Security）"对 IT、互联网、通信行业是"常新"的挑战。几年之后，业界不时传出这样的新闻：

> 电信运营商"沃达丰"因在 2018 年至 2020 年营销活动期间不当处理个人数据，被西班牙数据保护机构处以 815 万欧元罚款；
>
> 2020 年，意大利电信运营商"Wind Tre"因违反欧盟"通用数据保护条例（GDPR）"的数据收集规定，被处以大约 1700 万欧元罚款；
>
> 2020 年，"谷歌"因违反欧盟"通用数据保护条例（GDPR）"，被法国数据保护监管机构处以 5000 万欧元罚款，"谷歌"问题一是未满足透明度相关要求，二是没有为其处理

流程获得法律依据;

  2021 年,爱尔兰数据保护委员会认定,"WhatsApp"处理用户个人信息时未能充分告知相关事项,包括如何与母公司"Facebook"共享这些信息,违反欧盟"通用数据保护条例(GDPR)",被处以 2.25 亿欧元罚款。

  作为一家为各国提供电信基础设施的中国公司,"伟中"在网络安全上的意识和行动其实比很多西方公司来得更早。

  公司管理层早早意识到一旦自己在网络安全上犯错,所付出的代价不仅仅是巨额罚款,还将给一些人的偏见落下口实,带来更严重的后果。

  2012 年 1 月,欧盟宣布将通过一个全新的"通用数据保护条例(GDPR)",以取代之前各成员国的相关立法,成为欧盟统一的数据保护条例。立法目的还包括优化数据流向欧盟外国家的管理办法。

  "通用数据保护条例(GDPR)"实际上拖延至 2018 年才生效,但在 2012 年其最初立法讨论阶段就成为了"伟中"研究的重点之一。

  公司新建了一个独立于各产品线的高标准网络安全实验室,要求关键版本都要在实验室中完成安全专项检验之后才能发布、销售。

  万事开头难,产品研发的程序员们有些长期的代码习惯并不符合最新安全编码规范,在新的习惯变成自然之前,网络安全实验室成了产品研发和市场销售之间一只"令人厌烦"的拦路虎。

  在刚刚过去的那个星期三,钱旦对口的产品中一个计划发往欧洲某国的版本被网络安全实验室驳回。他理所当然要求产品研发必须按照检验结论将版本整改后才能提供给一线。

一线销售的同事眼看着对客户承诺的交付时间将至，一个投诉电话打给了该产品总裁。

总裁大人晚上一个电话打给钱旦，来势汹汹："你们网络安全有没有一点客户意识？你知不知道业界所有公司现在都是这样处理这个特性的？就我们公司特殊？如果耽误了对客户承诺的交付时间，伤害了客户关系，你负责吗？"

钱旦解释："王总，公司对网络安全的要求是'白上加白'，本来就应该比其他公司标准更高。"

"凭什么本来就应该比其他公司标准更高？你们这不是没事找事，给自己找存在感吗？逼着大家把精力全耗在内部，全耗在应付你们这些官僚作风上了！"

钱旦是驴子脾性，平时温顺，被惹恼了火爆，见对方大帽子一顶接着一顶砸过来，他很生气，心想："扣大帽子谁不会呀？"

他说话变得不客气："王总，你算得上一个商业领袖不？你作为一个商业领袖，有没有关注到外部环境的变化？谁不想公司永远有一个公平、无歧视的外部环境？但这两年西方某些人不断对中国公司发表各种负面评论，你一点儿没关注到？一旦我们在网络安全上犯错，那后果可能不是丢了你一个产品、一个客户吧？整个公司的生存都可能受到威胁！"

王总心知钱旦所言不虚，他风格一转，开始诉苦："你知不知道我今年投了多少人力在网络安全整改上？这些人力折算下来是多少钱？公司这么搞下去，我的产品成本还有什么竞争力？你们不能太理想主义了！"

钱旦充满理想主义地说："王总，公司现在是被逼得比竞争对手先走一步，那等我们达成了一个更高的网络安全标准，再反手去影响业界，反手去推动客户和行业要求所有竞争对手以我们的高标准为标准呗！到时候，逼着竞争对手用一年、两年去完成我们提前花了几年做的事情,那我们不是有先发优势了?他们怎么可能赶得上?"

"别扯那么远,版本确实有问题该整改可以整改。早几天我还有一个版本,你们说客户要求提供的特性是网络安全敏感特性,必须去除,这不瞎搞吗?客户难道自己不清楚合规不合规?一线的兄弟难道不比我们更清楚当地的环境和风险?"

"他们还真不一定清楚!如果确实是客户一定要的特性,可以让一线销售人员请客户书面确认,正式的电子邮件也行。同时请我们当地子公司的律师出具意见,确认不与当地法律法规相冲突吧!"

挂掉电话,钱旦想到王总这个电话与其说为了和他"PK"整改不整改的结论,不如说为了找个出气筒,发泄一通不爽。

尽管貌似"PK"赢了,王总安排整改去了,他却也没有多少成就感。

在刚刚过去的那个星期五,钱旦去向领导们求助爱尔兰技术支持中心的人员安排。

一方面,数据的传输和处理已经成为了全球性的活动,数据流常常跨越国家边界,例如发生在欧洲的一个网上"搜索"可能由在欧洲的服务器处理,也可能由在美国或者亚洲的服务器处理。

另一方面,法律法规是基于地域边界的,在一个国家或地区合法合规的行为在另一个国家或地区则未必,这就给所有涉及到处理和传输数据的跨国企业带来了复杂挑战。

考虑到欧盟"通用数据保护条例(GDPR)"会禁止将欧盟国家个人数据传送至欧盟以外国家,"伟中"在这一年加强了爱尔兰技术支持中心的建设。

爱尔兰技术支持中心的意义在于把对欧盟国家的技术支持活动尽量在欧盟国家内处理完毕,不用向中国或者其他地方的专家求助，避免在处理故障时无意间将个人数据传出了欧盟范围，导致"触雷"。

钱旦汇报完，把"PPT"停留在最后一页，那是需要会议决策的内容：增加产品线派驻爱尔兰技术支持中心的专家数量。

到处在"呼唤炮火"，嚷嚷着缺人，"要人"这样的诉求对于总部机关的大佬们来说，总是会激起本能的"防守心态"，本能地要来挑战其合理性。

一个大佬慢悠悠说："我不知道你们研究过竞争对手没有？'爱立信'在西安新建的服务中心十月份就要挂牌，据我了解，他们这个服务中心包括了全球网络运营中心和全球标准化服务中心的职责，我认为他们肯定会涉及到海外数据的处理，为什么他们可以把数据传回中国，我们非要派人去欧洲？"

"伟中"是一个强调竞争，并且善于学习的企业，给大佬们汇报时如果回答不上"竞争对手是怎么做的？"基本上会被一把锤死。

钱旦说："我相信'爱立信'这个西安分部不会处理欧盟国家的个人数据。另外，怎么说呢？'南京爱立信'是'爱立信'全球最大的供应中心，'思科'所有产品中超过25%是在中国生产的，但大家听到过西方有人质疑'爱立信''思科'的网络安全问题没有？一些人并没有我们希望的那么理性、客观。我们当然希望将来在网络安全上全球有一个对各厂商一致、无歧视的态度和要求，但至少现在做不到！中国公司只能做得更多。"

另一位大佬挑战："你们说的'GDPR'要求的是个人数据不能出欧盟，我们处理故障涉及的主要是设备运行日志，不能算个人数据吧？"

"领导，你这个问题问得很好！未来'GDPR'执行的一大难点就是个人数据如何定义？我们为什么一定要等到那个时候在外部压力下去与人纠缠定义呢？而且，设备标识符、IP地址等很可能会被视为个人数据，大家能确保我们所有产品、所有版本在处理故障时的日志中不会有IP地址什么的吗？"

钱旦只申请了二十分钟议题时间，结果讨论了四十分钟。他觉得自己简直是苦口婆心，大佬们磨磨叽叽地决策先按最低标准来配置爱尔兰技术支持中心的人员。

漫长的一个星期过去了！

女儿坐在他大腿上，他们打开电脑摄像头，对着屏幕上自拍的两个人唱歌、做鬼脸、乐此不疲。钱旦更后悔自己午饭时的暴躁。

过去他是业务部门的主管，公司讲究是"责任结果导向"，他带着团队对自己的业务目标，或者说对自己做的每件事负责，仿佛《亮剑》中的主官李云龙。

如今他成了一个行业管理专家，操心的是别人的业务是否合规，他常常感觉"皇帝不急太监急"。自己责任心越强，越被一些业务部门主管视为"闲事婆婆"，仿佛《亮剑》中的政委赵刚。

他的迷惘在于觉得自己的个性并不爱好这种以"推动"别人为日常的工作。

黄昏，钱旦接到秦辛的电话，她神神秘秘地说："你能不能悄悄溜出来？"

"怎么啦？"

"我们回深圳了，诗诗说一起去'大饱口福'吃晚饭，不带娃去。"

"你们买的东西呢？"

"先放车上。"

"大饱口福"离家不远，在"海岸城"购物中心五楼，是他们喜爱的自助餐厅。钱旦爱吃他们家的生冷海鲜，秦辛爱喝他们家的粤式炖汤,女儿沉迷他们家的巧克力喷泉。

他俩怀着把一小一老留在家里的内疚溜去了"海岸城",对秦辛来说,这一天是为人母之后难得的自由。

到了餐厅,钱旦意外地看见除了诗诗,等着他们的还有曾子健。

曾子健仍然瘦,仍然白净。他以前戴隐形眼镜,现在戴了副黑框眼镜,斯文中透着精明。

"子健,你回来了呀?"秦辛故作惊讶。

"回来一阵子了,没跟大家联系。"曾子健顿了顿,说,"我正在'转身',计划离开以前的圈子,重新开始。"

"你不早就已经离开以前的圈子了吗?"钱旦脱口而出。

曾子健笑笑,诚挚的语气:"几年没见面了,喝点酒吧?"

诗诗在一旁欢欣地说:"喝点!我和秦辛也少喝点!"

钱旦尽量让自己语气不那么生硬:"要不喝清酒?他们家清酒免费。"

"好啊!我们上次见面还是在开罗那家日料店吧?扎马利克岛上那家,你很喜欢喝清酒嘛!"曾子健一开口却是往事。

钱旦端来酒,曾子健堆了满满两大盘生冷海鲜,四个人举起了杯。

气氛始终不算融洽,但也没那么生硬,两个女人很开心,说笑个不停。

大饱口福,酒至微醺,然后,分头回家,钱旦和秦辛向南走,曾子健和诗诗往北行。

诗诗在席间透漏他俩与人合伙在法国波尔多买了个小酒庄,曾子健下一步计划是在国内卖法国红酒。

秦辛脸红红、脚浮浮地走在路上,对钱旦说:"老公,诗诗说他们入伙买酒庄出了大几百万?他们怎么那么有钱?不是说在埃及亏掉不少钱吗？"

钱旦说："曾子健说是借的钱，谁知道他们，他现在讲钱的概念和我们不一样，口气大得很。"

"诗诗的哥哥在一个大国企混得很好的，好像是总经办主任还是办公室主任什么的，现在流行喝红酒，他哥哥一年包括各种接待，包括逢年过节就能帮他们消耗掉不少酒吧？"

"搞不懂，我觉得现在卖酒的人太多了。不过，当年他就教我'质量好、服务好、价格低'不如和客户高层关系好，现在他们有关系，有渠道，应该可以卖得好吧！"

"你还记得那年在埃及南部，我们四个人约将来一起去巴黎不？搞不好可以一起去波尔多，看看他们的酒庄哩！"

吃饭的时候曾子健乐在中国人"买买买"的新闻里，不是说买"LV"、买"欧米伽"、买"海蓝之谜"那些，而是津津乐道于例如去年底，一位女明星在法国波尔多购入了一座酒庄；例如今年初，"三一重工"收购了德国混凝土机械巨头"普茨迈斯特"；例如5月份，"万达"完成其第一次海外并购，将美国最大院线"AMC"收入囊中。

中资海外收购风潮日盛，曾子健深受鼓舞，坚信自己离开"伟中"之后的路没有错，只是之前运气差了点。

钱旦觉得曾子健的世界与自己交集已少，难再共鸣。

他对秦辛说："希望他们能发财！我觉得我是没有那个视野和能力，只能老老实实在'伟中'做个打工仔。"

秦辛牵他的手说："我觉得我们现在蛮好，比上不足，比下有余，我很满足的。"

第十八章
一个人奔跑

过了几天,上午,钱旦打算去办公室楼下买杯咖啡。

他有喝咖啡习惯,最初喜欢花哨"卡布奇诺",常驻阿拉伯世界那几年爱喝"摩卡",如今只要不加糖不加奶的"美式"。

虽然"PM2.5"是那两年热门词,但是深圳的夏秋常常是清爽天空。钱旦踏出办公楼大堂的玻璃门,又是一个好天气。他眼睛正被万里无云的蔚蓝色所吸引,就听见一个清脆女声叫:"老旦!"

定睛一看,一位姑娘顺着阳光走过来,已经站在他面前一米之遥。是一位认识很久但近些年交集很少的同事。

寒暄几句,钱旦觉得姑娘欲言又止,便问:"咋啦?想说啥呢?"

姑娘说:"老旦,你不到四十岁吧?"

钱旦纳闷:"是啊!咋啦?"

姑娘说:"我们都在议论,说老旦还很年轻,怎么会跑到一个'位高、权重、责任轻'的岗位去'猫着'了呀?"

"谁说我现在是'位高、权重、责任轻'?!谁说我'猫着'啦?!"

钱旦才知道自己的岗位在老同事们心中居然是如此的定位?

也难怪,做着各个产品研发的"拦路虎",抓着技术服务团队的规范性,挑着销售人员的刺,天天拿着公司的"尚方宝剑"去找别人的茬,可不像是"位高、权重、责任轻"样子么?

姑娘交浅言深,钱旦心里有一些感动,为大家在背后对自己的关注和议论。有一些惆怅,觉得自己是不是应该重回业务团队?甚至像路文涛、谢国林一样再赴海外,在紧贴客户、直面竞争的日子中享受快意恩仇般的感觉？

"伟中"园区里不少咖啡馆，钱旦告别姑娘后在对面楼下的"illy"买了杯"美式"，端着往回走。走到公司展厅门口，看见西装革履的肖武走了出来。

钱旦向领导打招呼："肖总，接待客户呢？"

肖武心情不错："意大利的客户，刚从展厅走。聊会儿？"

"好啊！"

"展厅空了，我们进去走一圈吧！"

他说着转身又进了公司展厅，钱旦赶紧跟上。

把客户中高层带到深圳来访问始终是"伟中"一线销售人员的重要工作之一，而公司展厅几乎是必须去的一站。

展厅中除了一面展示公司所获取重要专利的"专利墙"，再没有什么奖状、奖牌、"威水史"之类关于过去的记录。他们只是利用大量视频、图文、实物展示着公司各种最新产品、解决方案，以及他们理想中的未来世界。

浅色瓷砖地面、白色墙面上简洁的单色图文、各种各样用于展示的显示屏、蓝白色调为主的灯光，他俩在科技感十足的展厅中绕圈。

肖武问："有什么搞不定的吗？"

钱旦答："也没有什么搞不定的具体事情，就是业务部门总是心不甘情不愿地去落实网络安全的要求，道理我们讲清楚了，大家也懂了，但很难真正在心里重视。还总有人摆出一副被我们'强暴'的样子到处诉苦。"

肖武说："很正常！公司是一个商业组织。各个业务部门盯着自己的收入、成本、利润，我们现在提的要求都是在要求业务部门多投人、多花钱的事，他们有抵触心理很正常！关键是你自己重视不重视我们的工作？"

"我自己当然重视啊!"

"你重视是因为你责任心强、有担当,所以要做好交给你的任务?还是因为你真正在心里觉得自己做的事情很有价值?"

钱旦意识到领导问到了根子上。一方面,公司交给自己任何工作自己都会尽心尽力,这是自己认同的职业道德,亦是习惯。另一方面,尽管自己早已理解网络安全管理的意义、目标、策略、方法等等,但心底里那种被原部门"发配"的不平感一直隐隐存在。

肖武见钱旦不语,又问他:"你最近来过公司展厅吗?"

"没有。"

"展厅刚刚重新布置过,又不一样了!我是看着这里面积从小到大;展示的内容从单个产品到完整解决方案,到公司对未来世界的理解;接待的客户从国内到亚非拉,到欧美、日本。"

肖武接着说:"公司业务本身已经像一条大江,江水只要汇聚在两边的堤坝内,势能在那里,难以阻挡。什么是堤坝?除了过去我们说的人力资源管理、财务经营管理两道堤坝,还要加上现在的网络安全管理吧?网络安全管理的堤坝一旦垮掉,对公司一样是大江决堤的灾难后果。"

钱旦理解领导的意思,这些年公司仍然会遇到各种困难和挑战,在局部市场上仍然不具备统治力,但从产品、服务、成本、客户关系、标准及行业领导力等各方面已经初步构建了系统的竞争优势。公司要出大问题,不会出在丢掉一两个合同上,而会出在人力资源、财务管理的失控上,以及新形势下由网络安全带来的风险。

毕竟,他们的产品是构建未来全联结数字世界的底座,个人数据及隐私保护是各国民众和政府越来越关注的话题。

钱旦说:"肖总,我理解你的意思。我只是不太习惯现在这种替别人操心，以内部扯皮为主的日常工作。"

"那是因为我们过去在体系建设上有欠账，现在突击补课。补完课，你们就可以更多参与外部环境的建设，更多参与客户沟通、行业讨论了。网络安全管理的专业性一样很强，未来电信、电力、金融、交通、政务，哪个行业离得了网络安全管理？"

身在职场，免不了要处理和上级的关系。路文涛是皮糙肉厚，敢于向上管理。谢国林是为人忠厚，任劳任怨。钱旦在骨子里有"士为知己者死"的"义气情结"。

肖武一番话，与其说令他对网络安全管理的认识迅速有了新的升华，不如说是与前任领导的冷淡、情难共鸣对比，新领导的诚恳起到了对他心理按摩的作用。

"肖总，我会多学习、多思考的！对了，荷兰客户对我们的B产品在隐私保护上是否可靠有质疑，一线昨天找我，希望我过去交流，要么我去一趟？"

"去啊！我们的力量来自客户，多去客户那里找找感觉。"

两个人从展厅出来，上了楼，肖武进了他办公室，钱旦回了他办公位。

钱旦刚坐下来，肖武又出现他面前。

肖武习惯性地拍拍他胳膊："公司内网上刚发布了一个视频，中国两家电信设备公司在美国众议院听证会上接受质询的视频材料，你抽空看看。"

钱旦想好晚上下班之后看完听证会视频再回家，没想到视频有三个小时长，他将近晚上十点才离开办公室。

独自驾车在宽敞、畅行的"南坪快速"上，路灯昏黄、车窗半开、收音机调大，钱旦对肖武白天说的话体会更深。

他觉着自己仿佛真的是站在大江堤坝上，望着江水汹涌，感受着守护者的责任。

或者，又回到了绝境长城上"琼恩·斯诺"和他的"守夜人军团"，怀一种"凛冬将至"而直面危机的斗志。

在当地时间 9 月 13 日美国众议院举行的听证会上，两家中国公司的代表就所谓"安全威胁"的调查接受质询，听证会从上午十点开始，下午一点结束，持续了三个小时。

听证会上提出的问题几乎全部是基于假设、猜想的牵强附会，钱旦心想：没犯错尚且如此，公司要真在网络安全上犯了错，又不能妥善应对，那还了得？

曾子健和吴锦华在广州幽会。

曾子健约了吴锦华几次，说找个地方共度周末。

每次她都应承。他便早早地在诗诗面前撒谎，提前报备行程，说是有朋友约了去珠海、广州，乃至桂林谈项目，然后，早早地幻想，要怎么在床上对付她？

每次到了星期四、星期五，她就说周末要开会、要加班，甚至男友要从南京过来看她，必须要取消计划。

他只能暗自"抓狂"，尤其她通知他男友要飞过来共度周末那一晚，他想着她和男友共度良宵，妒火熊熊燃烧一晚上。

这个星期他一条接着一条发"微信"，抱怨她只是把自己当作寂寞时的替代，责怪她做事太没有计划性，又丢几句不知所谓的情诗去撩她。

她有时候回复，有时候不回复。回复时解释不回复的理由是"忙"，或者"不知道说什么才好呀"，但好歹是答应了他，这个周末两个人去广州一游。

他发完、读完每一条消息，就匆匆在手机上删掉，一秒都不多留，以避免被诗诗发现。他心思缜密，一如当年在埃及出售"伟中"的商业秘密时。

星期五下午他早早开车出门，去她办公楼下候着。

本来说好是她提前一个小时溜出办公室，给晚上多留些时间，结果到了五点，他只收到一条消息："领导找我，等一会儿。"

六点又收到一条消息"还要一会儿哈"，后面跟了三个笑脸符号。

直到七点钟才见她姗姗来迟的身影。

她穿着一件海军蓝的雪纺荷叶边衬衣，黑色长裤。衬衣扣子扣到了脖子上，但透明，里面的黑色内衣有点儿低胸，"事业线"若隐若现。

她一只手上挎着一个"Burberry"的"托特包"，里面塞着笔记本电脑等平时带出门的物件，另一只手拎着一个展会装资料用的大纸袋，放了换洗衣服等为此次广州行准备的东西。

曾子健本来越等越烦躁，一见到她年轻、美好身姿，气倒是消了。

他迅速下车，接过她手上纸袋，帮她拉开车门："你现在这么忙？见你一面真不容易！"

她有些不自然样子："不好意思呀，我是做小兵的，不像你是做老板的，可以自己安排自己的时间。饿死了，我们先找个地方吃晚饭？"

"小姐，先找个地方吃晚饭？那到广州酒店十一二点了！"

"广州有那么远吗？不是说只有一百公里吗？"

"Faint！现在是周末晚忙时，估计广深高速也塞车，进城去酒店也塞车，路上要按两三个小时计划吧？"

"那我们去'星巴克'买个蛋糕，买杯咖啡，路上吃，好不？"

"好吧！"

路上，她渐渐话多了起来，不停说着工作上的小烦恼和小成就。尽管曾子健已经离开"伟中"好几年，仍然能够与她共鸣，并出些点子。

十点多到了酒店，办好入住已是十一点，曾子健惦记着幻想了几天的激情画面，开始动手动脚，吴锦华却坚持太累了，明天再说。

两个人纠结了几个来回，吴锦华电话响了，她居然周末夜里被拉上了一个和法国子公司的电话会议。曾子健看着她黑眼圈，起了恻隐之心，心想：可怜的妹子，被"伟中"折磨得都没有欲望了！明天有一整天，自己姑且"眼观鼻，鼻观心"一晚吧。

第二天，他们去"莲香楼"享用老字号的早茶，去开张两年的"小蛮腰"俯瞰羊城风采，原本计划了珠江游船上欣赏两岸夜景，曾子健说不想去了，坚持该回酒店了。

吴锦华顺从了他，他终于如愿以偿。

事毕，曾子健去了浴室。

吴锦华独自在床上，突然觉得很难过。她眼里的世界和他眼里的世界并不完全一样，尽管两个人形影不离了二十四个小时。

从一开始她就知道他有妻子，还有孩子。但是一切就那么发生了。现在要回过头去问为什么？自己也不知道答案，只知道应该是爱上了他，在那一年动荡不安的开罗时光里。

她没有开口对他提过任何要求，包括物质上面，包括她心里想要的永远。也从来没有过抱怨，没给过他压力。

爸妈都是温厚的人，从小宠爱但并不娇纵她，她不缺爱，既没有心机去与人争，又没有兴趣去和人斗。她从小相信付出就会有回报，从学校到"伟中"，事实也是如此。

这个男人成熟、遇事举重若轻，吃过的盐比自己吃过的饭多，走过的桥比自己走过的路多，她等着他来为自己、为两个人的未来带路。

但每次见面，他似乎只热衷于"上床"，或者说，只够时间

"上床"。他就那么把一切当作理所当然了吗?

两个人回国之后,他不时约她。

见过两面,她觉得他在想要自己身体时就会出现,在自己需要人谈心时他却变得不便打扰。

她不愿意维持这样的关系,但她不知道该怎么对他说"不"?

所以后来她总是会应承他,又总是想逃避。

这次终于答应了他,一起来了广州。眼看一天结束,他和过去一样,没有一句"明天"。

曾子健从浴室里出来,心满意足地躺下,又去碰她。

她没理他,起身去了浴室。

吴锦华外圆内方,不会"作",没那么善于把感情上的事情说得一清二楚,但是,不等于她心里没想法,没脾气。

她久久才出来,身上裹着酒店的白色浴袍,盘腿坐在床尾,对他说:"你知道吗?以前在我的想象中,我们两个人在一起奔跑,你在前面给我指路,带着我跑,很开心。这是你和我男朋友不一样的地方,和他在一起,有时候我感觉是我在奔跑,他在看着,他甚至从来不喊加油。"

曾子健自得地笑了,问:"那现在呢?现在你的想象是什么?"

吴锦华低着头,说:"后来,我感觉自己可能错了,你只是在跑你自己的路,从来没有想过要带着我。"

曾子健不是一个没心没肺的人,他明白了吴锦华的话,有一些内疚,但又不想许下空头支票哄骗她,他长叹了一口气。

"你不要叹气,我不是想要你难过!"

吴锦华抬起头:"跟你说个事呀,我可能会调去欧洲常驻啦!"

曾子健意外:"是吗?你不是刚从海外回来吗?怎么又要赶你出去?"

"没有人赶我,我有个同学在法国,说他们缺人,领导正动员他们在公司内部挖人，我想我总不能只去个非洲就算是去过海外了吧？我很喜欢法国，在大学时还选修过法语。今天下班的时候就是在和领导沟通这个事情。"

"你们领导同意啦？"

"他说问题不大，不过一线到处缺人，欧洲有好几个国家在找机关要人，他要综合各方面的业务需求考虑。"

曾子健问："你男朋友同意你去吗？"

"我男朋友同意我和你上床吗？"

吴锦华难得呛了他一句。

没等他回应，她说："我决定了！今后我自己一个人奔跑！"

她觉着呼吸有点儿急促，声音有点儿颤抖，不知道自己讲明白了没有？

| 第十九章 |

人生何处不相逢

路文涛得知要来支持他们的网络安全专家居然是钱旦，立马一个电话打了过去。

他记起了关于"傻×"的自我批判，再次提醒自己不要尊称别人为"傻×"。他亲切礼貌地说："土人！你啥时候变成网络安全专家啦？你这转身够迅速啊！快说，你哪一天到德国？"

北京时间夜已深，钱旦忙了一天，刚在家洗澡洗到一半时接了肖武的电话，肖武把德国出差任务交待给他，把张文华群发的长邮件转给了他。

钱旦匆匆走完洗澡流程，穿着裤衩打开电脑，正细读张文华的邮件，接到了路文涛的电话。

钱旦听出路文涛的声音，精神跟着亢奋起来："'伟中'真是个八卦公司，你怎么马上就知道我要来德国？"

"土人！我怎么不知道？你是我呼唤过来的炮火！不对，你搞得定才是炮火，搞不定只能当炮灰！"

钱旦在一堆邮件抄送人中看到了"Luwentao"，他猜到是客户和路文涛有关，故意问："领导让我和你们那个张文华联系，关你屁事？你不是做销售的吗？网络安全也要亲自关注？"

路文涛嚷嚷："我当然要亲自关注！我还亲自上厕所尿尿了。张文华就在我旁边，你不用跟他联系了，我亲自安排你！别去荷兰啦，直接到德国来！"

钱旦叫道："那不行，我们和客户定好日程了，下周时间排满了。好不容易今年国庆连着中秋，有八天假，我都跟家里人定好下周六从荷兰赶回来陪她们去斯里兰卡玩，这下完蛋了，国庆回不来啊！"

路文涛看了看日历："那你是别指望了！你要么别去荷兰，你非要在荷兰呆一周的话，下周六我亲自开车来荷兰接你吧！两百多公里，两个多小时就到了，你乖乖和我过中秋吧！肖总说你们是两个人过来，还有个兄弟一起来德国吧？"

"是，还有个兄弟负责安全技术的交流，我负责流程和管理的交流。路总，一线领导具体是什么要求？我看邮件，不就是你们整出了一个人为事件嘛！"

"这样，我现在订个电话会议，我们花半个小时，同步一下。"

路文涛迅速地订了个电话会议，他、钱旦、张文华，以及网络安全技术专家苏启亮四个人一起对齐了相关信息。

结束时钱旦说道："给你们提个建议，今后网络安全的事情尽量少发那么多人的大邮件。一是有些事情还是比较敏感的，别被没那么相关的人断章取义，传来传去；二是要问责的，低调点好。"

思虑周全的张文华心里已经在嘀咕了,听钱旦提到,就问:"公司对网络安全事件是怎么问责的?"

钱旦说:"处罚规则公司正在制定,应该会区分几个违规等级,不同的违规等级对应不同的处罚,最高是解除劳动合同,你们小心点!"

路文涛说:"我们这不至于吧?小兄弟是急客户之所急,他的操作其实可以算作之前的事故处理、闭环的一部分。另外,是在项目交付阶段,他是项目的技术总负责,又不是无关的外人。我们把客户搞定不就行了?"

钱旦说:"网络安全问责的一个基本原则是只看行为,不问动机,只要行为是违规的就罚。公司管理的是行为,管不了动机!另外,一定会看影响,你们这次没给客户带来什么实际损失,如果只是个别客户有质疑,应该还好,算不上太严重事件。但如果继续发酵,影响到公司品牌形象,甚至造成社会影响了,那肯定不一样,得有人提头来见吧?你们也别先自己搞得沸沸扬扬啊!"

路文涛说:"好啦,别扯处罚了,公司宣传不到位,我们下不为例,你们赶紧过来帮我们搞定客户!控制影响!"

钱旦说:"处罚不处罚不关我的事哈,你们把邮件发一大堆人,领导们正想抓典型!总不能对你们的违规视而不见吧?"

挂掉电话,路文涛和张文华面面相觑。

自从销售收入一大半来自海外之后,"伟中"总部需要对口海外业务的员工的中国节假日就常常不能完整了。在德国的员工和德国客户一样,没有中国国庆节放假一说,钱旦既然是去支持一线,当然要以一线的日历为准。

钱旦对荷兰之行满是期待,因为他本有一颗驿动的心,有一阵子不出差会觉得憋,这又是他调动到新部门后首次出差。突然加了一个德国行程，他也习惯了计划不如变化快的日子。只是，斯里兰卡之旅早已订好，怎么向秦辛交代呢？

挂掉电话，钱旦让自己的表情尽量显得忧愁一些，去了卧室。

女儿已经睡了，秦辛靠在床头刷"微博"，见钱旦进来，说："你以后打电话声音小一点，差点把宝宝吵醒了。"

钱旦更加心虚："唉！真是的，我们德国那边出了点事情，领导要我从荷兰直接去德国，国庆可能赶不回来。"

秦辛平静地说："听到你打电话了。"

"要不你们去斯里兰卡？反正是跟团。"

"算了，我们在家休息吧，这段时间挺累的。"

秦辛在一家香港老板的公司新找了个工作，最近确实挺累。

钱旦仍然觉得无言以对："不好意思啊，老婆。"

秦辛莞尔一笑："这样吧！你把省下来的钱给我买礼物吧！"

"好啊！买什么？"

"你要在荷兰、德国有空去'奥特莱斯'，给我买件'Burberry'经典款的风衣呗！没空就算了。"

第二天，钱旦和苏启亮去老蛇口港坐船，他俩订了"国泰航空"从香港直飞阿姆斯特丹的航班。

钱旦习惯从蛇口坐船去香港国际机场，搭乘夜里航班出发。在飞机上看个电影、睡一觉，会在当地时间早上或者上午到达目的地。

他先到了蛇口港，眼看时间差不多了，迟迟不见苏启亮身影。候船厅地方不大，那个晚上人有些多，钱旦正四下张望，突然有个小伙冒了出来："钱总！"

"别叫'总'！你怎么变成这个造型啦？我差点没认出来！"

苏启亮二十多岁，从小迷电脑、网络，本科、硕士学的信息安全、网络安全，加入"伟中"三年多，已经是独当一面的青年才俊。

钱旦平时和他打交道不算多,只留意到他个子比自己高了小半个头,玉树临风,除了头发有点长,穿着打扮算规矩。这会儿见到的他黑色牛仔裤、黑色圆领衫前面画了个大骷髅头,关键是把后面头发扎了一个小小马尾,整个人的气质和办公室里那个书生形象大不一样。

苏启亮得意地说:"酷吧?特意为这次出差准备的造型!"

他说着不知从哪里掏出了一副墨镜,戴上"秀"了一下。

钱旦说:"要这么酷吗?你没带西装?"

"带了带了,备用。我听说前段时间公司领导在美国见了'雅虎'的一个专家团队,领导带去的是我们电信行业的专家,外籍高端、白胡子老头。对方一进来全是穿鼻环的、爆炸头的、有文身的年轻人,领导马上感觉公司专家年龄结构老化,创新能力值得怀疑。所以我打扮得潮一点儿。"

苏启亮的视线落在钱旦穿着的一本正经西装上,突然觉得自己是不是有点儿不尊重"老同志"?

他说:"钱总,嗯,老钱,钱哥,我觉得我们这个搭档很好,你代表成熟、稳重、经验,我代表'极客精神'。"

登船时间到了。

他们拿着船票、护照、机票跟着队伍向前走。

钱旦是一本贴满签证、盖满章,封底都被人贴了几张标签的沧桑护照。苏启亮拿着一本崭新样子的护照,这是他第二次海外出差,之前只去过一趟韩国。

快船从蛇口港到香港国际机场要不了一个小时,两个人并肩坐着。"老江湖"钱旦刚闭上眼睛,打算小憩,苏启亮问:"钱哥,我们什么时候加工资啊?"

钱旦心里想:好嘛,这又来一个交浅言深的。上次那个姑娘说我藏在"位高、权重、责任轻"的岗位,令我胸闷了一阵子。这又来了一个谈薪酬的,我的工资也很久没动啦!

他回答:"不知道啊!"

苏启亮无意换话题:"钱哥,你是不是也很久没涨工资啦?邓总说公司没有例行调薪的说法?"

"邓总"是苏启亮所在技术团队的主管,钱旦的同僚。

钱旦谨慎作答:"是没有每年普调多少工资的说法。调薪的节奏、幅度要根据公司经营情况、部门组织绩效和个人绩效来定。不过你不用担心,我在公司这么多年,感受是对于个人短时间可能会有委屈,但是长期来看公司很公平的,不会亏待有贡献的骨干。"

"我收入还没我老婆高。"

"你结婚啦?老婆干啥的?"

"今年五一刚结婚,她在中学做老师。"

"不可能吧?她收入比你高?"

苏启亮带点儿骄傲:"她很优秀的,工资加上补课的收入比我高不少,我在家不敢大声说话啊!"

"你为啥要惦记着在家大声说话?不要着急,进公司前三年不要老盯着收入,会干扰自己注意力,反而影响成长的。我们一般进公司三年之后收入会上一个台阶,五年之后薪酬会比外面有竞争力。"

"嗯,邓总也这么说。我是 2009 年进公司的,已经三年了,是不是今年该上台阶啦?"

"你最近个人职级动过没有?"

"刚升到 P5。"

钱旦认真开导:"今年升了级,那你争取一个好的年度绩效,起码年终奖金会上一个台阶吧!不过,我讲的不算,风物长宜放眼量，你可以以三年为一个周期、五年一个周期去审视个人发展嘛！我们这个行业是吃青春饭的行业，从来不是论资排辈熬年头，你真不用太焦虑回报的问题。"

苏启亮不反对前辈的话，但是："钱哥，你有几套房？你是房叔吧？你们那时候房子多便宜！我们现在哪能不焦虑？"

"哪那么多房叔？我就一套房！你结婚没买房？"

"买小了点，想攒钱过几年换个大点的！我和我老婆都是独生子女，今年不是可以'双独二孩'了吗？我们打算将来要两个。老钱，你有几个？"

"我就一个，一个娃、一套房。"

两位新搭档聊开了，不知不觉中快船放慢速度，平稳地靠上对岸，香港国际机场到了。

夜机，飞了十二个多小时，从南海北边的香港飞到了北海南边的阿姆斯特丹。

他们从机场直接去了子公司办公室，与当地同事审视客户交流的准备。

节奏紧凑的一个星期。

他们安排了与不同运营商、不同层级客户一场接一场的研讨会、小范围交流、关键客户拜访，以及内部员工的培训、交流。

客户分别在阿姆斯特丹、海牙，他们在两座城市之间来回。

苏启亮除了拜访客户"首席信息安全官"那天穿上了"备用西装"，坚持穿着他那件画着骷髅头的黑色圆领衫，坚持扎着他的小小马尾。他专业能力没话说，英语比钱旦对初出海外小兄弟的想象好很多，迅速征服了客户和本地员工们。

几天下来，交流效果不错。

得到客户认可，一线同事满意，钱旦更感受到新岗位的价值、自己的新价值，"胸闷"感觉在继续消散中。

钱旦喜欢阿姆斯特丹和海牙之间那几十公里路，他本就喜欢"在路上"的感觉，在两座城市间赶场时望着路旁汲水的旧风车和发电的新风车，既是小憩，又算是领略了"风车之国"的风情。

他还爱上了"Haring"，"Haring"是生鲱鱼，荷兰街头常见传统特色美食。有人夸张说荷兰曾经的崛起是从这些银白色小鱼开始，因为十四世纪时鲱鱼捕捞是这个国家的经济支柱，腌鲱鱼则是水手们远航世界的主要粮食。

荷兰人吃鲱鱼的方式特别，他们习惯用盐腌过之后，配着洋葱生吃。钱旦其实只吃了两次，他学着当地人样子，仰头，用手指拿着鱼尾，鱼头向着嘴巴，一口吞掉。苏启亮在一旁看得瞠目结舌。

星期五，圆满结束荷兰任务。

晚上，当地同事犒劳两位来支持的专家，去了运河边一家餐厅吃牛排、喝啤酒，还去了老城逛。

星期六，钱旦和苏启亮睡了个懒觉。

刚刚起床收拾完，路文涛在钱旦的电话里叫唤："土人，你们是住在这栋吧？楼下一大片空地，像个筒子楼的，你到走廊上来看一下。"

尽管钱旦一再说他们搭乘火车去杜塞尔多夫就很方便，尽管"莱茵电信"的项目仍在交付紧张阶段，路文涛坚持他必须来阿姆斯特丹接人。他想着中秋国庆双节假期把钱旦给扣下了，要带老兄弟逛逛。

"伟中"在荷兰也实行了住宿社会化，大部分员工自己租房住，公司只租了少量给新员工、出差员工住的宿舍。路文涛跟着车上导航找了过来。

钱旦举着手机拉开房门，一眼看到楼下停着一辆白色的"宝马 X3"，路文涛站在车旁。

路文涛也一眼看见了他:"我不上来啦,你俩赶紧下来!"

等到他们上了车,热情洋溢的路文涛却没有思路了,他问钱旦:"秋天早没郁金香看了,今天好像要下雨,没什么地方好去啊?要不要带你们去老城逛下?"

钱旦说:"昨晚他们带我们去过老城了,脚都走酸了。"

路文涛露出猥琐笑容:"哟,晚上去过啦?去看'金鱼缸'了吧?"

"橱窗女郎"是这个古老港口城市的一景,路文涛一问,苏启亮直乐:"老钱刚才还在郁闷了。"

钱旦老实交代:"我们就去了'Sex博物馆',然后沿着河两边走了一圈。两个'拉皮条'的白人不理他们,追着我揽生意,用中文说'有发票'!"

路文涛扭头端详钱旦:"你肚子起来了,样子也比以前油腻了,像个来'考察'的小官员。"

钱旦说:"现在还会有人拿红灯区的发票回去报销?"

"怎么没有?这么多年就没刹住过公款消费!我们整天叨叨唯一不变的是变化,常常恐惧公司业务有一天被后来者快速颠覆,但体制内那些腐败消费的需求可一直不会变,一个巨大的消费市场。"

钱旦想起了曾子健的新生意,说:"嗯,以前在埃及的一个兄弟现在转行卖酒去了,就是打算主打大客户集团消费。"

路文涛问:"谁啊?那肯定能赚。"

钱旦犹豫:"我也是听人说的,不是我们当时圈子里的人,没记住名字。"

苏启亮问:"两位老大以前都在埃及?"

路文涛说:"我们是中东北非老相识,人生何处不相逢!快说,你们想去哪里玩?"

"你不是西欧地头蛇吗？"钱旦记起了秦辛交给的任务，"你们要没思路的话，附近有'奥特莱斯'吗？老婆有任务，让我买件'Burberry'风衣回去。"

"有！荷兰德国边境有家很大的'奥特莱斯'，打折加退税，还是很划算的。那就带你们'Shopping'去！"

| 第二十章 |
"安全永远是一段旅程"

巴拉克、钱旦、苏启亮、张文华、路文涛在"莱茵电信"开放办公区的过道上鱼贯而行，办公位上的德国人对成群结队的"伟中人"在身边晃荡习以为常。

"伟中"拜访客户常常是"狼群"出没，哪怕是对方一两个人的"点对点"拜访，他们也是一堆人。

如果探究这个风格起源，一是公司所签销售合同、所拿下交付项目中包含产品越来越多，涉及专业越来越广，乙方在交流中又相对处于弱势，不能被甲方轻易"考倒"，所以要"三个臭皮匠，顶一个诸葛亮"。

二是公司成长成一头"大象"之后，尽管是一头会跳舞的"大象"，但仍然显得组织过于复杂，内部分工过于细致。

还有一个原因，公司核心价值观第一条始终是"以客户为中心"。一方面令得大家普遍重视"见客户"这个动作，普遍把客户当作自己力量的源泉。另一方面因为一些部门简单地将"见客户次数"纳入员工PBC（个人业绩承诺）考核，导致一些人乐于"打酱油"，做"见客户"的"南郭先生"。

但这次的五个人似乎是"一个也不能少"。

走在最前面的是三十来岁、帅气逼人的德国人巴拉克，他是对口诺伊尔的高级客户经理，这次拜访由他负责与客户约定。

钱旦、苏启亮是总部专程来交流的专家。钱旦西装笔挺，与在荷兰时相比，他打上了领带。苏启亮征得大家同意，保住了他的黑色圆领衫、小马尾辫。

张文华是当地对口"莱茵电信"的技术主管和网络安全责任人，路文涛是出事项目的负责人，他俩衣冠楚楚跟在后面。

德国人时间观念强，来早和来晚都算"不守时"。他们很重视这次拜访，为防路上出交通状况，提前二十分钟到了"莱茵电信"，但等候到离约定时间只差两分钟才出现在诺伊尔门口。

诺伊尔比卡恩要年轻不少，但头发比不上"金毛狮王"卡恩，他发际线有点儿高，贴在头顶的金黄色头发有点儿薄。

他感觉上没卡恩那么开朗、风趣，而是要深沉、严肃一些。

一群人拥去了会议室，"伟中"众人坐桌子一边，诺伊尔带着一个"小弟"坐另一边。

递名片、介绍、简单寒暄完，钱旦打开电脑，接上投影。张文华将一沓打印出来的"PPT"材料毕恭毕敬地递至客户面前。

在总部的两个人过来之前，"伟中"已经就事论事地出了一份报告，给诺伊尔做过一次汇报，解释了杰瑞那般操作的来龙去脉，以及与"莱茵电信"进一步规范操作审批流程的计划。钱旦、苏启亮此行是希望做更深入、系统沟通，推动建立长期互信。

钱旦首先介绍了他要讲的"PPT"材料的提纲，然后，提纲后第一页，标题是："Security is Always a Journey（安全永远是一段旅程）"。

钱旦讲出"Security is Always a Journey"的时候，留意看着诺伊尔，只见他微微一怔，跟着不露声色，但注意力更集中了。

这一页是钱旦专门加上的。

"伟中"的人之前和诺伊尔沟通不多,对他了解有限。从荷兰到德国路途上,路文涛说着"莱茵电信"几个客户的特点,钱旦开始觉着要讲的材料用于和荷兰客户交流足够了,但用于打动一个对公司缺乏基本信任和信心的专家型高管仍然少了点儿灵魂。

星期一早上一到办公室他就去找巴拉克聊了一个小时,但巴拉克也只能讲清楚诺伊尔对"伟中"当下的不满和要求是什么,钱旦觉得即使材料中已经加上了对他的不满和要求的"逐点答复",算是有针对性了,仍然少了点儿灵魂。

他用"谷歌"搜索诺伊尔的名字,出来的内容不多,有一条吸引了他的注意。半年多以前在迪拜有一个网络安全专业圈子里的研讨会,诺伊尔有参加,并且有发言,所以他的名字出现在"谷歌"搜索出来的条目中。

诺伊尔在那个研讨会上发言的主题是"Security is Always a Journey(安全永远是一段旅程)",钱旦认真读完,心里有了底。

他怕就怕诺伊尔抱的是"西方安全,中国不安全"的刻板、粗暴论断,既然他对网络安全课题持的是客观、专业的态度,并且有"道高一尺,魔高一丈"的辩证发展的见解,钱旦认为"伟中"就有了"以理服人"的基础。

钱旦观察到诺伊尔微表情的变化,直觉令他心里更加有了数。

即使诺伊尔认为他用这句话是在刻意迎合,那就看看迎合得对不对吧?钱旦觉着自己确实对这句话有很强共鸣,并非为了迎合而迎合。

他没有点明这句话的来历,而是把"PPT"材料停留在这一页,开始自己的开场白。他知道今天的开场白有些发散、有些多,他留意着主要听众的表情:

"世界上唯一不变的是变化,我们正在讨论的网络安全亦然。我认为安全永远是一段旅程,我们走在不同阶段时将面临不同挑战,新的挑战比旧的挑战更严峻。我们并不能简单地印制一些标签,标签上写着'安全''不安全',分别贴在中国的、欧洲的、美国的、韩国的设备上,指望这就是一切的终点。

"我们所处的世界已经互相连接,网络空间已经逐步成为社会运转的'神经系统',现实社会中一些由来已久的罪恶,例如故意破坏、盗窃、间谍活动等等,已经自然地延伸到了网络空间。这不是某一家公司、某一个国家'应该'或者说'能够'独自解决的问题,而是需要形成超越商业竞争,超越政治分歧的全球、全行业的安全标准和解决方案。

"仅仅在中国成都,就有820家外商投资公司注册,包括'英特尔''微软''思科''甲骨文''爱立信''诺基亚''波音''IBM'等等,他们提供的产品应该被视为哪个国家的产品呢?在欧洲电信设备供应商中,'阿尔卡特朗讯'全球三分之一的生产制造由'上海贝尔'完成,'爱立信'全球最大的供应中心在南京,'诺基亚西门子网络'全球十家工厂中有五家在中国,他们提供的应该算是哪个国家的产品呢?我们认为,在当今全球化的世界中,任何基于供应商国别或总部所在地而制定的网络安全政策必然是无效的,孤立的网络安全方法是不符合逻辑的。

"'伟中'在全球有二十多个研发中心,公司使用的物料中70%来自中国大陆以外,其中美国的供应量最大,我们从185家美国供应商购买32%的部件。另外,台湾的供应量占22%,欧洲的供应量占10%。我想'伟中'与'莱茵电信'今天所面临的挑战是一样的,我们需要与来自不同国家和地区的供应商携手在当下的旅程中规避风险。"

诺伊尔没有插话,但微微点了两次头,他认同钱旦说的话。

钱旦确认道:"诺伊尔先生,接下来我开始介绍'伟中'在网络安全管理上的具体做法,你在过程中如果有疑问,可以随时打断我。"

诺伊尔示意钱旦继续,他打开了自己的笔记本。

钱旦从流程、管理、审计几个方面分析了"伟中"在网络安全管理上所做的努力,强调公司策略不是把网络安全作为"附加"的管理要求,而是将其"嵌入"日常工作,成为公司基因的一部分。

他重点介绍了"伟中"的产品开发流程,结合流程讲了公司如何在产品的概念、计划、开发、验证、发布、生命周期管理各个阶段去"嵌入"网络安全标准和最佳实践。

他还重点讲了公司如何把网络安全"嵌入"技术支持流程,如何管理好现场和远程服务的技术人员。

诺伊尔在过程中打断了几次,但只是问了他认为不太明白的地方,没有刻意挑战什么,他不时在自己笔记本上记着什么。

钱旦讲完,把"PPT"材料停留在最后一页,"伟中"网络安全的今年、明年、后年三年改进路标,他展现了一个自信笑容,说:"诺伊尔先生,请给我们一些意见,谢谢。"

诺伊尔保持着他的"扑克脸",把合上的笔记本又翻开:"钱先生,你提到'伟中'的生产采购中70%来自中国大陆以外,包括从185家美国供应商采购了32%的部件,也包括在台湾、欧洲等地的采购,我想这些采购不仅是硬件,也包括了软件吧?另外,你们的产品是否也有在利用开源软件?"

"是的。"

"那么,你们如何管理第三方软件、开源软件的安全风险?"

钱旦已经下意识地把诺伊尔当作了一个帮助公司进步的师友,他没有说些粉饰太平的话,而是坦率说明了"伟中"目前存在的问题和下一步计划。

钱旦从管理视角讲完,看了一眼苏启亮,苏启亮机敏地接过他的话，从技术角度做了补充。

诺伊尔的另一个问题："你们关注到了欧洲的'通用数据保护条例（GDPR）'，并做了必要投入，例如由爱尔兰技术支持中心来处理欧洲的网上问题，避免将用户的个人数据传出欧盟，这很好。但是，你们在欧盟国家的中方员工使用的电子邮件服务器放在哪里？你们如何管理过来短期出差的员工？"

诺伊尔问得细致，钱旦给出了令他满意的答案。

但公司人员流动性强，钱旦对短期出差员工的思想意识是否都能跟上没有底，他只能拍胸脯说了一些网络安全要求已经"嵌入"流程，不论对什么样的人都有效，以及培训、上岗考试之类的措施。

讨论的气氛始终融洽，而且是越聊越开的感觉。

最后，双方约定成立一个小范围的联合工作组，保持顺畅沟通，跟进确定下来的几项工作计划。

散会时已经到了午餐时间，"伟中"的几个人告别客户后一合计，决定去楼下"莱茵电信"的餐厅吃了午餐再回去。

钱旦端了两根香肠、土豆泥和一小堆德国酸菜，苏启亮的盘子里装着半只炸鸡、土豆泥和一杯沙拉。他端详着钱旦的盘子："钱哥，你这么爱吃德国酸菜啦？"

路文涛和张文华已经带他俩去过一趟老城，吃过德国猪手和酸菜了，钱旦爱吃一切，苏启亮有点儿嫌弃德国人的酸菜。

一旁的路文涛说："老旦就是个老饕，他吃狗屎都是香的。"

钱旦说："老饕是那些讲究人吧？我顶多算个吃货。还不是当年在海外养成的习惯，吃得香才不想家！我是进了哪座山就吃哪座山上的草，不像一些兄弟必须把一切变成'老干妈'的味道。"

钱旦吃得快，很快扫干净盘中餐。他起身去柜台拿了一杯酸奶，一转身却看见诺伊尔不知什么时候来了，独坐一隅。

他晃了过去，礼貌打过招呼，然后坐下。

诺伊尔说："你今天讲的令人印象深刻！"

"真的吗？谢谢！"

"上次你们德国同事和我交流过一次，但只是讲了人员管理上的一些措施，用你今天的话来说，就是'附加'的管理要求。我对你今天讲解的产品开发流程、技术支持流程，以及'嵌入'流程的网络安全管理印象深刻，这是正确的道路。"

"是的，'伟中'是个善于学习的公司，正如我今天所说，产品开发流程本身是'IBM'指导我们制定的。"

诺伊尔说："超出了我的期望，我以前认为'伟中'对网络安全的理解近于零。"

钱旦问："那你现在认为我们能得几分？"

诺伊尔是个严谨的人，他想了想才回答："3分，也许2分吧！"

钱旦心里略失望：3分就3分嘛！干嘛还要来个"也许2分"呢？

他表态："安全永远是一段旅程，我们会不断进步的！希望一年之后，你可以给我们更好的分数。"

诺伊尔终于问："安全永远是一段旅程，这是你自己的观点吗？"

"当然，这当然是我们的观点！古代中国有句话叫'道高一尺，魔高一丈'，意思是当我们每前进一米，魔障就会增加十米，没有尽头。现代中国有两句伟大的话，一句是'实事求是'，另一句是'与时俱进'，在我的理解里，它们都在说不要以非黑即白、一成不变的态度去对待我们的成就和缺点。"

钱旦把"我们"说得特别重音，他笑得真诚，接着说："观点也是我们的观点，但是，这句话是属于你的！我读过你在迪拜网络安全论坛上的发言,你不仅是我的客户,也是我的老师。"

诺伊尔笑了两秒钟,又变回"扑克脸":"那么,保持沟通!我们可以一起在这段旅程上探索。"

钱旦心里一动:"诺伊尔先生,你去过中国吗?"

诺伊尔摇头:"没有。"

钱旦说:"我想我们可以邀请你在方便的时候访问中国,可以到'伟中'总部来进一步审视我们的进步和不足,给我们更多指导和建议。"

诺伊尔没有立即接受邀请,也没有拒绝。钱旦打算向"客户部"的同事建议,让他们继续邀请。

钱旦回到同事们中间,巴拉克不知去哪儿了?他对几个中国人说:"又和诺伊尔聊了下,感觉今天交流效果不错,不过他很保守,我问他能给我们打几分?他先说打3分,然后说也许打2分,还不及格呐!"

路文涛有点儿惊讶:"是吗?2分很高啦!德国人习惯的考分制度是6分制,1分是最高等级,2分算良好,差不多有80分以上,3分是中等。土人,他的打分是中等,也许良好。他能给这个分,不容易啊!"

"真的?那不枉我俩国庆假期耗在这里啦!我刚才跟他提了一下,我觉得我们可以带他回中国参观。"

张文华说:"好主意!我们好好策划一下!"

他们打算回公司。

走到"莱茵电信"大堂,几个人的视线不约而同被迎面走来一位女士所吸引。

那女士身材高挑,欧美人长相,很短的黑色头发,白衣黑裙。等她走过,张文华先轻轻发出一声:"靠!"

大家心领神会地笑了。

倒是路文涛一本正经说:"这人叫雷奥妮,'惠逊'的销售,今天算穿得严实了。"

路文涛记起自己曾经问过卡恩,"惠逊"公司的优势在于IT和"云",为什么雷奥妮今年不时拜访负责无线网络的他?卡恩当时没有给答案,反而让他先自己琢磨。

他这段时间事情太多,又有段时间没有见到雷奥妮,差不多要忘了这事。

第二十一章
问责

他们刚刚回到办公室,德国子公司负责"合规运营"的中方同事来找钱旦。

钱旦到德国之后,除了支持"莱茵电信客户部"的工作,已经以机关专家身份与当地同行切磋过。

那同事手里拿着一页纸,递给钱旦:"你看看?这几条够了吗?"

白纸上用中、英、德文对照打印着"在德国出差人员网络安全提示":

连接客户网络必须获得客户书面授权;
禁止使用他人账号接入客户网络;
进入客户机房严格遵从客户管理规定,禁止拍照;
客户网络变更方案必须经过技术审批、管理审批、客户审批才可实施操作;
禁止将客户网络数据和信息发出欧洲,除非客户书面授权；

离开德国，须删除客户相关账户和数据。

电信通信网络一旦出现异常，为了避免电话和上网长时间中断的重大事故，问题处理必须争分夺秒。"伟中"工程师与客户技术团队在保障设备稳定运行的长期协作中建立了一种亲密无间的信任关系，在过去的岁月有时候不分彼此。

例如钱旦刚进公司时在国内某省做技术服务工程师，系统上了新版本他会不放心，晚上随时从宿舍拨进系统去看看运行状态，客户赞他是一个负责任的专家。客户甚至会请他在五一、国庆帮忙值班，方便他们的人假期出去玩。

但是，过去的成功不是未来的可靠向导，如今，在新的时代他们必须与客户边界清晰，以免瓜田李下。

对于人员行为的管理，长期在一线与客户打交道的员工还好，来出差支持的机关同事不少平日里是实验室习惯，客户界面的敏感度不足，而且这次是张三来支持，下次可能换成了李四，人员流动带来管理上的困难。

他们说好打印一些宣传页，贴在从办公室玻璃门到厕所门板各处，令人一进门就能看到网络安全管理要求，坐在马桶上也是对着网络安全管理要求。

钱旦拿着那张纸，想着上午与诺伊尔的交流，说："我们上次讨论的这个挺好，但毕竟还是'附加'的宣传，不是'嵌入'在流程中的一步。我们怎么样做才能像开发产品一样有嵌入流程的效果？"

两人讨论出几条措施。

钱旦问："会不会条条框框太多？"

那同事说："现在公司各种合规运营的要求，从用工、签证到贸易合规、知识产权、网络安全、隐私保护，还有反商业贿赂，条条框框确实很多，但哪一条不小心'踩个大雷'对公司来说都可能是一场灾难！我们以前是藏在'青纱帐'里的土八路，现在是走在大路中间的一个'中国符号'了。"

钱旦记起出差之前在公司参与的一次讨论，说："嗯，员工个人行为的管理有时候很难，人毕竟不是机器，犯错在个人主观上可能就是一念之差。真有人犯了错，作为公司至少要能举证把个人行为与组织行为区分开。公司有明确管理要求、能够证明员工清楚管理要求，例如考试了、承诺了，再犯错了可以说说是个人行为。如果公司啥管理动作没有，就很难讲不是组织行为。"

两个人视角不尽相同，但说着说着，互相启发，说到一起去了。

那同事来找钱旦还有另外一件重要事情："今天公司有人找我，说杰瑞这次的事情必须问责，你也知道，杰瑞这次完全是好心办坏事，他这段时间一直在做项目的技术总负责，客户是给了他账号、密码的，客户工程师都清楚他，只是说当天的操作没有提前获得书面授权。"

"你跟我说这些没用啊！网络安全问责的基本原则就是只看行为，不看动机。而且，问责的事情我也说不上话。"

一方面钱旦确实对要不要问责、怎么问责说不上话，另一方面他深知一线工作的辛苦与压力、一线工程师的赤诚与单纯。

他乐意出主意："逃是逃不掉的，但公司的网络安全问责规定还在会签中，我建议你们赶紧自砍一刀，在公司发文前把这个事情给闭环掉！不然，规则一出来，一开始肯定从严，万一哪个领导非要把杰瑞给开掉也说不定！"

晚上，主管们紧急开会讨论对杰瑞事件的问责。

老孙说："我们赶紧拿出个处罚意见，再去和各级婆婆沟通。

张文华，你先说怎么罚？"

张文华接到会议通知就在琢磨，他说："这个事情的前因后果大家都很清楚，业务上的改进计划也定了，几个客户也都认可是个情有可原的偶然事件。我想下一步重点是在业务上踏踏实实的改进，对杰瑞个人，要么就罚款 2000 块，然后年度绩效考评降一级？"

路文涛说："我的建议是罚款、通报批评就可以了，马上年底冲刺了，我们项目交付还要靠杰瑞。不过，如果怕公司通不过的话，就按文华说的，年度绩效考评降一级吧。"

罗小祥和杰瑞合租着一套两房公寓住，平日里关系不错。但他心里对把杰瑞罚轻一点儿还是罚重一点儿并不在乎，他在乎的是在领导面前每次发言时要体现自己的思考和水平。他只是不愿意随意附和张文华、路文涛几句了事。

罗小祥说："我记得说到对违犯企业规章制度的处罚时有个'火炉法则'，烧红的火炉放在那里，谁都看得见。火炉的特点是一碰就烫，只要你碰了火炉，马上被烫，就是说一旦有人违反了规章制度，即时处罚比延时处罚效果好；谁碰烫谁，就是说不管是领导还是员工，是骨干还是一般员工，只要违犯的是同样的规章制度，处罚就应该一样；哪碰烫哪，手碰了火炉就烫手，不会烫到背，就是说处罚对事不对人，犯了哪一条就按哪一条的规章办，不轻易否定整个人。"

老孙说："说得很好！你的具体建议是什么？我们怎么烫杰瑞？"

罗小祥说："我感觉年度考评降一级弹性是不是有点大？而且，现在才十月初，等于要三个月之后才能有真正的处罚结果，及时性不够。我建议要么就多罚点儿款，如果怕公司那边过不了关，就直接年度绩效为'D'得啦。"

张文华一心要保杰瑞，他打的如意算盘就是等过了三个月，风平浪静了，就说杰瑞本来应该得"A"，降一级变成了"B"，结果也不错。而如果打个"D"，不但今年年度奖金泡汤，而且明年一整年升级、调薪的机会都不存在了。

路文涛马上表态："多罚点儿款可以，考评打'D'我坚决不同意！杰瑞今年为我们做出了很大贡献，现在就宣布他年度考评是'D'？还要不要他四季度好好干?！"

老孙说："'降一级'你们说感觉不到位，直接打'D'又说有点过，那这样，我给个意见，罚款2000，年度考评不高于'C'！怎么样？"

大家心里明白，老孙这个"不高于C"，在实际操作中大抵就是"C"了。各自一想，觉得也许这样的折中更好，没有谁再表达异议，算是"少数服从多数"地通过了老孙的提议。

路文涛说："搞定了没？搞定了我去开我的项目例会去啦？"

HR主管说："你急什么？那对杰瑞的处罚我们就先按'罚款2000、年度考评不高于C'去和地区部、公司沟通，看能不能过关？下面还有主管的管理责任了，管理责任是算在你俩谁头上？"

矩阵管理，杰瑞是张文华管理的技术团队的工程师，投入在路文涛的项目中。

张文华摸了摸梳得一丝不苟的头发，说："我来负管理责任吧！杰瑞是我的人。"

路文涛争道："算在我头上吧！这次是项目组的管理出了问题。"

老孙说："哟，你们哥俩这还争起来啦？不怕死，挺好！不过，我认为你俩说得都对，那就各打五十大板，谁也别跑！张文华作为资源部门主管，平时对员工行为规范教育失职；路文涛作为项目主管，对项目组规章制度建立、监管失职。"

HR 主管问："怎么罚？"

老孙说："他们俩倒是可以年度考评降一级、罚款 2000 吧！"

他们"少数服从多数"地通过了领导意见。

散会之后，路文涛、张文华两个人唉声叹气、交头接耳地去了项目组的"作战室"。

杰瑞在"作战室"里，聚精会神地对着他的电脑。他们的项目其实不存在年底冲刺，而是一直在冲刺的跑道上，总是会有技术上的问题需要他这个技术总负责把关。

他是个赤诚技术男，遇到每个难题时心无旁骛，解决了每个难题以后欢欣鼓舞。

路文涛一见杰瑞，一把把迈进门的张文华又拽了出去，他低声说："要不要给杰瑞吹吹风，让他有个心理准备？"

张文华又摸了摸一丝不苟的油头："不急吧？还不知道地区部、公司怎么说，你是按更重还是更轻的口径吹风？"

他俩再次走进"作战室"，杰瑞抬起头，跟两位打了个招呼，高兴地说："我们已经开通的区域的网络性能现在碾压'XX 移动'，和'YY 电信'持平，客户说他们老板很满意！"

路文涛说："是的！下午客户高层开会，卡恩和埃莉诺都发消息给我了。"

"XX 移动""YY 电信"是德国的另外两家电信运营商，是"莱茵电信"的竞争对手。

"伟中"的"以客户为中心"，最重要是帮助客户获得商业成功。过去"莱茵电信"的无线通信网络性能输给他们的竞争对手，如今替换成"伟中"的设备后能够迎头赶上，自是一个喜讯。

路文涛平日对着客户、领导都是能言善辩的，这会儿对着杰瑞既很想说点什么去安慰这个小兄弟，又觉着张文华说得似乎对，还不到安慰的时候。他自己感觉到莫名其妙的尴尬，终于找出句话:"哎,杰瑞这段时间怎么脸上瘦了,肚子大了?"

杰瑞说:"胖啦!胖了五斤!"

张文华望一眼杰瑞:"脸上是没睡好,憔悴!身上是这段时间没空运动吧?越忙越胖,'过劳肥'。"

杰瑞说:"我觉得主要是这段时间吃饭不规律,我又不能不吃,天天肯德基,给吃出来的!"

散会之后,罗小祥回到了他和杰瑞合租的公寓,他心情不错。

"伟中"的全员绩效考核机制是典型的精英主义和淘汰法则。他们最初是受"通用电气"前总裁杰克韦尔奇的"活力曲线"启发,更加侧重"末位淘汰",通过竞争、淘汰来促使员工发挥最大能力。

后来,公司更加强调基于"战功"来不拘一格降人才,激励长江后浪推前浪,有些时候,变成了单纯依据绩效结果来"发掘英雄"。

再后来,"KPI(关键绩效指标)主义"的味道越来越浓重,甚至变得有些"唯 KPI 是举",而且,以绩效结果来决定一切,不同绩效结果的员工获得物质回报的差距越来越大。一方面公司强调"让领头羊吃饱草",另一方面总是有着强烈饥饿感的"瘦羊"越来越多。

最初的"活力曲线"其实更合情理,一个组织中前 20% 的人为优秀,后 10% 的人为末位,占 70% 的大多数人是扎扎实实的贡献者。

变异后的"曲线"由于"ABCD"每一个等级员工获得物质回报的差距都拉得很大,充满上进心又容易焦虑的年轻人们认为只有"AB"方可接受,被大家视为"落后"的人群范围偏庞大。

"KPI主义"当然是一种易于执行、相对公平的管理工具。但是,当一些人过于聚焦个人绩效结果,把队友当作竞争对手去算计时,顾及大局的人少了,精致的利己主义者多了起来。

路文涛和张文华对自己的前途有"战略定力",他们追求个人的高绩效,但更享受"事成人爽"的集体快感。他们看重把饼做大,相信水涨船高,更满足于自己与自己比的进步。

急于"后浪推前浪"的罗小祥非常在意每一个"A"。按比例要求老孙下面几个主管每次绩效考评只能有一个人打"A",路文涛因为拿下无线替换项目第一期,上半年得了"A",心气颇高的罗小祥为自己没有能够成功"三连A"而失落。领导今天的"降一级"等于是把他的两个"竞争对手"的年度绩效结果拍成"不高于B",他心底里窃喜。

杰瑞在公司加班,罗小祥回家后冲了个凉,冲去一天疲乏,心情更是愉悦。

他从冰箱里拿了一瓶比利时修道院啤酒"Rochefort 10",坐在客厅沙发上,来个"葛优躺",打开电视机,打算找个"成人频道"瞅瞅。

喝完一瓶啤酒,正准备续一瓶,门响了。

他把电视机从"成人频道"摁到"凤凰卫视",杰瑞开门走了进来。

罗小祥从冰箱里又拿了两瓶啤酒,喊杰瑞:"喝瓶啤酒不?"

杰瑞欣然接受,也瘫在了沙发上。

碰过两次瓶之后,罗小祥故作神秘地说:"有件事情,本来按照'内阁原则',我不该说的,我还是先跟你说一下,你心里有个数就行,先别去问别人哈。"

杰瑞疑惑地望着罗小祥:"什么事情?"

罗小祥说:"今天我们人事管理团队会议讨论你上次违犯网络安全要求的事了,我觉得吧,你完全是无心之过,最多罚个款就可以了,但其他领导觉得罚款轻了,要在绩效中体现,你年度考评不会太好啊！"

他伸出了酒瓶，想表现出同情，却又忍不住有点儿自得，自己只比杰瑞大了一岁，但在公司的地位、发展势头显然超过了杰瑞，他是能够讨论他待遇、奖惩的人。

杰瑞伸出酒瓶碰了一下，坦然地说："我早有心理准备，只能怪自己那一下昏了头。现在不去想那么多啦，我把手上的事情做好吧！"

| 第二十二章 |

云与沙

他们的美好愿望没有实现，自己砍的一刀没有过关，公司认为砍轻了，公司现在也不喜欢玩罚款了。

对杰瑞的处罚将是："降薪500、年度考评不高于C、冻结个人职级晋升及涨薪12个月。"

对张文华、路文涛的管理责任的处罚将是："降薪500、年度考评降一级、冻结个人职级晋升及涨薪12个月。"

老孙承担领导责任，处罚将是："通报批评、冻结向上任命12个月。"

钱旦、苏启亮完成了这一次的出差任务。

星期六中午，路文涛家宴为他俩饯行，一起吃喝的还有张文华、杰瑞。

他准备的是"伟中"海外中方员工家宴的经典模式：火锅。

吴俪俪头一天就熬了骨头汤作为锅底，路文涛买足了酒肉蔬菜，大家热热闹闹吃了一顿，席间并没有"被降薪"的愁云惨淡。

路雨霏围着客人们跑来跑去，尤其爱揪苏启亮的小马尾，兴奋不已。

酒足饭饱，路文涛把打扫残局的重任交给吴俪俪，自己带着几位同事去了莱茵河边走走。

凉爽但是晴朗的一天，五个人走累了，在河边草地上参差地坐成一排，对着宁静的莱茵河。

钱旦感慨："风景真不错！老路，你知道我突然想起了什么吗？"

路文涛说："想起什么了？快说！"

钱旦说："我突然想起苏丹的沙尘暴了！"

钱旦向没去过非洲的小兄弟解释："没见过的人以为沙尘暴就是沙子从天而降、铺天盖地，至少撒哈拉的沙尘暴并不是。它是一堵很厚的沙墙慢慢地从远方移动过来，隔得远的时候你还可以看得见沙墙上面的蓝天、白云，甚至还看见过老鹰在沙墙顶上飞，很震撼！"

路文涛说："我在这里也想起过非洲的沙尘暴！那时候兄弟们的生活是真艰苦！不像现在欧洲，起码生活环境好。"

钱旦说："我电脑桌面一直是一张当时拍的沙尘暴的照片，有时候看着照片想，那时候公司刚在海外打开局面，大家懵懵懂懂，就像在沙墙里面前进。有些人埋头拉车，很辛苦，看不到头顶的蓝天白云，越来越累，身心俱疲之后离开公司的不少。有些人算是既有苟且，又有远方，因为相信一定可以走出沙墙，所以能够坚持。还有些人，是在沙墙里面也看得到头顶上的蓝天白云，与沙共舞，痛并快乐。"

路文涛说："讲漏了很重要的一点，还有些人白天埋头拉车，晚上低头数钱，就很满足！"

钱旦和张文华异口同声："废话！"

"伟中"初时并没有后来那样的知名度和外表光鲜,加入公司的多是出不了国、进不了外企,甚至家庭条件相对差一点儿的年轻人。

他们欣然加班、不怕吃苦、在客户面前谦逊弯腰。

他们四海为家,全世界每个角落都愿意去闯荡。

他们是一个时期中国"工程师红利"的基础。

毋庸讳言,多赚一些海外补助是驱动他们走遍万水千山的重要动力。

那个时候,"伟中"常常说大家的奋斗是"主观上为个人、为家庭,客观上为公司、为国家"。

路文涛、钱旦、张文华算是公司征战海外比较早的一拨人,他们的性情并不全然相同,当初申请"出海"的原因中或者有参与感、成就感,或者有理想主义,或者有家国情怀,但或多或少都有"多赚点儿钱"的考虑。

杰瑞和苏启亮一直在听三位前辈高谈阔论。

杰瑞望着天上的云,突然插话:"当初你们在非洲与沙共舞,不抬头看天就容易在沙墙里绝望。现在我们在欧洲与云共舞,生活条件好了,公司格局高了,但随时风云变幻,不低头看路就容易掉坑里啊!我一不小心,钱越赚越少啦!"

"傻,"路文涛把后面那个"×"字给吞了回去,"土人!你还好意思说?今天我们就不应该到我家去吃火锅,应该让你请顿大餐,赔罪!"

钱旦安慰:"风物长宜放眼量,在公司没经历过负面激励,不足以谈人生,关键是不要在同一个坑里摔两次!我刚进公司没两年,内部邮件转发了一篇'我在中国通信网中流浪',就被降薪五百!"

路文涛哀叹:"那次我也被降了!这次是我来公司后的第二次

降薪了!"

张文华好奇:"啥事?转发一篇文章被降薪五百?"

路文涛说:"当时公司有个土人写了篇文章,调侃客户是地主老爷,'伟中'是丐帮,竞争对手是黄毛老妖之类的,写得很有才,公司很多人在内部邮件系统里转来转去,最后,所有转发的每人被降薪五百,一共降了200多人,一场惨案!"

钱旦说:"我当时在国内办事处,机关HR领导亲自打电话做降薪沟通,劈头就问'你干啥啦?',我很纳闷,说'领导,我没干啥呀','没干啥?你诋毁客户、辱骂竞争对手,而且,你很嚣张,你发群组邮件!'。你说我真有那动机吗?就是觉得好玩么!处罚起来一样的只看行为不问动机,十年前的'五百'可比现在的'五百'值钱!"

杰瑞说:"这次真是不好意思!连累两位领导被降薪。"

路文涛说:"别说没用的!先把今年的项目一期的交付搞定,然后争取明年拿到客户项目二期的合同,早点把降的薪加回去!在'伟中'一定要'耐操',烧不死的鸟是凤凰!"

钱旦说:"你们也是命不好,赶在这个时候!网络安全越来越敏感,我们没有犯错人家都是各种无端猜忌,真要犯了错、有了实锤,那还得了?所以公司必须强调'白上加白',比西方厂商更加严格要求自己。"

"极客"苏启亮接话说:"从技术发展的趋势看,网络安全也会越来越敏感。以前无线通信的主设备都是各个厂家的专用设备,今后IT和电信通信网络的融合会越来越强,电信通信网络会越来越多的利用通用IT设备。系统越开放,网络安全的挑战就越大!"

杰瑞说:"这个我知道,今年在德国成立了一个'SDN和OpenFlow世界大会',好像今后会址就常设在杜塞尔多夫。目标就是未来将网络功能虚拟化、云化,利用通用的IT软硬件平台来打造无线核心网。另外，开放的无线接入网也在概念中，就是用通用 IT 服务器来替换传统基站的专用硬件。这些新技术主要是美国的电信运营商、IT 和'云'的设备厂商在积极推进。"

张文华说："他们当然积极，现在无线通信设备基本上没有美国公司什么事，但是通用的 IT 软硬件平台可是美国人的强项，他们指望将来能够颠覆这个行业吧！不过，应该也没那么快，那些技术离实用还远。"

钱旦说："快肯定没那么快，但不能小看！有句话说人们总是高估未来一两年的变化，而低估未来十年的变化，一些热炒的概念总是落地比预期慢，但一旦有一天落地、加速，颠覆过去的速度会比想象中更快。就像我进公司的时候就有手机上网的概念，雷声大雨点小了好几年，突然有一天'苹果'加'3G'就颠覆了过去。现在还有人用不能上网的手机吗？"

路文涛望着天上一朵缓慢舞动的云朵在发呆。

钱旦问他："咋不说话啦？盯着天上想啥呢？"

路文涛说："在想那个大胸妹。"

"哪个大胸妹？"

"雷奥妮！惠逊公司那个销售。"

"靠！兄弟们在展望未来，你温饱思淫欲，悄悄惦记竞争对手的美女？你看天上哪一朵云像她呢？"

"土人！我听你们展望未来，想起了一个很重要的问题。"

"什么问题？"

"我有点儿明白雷奥妮为什么开始拜访卡恩啦！你们刚才说的什么 IT 和电信通信网络的融合，什么网络功能虚拟化、'云化'有资料吗？发给我！杰瑞，你说的那个今年在德国成立的'世界大会'全名是什么？发给我！人无远虑，必有近忧，我们可不能有一天被大胸妹给颠覆啦！"

高铁拉近了长沙和深圳之间的距离，回国之后，曾子健经常往返两地。

他习惯在旅途中阅读。这一天，疾驰火车上，他坐在靠窗座位，手里捧着厚厚一本《史蒂夫·乔布斯传》。

他崇拜史蒂夫·乔布斯，那一代人中太多男人二十多岁时崇拜比尔·盖茨，三十多岁时崇拜史蒂夫·乔布斯。可惜乔布斯在一年前早早离开了这个世界。

但是今天他有点儿读不进书，即使是他偶像的唯一传记。翻了几页，合上书，摸出手机刷"微博"。

"Web2.0"时代，每个人不再是网络上信息单纯的浏览者，而是纷纷参与到互联网这张大网的编织、使用与传播中。在网上，每个人都是以他自己的"微博""微信"为中心的"意见领袖"。

2012年"微博"仍然热闹非常：

年初，围绕一位上海青年究竟是作家还是骗子混战一场。

春天，《舌尖上的中国》激得大家美食晒不停；手机圈子里"雷布斯"拉开与"余大嘴"数年缠斗的序幕。

夏天，一场令首都损失惨重的特大暴雨令我们反思城市的脆弱一面；四枚奖牌的孙杨、摔倒退赛的刘翔给体育迷的伦敦奥运带来更多话题；悍匪周克华被击毙前的最后三天亦是大家议论纷纭的热点。

中秋连着国庆的八天长假，一些人用世界各地的美丽照片刷屏；一些人被史上第一次节假日免费通行方案勾引，参加了规模空前的拥塞高速公路摄影大赛。

曾子健只看了两分钟手机，高铁上信号不好，半天出不来一张照片，难受。

看书看不进，看手机不耐烦，也许是自己本来就有些心神不宁吧？

那次广州幽会之后他没有再见到吴锦华。

广州之行令他确定其实吴锦华对他们关系的期望值和他不一样。他有过内疚，有过在晚上梦见她对着自己唱："不爱我，放了我，别在我的苦中作乐又不走；不爱我，放了我，别在我心灰意冷时又说爱我。"

他想，当断不断，必受其乱，就这样断了吧！

可是，内疚完了又舍不得。他迷恋她与诗诗不一样的身体。迷恋与她在一起时候，总是会轻易忘记大小糟心事，找回曾经拥有过的那种单纯、快乐。

但现在更重要的是让自己的人生重回快车道，东山再起。如果吴锦华乐意继续做一个小情人还好，如果她有更高期望，自己还要靠着诗诗的哥哥卖酒呢。

更要命的，尽管当初那几个领导认定了自己是出卖商业机密给竞争对手的"内鬼"，好在自己心思缜密，他们没有抓到"实锤"。但诗诗可是知道一切的！别看现在对自己百依百顺，一旦她因爱生恨，去检举、去作证、去"微博"上讲故事都是可能发生的事情。

老东家对于员工各种损害公司利益的行为，一旦触及刑律，越来越倾向于诉诸司法了。

听说前段时间某国一个中方行政主管向当地房屋中介索取回扣、虚假报销采购金额，又不愿意回国接受处理，老东家直接在当地警察局报了案，当地法庭以"背信罪"给他判了刑，让他受了一年洋监狱的折磨。

如果一定要他在吴锦华和诗诗之间二选一，他认为自己其实并没有选择余地。

过完国庆节，他却又开始惦记吴锦华，想哄哄她，见上一面，今朝有酒今朝醉。通过"微信"一联络,她告诉他自己国庆节时和男朋友分手了。

他又盘算,本来他有老婆,她有谈婚论嫁的男友,蛮好,彼此公平地做一对秘密情人。她和男友一分手,自己还是小心一点,不要冲动吧?他爱吴锦华,也爱诗诗,但更爱他自己。他喜欢她们皆在掌握中的感觉。

火车仍然在广东境内,曾子健望着窗外。

以前火车慢,有大把无聊时间看窗外风光,与陌生邻座聊天。他记得那个时候,车一近广州,窗外大片的工厂,密密麻麻的宿舍,阳台或者走廊上晒满的衣服。

他是2000年来的深圳,从长沙上了一列过路的绿皮车,铁路上的朋友帮忙买的一张硬卧票。至今记得同组的几个人:

一位老先生,是某电子公司退休后又返聘的HR,在深圳告别时留了电话,说如果将来自己在"伟中"不能适应可以联络他试试。

一位大着肚子的女士是一家医药公司的代表,不久前陪着客户去了云南,讲着她的见闻。

一位高个小伙子是湘西某个镇子卫生院的医生,觉得世界那么大,决定了来广州、深圳找机会。

还有一位姑娘,长得像陈慧珊,原本在一个铁路局工作,改制,十多万买断了工龄之后开了一个服装店,那天是被朋友约去云浮玩。但从她的讲述中,他觉得她的朋友应该是骗她去做传销。

到达深圳后的第一个晚上,他住在科技园的"高新招待所"。那时候出门在外与陌生人同住不会别扭,和他住同一套房是一位来深圳找工作的大学毕业生。睡前,两个人站在阳台上对着陌生城市的灯火,那兄弟对已经有了下家、揣着"Offer"来深圳的他很是羡慕。

那是千禧年的中国，正式加入世界贸易组织前一年的中国。

转眼十二年，火车可以来来回回，人生却在一条不能掉头的单行道上。

不知道那些陌生人都去了哪里？他们可好？

曾子健离开家乡之后一路"春风得意马蹄疾"，离开"伟中"之后的单飞亦是越飞越高，直到去年，埃及社会发生动荡，他一不小心"马失前蹄"，掉进了大坑中。

他认为自己只是命背，谁能预知这样的风险？谁能预料到这颗大时代埋下的"地雷"？他决定回国来东山再起，和四方朋友们谈了些项目，最后敲定一个，与人合伙买了个法国酒庄，卖红酒。这次回长沙，是去见一位信得过的老朋友，碰一个新项目。

"不好意思，能不能帮我看一下包？我去一下洗手间。"

坐在旁边的女孩礼貌地对他说。

他坐下来之后一直沉浸在自己世界里，没在意这个同座。此时定睛一看，这个短发姑娘长得不错，瓜子脸、樱桃嘴，中国传统美女形象。

他点点头，姑娘放下一个电脑包，一件外套，向洗手间方向去了。

曾子健望着她背影，觉得身材蛮好，呆会儿搭讪她，打发火车上的时间吧！

吴锦华下班之后去了健身房。她戴着耳机，边听歌边在跑步机上跑步。

她觉得和曾子健分手比和前男友分手更难。感情无所谓公平不公平，她之所以能不惜羽毛，成为曾子健的情人，自然是心底里已经把前男友当作了爱情的过去式，自然是希望曾子健是她的未来。

但曾子健一直回避提及他们的未来。

她从来不认为自己应该是这种三个人、四个人的故事的角色，她曾经以为他一定有计划带着她走出迷雾。

她不知道自己等得够不够久？不知道应该怎么去"推动"他？她只知道自己在希望和失望间纠结，心痛的时间越来越多。

两个男人心里最爱的都只是他们自己，都没有真正读懂表面上单纯、柔弱、顺从，骨子里骄傲、执拗的吴锦华。

耳机里放到了一首旧歌，令她难过得想哭，她调快了跑步机的步速。下个月就要出发去欧洲常驻了，她下了决心，要抛开过去，在新的环境中有新的开始。

> 由这一分钟开始计起
> 春风秋雨间
> 限我对你以半年时间慢慢地心淡
> 付清账单
> 平静地对你热度退减
> 一天一点伤心过
> 这一百数十晚
> 大概也够我
> 送我来回地狱又折返人间
> 春天分手秋天会习惯
> 苦冲开了便淡

| 第二十三章 |

东山再起

曾子健的火车到达长沙南站。

邻座女孩要继续坐到武汉才下车，他俩结束了愉快聊天，留了"微信",告了别。

曾子健推着一个"RIMOVA"21英寸拉杆箱,急匆匆往车站外赶。

一个瘦瘦高高、穿着笔挺西装的男人站在出站口,等着接站。他远远看见曾子健,扬起了手。

曾子健挥挥手,走到他跟前开口招呼:"旺哥,好久不见!"

"旺哥"大名张旺,是曾子健的大学师兄、踢足球球友。后来在埃及重逢,一个在"伟中"的市场销售部门,一个为"伟中"的竞争对手效力。那两年,张旺正是曾子健出卖"伟中"商业机密给竞争对手的接头人。

张旺年初从原公司离了职,从非洲回了湖南老家,自己做自己的老板。

张旺笑笑:"曾老板,山不转水转,我们有四年没见面了吧?恍如隔世,你敢回国啦?"

曾子健意味深长地说:"有什么敢不敢的?该忘记的事情都忘记了,我还以为我们大学毕业之后就没有见过面哩!"

张旺明白了曾子健不愿意和他多提埃及往事,哪怕是开个玩笑。

他们去了城中一家人气正旺的海鲜酒楼。

在包房等了片刻,两个人出门迎了三个四十多岁男人进来。

张旺先把曾子健介绍给刚来的几位:"这是曾子健曾老板,我大学同学、很好的朋友,这些年一直在国外做生意,刚回来发展。"

然后给曾子健介绍新朋友:"这位是刘老板,刘老板现在是美国人吧?"

刘老板文质彬彬,更像一个学者,他自信一笑:"还没有入籍,绿卡。我跟曾老板一样,海归,我从加州回来。"

张旺接着介绍:"这位是李哥,李哥是和刘老板一起做事的。"

李哥接过话说:"刘老板在香港、深圳、长沙都有公司,我主要是帮老板管理长沙的业务。"

在饭桌主位坐着的那人长着一张娃娃脸,其实不年轻,张旺介绍道:"这是我哥。"

曾子健显然已经了解他的背景,问候道:"张处,老早就听旺哥讲起你,幸会!"

"张处"是张旺的堂哥,省里某厅的一个处长,是今天之所以有这个饭局的枢纽人物。

刘老板的生意版图越来越大,杀回湖南后广交朋友,尤其殷勤对待一些熟悉当地环境的体制内官员。他需要他们帮忙,或者有意无意的背书。

"张处"和他本是发小,重逢后发现相别数十年,两个人兴趣却更加相投,着实难能可贵。

刘老板因为"张处"的缘故认识了张旺。他说起他正在筹划一个新项目,欢迎带资金入伙。张旺听了有兴趣,他又和曾子健说起,邀得曾子健过来一晤。

几个人开了两瓶"茅台",觥筹交错间,曾子健说得少、听得多,刘老板和李哥话最多。

刘老板公司的新项目聚焦在人体干细胞技术开发与应用。干细胞是人类生命的起源细胞,具有超强的增殖增生、自我更新能力,可以分化为人体各种组织细胞。理论上人的任何器官和组织出现了损伤、衰老,都可以由干细胞来进行辅助修复。

干细胞移植是一种先进的医学技术,即将健康的干细胞移植到病人体内,修复或者替换受损的组织和细胞,可以治疗高血压、糖尿病、中风后遗症、骨关节炎、帕金森、卵巢早衰、子宫内膜损伤等等疾病,还可以起到非常好的美容、抗衰老的作用。

刘老板说:"赚钱要赚高净值人群,也就是有钱人的钱,把时间耗费在跟非价值客户讨价还价上没意思。有钱人花钱关注什么?当然不是性价比。你们看现在有钱人把钱都花在什么地方?一个是自己很喜欢的东西,几十万的包包、手表,上百万的车,几千万的字画、古董。另一个是能够'钱生钱'或者分散资产配置风险的东西,房产、股票、股权投资、海外保险、海外房产、海外身份配置。再一个就是医疗健康。"

李哥说:"我每年去体检,花几百块钱,以为自己蛮认真哒。结果上次遇到一个老板,他每年去日本体检,一次下来花费好几万块,人家的生活处处讲究品质,对价格不敏感。"

刘老板说:"现在国内已经有高净值人士去瑞士、德国做干细胞抗衰老项目,一套下来包括干细胞注射、体检、基因检测、血液疗法、磁疗、光疗、排毒什么的,去一个多星期,花个几十万、百把万,甚至更多,他们愿意付出这个花费,哪个会去计较你在里面的利润多个几万、十几万的?"

李哥说:"我们的干细胞项目进展很快,作为生物技术、医药领域高成长性、高发展潜力的公司,我们马上就要在'纳斯达克'上市啦!"

又喝了一轮,刘老板说:"都不是外人,我实话实说,老李讲得太乐观了点,'纳斯达克'上市没有那么快,下个月我们会先在'OTCBB'上市。对于美国的证券市场,大家都知道'纽交所''纳斯达克',了解'OTCBB'的人不多。实际上它是'纳斯达克'管理的一个板块,它的挂牌、报价的条件要低一点,更方便像我们这样的中小企业做国际化融资。我们准备把干细胞项目做好包装,把故事讲好,先在'OTCBB'上市,完成初步融资之后再向'纳斯达克'升级。"

喝"美"了之后,"张处"说家里另有客人,老婆催着他回家。几个人就没有安排下半场活动。

他们叫了代驾,那两人送"张处"回家,曾子健则是搭张旺的车走。

上了车,张旺提议:"洗个脚去?"

长沙是一个著名的"洗脚之都",城里有大大小小上万家"洗脚城"。那一年,扎根长沙十余年的足浴按摩企业"颐而康"出海,在荷兰、比利时、卢森堡等国注册了国际商标,亦是中国企业和中国人走向世界的热情与躁动中一个小小的时代注脚。

他们去了生意火热的"颐而康",找了个两个人的安静包房,一边按着脚,一边继续聊。

张旺说:"怎么样?你对他们的原始股感兴趣不?现在要真正发财只有靠'钱生钱',你看这两年,以前'金山'的雷军、'新东方'的徐小平、'谷歌'的李开复,一堆大佬都在做天使投资。"

曾子健"嗯"了一声,打量着包房前面墙上电视机里"非诚勿扰"的一众女嘉宾,不语。

张旺说:"我堂哥认识刘老板几十年了,我堂哥的朋友都还靠谱,这个刘老板小时候就是学霸,学医出身的。等他公司在'OTCBB'上市之后,股价、市值就可以公开查得到,美国的上市公司监管比国内规范多了。生物医药行业是将来一个利润很高的行业,干细胞这个概念又很好,将来股价翻个几倍、十几倍是没问题的。"

曾子健说:"我倒是想做'天使',没钱啊!"

"你后来在埃及到底亏了多少?你不是还有钱在法国买红酒庄吗?"

"亏惨了,但是还好,没到倾家荡产的地步。给你交个底,我国内房子剩深圳一套,抵押贷了四百万出来。法国酒庄我算小股东,当时埃及剩了点钱,国内又弄出去一些,加起来投了折合大几百万人民币进去。现在深圳账上还有点流动资金,但是每个月公司开支、家里开支不小,还要考虑还贷。"

张旺说:"那还好吧?现金流可能有一点点风险,但也算是海外有资产、国内有公司的人。你准备稳扎稳打,慢慢来?"

曾子健说:"有一个意大利的老笑话,讲有一个穷人,每天都去教堂在神像前祈祷,'神啊!求你,求你,求你让我彩票中头奖!'终于有一天,神受不了他啦,现身了,抓狂地对他说,'儿啊!求你,求你,求你要先去买一张彩票啊!你从来不买彩票,我怎么让你中头奖?'"

他转过头,对着张旺说:"旺哥,我好好考虑下,要不要买刘老板的这张彩票?怎么买?"

钱旦从荷兰、德国出差回来的第二天,他去了肖武办公室,去领导面前露个脸、报个到。

领导会议多,肖武正要离开自己的办公室去会议室,一见钱旦进来,他高兴地停下脚步:"回来啦!听说你在德国把客户的'首席信息安全官'搞定啦?"

钱旦讲了心里所想的话:"哎呀,客户提出了很多问题,第三方软件管理的问题、短期出差人员管理的问题,等等,压力很大,我今天把出差报告整理完,发出来。"

肖武的表情似乎有些惊讶,说:"老孙给我打了个电话,说你去了之后客户很满意,对'伟中'的评价迅速从 0 分上升到 80 分!一线对你这次出差的效果很满意。"

钱旦说:"客户对我们的印象有了好转,但还有很多事情要做。我和客户部交流,打算邀请诺伊尔到总部来参观,他本身是网络安全的业界专家,对网络安全管理有非常系统、深入的理解,我觉得我们可以好好策划,邀请他给我们总部的专家和从业人员做一次培训,这样既是虚心向客户、向业界学习,又能够在专业层面和欧洲客户圈子建立更进一步的关系。"

肖武点头："你这个想法很好！今后你来对口'莱茵电信'，继续做后面的事情。"

肖武赶着开会去了，钱旦又去对面楼下的"illy"买了杯不加糖不加奶的美式咖啡。

他没有急着回办公室，而是在咖啡店旁边露天的椅子上坐了下来，打算理理思路，然后上去写完这一次出差的"出差报告"。

刚刚牺牲了一个合家欢的小长假，钱旦那天踩着下班的点回家。

他是弹性工作制，"南坪快速"上面下班的车还不多。他把车速稳定在超速的边缘，一路向西，望着天际通红的夕阳，胡思乱想。

他想起了早上肖武似乎有些惊讶的表情，既开心，又笑自己。

开心是得知一线的领导对他这次出差反馈很好，他更有新岗位上的成就感，更有重获组织认可的意气风发。

笑自己的是他反应过来，自己似乎太老实？明明应该顺着肖武的话，讲一讲自己在一线克服困难、力挽狂澜的故事，讲一讲诺伊尔如何刁钻，自己如何"搞得定"的过程！

一线的领导已经在肖武那里为自己"背书"过，自己咋就不知道趁机吹牛、表功呢？脑子里惦记着的只有要解决的问题，只知道在领导面前讲问题。

每个在这家公司奋斗着的人并不是从一个模子里铸出来的螺丝钉，每个人身上有些缺点可以改进，也有些特质难以改变，或者无须改变，例如钱旦的这种"老实"。

在"KPI""OKR"这些横着竖着度量你的指标之外，你的内心对自己又有什么样的衡量呢？

回顾一年之前这个时间点上的自己，此刻的你是否得到了很多新的经历、经验以及自己想要的进步？展望一年之后，哪些是你期待的新变化？哪些又是你心甘情愿坚守的，不能与自己相分割的本性？

在家里吃了晚饭，他和秦辛向女儿请了假，出门绕着小区散步。

他们说到了曾子健和诗诗的新公司。

秦辛说："诗诗带我去子健的新公司看了，他们在海岸城东座租了三百平米的办公室，搞得蛮气派的。"

钱旦说："他们不是说准备卖红酒吗？怎么去搞个那么大的办公室？没有搞个临街的商铺？"

秦辛说："曾子健肯定不满足只开个铺子卖酒不？他好像同时在筹划几个事情，诗诗反正是充分相信他，都听他的。"

钱旦不以为然："都是不甘心稳扎稳打，一来就想玩大的，做大老板。"

"你对他还有意见呢？"

"没有啊，我只是这几年看到一些以前的老朋友急着赚大钱，各种折腾，但真正做成的不多。有些人你看他表面上风光，其实不知道他背后贷了多少款？还不还得上？这年头，谁都能扯几句资本运作。"

秦辛说："总还是有成功故事的不？你以前蛮欣赏曾子健的嘛！我记得那时候你讲他一只眼睛是望远镜，看得远，一只眼睛是放大镜，看得细。"

钱旦说："我觉得大公司的人有时候会搞不清楚支撑自己过去成功的到底是平台的能力还是个人的能力？有时候因为公司的品牌、客户关系、业务流程、团队、伙伴各方面能力都很强，所以最大程度地放大了个人的能力，并不一定是你个人就有多了不起！"

"好啦，不说他啦！我觉得你还是不爽他。"

"我说了没有不爽他嘛！我很理解他急着东山再起，希望他能够真正从零开始，重新做人！"

印度尼西亚，黑木岛上的"伟中"项目团队可以算是已经东山再起了。

10月结束之后，他们的工程进度终于赶上了项目计划。并且，综合进度、质量、成本等指标的评分，他们在各个区域项目组的月度"赛马"中首次排名第一。

在月度总结暨年底冲刺动员会上，项目总监李应龙大大地表扬了一把黑木岛区域的项目团队。他管理着在印尼全国范围内展开的整个大项目，却能对黑木岛上每个关键人物如数家珍：

谢国林叫"姜还是老的辣"，一到黑木岛就抓住了分包商问题这个影响项目进展的牛鼻子，敢做敢当又严格遵从采购流程，及时推动了分包商份额的调整。事实证明调整对了，并且，这个调整从项目交付全过程来看，反而降低了成本。

刘铁是烧不死的凤凰鸟，他没有被上半年的打击击垮，白天在施工现场"双手粘泥"，晚上在办公室"纸上谈兵"，使得黑木岛区域项目的计划控制、质量管理、成本管理的过程越来越规范，结果越来越好。

史蒂文不但在岛上很好地履行了采购的责任，还结合自己的实践，为整个大项目的采购降成本提出了行之有效的建议方案。

技术工程师小张作为刚毕业不久的应届生，表现出了很强的学习能力，对项目中遇到的产品技术问题完全能够独当一面。

供应链专家不但盘点清楚了之前混乱的仓库，结合岛上实际优化了作业流程，而且将物流、仓储的作业完全导入到公司的"数字化交付平台"，大大降低了仓储和物流成本，提高了存货周转率。

上半年每次开会都被批得灰头土脸的刘铁得到了月度优秀个人一等奖，算是他爬出泥坑的一个象征。

供应链专家已经离开黑木岛去支持其他区域了，住在岛上宿舍里的四个人决定星期天外出游玩一天，犒劳自己。

刘铁做司机，史蒂文在副驾驶位上导航，走遍万水千山的老谢和刚步出象牙塔的小张坐在后座。他们要去的是变得半个土著一般的史蒂文刚听本地人说起的一个神秘地方。

目的地在黑木岛东北部的火山下，湖畔。

他们到了湖边村落，把车停好，径直走向湖边停着的几条小船。他们需要坐船前往湖的那一边。

小木船看上去已经用了很多年，斑驳的船漆，有木板腐朽出了洞。

宽阔的湖面上笼罩着一层薄雾，非常神秘的样子。

谢国林突然想打退堂鼓："你们真的想进去啊？我觉得我们今天应该去海滩上躺着的。"

刘铁说："老大，来都来了！"

谢国林说："这边风景确实不错！我们坐船在湖上游一圈，在火山上徒步也是一样的吧？刚才路上还有个草莓园，我们可以去摘点草莓，然后早点回去找个中餐馆好好吃喝一顿。"

刘铁说："几个男人去摘什么草莓？走吧，老大，进去看看！"

小张附和："这个季节有草莓吗？老大，你这项目计划不能说变更就变更呀！"

老谢不再啰嗦，憨笑着跟在大家后面。

他们包了一条船，去了湖的对岸。

他们走向村落边的丛林。

前面有一堵墙，青石台阶穿过门洞往深处去，门洞旁的墙上钉着一块木牌，是此地的招牌。

木牌下面，一个完整的人类骷髅头赫然而现。

| 第二十四章 |

美女驾到

他们依次穿过骷髅头旁边的门洞。

史蒂文走在最前面，他变得轻声细语："到了，就是这里。"

小张跟在他后面，既期盼，又紧张的样子。

刘铁举着手机，东拍拍，西照照，从手机的镜头里打量着神秘世界。

老谢拖在最后面，又开始叨叨："唉！一时糊涂，答应你们来这里，躺在沙滩上看美女多好！"

这里，是一个原住民村落天葬的墓地，如今亦是岛上一个很小众的旅游景点。

墓地在丛林山坡下，湖边，与世隔绝。

湖那边村落的人划着木舟把亡者的遗体运过来，并不埋葬，而是放在树下的竹笼中，任其自然分解。

竹笼只有十一个，一旦用完，村民就把存放时间最久的尸骨移走，把新来的放入，如此循环。移走的尸骨仍是露天堆积在这片墓地中。

虽然尸骨遍地，这里却没有腐臭气味。据说是因为墓地中一棵被称为"芬芳之树"的参天大树吸收掉了臭味。

"芬芳之树"下的石台上整整齐齐堆着很多骷髅头，有些骷髅头上由于长满青苔而变成绿色。

"伟中"的四个人站在树下，静静望着这堆头骨。

史蒂文打破了沉默："他们相信万物皆有灵，包括死人。"

刘铁望见谢国林的表情，说："老谢什么时候胆子变得这么小啦？怕这里有鬼啊？"

"我不是怕鬼，我是怕死。"老谢问，"史蒂文，你怎么知道这个地方的？"

"我听分包商的人说的。"史蒂文仍然轻声细语，"他们说那个从我们的铁塔上掉下去摔死的工人就是从这个村子里出去的，他们就跟我讲起了这个村子奇怪的风俗，和岛上的其他地方也是很不一样的。"

刘铁吃了一惊："是吗？他的，他的遗体也在这里？"

史蒂文摇头："不在，只有结了婚的男人才可以放在这里。他没结婚，应该是直接埋了。"

这下刘铁变得整个人都有点儿不好了，沉默了。

离开墓地的船上，老谢说："大家在海外要特别小心啊！不管做什么事情，人身安全第一！这些年听过太多我们的同事出意外的事情了，还有我很熟的兄弟，所以我不太愿意到这种地方来。"

小张惊讶地问："我们这活儿有那么危险吗？"

史蒂文笑笑，说："你不是塔工，不用爬塔，不危险。"

老谢说："不是说我们的工作有多危险！我们公司太多人在全世界飞来飞去，在各个国家跑。很多地方的社会治安只有那么好，基础设施只有那么好，兄弟们又都是好奇心爆棚、精力旺盛的，相比国内熟悉的环境更容易出意外。最近几次空难的飞机上都有我们公司的员工，在德国有星期天去河边玩然后失踪的兄弟，在南非有几个人去度假结果出车祸的，在沙特有睡觉前在小区游泳池里淹死的，在伊拉克有不小心掉到电梯井里的，各种意外。还有不注意身体的、太辛苦的，生了各种毛病的。"

小张说："啊？！我一直觉得海外挺好的，准备这趟出完差回去就跟领导申请调到海外常驻哩！"

老谢望见刘铁的表情，说："你继续申请啊！不矛盾，世界那么大，该出来走走。但一定要注意安全，尤其不要'作死'。摔死的那个分包商员工就是自己'作死'的，是吧？刘铁！"

船正好到了岸，刘铁掏出钱包，摸出一百美金，说："我再去捐点款。"

这个村落的天葬墓地作为一个对外开放的小众景点并不收取门票，但村落有专门接受游客捐款的地方。

尽管那位摔死的分包商员工确实是因为自己忽视安全规则出的事，但是刘铁此刻心里过意不去。毕竟，他是在自己管理的项目中丢了性命。

刘铁不习惯在兄弟们面前煽情，他没有多说要再次捐款的缘由。

老谢知道他所想，说："我也去捐点。史蒂文，你知道他家是哪一家吗？"

史蒂文摇头："没有人知道，他们也只知道他是这个村子的人，要去问问吗？"

刘铁说："不问了吧？我们给村子里多捐点钱，早点回去吧！"

他们的车在颠簸中离去，刘铁从后视镜里看着渐行渐远的神秘村落。

史蒂文说："'爪哇移动'项目一期没有在这里规划站点，二期的建设计划好像有，明年我们到这里来建个铁塔。"

无线通信技术一代紧接一代迅速发展，人们使用手机的习惯已经从打电话、发短信，变成了炫耀漂亮照片、看视频、开线上会议、移动支付。

2012年的中国，"数字城市""智慧城市"的规划已经普及到了地级市，甚至县级市。"微博"方兴未艾，"微信"异军突起，手机首次超越台式电脑，成为中国第一大上网终端。

但是，对这个世界来说，数字鸿沟已然存在。全球仍然有一大半的人没有接入互联网，全球智能手机渗透率仍然在三分之一以下。尤其在亚非拉的广大农村地区，还有很多人因为"没有网络""没有信号"而无法享受互联网带来的生活便利，无法获得数字科技发展带来的红利。

"伟中"的这些年轻人走遍万水千山，和世界各地的客户、竞争对手、伙伴们一起丰富人们的沟通与生活，构建未来万物互联的智能世界。他们是大时代的小人物，他们的名字不会镌刻在他们竖起的基站铁塔、埋下的通信光缆、藏在电信机房里各式各样的设备上，但是，他们每个人的人生将会因为攒满了属于自己的回忆而变得更加丰盈吧？

11月底的德国杜塞尔多夫，天气已经寒冷。

星期五，老孙说这段时间很忙，大家很久没有一起吃饭了。他召集几个中方骨干共进晚餐。

这顿饭还有一个重要由头，国内新调过来一位同事，今天刚到，正好接风洗尘。

"伟中"的人来人往如同花开花落一样，一年四季总在发生。但这次特别，新来的同事是位女员工，而且据说是个美女。

"客户部"现在的中方员工清一色是雄性，终于传说要调过来一个异性，大家翘首以盼。

罗小祥正好下午事情少一些，下了班以后由他负责去酒店把新同事接去餐馆。

公司给新调来的员工、出差员工准备了一些宿舍，但这段时间出差的人多，宿舍刚好住满，新调来的同事落地之后要先在酒店住上一段时间。

罗小祥把车开到"诺富特酒店"的时候，只见大堂的玻璃门外面站着一位身材匀称的高个子女生，蓬松的长发，里面穿了一身深红色的厚连衣裙，外面罩着一件风衣，颜值不输杨幂。

罗小祥着实有惊艳的感觉。他把车停过去，亲自下了车，殷勤的表情，问："是吴锦华吧？"

"是呀是呀，你是小祥总吧？"

罗小祥心头一阵酥麻。同事们平时有直呼其名的，有叫他"罗总"的，路文涛那个土人有时候寻开心，故意把"小祥"叫做"小样"，这姑娘笑语嫣然，来了个"小祥总"。

他用温柔的声音问："你怎么不在里面等呢？你冷不冷？"

她用欢快的语气答："不冷！我刚刚才到外面来的。"

吴锦华本来一心想调动去她所爱的"浪漫法国"常驻，结果"莱茵电信客户部"的生意越做越大，老孙天天向总部"呼唤炮火"，申请再调两个销售的中方员工过来，把她给生生"截胡"到"严谨德国"来了。

吴锦华第一天和大家见面，特意打扮了一番。她只是想给大家留下一个好印象，在新的国度、新的团队开始她新的工作、新的生活。

他们去了一家常驻当地的"伟中"中方员工热爱的中餐馆，他俩和张文华、杰瑞前后脚到达。

坐了不一会儿，老孙冲进包房，客户部的 HR 主管紧跟在后面。

老孙的声音永远洪亮，一进门先问："都到了吧？"

他径直走到餐桌的主位，拉开椅子，重重地坐了下来，这才扫视四周。

老孙进来之前，罗小祥坐在了紧靠主位的一边，大家鼓励吴锦华在领导的另一边坐下。

老孙先看向罗小祥这一边，罗小祥说："就差路文涛啦，领导。"

老孙说:"他在客户那里,晚一点到,小祥,你点菜。"

罗小祥是客户经理出身,又在老孙鞍前马后,自然知道领导想点什么菜。

老孙看向吴锦华一侧。

吴锦华赶紧自我介绍:"孙总,我是吴锦华。"

老孙爽朗地笑着说:"果然是美女,欢迎!今天晚上喝点酒,熬晚一点再睡,尽快把时差倒好,星期一好干活!"

德国分冬令时和夏令时,11月是冬令时,和中国有七个小时时差。当地时间晚上七点,北京时间已是半夜两点。

老孙的意思是吴锦华刚落地杜塞尔多夫,生物钟仍是北京时间,身体上到了应该睡觉的时间,但正好借这顿饭熬一熬,把生物钟尽快调整到当地时间。免得早早睡了,第二天又一大早醒来。

HR主管乐了:"领导,好不容易来个女生,你一见面立马就要求'尽快把时差倒好,星期一好干活',别把人吓跑啦!"

吴锦华急忙表态:"没问题的,我没什么时差反应的。我是'二出宫'啦!一毕业就去非洲常驻了三年多,今年刚从埃及调回国。"

张文华说:"看不出啊!你都是'二出宫'啦?"

老孙得意地说:"你以为小姑娘简单啊?吴锦华是1986年的,26岁,但已经是'老海外'啦!我找总部领导要人,说没有'老人','新人'我们也要,没有'男人','女人'我们也要。你们猜他说什么?"

"说什么?"

"他认真地问:'女生你是想要漂亮的还是想要能干的?'我说:'我想要既漂亮,又能干,还可以马上出来的!'他果断地说:'那没有!'然后,第二天一早给我打个电话,说:'有倒是有一个既漂亮又能干,又主动申请想尽快外派的女生,而且还是有过海外经验的,英语贼好,不过已经计划派给法国了。反正都是要给你们欧洲的人,你们内部协调吧!'我一听,那必须要抢人呐,我们业务压力更大嘛!法国哪里能和我们比?我马上给地区部领导打电话,把吴锦华给'截胡'了,法国的兄弟恨死我们啦!"

老孙绘声绘色。吴锦华不好意思地红了脸,说:"今后还要各位领导多指导!"

罗小祥跟着老孙笑完,有点儿一本正经地说:"领导,你这个段子说明我们公司是一个男权社会啊!如果是调个男生过来,不会有人问你是要个英俊的还是要个能干的问题嘛!"

他有意在吴锦华面前表现与众不同的深沉。

老孙听了,赞他:"罗小祥不愧是我们的大才子!考虑问题一直有深度!吴锦华,如果我们这种老男人的段子有冒犯到你的地方,下不为例!"

吴锦华有些懵懂的样子:"这个还好吧?不算是黄段子吧?"

大家哄堂大笑。

吴锦华对他们说的是真懵懂。她平时对男权女权什么的并不敏感,虽然和曾子健发生了一段轨道外的恋爱,但除此之外,她人生的列车始终行驶在父母、学校、公司铺设好的轨道上,没有关注太多社会话题。她不觉得老孙的段子有些大男子主义。

HR主管说:"吴锦华的绩效非常牛,三连'A'!上半年她要从埃及调走了,那边还给了她一个'A'。"

"伟中"的绩效考核有严格的比例限制,一般来说,人都要调走了,原部门多少会有点儿私心,把顶多20%的"A"的名额留给依旧和大家在一个战壕里的人。吴锦华的原部门毫不吝啬地把"A"给马上要调走的她,自是非常认可她的贡献。

罗小祥点好了菜,问老孙:"领导,喝什么酒?白的红的?"

老孙做主:"今天喝点红酒吧!大家能者多劳,内部几个人,不劝酒。"

这家餐馆上菜快,张文华掏出手机:"我给路文涛打个电话,这家伙干啥呢?还没到。"

"说曹操,曹操到"。路文涛声到人到:"不好意思,不好意思,来晚了!"

老孙指着他向吴锦华介绍:"罗小祥是我们公认的头号才子,这个,自称'莱茵河第一气质男'的路文涛,你给鉴定一下,他是真有气质还是假有气质?"

吴锦华并不擅长场面话,老孙讲话的样子像是认真的一样,她明显观察了一下路文涛,认真地说:"我觉得文涛总的气质还可以呀!"

大家看着她很认真的样子,又乐了。

张文华对着路文涛嚷嚷:"你快坐!看把美女给为难的,只能违心地说'还可以'。小吴,你就大胆地说他气质猥琐,有我们在,不怕!"

罗小祥说:"老路,卡恩星期五也不早点回家,和你聊到这个时候?"

"我先回了趟家,拿了一瓶好酒过来!"

路文涛说着,从手上的纸袋里掏出一瓶红酒,往桌面上一放,刻意把酒标对准老孙的方向。

老孙一瞥:"哟!今天我请客,你拿这么好的酒来干嘛?"

路文涛说:"特意去家里取了私人珍藏过来,有两件事情,第一件事,我今天在卡恩那里和他交流'无线高层对标交流会'的安排,他透漏了一个消息,客户已经定了在圣诞节以前给我们颁发一个年度最佳供应商大奖!"

"是吗?早上客户老大才跟我说还没有最后定?"

"中午定的!他说客户高层对我们无线替换项目第一期到目前

为止的交付和网络性能也很满意,今年这个大奖不分猪肉,就只给我们一家!"

罗小祥赶紧对老孙说:"孙总,我昨天跟你说的,今年客户对我们很满意,莱曼昨天跟我说他坚决支持把这个大奖发给我们。"

莱曼是"莱茵电信"主管固定网络的一位高级副总裁,是罗小祥对口的客户。

他心里暗想:"靠!你路文涛别说得客户给我们发这个大奖就全是你无线的功劳一样!"

路文涛动手开起了红酒的瓶塞。

一直没怎么说话的杰瑞在路文涛旁边的椅子上,他开口问:"老路,第二件事情呢?"

罗小祥朝着吴锦华一笑:"这还不清楚吗?欢迎美女啊!看我们老路,都舍得上'拉菲'啦,真会拍美女马屁!"

他这话说得路文涛挠了挠头:"欢迎美女算第三件事情吧,第二件事情,今天不是领导四十岁生日吗?"

"是吗?!"

"孙总保密呀,一点都没提啊?!"

"哎呀,我今天到得真巧!"

这一天确实是老孙四十岁生日,他在海外奋斗超过十年,又是忙碌、充实的一岁过去了,心里有些感慨。他不喜欢搞什么"过生日"的活动,"伟中"的公司文化也忌讳各种当面拍领导马屁的言行,他召集大家聚餐,并没有透漏是自己的生日,只是想在热闹中独自庆祝。

罗小祥更觉心理不适:"这个土人,又抢功,又把领导的生日记住了,真有你的!"

其实路文涛根本没有算计要来抢功劳、拍马屁。

他今天和客户交流效果很好,卡恩又透漏客户管理层对他负责的无线网络产品及项目很满意,他这一年的折腾得到了肯定,并为明年拿到二期项目的市场份额打下了基础。

他平时并不消费这个档次的红酒,这瓶好酒是从卡恩的酒窖里买来,一直存在家里的。他是个性情中人,今儿个高兴,又以为大家是在和老孙一起"过生日",就跑回家去拿了好酒过来与大家分享喜悦,并没有想太多。

他这段时间忙得要死,真没留意今天新到了一个美女同事。

老孙纳闷地问:"你怎么知道今天是我的生日?"

"我昨天在秘书桌上看到你护照,顺手一翻,看到今天正好是你生日。"

老孙正色说道:"路文涛,你这可以说庆祝项目,庆祝获奖,提前过新年,安慰你们三个被降薪,欢迎美女,可别说是给我过生日!把风气搞坏了!"

"好嘞!"

路文涛给大家杯子里倒上酒,叫道:"我忍不住了,去个洗手间,你们等我回来再开喝啊!"

他一走,张文华站起来,从包房角落的桌子上拿了个空酒杯,倒上了之前从餐馆里点的红酒,把他盛着"拉菲"的杯子藏了起来。

等路文涛再冲回来,老孙端起酒杯,说:"来,一起喝一口。"

路文涛喝一口被张文华掉了包的红酒,叹道:"果然不一样!真不错!"

张文华拿出藏起来的那杯真"拉菲":"你再尝尝这杯酒,看比'拉菲'差在哪里?"

众人乐不可支。

| 第二十五章 |

摆渡人

他们表现出来的酒品不错，确实是能者多劳，重在一起开心，而不在于要把谁喝翻。

HR 主管煞有其事摸出一盒"头孢"，大家嬉笑、数落他两分钟，接受了他的"免战牌"。

杰瑞在几个主管面前多少有点儿拘谨，声称呆会儿负责开车，大家就任他在酒杯里"养鱼"。

吴锦华脱去了风衣，里面的红色连衣裙不薄，面料却是舒适、贴身的那种。她站起来的时候，连见多识广的老孙也偷瞄了一眼。但几个男人并没有去起哄叫她喝酒。她敬了每个人一口，更多时候在饶有兴趣地听大家聊天。

酒主要是被老孙、路文涛、罗小祥、张文华四个人慢慢喝掉，高谈阔论的话题主要是由他们带着节奏。

张文华忆起他和老孙相交的旧事："我是 2005 年进的公司，那时候才不到 24 岁。有一天，总部负责人力调配的老刘找我，说安哥拉要一个人，需求很急，问我愿不愿意去？我从来没有听说过安哥拉，什么鬼地方？晚上正在'百度'上查，孙总直接打了一个电话过来，说'你尽快过来！我们这里的艰苦补助比其他国家要高，70 美金一天。而且，我们的住宿条件马上就要升级啦！而且，你先过来支持几个月，不习惯的话就把你调到南非去做机动资源。'我一听，不错啊，70 美金一天！'住宿条件升级'？听上去很高级的样子。我虽然不知道安哥拉，但是听说过南非啊，有桌山有好望角。于是，我第二天就答复老刘'我愿意！'"

他的话唤起了老孙的记忆。老孙说："我记得这事！不过刚把你忽悠过去几个月，我就被调到南非去了。"

张文华接着说:"我去了安哥拉,发现被忽悠啦!70 美金一天是税前,还要扣税。'住宿条件升级'是宿舍加了个柴油发电机,晚上停电的时候可以自己发个电,但电压带不动空调。过几个月调去南非?我去了安哥拉 6 个月没吃到水果,16 个月之后才第一次离开去休假!你们知道在安哥拉的土地上最多的是什么吗?"

"是什么呀?"

"地雷!安哥拉内战几十年,一直到 2002 年才和平。在它的领土上遗留了二十多个国家生产的各种型号的地雷,据说有 2000 多万颗!我那时候做无线项目,还要经常到外面去跑站点了!"

老孙说:"你小子这是记着旧仇呢?早期兄弟们在海外是真的很艰苦!现在好多啦,大环境再差的国家,公司也把办公室、宿舍的小环境搞得不错。"

张文华说:"哪里有仇啊?我故事没讲完呐!在安哥拉只赚钱,没地方消费,我 16 个月之后第一次回国休假,拿着在'伟中'掘到的第一桶金,跑到深圳龙华付了首付,买了套房,95 平米,总价 70 万,今年那套房已经值 200 多万啦!"

老孙说:"所以,这就是你故事的 Happy Ending(幸福的结局)?"

张文华说:"不好意思,孙总,我故事还没讲完。后来,我去南非开普敦参加一个公司内部的管理培训班,孙总来讲课,晚上拉着我们几个去酒店大堂坐坐,从钱包里掏出他的信用卡,请大家喝红酒。我的三观又被刷新了,我一直以为去海外不就是赚钱,然后存着吗?来参加这种培训、会议,不都是组织者管饭吗?这个领导好牛,竟然自己花钱在五星级酒店大堂请大家喝红酒。我当时心里就想将来我也要像他一样,能赚敢花!然后,我就开始盘算是不是在非洲赚了钱之后,主动申请调动去欧洲花花钱?趁着年轻，多看看不同的世界，多经历一些不一样的环境。"

"请你们喝红酒这事我也记得！"老孙感慨，"张文华确实和在非洲的时候变化很大，你今天不说，我都不知道是我作的孽啊！"

张文华举起了他的酒杯："孙总，我人生第一次坐飞机懵懵懂懂飞去了安哥拉，后来从非洲来到欧洲，两个关键时候其实都是受你影响。我到今天没觉得有什么遗憾！感谢！"

老孙被他讲得动了情，也举起了酒杯。

两个人重重地碰了个杯，"当"的一声令吴锦华吐了吐舌头。

在公司快速扩张的阶段，海外各地向国内要人的需求常常很急，很多人并不能慢慢设计自己的人生细节，往往接了一个电话、收到一封邮件后就匆匆飞去了万里之外。

不少从学校毕业没两年的学生，就像当年的张文华一样，踏入社会之初就踏上了水土、人文皆大不一样的未知大陆。

出去了之后，大家远离故土、家人，一帮同事从早到晚混在一起，低头不见抬头见，不知不觉中影响着彼此。

领导、前辈们往往自觉或者不自觉地扮演了后来的年轻人的人生"摆渡人"的角色。只不过，有时候是以指令、要求的方式发生；有时候则是有意或者无意的几句话、一件事，就对别人的未来产生了自己意识不到的影响。

两个人干了杯，老孙对着大家表扬张文华的变化："那时候张文华完全就是一个刚从学校出来的毛头小伙子，细心、聪明、能吃苦，但是有些活在自己的世界里，只关心自己必须完成的任务，现在成熟多了。过去张文华和高层客户交流的时候信心不足，我发现最近好像和客户的'首席技术官'，还有那个什么'首席信息安全官'沟通得不错！"

罗小祥在一旁又吃味，心里想平时见张文华就是个好欺负的技术主管，没想到这家伙和领导有这么深的渊源？公司里人来人往的，真是常常料不到貌似过去没交集的两个人之间其实有过什么样的恩怨情仇？

他举起了酒杯，对老孙说："我发现我们这里面有四个人有过非洲经历啊！领导，我没在生活上和你一起吃过苦，但是现在工作上跟着你艰苦奋斗，学到了很多东西！"

老孙喝得开心，说："小祥嘛，年少气盛、有冲劲，是在座的人中间起点最高的，前途无量！小祥的目标感很强，这是很好的优点，不过你要注意，如果眼睛里只有目标而错过了路上的风景，未必是一件好事情。"

罗小祥说："领导，你要多组织两次 Team Building（团队建设活动），带我们出去看看风景啊！"

老孙语重心长："我讲的不是这个风景！我讲的是在达成我们的'KPI'，拿到好的个人绩效结果之外，那些一点一滴的自我修炼、进步的过程，和客户、和同事摸爬滚打、交朋友的过程，和行业内其他玩家竞争、合作的过程，也是要欣赏的风景嘛！"

罗小祥心里不以为然，嘴里应承："好咧！领导，我回去好好领悟！"

路文涛端着杯子站了起来："领导是说结果很重要，但人类的快感不是只来自每半年一次的'ABCD'，来，我们四个从非洲干到欧洲的喝一口！"

老孙、张文华、吴锦华站了起来。

老孙说："严格地说，我和张文华的黑非洲才叫非洲，你俩在中东、北非那一带，可不是真正的非洲！不信你们下次问问你们的埃及朋友，看他们承认自己是非洲吗？"

路文涛说："靠！领导，你这南非洲的还歧视我们北非洲？"

老孙扭头对吴锦华说："你看这个土人，不'靠'这一下就不舒服。"

他又对着路文涛："你就不能学得讲话文雅一点？我们部门现在可是有女生啦！"

路文涛委屈地说："我已经改很多啦，现在很少骂'傻×'啦！不过，怎么说呢，一个人的缺点，或者特点吧，要么就改掉，要么就不改，自己愿意接受后果也行吧？我补齐自己的短板是慢了一点，那我就拼命把自己的长板发挥好来弥补呗！"

张文华逗他："你说说，你长板是啥？短板是啥？"

路文涛说："长板是外表英俊潇洒，短板是内心有点猥琐，所以讲话有时候不文明呗！"

老孙不同意了："你看，你这是缺乏对自己的正确认知，你明明是反过来的，外表长得有些猥琐，内心还算是一个好孩子。"

包房里面又是一阵欢乐的笑声。

罗小祥脸上笑着，心里想："真的假的！公司的升职、加薪、奖金都要看每半年一次的'ABCD'，我不只盯着个人绩效结果还盯着什么？我们家倒是没那么差钱，但以前在学校不就是看考试成绩，现在公司不就是看绩效结果，像'伟中'这样的大公司还能有别的划分人类的标尺吗？"

舟车劳顿，吴锦华有些困倦了，但努力把笑容凝固在脸上。

她问了一个问题："我有个问题要请教呀，都说德国人是很严谨的，嗯，很注重廉洁的，那我们在德国怎么做客户关系呢？"

路文涛呵呵一笑："德国人也是人，人性是相通的，我们一样要和客户出去吃饭，要和客户交朋友，我明天还要带老婆孩子去卡恩家里串门哩！"

罗小祥说："你可别误导美女！在这边做客户关系首先你要有专业形象，只知道吃吃喝喝可不行。你要知道客户的痛点在哪里？你的存在对他的个人发展的价值在哪里？我们在一线无非是协调公司产品、服务等各方面的能力去帮助客户成功，包括他们公司的商业成功和他个人的事业成功。"

路文涛说:"'水至清则无鱼',做销售嘛,有洁癖也不好,你可千万别以为讲个人情世故是中国人特有的习性!在合法、合规的前提下一样要争取和这边的客户建立起办公室之外的友情。"

"醒时同交欢,醉后各分散",他们有一阵子没有如此这般轻松的交流了。尽兴之后,要分头散去。

来的时候HR主管和老孙开来了一辆车,罗小祥载着吴锦华而来,其他几位是打车到达。

走的时候HR主管叨叨着正好两辆车、两个喝酒少的司机,张罗着怎么分配座位。

路文涛说:"你们不用管我,我自己走。"

老孙叫:"哟,什么情况?你一个人还有下半场?"

路文涛说:"哪有什么下半场?我老婆怕我喝多了,非要把车开过来接我。"

他这一说,大家又有了抖机灵的点:

"老路这家庭地位,杠杠的,我媳妇顶多拿着键盘在家里候着,迟到就罚跪在键盘上。"

"哎呀,嫂子消息这么灵通?马上知道我们今天到了美女,要来查岗啦?"

一行人喧哗着走出餐馆的门,路文涛望见了停在马路对面不远不近处的自家的车,和大家挥手作别。

老孙是搭HR主管的车过来的,本要原车返回,突然喊:"路文涛,我跟你走,我还有话跟你讲。"

罗小祥望着他俩亲密的背影,心底里又生出了嫉妒。

吴俪俪一个人在车上。

老孙问:"女儿呢?你不会把她一个人丢在家里吧?"

吴俪俪答:"哪里敢呀!隔壁家小孩和妈妈在我们家里玩,我说出来接了爸爸就回家。看你们状态还很好嘛，没喝多？"

老孙说："路文涛经常喝多了回家吗？那你可要小心，我们每次喝酒都是点到即止，他可不是和我们喝的。"

"没有啦，我是看他今天开心，还跑回家里来拿酒。"

吴俪俪开车，老孙拉着路文涛坐在后排。

老孙想单独和他说的事情不止一件。

老孙问："你现在还经常从卡恩那里买酒吗？"

路文涛说："也没有经常，偶尔和他聊聊红酒。明天到他家去做客，又可以看看他的酒窖了。"

老孙说："以后别从他那里买酒了！你们今天聊到'ABC'的问题，我们要更小心一点儿！"

路文涛说："还好吧？我喝红酒是拜他为师，偶尔从他那里买酒，一般也不买很贵的，这瓶'拉菲'本来是打算过年喝的。再说，都是按照市价给钱，他这个级别，这点钱也不是多大的数目，算个共同爱好。"

老孙说："何必呢？被别人看见，只知道你在塞钱给他！公司以前是低调地站在舞台边上，现在站在舞台中间，身不由己的高调。不仅是竞争对手在关注我们，还有些不友好的势力也盯着我们，上次你那个做网络安全的兄弟过来讲公司对网络安全管理的要求是'白上加白'，其实在所有涉及法律、社会舆论的事情上我们都应该'白上加白'吧？"

路文涛嘴里还在叨叨："我还让回国休假的兄弟帮忙带两瓶'茅台'过来，打算和卡恩换酒喝哩，我以酒易酒，可以吧？"

老孙对路文涛，向来是想"嘶吼"时就"嘶吼"，而觉得自己已经点明白了，就懒得跟他废话。

老孙转向了另外一件事情："今天来的这个小姑娘，我想一部分工作是帮我们规范销售项目的项目管理，另一部分，她也要去做客户界面的工作。把她交给你带！我们星期一一起和她沟通。"

客户部今年的新增人员编制以本地员工为主，中方销售人员要了两个，马上还会有一个小伙到位。

路文涛不乐意："领导，让罗小祥带她吧！后面来的那个男生给我。"

"为什么？"

"我粗俗，带女生不好。我忙是忙不过来，但是也没有那么急，小祥最近天天喊累死啦！"

"别瞎扯啦，就这么定了，你带她。"

老孙顿了顿，补充道："我本来是想要罗小祥带她的，想想觉得不放心。"

"有啥不放心的？小祥会很尽心的！"

"有啥不放心？就是怕他尽心过了头！你看他今天看到美女那个样子，眼睛直勾勾，像孔雀开屏一样秀羽毛，这小子老婆在国内，一个人在这边，交给他带？别带出事来！"

路文涛听懂了，说："领导，你交给我带，罗小祥一样可以泡她，那不是一样吗？"

老孙露出老狐狸的笑容："当然不一样！让他带着，他要动了歪脑筋，那是利用工作和职权上的便利，是我的管理有问题！让你带着，他罗小祥要是过来泡了你的女徒弟，那是他魅力大，只要将来不闹得要死要活的，我管不着！"

路文涛反应快："领导，罗小祥是我们人事管理团队成员，一样可以利用职权影响力，你这安排没用，真要出了问题，还是我们管理有毛病。"

老孙反应也不慢："没有最优方案，只有更优方案，要相信人家是个上进的好姑娘，你跟我把她的工作安排得饱满一些，别让她闲着。另外，她将来算你的团队成员，一个人漂在海外，你必须对她的健康成长负责！"

"领导，工作我能负责，生活我咋负责啊？"

"你咋不能负责？你必须能负责？"

老孙到了站，他下了车，冲着吴俪俪说："再见！俪俪，我给你老公安排了一个美女徒弟，你今后更要看紧他！"说罢，扬长而去。

职场上，总是有些前辈在经意或者不经意间做着后辈的"摆渡人"，吴锦华就这么上了路文涛撑着的小船，百舸争流的"伟中"欧洲舰队中的一只。

吴锦华和罗小祥、杰瑞同乘坐一辆车，回了酒店。

她刷了牙，洗了脸，躺在床上，回忆了一会儿在德国的第一天，她眼睛里的新同事们：

孙总虽然强势，但并不蛮横。虽然大嗓门，但并不令人觉得粗鄙。直觉上应该是个不错的领导。

罗小祥其实只比自己大三岁，真是年轻有为！他已经负责"客户部"很重要的一块业务了，而且，刚才在车上提到他也是经常考评拿"A"的。嗯，他是一个有才华、有思想的人，自己可以好好向他学习。

路文涛好像有些浮夸、拍马屁、大大咧咧。刚才罗小祥在车上说他上半年逼着总部研发的同事拿着"商务签"在这边工作，差点给公司酿成大祸。

张文华细心、沉稳，有一种理工男特有的幽默，挺会讲故事的。

HR 主管就是那种了解一切的大内总管的感觉。

杰瑞？话不多，印象不深。

| 第二十六章 |

圣诞之吻

深圳,人才公园和后海滨路之间,未来的后海总部基地一带是几处工地,以及大片等待建设的荒地。因为靠近闹市,所以又不算太偏僻。

雨天,晚上十点钟,两块荒地中间的一条不会有车经过的断头路边上停着一辆黑色的"奥迪Q5"。它没有打开车灯,它的雨刷一动不动,似乎没有人在里面。

雨下得不大不小,前后左右的车窗一片迷糊。车里却轻声到若有若无地放着音乐。前排的两个座位都被放倒,司机位上躺着曾子健,副驾驶位躺着一个女人。

女人短发、瓜子脸、樱桃嘴,中国传统美女的形象。她正是两个月以前,曾子健在从深圳去长沙的火车上搭讪的那一位邻座女孩。她叫阿芬,其实已经是一个孩子的妈妈。

曾子健再也约不出吴锦华之后,一时间觉得失落。他忘记了从始至终是他在选择方向。

人们常常难以预料在被自己选择的前路上将会有些什么?更难以知道在被自己放弃的路上将会失去些什么?这几年的曾子健,人生路上的岔路口不少,包括事业,包括生活。

他们家又在深圳投资了一个培训机构,教幼儿园小朋友和小学生的美术、音乐。

诗诗在打理这个培训机构。她的时间和精力,一部分在刚刚起步的培训机构上,一部分在家里那个永远活力无穷的"小神兽"身上。

她以为曾子健的全部时间和精力在他们战线漫长的各种创业项目中,以为他晚上的晚归要么是加班,要么是应酬。

阿芬的老公工作忙，经常出差，孩子有老人帮忙带，自己打着一份没那么忙的工，晚上有时间去健身房、去和朋友打麻将，岁月静好。

阿芬喜欢在"微博"晒健身照，"打个胸卡""打个臀卡"什么的。曾子健每次见到她发"微博"，都会去撩几句。撩来撩去，约了见面吃饭。

吴锦华在离开中国的那个晚上发了一条消息给曾子健，通报给他自己的行踪。发完消息，她关掉手机，登上夜航西飞的航班，把自己的过去抛在疾驰的飞机翅膀下面，飞向新的未来。

曾子健回消息，得不到回复，发一堆没有意义的煽情话，如石沉大海。

他又失落，失落到失眠。晚上，静静躺在床上，闭着眼睛，听着诗诗均匀的呼吸声，想着与吴锦华的过往，睡不着。

第二天早上起床，他顿悟到自己的可笑，这样的结束不是很好吗？

他约了阿芬喝酒，然后，两个人去开了房。

12月的这一天，两个人又约了吃晚饭。吃完饭，曾子健把车开到了这片荒地上。

他捡起自己的手机。刚才正和阿芬亲热时，张旺打过来两个电话，被他直接挂掉了。

曾子健和张旺一起买了刘老板的"彩票"。刘老板的公司注入干细胞项目后即将在美国证券市场的"OTCBB"板块上市，曾子健借了钱，贷了款，筹了两百万认购了刘老板的原始股。

他想等着上市，等着股票从"OTCBB"转板到"纳斯达克"，然后就落袋为安，兑现走人。

圣诞、元旦、春节快到了，张旺的堂哥"张处"答应帮他介绍一些红酒的生意。卖酒，当然要靠批发，靠集团消费。

他回拨张旺的电话。

张旺在长沙，问他："忙什么呢？打你电话也不接。"

"在开车，深圳下大雨。专门找了个地方，停好车给你回过来。"

阿芬在旁边听着他撒谎，抿嘴一笑，摸到自己的手机，和出差在外的老公"微信"聊天。

张旺说："我晚上和我哥哥吃饭，他讲你的酒今年可能没那么好做啊！"

"上次不是说问题不大吗？他怎么啦？"

"他没有怎么啦，环境有一点点变化。中央发了个'八项规定'，要整风，公款消费是个重点！"

电话打完，雨小了，车灯亮起，雨刷刮起，车外的世界迅速变得清晰。他们的视野里一半是远处城市的繁华，一半是近处荒地的阴凉。

德国，杜塞尔多夫。

吴锦华的一部分时间花在"莱茵电信客户部"销售管理的一些工作上，例如督促大家规范市场销售从管理线索、管理机会点到管理合同执行的全流程管理；另一部分时间则跟着路文涛在跑无线网络产品的客户。

路文涛娶她负责组织计划在新年假期之后召开的"伟中"与"莱茵电信"的"无线高层对标交流会"。

钱旦离开杜塞尔多夫的前一天几个人在莱茵河边的畅谈给了路文涛启发，他做了功课之后，约卡恩在他们的老地方，那家意大利餐厅"饭聊"。

这一次，卡恩点了一份墨鱼汁意大利面，路文涛仍然声称晚上不吃碳水化合物，仍然点了一份威尼斯牛肝。他的牛肝仍然被煎炸得黑了一点儿。

两个人看着对方盘子里黑乎乎的东西，互相嫌弃。

卡恩以为路文涛的体力和心力已经在当下的无线替换项目中燃尽，不料路文涛展望起未来电信通信网络与计算机技术的融合、电信通信网络功能的虚拟化，乃至网络架构的"全面云化"。

卡恩还记得几个月前在这家餐厅吃饭时，路文涛问他的问题，以及他反过来布置给路文涛的家庭作业。虽然路文涛对技术细节讲不清楚，但是观点正确、思路清晰、大差不差，算是作业完成得不错。卡恩欣赏他的学习能力。

卡恩证实了"惠逊"的雷奥妮确实是在与他探讨这些关于未来的课题，一旦电信通信网络设备从现在软硬件高度集成的各设备商的专用设备，演进到基于通用芯片、通用IT硬件平台、通用软件的更加开放的架构，主导着IT产业发展的美国公司将更有机会占据主导地位。

美国公司希望将来能以一种颠覆行业的方式重新回到几乎被几家欧洲、中国公司封闭的无线网络产品销售的"牌桌"。

卡恩为了打破垄断而坚决支持大规模引入"伟中"的无线网络产品，但他亦认为即使引入了"伟中"，当下全球的电信运营商都在一定程度上受制于少数几家强势的设备供应商，他愿意推动未来建设一个更加开放的电信通信网络。更多有实力的乙方参与竞争，终归是甲方喜闻乐见的。

不过，卡恩的脑海里是一张由远及近的系统的蓝图，他认为电信通信网络与计算机技术的融合、"全面云化"等概念离成熟到可以规模商用还有一定距离，是中长期规划，近期的重点仍然是基于传统网络的演进。

他俩接着讨论了一些近期的"痛点"，例如不仅"莱茵电信"，各运营商在德国的无线网络仍然存在很多手机信号的盲区，尤其是有超过一半的楼房的室内的手机信号很差，例如客户董事会认为网络运营成本仍然偏高,例如对绿色节能的进一步追求。

与卡恩的"饭聊"之后,路文涛拉着张文华、杰瑞和总部研发交流,了解到针对客户的几个"痛点",公司都已经有了解决方案或者是有了规划和路标,包括IT产品及"云计算"的解决方案,包括更小型化、更易于部署、更节能的无线基站产品。

他们决定尽快邀请客户和"伟中"双方的高层、技术专家开一次"无线高层对标交流会"。

"对标"是一个在"伟中"与客户之间,"伟中"内部各部门之间经常用的词儿,简单的说就是"对齐目标"。

这次"高层对标交流"的目的就是把双方能"话事"的领导以及专家们拉到一起,就"莱茵电信"的"痛点","伟中"的"诊断"及"处方"进行充分讨论,形成共识。让双方对齐目标,携手共进。

"伟中"希望这次"对标交流会"既要能促进明、后年的销售,又要能让客户相信在未来的中长期演进中"伟中"将继续是一个好伙伴。

对于"伟中"以及欧洲、中国的几家传统电信通信设备商来说,既不能因循守旧,等着将来行业被颠覆而自己被甩下车,又不能过于激进地去革自己的命,从而引狼入室,吞噬自己的市场份额。他们在和客户"对标"这张由远及近的蓝图时自是十分小心。

12月份对客户有个圣诞、新年假期,对"伟中"有年底冲刺等等,时间很紧。吴锦华要落实会议组织的方方面面,要推动会议材料的准备和评审,要与各方做初步的沟通、对齐,再加上手头上的其他工作,她的日子过得忙碌而充实。

如老孙所说,吴锦华是个追求上进的姑娘。她急着好好表现,急着融入集体。

她的"二出宫"既是因为觉得自己没有看够世界，想来见识欧洲，又是决心从莫名其妙的感情关系中自救。

她从小家境不错。对她来说，在海外的日子，更重要的不是多赚补助、攒钱买房什么的，而是得到领导、同事、客户，所有人的认可和喜爱。就像从前在家里被爸妈宠爱，在学校里被老师偏爱一样。

她不管在哪里遇见熟人总是会送上漂亮的微笑，礼貌的问候。就好像晚上大家各自加班的时候，她偶尔会去给同事们分一个苹果、一只香蕉，或者零食，或者咖啡什么的。

这个晚上又加班，部门的开放办公区里只剩下吴锦华和罗小祥。

她拿了一盒"马卡龙"，走到罗小祥旁边："小祥总，吃个'马卡龙'呀！"

罗小祥本来计划早点回家，他是瞄到吴锦华在办公室加班，不自觉地留了下来。

他心头又是一阵酥麻："好呀！你在哪里买的'马卡龙'呀？"

"我有个大学同学在法国子公司，他托出差的同事带过来的圣诞礼物，'Angelina'的'马卡龙'。"

"可以啊！'Angelina'，可可香奈儿女士最爱的店。"

罗小祥选了一个粉色的"马卡龙"，放进嘴里："嗯，好吃！"

吴锦华开心地说："你知道'Angelina'呀？我同学特意去他们家总店买的。"

"他们家总店离卢浮宫不远，在杜乐丽花园旁边，当年香奈儿女士每天去喝下午茶，坐固定的桌子。"罗小祥炫耀道，"我来德国之前在法国工作了两年多，我对小巴黎那可是非常地熟悉。"

吴锦华说："好羡慕你呀！我很喜欢法国，我大学还学过法语哩！不过，德国也很好啦！小祥总，你怎么不在法国多留两年呢?"

罗小祥说:"我觉得留在法国的发展机会没有来这边好,就申请调过来啦。当时那边不放,还是费了些劲的。你去过法国没有?"

"没有去过,不过现在常驻欧洲了,今后机会多!"

"嗯,杜塞尔多夫有直飞巴黎的航班,不到一个半小时就到了,很方便的。"

罗小祥灵机一动:"圣诞节有安排不?我们去巴黎玩去!"

吴锦华说:"我刚来就跑出去玩,好不好啊?你也还没有安排吗?"

"我刚看了日历,中方员工请一天假,就可以连休五天。客户和本地员工基本上都会提前休年假,然后要到1月7日的样子才回来。"罗小祥压低声音说,"孙总今年计划春节守在德国,圣诞回国休假,领导不在!"

吴锦华被他说得动了心:"我晚上想想哈!我同学说他今年圣诞也不出去,我去巴黎给他一个惊喜去?!"

罗小祥问:"你还加多久班?我送你回去?"

吴锦华说:"嗯,你等等,我去下'作战室'就走。"

这段时间,路文涛、杰瑞几个人回办公室就常在项目组的"作战室"坐着,吴锦华要去和他们分享"马卡龙"。

她走进"作战室",却只见路文涛一个人坐在里面。

她问:"文涛大哥,今天只有你一个人加班呀?吃'马卡龙'不?我同学从法国托人带过来的。"

吴锦华一开始称呼路文涛为"文涛总",路文涛坚持不要叫他"总"。

叫"老路"?吴锦华觉得把他叫老了。

叫英文名?路文涛这个土人没有取"亨利""约翰""保罗"

之类的的英文名,他的英文名就是"WenTao Lu"。

吴锦华干脆就叫他"文涛大哥"了。

路文涛说:"他们开会去了,张文华召集他们技术团队的会。"

他站起来,望着吴锦华的"马卡龙",说:"法国人真讲究,把饼干做得这么漂亮!"

他随便拿了一个,一咬:"哎!你这个'马卡龙'太甜了吧!比我以前吃的还要齁人!不行,我要喝水。"

吴锦华见他龇牙咧嘴的样子,觉得好笑。

她正想跟他探讨自己巴黎之行的念头,路文涛说:"你圣诞节没有安排吧?这段时间无线替换项目的交付冲刺太忙了,没空仔细看'对标会'的材料,我和张文华、杰瑞商量好了,我们圣诞假期加两天班,好好研讨两天。"

"哦,那我没有别的安排。"

"圣诞假期客户和本地员工都休假去了,老孙要回国,没人打扰我们,我们在办公室封闭两天!国内不过圣诞,我们和家里把材料定稿了,顺便把我们的年度总结和规划也讨论讨论,这样,你也可以尽快对我们的业务有一个更全面的掌握。"

路文涛兴奋地继续说:"我和他们讲好了,平安夜到我家里去吃饺子;圣诞节张文华请客,他去弄只烤火鸡;26日去杰瑞那里吃火锅,罗小祥有个好锅,不知道他在不在家?"

吴锦华回到开放办公区,告诉了罗小祥她的最新圣诞计划。

吴锦华去了"作战室"二十分钟,罗小祥一个人幻想了十九分钟浪漫巴黎行。

这会儿,他比吴锦华失望多了:"太土了吧!圣诞节加班?平安夜吃饺子?他们家复活节、万圣节、德国统一纪念日都在请人吃饺子!"

话音刚落,路文涛背着包走了过来,他留意听到了后面半句话，得意地说："我老婆包的饺子好吃吧！你 26 日在家吗？我们去你和杰瑞那里吃火锅！"

罗小祥说："我必须在家！人家美女计划好了去巴黎过圣诞节的，机票都买了，你突然通知要加班？"

"啊？"

吴锦华赶紧表态："没关系啦！唔，机票还没有出啦。"

路文涛抱歉的样子："走吧？坐我的车回去！"

"我坐小祥总的车回去。"

几天以后，晚上，罗小祥带着吴锦华去逛"圣诞集市"。

每年 11 月中下旬，德国各地就开始举办"圣诞集市"，一般要持续到新年前后才收摊。在欧洲，数德国人最重视和喜欢"圣诞集市"这一古老的传统。

一个色彩斑斓的世界，旋转的木马和亮着灯的圣诞树在路旁，黄色灯带的满天星和白色灯带的雪花挂在头顶，屋内的灯光把摊贩们的小木屋点染得像冬天里一个一个温暖的壁炉，木屋里面圣诞装饰品、玩具、手工艺品、各种各样的零食琳琅满目。

吴锦华沉浸在这个新奇的世界中，尤其是在一个现场烧制玻璃工艺品的大叔面前驻足良久。

她喝了两杯"热红酒"，听到罗小祥说"蛋酒"能治感冒，有点儿鼻塞的她又喝了两杯"蛋酒"。她喝酒很容易上脸，绯红的脸庞显得娇艳。

逛完"圣诞集市"，罗小祥珍惜当下，舍不得就这样各回各家。他带着她又在老城里兜了两圈。

回家的路上，罗小祥开着车，嘴里说个不停，吴锦华划着手机里拍的照片，有些疲倦的样子。

第一次单独约了美女外出，罗小祥虽有贼心，倒也没有贼胆造次。他只是选着远路绕，车开得也不快，希望时间过得慢一些。

绕到一条平时不怎么走的马路，路边是几栋公寓楼，罗小祥突然瞪大了眼睛："我靠！我靠！"

吴锦华从手机上抬起了头："怎么啦？小祥总。"

罗小祥确认自己看清楚了，他把车速放得更慢，说："你看，你领导在外面！"

吴锦华顺着他伸出的一只手，纳闷地望向车窗外，只见前面一栋米黄色外墙、六层高的公寓楼楼下的拐角处，一男一女在拉拉扯扯，那两人终于抱着了一起，吻上了。男的正是路文涛，女的是一个金发的西方女人。

吴锦华瞪着眼睛看了几秒钟，像自己做错了事情一样，低下头，轻声惊呼："是文涛大哥吗？"

那两人并没有留意到他们的车，罗小祥又瞟了一眼后视镜，踩下油门："不是他是谁？土人太过分了，泡客户！可能会出事的！"

"那个女的是客户吗？"

"你不认识吗？卡恩下面那个女的。"

"哎呀！那是埃莉诺！真的好像是埃莉诺！"

| 第二十七章 |

念念不忘，必有回响

罗小祥既义愤填膺，又羡慕嫉妒，恨恨地说："他老婆孩子就在德国，还乱搞！他要是和客户玩真的，将来怎么收场？要是玩'ONS（一夜情）'，这是他现在对口的客户啊！别被人抓个'性贿赂'！"

吴锦华不知道怎么接话。

罗小祥开始教育她："哎！公司啊，都是血气方刚、荷尔蒙爆棚的年轻人，在海外又远离家人，寂寞得很，再加上工作压力大，总要释放压力，容易犯错误！你要小心啊！"

吴锦华望着车外，寒夜的杜塞尔多夫街头，想起了从前自己在另一个异域时与曾子健的相识、相交。她觉着自己并不只是因为寂寞，她的身边从来不乏热闹，但是她讲不清楚究竟是为了什么？

罗小祥看了一眼沉默的她，继续叨叨："像你这样的美女，尤其要小心，你看，你今天晚上和我单独出来，刚才还那么自觉地喝了四杯酒，如果我别有用心，那你多危险？绝大部分性侵、性骚事件全是在酒后！全是发生在熟人之间！"

罗小祥是下意识地拿自己做起了正义的标杆，去和刚才看见的那个路文涛比较。

他讲得好像不是自己极力推荐德国的"圣诞集市"，把吴锦华约了出来，隆重介绍圣诞的"热红酒""蛋酒"，令吴锦华好奇地一一品尝一样。

卡恩和埃莉诺第二天开始休假，所以路文涛带着"无线替换一期项目"的交付团队的骨干在这一天下午去给卡恩、埃莉诺等人做了一次进展和计划的汇报。

目前看来，一切顺利。项目需要在明年一季度结束之前交付完，新年之后就是最后的冲刺阶段。他们必须从胜利走向胜利。

"莱茵电信"在前一天给"伟中"颁发了一个"最佳供应商"大奖，这一天大家心情正好。

会议结束，路文涛没有和大家一起回去。他和卡恩多聊了几句，卡恩早有安排，拒绝了他共进晚餐的提议。

他照例在客户办公室的开放区域晃荡了一圈，准备离开的时候被埃莉诺叫住了。

埃莉诺心情不错，问："文涛，你圣诞节有什么计划？"

路文涛答："加班！"

"你开玩笑？"

"真的，中国人不过圣诞节，我们等着过春节。"

"但是你们在这边是跟随德国的公众假期吧？而且，德国人休假了，项目没人配合你们了。"

路文涛说："我们计划内部讨论两天业务，关于明年、后年、五年后怎么能够更好地与'莱茵电信'共同发展。"

埃莉诺耸耸肩，说："希望我们明年保持好的合作！我明天去维也纳，我们明年见！"

"你的家人在维也纳？"

"是的，我父母现在维也纳居住。"

路文涛看看表，临时起意，说："你晚上有空吗？有的话，我们一起去吃今年最后一顿工作餐？"

埃莉诺故作神秘地说："我们老板早几天特别强调，要求我们节日期间不要和你们吃吃喝喝。"

路文涛说："是吗？我们去工作餐，'AA'制，不算吃吃喝喝吧？"

"你现在工作日的默认项仍然是不回家吃饭？"

"你知道的，年底特别忙。"

埃莉诺对共进晚餐的邀请不置可否，拿起包，下班走人。

路文涛和她一起走到了停车场。

埃莉诺看看表，临时起意，说："那么，我们去喝一杯？"

"好啊，去中餐馆？"

埃莉诺摇头："我先回趟家，两个小时后，去喝点东西，我推荐一个地方。"

路文涛根据埃莉诺发过来的地址找到那家酒吧时，她已经坐在里面。

酒吧离埃莉诺住处不远，不是那种传统式样的小酒馆，是个现代装修风格的酒吧，里面人不少。

埃莉诺坐在长长的吧台边上，她显然是这一家的常客，正与服务生聊着，面前放了一瓶"龙舌兰"。

路文涛坐下来，吃惊地望着她："你开玩笑？一瓶'龙舌兰'？不是说喝一杯么？我能不能打电话叫人？问问杰瑞有没有空过来一起喝？"

埃莉诺得意地说："今天的酒由我付账，要不要邀请别人由你决定。"

路文涛真给杰瑞打电话，杰瑞和张文华在一起，两个人一听他在和埃莉诺喝酒，不但断然拒绝赶过来，还奚落了一番他悄悄摸摸和女客户喝酒，搞不定搬救兵的行径。

张文华在电话那头对杰瑞喊："你告诉他，不能怂，为国争光！"

埃莉诺挑衅："中国人，你这么害怕？"

路文涛顿时觉得真不能怂，端起喝"龙舌兰"的小酒杯，仰头就是一杯。

埃莉诺是客户这边负责"无线替换一期项目"的项目经理。她辛苦了一年，有了一个令人满意的阶段性成果，当然高兴。这几个月，她一开始讨厌路文涛，后来没那么讨厌他，再后来，算是在项目中结下了战斗友谊。

圣诞节将至，她更是放松。

两个人喝得爽快，聊得轻松，渐渐有了醉意。

埃莉诺问："你知道以前我为什么讨厌你吗？"

路文涛说："你以前真的讨厌我？我还以为你对谁都是那个表情。"

他学着埃莉诺，翻了一个白眼。

埃莉诺还了一个完美的白眼，说："以前，我不认为中国公司是真的有实力。而且，我知道你从卡恩那里买酒。"

路文涛心里暗暗一惊，记起了那天老孙对他的提醒，问："那么？"

"我认为你在试图贿赂卡恩，虽然你是在为他的酒付钱，但也许你是把这作为一个机会。"

"那现在呢？"

"现在我认为'伟中'是个很有实力的公司，我认为你很专业，是个好人。"

路文涛得意："我当然是个好人！"

埃莉诺说："而且，我一直很尊敬卡恩先生，我相信他的职业操守。"

路文涛说："看来我确实不能站在西瓜田里了！"

埃莉诺不明所以："什么西瓜田？"

路文涛说："一个中国成语，'瓜田李下'，就是说如果你总是站在别人的西瓜田里，别人会怀疑你要偷西瓜；如果你总是站在别人的苹果树下，别人会怀疑你要偷苹果。"

他不知道"李子"用英文怎么说，就用"苹果"代替。

埃莉诺举起酒杯："为智慧的中国成语！"

路文涛举起酒杯："为亚洲最勤奋的中国人和欧洲最勤奋的德国人！"

不知不觉的，他俩喝完那一瓶"龙舌兰"，醉了，该结账走人了。

路文涛伸出两只手，握紧拳头，把大拇指埋进手心，做了个德国人用来"加油"的手势，说："祝我们明年好运！"

埃莉诺回了一个同样的手势："祝我们好运！"

她站起来，却身子一晃，扶在了路文涛肩膀上。

他说："我先送你回去！"

她点头："我住在附近。"

路文涛定定神，觉得自己还是可以集中精力，稳健步伐的。

埃莉诺一迈步，又是一趔趄。路文涛扶住她，她顺势把手扶在他臂弯里，两个人往埃莉诺住的公寓楼而去。

好不容易蹒跚到了楼下拐角处，埃莉诺似乎想吐，松开路文涛，撑在墙壁上。

他看见她用力撑住墙壁的姿态，在一旁傻乐。

埃莉诺回过头，他说："我想起了那一次在办公室，你把脑袋伸在垃圾桶上面，说那是我脑袋的位置，你会和我一起努力，保住我的脑袋。"

路文涛弯着腰，手撑在膝上，撅着屁股，摆出一个夸张的姿势："那次我觉得你，嗯，不翻白眼的时候还是很有魅力嘛！"

他犹豫了一秒钟，加了一个词："火辣。"

埃莉诺给了他一个完美的白眼，突然扑过来一把抱住了他，他直叫："哎，你还好吧？回家了，回家了。"

埃莉诺一边笑，一边抱住他的头，在他左边脸上亲了一口，右边脸上亲了一口，然后就把嘴巴贴在他嘴巴上。

就是在那个时候，一辆车从他们身旁的马路上慢慢驶过，车上是目瞪口呆的罗小祥和吴锦华。

路文涛被埃莉诺吓得一动不敢动，终于用劲推开了她。

她松开他，退出一步远，非常困惑地打量着他："非常奇怪！"

他问："怎么？"

她说："为什么中国人，你是没有舌头的吗？"

路文涛无语，示威般地把舌头伸出来，在空气中晃了晃。

两个人都乐了，在街头放肆地大笑，笑到弯下了腰。

埃莉诺似乎清醒了一些，摆摆手："再见！"

她转身向楼里走去。

他又怕她万一醉倒在半路，出事，又不敢送她进家，于是，跟在她后面一步远。

进了电梯，她询问的目光看着跟进来的他。他赶紧缩在角落："我看你进家门。"

路文涛目送埃莉诺进了家门，赶紧按上电梯门，落荒而逃。

传说玛雅人认为2012年的最后一个月是世界末日的时间，"好莱坞"据此拍了一部全球毁灭的灾难电影，名字就叫做"2012"。

太阳如常升起，2013年在全世界的倒数中如约而至。

人们又传说，玛雅人是说2012年12月是一个旧轮回的结束，一个新时代的开端。

新世纪初的新一轮全球化浪潮的一个特征是IT、互联网、通信技术的紧密结合拉近了人们之间的距离，另一个特征则是中国人和中国企业越来越多地出现在世界大舞台的追光灯下。

"赛马"是那些年在"伟中"常常被提起的一个词语，他们不同的地区部之间在"赛马"，不同的产品线之间在"赛马"，不同的团队之间在"赛马"。大家争先恐后，要呈现自己的独特价值。

欧洲地区部和亚太地区部在2012年度组织绩效的"赛马"中并列第一，他们都漂亮地完成了各自的业务目标，只是，亚太因为"EHS关键黑事件"被扣了2分，欧洲因为"网络安全关键黑事件"被扣了2分。

两个"黑事件"提醒着大家，在高歌猛进、繁华喧嚣间始终要怀战战兢兢、如履薄冰的小心。

路文涛终于在他负责的那块喜马拉雅山地上开垦出了一小片良田。

虽然"莱茵电信无线替换一期项目"由于网络安全事件而与公司的年度"金牌项目奖"失之交臂，但考虑项目的重大意义，地区部还是给他们颁发了一个"优秀项目奖"。

路文涛为获奖团队成员的名单而纠结。

"伟中"不愿意把项目激励变成粤语地区老习俗中的"太公分猪肉，人人有份"，要求每个获奖团队的获奖人数不能超过 15 人，而且必须区分出主要贡献者、重要贡献者、一般贡献者，不同分类的贡献者获得的奖金金额必须拉开差距。

路文涛既是销售阶段的项目总监，又是交付阶段的项目总监，他倒不谦虚，在申报奖项的"Excel"表格中首先填上了自己的大名。

然后往下，现场有负责技术的杰瑞，有后来加入的项目经理，有负责当地分包的采购同事，有负责供货的供应链同事，有算清楚成本和利润的财经同事，等等。

尽管是地区部的奖项，他没有忘记机关研发被他逼着天天睡办公室赶版本、来德国出差被警察关了一夜的人们，他写上了产品研发主管任志刚的名字，让任志刚再报 4 个人的名字给他。

这么一算，15 个人的名额搞不定了！

路文涛把自己和任志刚的名字去掉了。

他给任志刚打电话："老任，优秀项目奖的名额不够分啊！"

任志刚说："你说了给我五个人的，想变卦啦？我都跟兄弟们说了欧洲的路总地道了。"

路文涛说："谁说我想变卦？我必须地道！那这样，个人职级在 P9 以上的，就不放在这个获奖名单中了，把我的名字拿掉，把你的名字也拿掉？"

任志刚说："你这是定点清除，针对我俩定规矩呀！不过我同意，我一直觉得一堆主管在这个'项目奖'、那个'团队奖'中占名额，没必要。激励资源有限，多激励兄弟们！可以把我的名字拿掉，但是我要另外报一个我们团队的人。"

"好吧！等你过来参加我们的高层对标交流会，好好聚聚！"

"好！我俩终于要'奔现'啦！"

他们俩一个在市场一线，一个在机关研发，在邮件、电话里相爱相杀了一年，终归是为了共同的目标在并肩奋斗。

但他们尚未谋面，是公司里面众多亲密"网友"中的一对。

在对网络安全事件的问责中，对路文涛、张文华的管理责任的处罚是"降薪500、年度考评降一级、冻结个人职级晋升及涨薪12个月"，所以他们俩没有年度绩效考评得"A"的可能性。

老孙把这个层级的员工的"A"打给了罗小祥，罗小祥如释重负。

在亚太的"黑土地"上，"爪哇移动无线新建一期项目"顺利完成了交付。"伟中"开通的8000个无线基站通过了客户验收，它们既为当地人民提供了优质、宽带、高速的无线通信服务，又如同"黑土地"上丰收的果实，为公司贡献了收入和利润。

客户高层很满意，"伟中"顺利地拿到了二期项目的合同。

黑木岛区域的团队后来居上，他们交付的进度、质量和成本的综合评分在大项目组内排名第一。

谢国林负责给出黑木岛上几个人的绩效考评建议，他给刘铁打了一个"A"。

报上去之后，项目总监李应龙打电话给他："老谢，你给刘铁打'A'，不合适吧？"

"有什么不合适？'EHS'事故是上半年，他半年已经得过'D'了，他下半年将功赎罪，我们区域的最终交付结果这么优秀，他有什么不能得'A'的？"

"老谢，从'D'跳变到'A'本来就是重点审核对象，我们现在打的是年度绩效考评,要综合上半年情况的。你们区域的最终结果是很优秀,那我宁愿给你打个'A'!不然,人家说我赏罚不分明。"

两个人争论了一会儿,谢国林列举了刘铁下半年的贡献,但让了步。他们达成一致,给刘铁打"B"。

谢国林并非真想给刘铁争取一个"A",毕竟他上半年因为"EHS"事故被问责。

老谢觉得整个大项目组内英雄辈出,考评结果又有比例限制,必须要打出10%的"D",他担心刘铁由于上半年的"D"而被人无视下半年的改进,在年度考评中被顺势牺牲掉。他打起了小算盘,打算"谋其上者取其中,谋其中者取其下"。

史蒂文又有新发现,他找到了一家不错的电影院。

他和谢国林、刘铁、小张坐在电影院中,看最新的"007"电影,《大破天幕杀机》。

谢国林有时候觉得"公司要求""家里需要更多的钱"也许只是自己二出海外常驻的借口,其实,自己心里在享受着这样的日子。

刘铁那个"抓住青春的尾巴,实现财务自由"的目标仍在,但他觉得自己从容多了。

现在,没有人会怀疑他是否有能力转身,成长为一个优秀的"交钥匙项目"的项目经理,他自己更不会怀疑。

史蒂文忘掉了他的"苹果梦",他对未来有了新的计划,他打算过阵子与老谢、刘铁讨论他的新计划的可行性。

深圳,"大厂"们纷纷在搞迎接新年的晚会。挫败了玛雅人末日阴谋之后的那个1月,最流行的莫过于领导们在台上跟着"江南Style"跳"骑马舞"。

钱旦在参加公司网络安全的年度工作会议,与会的既有像他这样从业务部门转岗过来的，善于将网络安全管理要求融入业务的骨干，又有像苏启亮那样的年轻技术专家，还有一批公司在欧洲、美国、日本招聘的本地资深人士。

钱旦参加了三天年会，感觉到自己坐下来与高手们一切磋、一总结，又得到了新的升华。

星期天的时候，他和秦辛去电影院看电影，《一代宗师》。

他喜欢这一部"又武功、又文艺、又王家卫"的电影，走在散场的人流中，他一直想着那句"念念不忘，必有回响"，想着自己这一年的所有彷徨与执着。

他觉得欣慰，在"伟中"，只要在奋斗，就会有回报。这个回报既是工资、奖金、升职这些俗世的需要，又是将一直伴随着自己的属于个人的成长。

譬如他，尽管是不情愿地告别了过去的旧功劳簿，但只要能够"不念过往，不畏将来"地努力向前，很快又在全新的领域打开了新的成长的大门。

杜塞尔多夫，罗小祥和杰瑞合租的公寓内，他俩在看电影。

他们另有一位客人，吴锦华。

爱惜羽毛的罗小祥为了和吴锦华套近乎，不惜把办公室的投影仪悄悄带回了家，把伍迪·艾伦的《午夜巴黎》投影在墙上。

在"伟中"以神经粗糙不脆弱的硬汉风格为主流的销售与服务一线，像吴锦华这样漂亮、温顺的女生不会寂寞，但是，要想从"优秀新员工"中继续脱颖而出，成为独当一面的骨干并不容易。

吴锦华的理想不是"花瓶"，她希望自己在新的一年更上层楼。

| 第二十八章 |

傲慢的年轻人

路文涛让吴锦华去对口埃莉诺。

那天酒醒了之后,他回忆起来内心激荡,人生第一次被女人强吻,还是一个金发碧眼的德国女人,还是一个大家公认"难搞"、爱对人翻白眼的女客户。

他甚至有些后悔当时自己的条件反射是被吓得一动不动,居然被人家质疑没有舌头,简直会给人留下不懂事的小男孩印象!太不风流倜傥!

他想去向张文华、杰瑞吹牛。但是,他难受地憋着,万一一传十,十传百,炫耀这样的事情显得自己油腻,传到客户耳朵里更不好。

他没敢向吴俪俪交代,憋得更加难受。

埃莉诺度过了一个愉快假期,她对那天晚上酒醉之后的事情记忆模糊,没放在心上,既是"断篇儿"了,又是有一点点"文化差异"。

路文涛忐忑地见到了返工的埃莉诺。她在办公室里是严肃、严谨的德国人,见到路文涛就忙着和他对项目计划,对"对标交流会"的安排。路文涛一方面觉得自己不能像个小男孩般的惦记着那事儿,另一方面觉得自己被强吻出了一点点心理障碍。

晚上,他和吴锦华两个人在一间小会议室里讨论近期工作。

末了,他说:"今后我去见埃莉诺的时候,你都跟着去。花两三个月时间,我把对埃莉诺的客户关系自然而然地移交给你。"

吴锦华奇怪地问:"为什么?"

路文涛更奇怪地看着她:"什么'为什么'?你在一线做销售,独立对口一个客户还要问'为什么'?"

吴锦华说："不是啦，我是感觉……你不是和埃莉诺关系挺好的吗？为什么改成我对口她？"

"我负责对口卡恩，天天和他的手下混在一起，其实不太对等吧？现在是我兼着负责一期项目的交付，埃莉诺是客户那边的项目经理，所以也还算合适，二期项目我不想继续负责交付了，让张文华去弄个专职的交付项目总监来。"

"哦。"

"埃莉诺人不错的，不要怕她翻白眼，她那是习惯而已，你一样可以和她'关系挺好的'。你知道我们公司在国内为什么长期不允许销售和服务的人本地化吗？"

"伟中"在国内有个坚持了很多年的规矩，不允许销售和服务的人员本地化，就是说，不允许四川人常驻在四川，河北人常驻在河北，某省人常驻在某省做销售或者服务。

吴锦华问："为什么？"

路文涛说："一个原因是因为大家呆在老家的环境中更容易陷入各种与工作无关的社交圈子，去了外地更容易聚焦客户，聚焦工作。另外一个原因就是公司希望客户关系始终是公司的，是依靠公司统一的方法论去建立和维系的，而不是依赖某一个人的，不是依赖旧交情存在的。同样的道理，对埃莉诺，不管是你还是我，都应该一样，和她的关系不应该依赖哪一个人。"

"哦。"

路文涛说："你知道我去年在自我批判会上，自我批判的一个缺点是什么吗？"

吴锦华问："是什么？"

路文涛说："我在重要的事情上不放心别人来负责，总爱自己抓着，合作性不足，和本地员工合作也有问题。现在两个新来的本地员工我让他们各自负责一块，埃莉诺这边就充分信任你，完全交接给你!"

"哦。"

吴锦华忙了一整天,此刻只是专心地在听"文涛大哥"安排工作,"哦"表示欣然接受。

路文涛却被她"哦"得心虚,一口气讲出了好几个很有道理的道理。

见她还在"哦",路文涛憋不住了,他走到门口把门一关,转身说:"我跟你说个事,你不要告诉别人,圣诞节前埃莉诺喝多了,我靠,她强吻我!害得我有心理压力了,万一下次再强吻我呢?"

他这么一招供,吴锦华脱口而出:"文涛大哥,那天我们都看见啦!"

路文涛瞪着她:"你哪天看见啦?看见什么啦?你们?"

"圣诞前我和小祥总去逛圣诞集市,开车回来的路上看到你们俩在马路边,一栋公寓楼下,是那一次吧?原来是埃莉诺强吻你啊!"

路文涛尴尬地说:"就只有那一次,喝多了,只有我们两个人,她点了一瓶'龙舌兰',干喝,太猛了!"

他又得意地说:"虽然你们几个欣赏不到我的气质,但是我发现在德国人眼里我应该还是很有魅力的!埃莉诺本来不喜欢中国人的,我这是不惜牺牲色相,帮大家'破冰'啦!"

吴锦华认真地说:"没有啦,我们也觉得文涛大哥气质还可以啦!"

她想了想,说:"那从明天开始我和你们一起坐到'作战室'去吧!平时听听你们聊项目交付的事情,如果埃莉诺提到交付的问题,我至少知道是怎么回事。"

"好!"

吴锦华没有车，晚上总是搭便车回住处。

她通常会被罗小祥叫着一起走，这个晚上亦然。

大家爱八卦，她上了车，兴奋地说："小祥总，我们看到文涛大哥和埃莉诺的那天晚上是他们喝醉了，埃莉诺强吻文涛大哥咧！"

"哦？你怎么知道？"

"刚才文涛大哥跟我说的。"

罗小祥嗤之以鼻："你信他吹牛皮？埃莉诺会强吻他？他酒后揩油人家我还相信。哼，我们没看到后面的事，不知道他上人家家里去没有？"

在吴锦华眼里，虽然路文涛比不上罗小祥的有才华、有思想、有文采，虽然路文涛带着自己没有那么细致，甚至还不及罗小祥给的指点多，但他也还是一个"德高望重"的前辈。她倒不相信路文涛能做太过分的事情。

她又"哦"了一声。

吴锦华开始频繁去"莱茵电信"的办公楼。

在"伟中"，一个客户经理如果天天坐在办公室里，那是企业文化所绝对不能容忍的。

自从吴锦华坐进了项目组的"作战室"，罗小祥没事就溜达进去，他更关心无线项目的交付进展了。

老孙从公司要来的第二个新增中方销售人员到位，是一个叫王天天的新员工，年纪比吴锦华还小两岁。老孙安排他跟着罗小祥。

王天天到达杜塞尔多夫的那天傍晚，一堆人在公司食堂吃完晚饭，聚在"作战室"里，罗小祥带着王天天过来认人。

大家正聊得愉快，老孙气呼呼地冲了进来。

老孙对着路文涛，质问："你们现在谁负责对口卡恩？"

他显然是明知故问，大家是"丈二和尚，摸不着头脑"。

路文涛回答："我啊！"

老孙嗓门很大："为什么卡恩跟我说，说我们一位新来的年轻女士去跟他讲什么'伟中'世界第一之类的屁话，还问他什么时候把二期合同给我们？你们这是在扯什么蛋?!"

一屋子人大气不敢出，吴锦华涨红了脸，说："孙总，是我，我今天去和客户对'对标交流会'的会议室安排，还有其他一些事情，中午和埃莉诺在他们楼下的餐厅吃饭，遇到卡恩了，一起坐着吃饭，聊了一会儿。我不是故意去找卡恩的，我没讲'世界第一'。"

老孙早知道是吴锦华，他把炮口转向了她："我们公司什么时候变成这个样子的？随便一个小姑娘敢对着客户高层，张口闭口就是老子天下第一？张口闭口就问什么时候把合同给我们？客户亏了你的欠了你的？以前这个行业有些竞争对手可能是这么傲慢的，觉得客户离不开他们，甚至求着他们供货，现在那些傲慢的竞争对手都到哪里去了？不都被我们干掉了吗？你们是看到现在这个圈子里玩家不多了，以为自己日子太好过啦？我告诉你们，一样有新的玩家想进来，想看着我们起高楼，看着我们宴宾客，看着我们楼塌了！你以前在埃及怎么见客户的？你怎么考评连续得'A'的？"

路文涛见老孙还能激动嘶吼二十分钟的架势，而且开始有人身攻击的苗头了，赶紧说："领导，锦华是在吃午饭的时候偶遇卡恩，随意闲聊了几句，没有那么严重吧？卡恩向你投诉啦？"

老孙说："客户永远是客户，不管你们是在吃午饭的时候偶遇他，还是在逛超市的时候偶遇他！千万不要以为他对你笑得好，就是很满意你，那可能只代表他喜欢笑！我下午去见客户老大，他后面的时间是约了卡恩，我要走的时候正好遇到。卡恩一看到我，当着客户老大的面说'Mr. 孙，你们的年轻人很自信、很骄傲！对我说你们的产品样样最好，催我们把二期合同给你们！'"

吴锦华憋住眼泪，委屈地说："我没有催他，当时只是觉得聊天的气氛很轻松，就随口说了，我真的是觉得我们的产品比别人的好！"

罗小祥一直在想着怎么帮吴锦华打圆场，突然被启发到，他说："老路，锦华刚过来，你负责带她，这边客户的特点是怎么样的？什么话能随便说，什么话不能随便说，你要告诉她啊！"

路文涛乐意顺着罗小祥的话，他对老孙说："领导，是我不对，我和锦华说把埃莉诺的客户关系逐步交接给她，但是只告诉了她埃莉诺的背景和特点，没有意识到她遇到卡恩的几率很大，没强调一些要注意的地方。"

他转向吴锦华，说："锦华，这边的高层客户和你以前在非洲打交道的客户的特点不一样，怪我没强调。没关系，以你的素质来说，注意一下，很容易调整过来。"

老孙仍然怒气冲冲，他环视周围，视线在王天天身上停留。

罗小祥适时打岔："孙总，我正带王天天认识大家。"

可怜的王天天落地德国的第一天没有享受到吴锦华来时的接风宴待遇，却赶上了一场暴风骤雨，尽管他只是一个旁观者。

但既然来了，也没那么容易只是当一个旁观者。

老孙把球踢向他："你说，我为什么批评吴锦华？她哪里错啦？"

王天天紧张了，不知道怎么接这个球。

老孙见他支吾，不耐烦等他的答案，厉声说："路文涛、罗小祥，你们整明白怎么回事了吗？这和客户的特点有个狗屁关系！在任何客户面前都不能这样！我今天给大家强调清楚，第一，永远不要说'伟中'天下第一之类的话，我们的产品即使有些方面确实领先业界，但是分分钟就可能被人家颠覆！第二，不要一个随便什么人就去问客户什么时候把合同给我们之类的话,合同永远不是客户亏我们欠我们的!"

他继续说:"总而言之,我不管你们过去在非洲、亚洲、美洲是怎么样做的,别的领导是怎么要求你们的,我的团队在客户、在竞争对手面前永远不能是一个轻浮、傲慢的形象!"

他说完,"噔噔噔"地走了。

吴锦华来了德国一段时间,不但部门同事都照顾她,偶尔还会有外部门的帅哥过来献殷勤。她虽然忙,但心情一直沐浴在阳光下。

她对今天在"莱茵电信"与客户的交流,包括和卡恩的偶遇感觉良好,没料到突然遭受领导的一顿当众"暴击"。

她一动不动地坐着,眼泪就要溢出来。

罗小祥过来安慰:"要不我带你和王天天出去走走?然后送你们俩早点回去?"

吴锦华摇头,哽咽着说了句:"不用了,你们先走吧。"

她站起来,低着头,小跑着去了洗手间。

留在"作战室"的几个人沉默半晌,才开始就领导的这通怒火七嘴八舌地议论。

过了一个小时,老孙打电话叫路文涛过去,路文涛去了老孙办公室。

老孙问了问两个人已经对齐了的一些业务情况,没话找话的样子。路文涛认真地再次一一回答。

老孙摸出一盒烟,伸向路文涛。

路文涛谢绝,说:"我戒烟了。"

老孙自己抽出一支烟,点了,吸一口,问:"我刚才是不是太凶?"

路文涛说:"你经常太凶,我们都习惯啦!吴锦华这段时间表现还是很不错的，我想中午的场景吧，应该是她见到卡恩亲切慈祥的笑容，太放松了。她这段时间在准备'对标会'的交流材料，脑子里都是客户的痛点和我们产品的优势，都是怎么有助于我们拿二期合同。"

老孙正想开口，传来两声轻轻的敲门声，然后是吴锦华的声音："孙总！"

老孙把烟灭了，把手往桌子下面摸，摸出一瓶空气清新剂，对着面前缭绕的烟雾喷了两下，这才："进来！"

吴锦华推门进来，她眼睛红红的，见到路文涛也坐在里面，又叫了一声"文涛大哥"，然后直视着老孙，坚毅的样子："孙总，对不起，我在客户那里惹麻烦了。不过，我真的没有讲那么夸张的话。"

老孙仍然大嗓门："你怎么还不明白？我不是骂你一两句措辞的问题！"

路文涛插话："领导，让锦华坐下再说吧！"

"对，对，坐，坐。"

老孙又把手往桌子下面摸，这次摸出了两瓶水，一瓶扔给吴锦华，一瓶扔给路文涛。

他努力地变得不凶："我不是批评你一两句措辞的问题，也不是说客户因为你这几句话就会和我们翻脸，不至于。我现在忧虑的是公司大了、强了，年轻人变得越来越傲慢，越来越浮躁，对待客户不再像我们当初怀着宗教一般虔诚的心。"

路文涛在那一刻才真正悟到老孙的忧虑。

路文涛共鸣了一下，说："现在的客户环境比我们刚进公司的时候好多啦！我们那时候真的是叫做非常虔诚地对待客户！没办法，对手太强大，别说海外了，国内的不少客户都根本看不上我们。我记得有一天中午在G省的一个客户机房里干活，一个客户

251

领导中午喝了酒回来，走进机房对着我们刚装好的设备就是一脚，然后很轻蔑地对我说'你们这些什么玩意儿，你们这机柜的样子和别人家的比都难看死啦，傻×东西！'，你知道我什么反应吗？"

老孙说："你还能有什么反应？赶紧记下来，推动公司改进！"

路文涛说："真是！我赶紧问他觉得哪里丑？听他又发泄了一通，然后晚上回去写邮件写到12点多，说客户反馈我们的设备机架的外表不美观、不专业，建议公司学习哪个竞争对手，怎么改进。后来公司真采纳了，还给我发了五十块钱的合理化建议奖。"

老孙说："当时西方竞争对手的人就是像我们现在这个意气风发的样子！那时候，客户要开个会，他们是一个人大摇大摆地晃荡过去，我们是精心准备，一群人恭恭敬敬地去。我是亲身经历了这个行业的残酷竞争，经历了我们一帮年轻人卑微地努力的那个时代。"

路文涛说："当年的那些巨人真的是说不见就不见了！非常快！号称技术最强，包括了著名的'贝尔实验室'的'朗讯'，1999年股票值将近一百美金，有十多万员工，2002年股票就变成了几十美分的垃圾股，员工只剩下两三万人。号称最赚钱的'摩托罗拉'，2001年还在巅峰，我记得是十五万员工，到2003年就裁掉了差不多一半人。对了，好像'铱星'的失败被认为是'摩托罗拉'走向衰落的关键里程碑，'铱星'就是自以为产品和技术天下第一，但是无视客户痛点，拒绝常识的一个悲剧！"

老孙感慨："当年有一家那个时代最牛的美国公司打算收购我们公司，他们的人第一年坐着专机从美国飞过来谈收购，第二年变成了坐着民航班机来，第三年，他们自己快垮掉了，恨不得我们能收购他们。"

吴锦华频频点头："孙总，我知道啦，我没那么骄傲的啦！"

路文涛说："领导对事不对人的，你不要压力太大。他上次冤枉我了，第二天打个电话给我，说'就算是领导骂错你了，你应该有意见吗？我骂的是事，又不是骂你人！'"

老孙爽朗一笑："你们这帮小子，一个一个都记仇。吴锦华，你别跟他们这帮人学坏！"

吴锦华又很认真地说："没有啦，没有跟他们学坏，我学到了很多好的。"

"我今天也没冤枉你吧？你没说'伟中天下第一'这几个字，但你在客户那里是不是这个架势？我们还是要永远战战兢兢，如履薄冰，不要自我感觉太良好！"

| 第二十九章 |

对标

"对标"这个词语在"伟中"很流行。

有时候这个词语的含义是说以业界领先为标准，去对齐那个标准，甚至，去模仿那个业界偶像的举手投足。例如手机对标"苹果"，数据通信设备对标"思科"，从前，无线网络产品对标"爱立信"。

有时候这个词语的含义是对齐目标。例如和客户对齐目标，和兄弟部门对齐目标，和合作伙伴对齐目标。对齐了目标，才能携手共进。

元月底的时候，"伟中"和"莱茵电信"的"无线高层对标交流会"胜利召开，胜利结束。

产品研发主管任志刚从深圳飞到杜塞尔多夫，亲自主讲了一个议题，关于"伟中"最新的无线基站产品。

他的议题结束，从客户的反应来看，路文涛认为"伟中"在无线替换二期项目中的把握更大了。

"伟中"的新一代无线基站产品不仅集成度高,"2G""3G"和"4G"集成在一起,而且模块化、一体化的特征更明显,变得更加简单化,更加轻薄。

过去要想在市内的楼顶安装一个无线基站,为附近的手机提供信号,可能需要找 50 平米的空地,建一个室外的小机房,再竖起一座铁塔,布放大量的馈线。

将来只需要找几平米的空地,竖一根抱杆,挂上一个小盒子,通过柔软的光纤灵活地把信号传输到杆顶的射频单元和天线就行了。

站点的占地面积越小,意味着在城市里的选址越容易。像"莱茵电信"这样的运营商需要付给站点所占用地块的业主的租金就更加低廉,公司的运营成本就可以降得更低。

基站一变小,还将与城市的环境更加和谐,而不会处处显得突兀。例如可以把基站打扮成一棵树的样子,可以把它挂在路边的灯杆上,可以将它与楼宇本身的风格融为一体。

对于"伟中"来说,他们在"莱茵电信"是后来者,需要替换掉竞争对手的旧基站,更加简单、轻薄的产品将令他们的施工变得更加方便,施工成本变得更加低,给客户的合同报价更加具有竞争力。

客户的领导、专家们从产品、工程、维护、能耗等各个视角与"伟中"的专家们进行了详尽的切磋,这个议题是整个"对标会"中大家讨论最投入的一个议题。路文涛看在眼里,喜在心头。

任志刚来也匆匆,去也匆匆,会议一结束就要赶回国。

好歹有个周末,路文涛非拉着他去了一趟离德国和荷兰边境不远的那家"奥特莱斯"打折村。

六十公里的路程,不限制速度的高速公路,路文涛把车开得飞快。他的旁边坐着任志刚,车的后排坐着吴锦华和杰瑞。

路文涛说:"去年逼着研发的兄弟赶软件版本,弄得一堆人天天睡办公室,恨死我了吧?今年好了,'对标会'上客户对我们的产品路标没有提什么问题,和他们的建设计划匹配得上。老任,今年我不逼你啦,时间足够,你们可要一次把事情做好!按时发布一个高质量的版本!"

路文涛绘声绘色地讲述了当初客户老大是如何在会议室怒问"你们谁能把自己的脑袋放在这张桌子上",自己是如何勇说"把我的脑袋放在这张桌子上",埃莉诺是如何把她的脑袋伸在垃圾桶正上方说"路先生,这是你脑袋现在的位置",以及她是如何表态说"你够勇敢!我将和你一起努力,保住你的脑袋"的。

吴锦华第一次听路文涛说起这一段,才知道有过这么精彩的往事。

任志刚不吭气,突然冒了一句:"今年软件没问题,硬件可能有问题。"

坐在后排的两个年轻人以为他在开玩笑,路文涛听出了他的心虚。他被吓得转头瞟了他一眼,车身略微扭了扭。

路文涛惊问:"啥意思?硬件还能有啥问题?"

任志刚说:"路总,别的方面都搞定了,就是基站做得更小了之后,需要更强的散热能力,目前新产品的散热能力有问题。"

团队中来了吴锦华之后有一个好处,经常有一个女生跟着,路文涛没有那么多的不文明语言了。他把已经在嘴巴边上的"傻×"二字咽了回去。

他问:"老任,这问题很难解决吗?难度大到你都叫'路总'啦?"

任志刚笑了:"老路,我们最开始的产品要靠空调散热,后来靠风扇散热就可以了,现在要做的是无风扇自然散热,难度越来越大了。针对散热能力存在的问题,我们正在做各种优化的尝试,但是感觉办法想尽了,结果不理想。"

"那你们在产品路标中还写得那么自信?今天客户可是都记住啦!"

"'以终为始'来倒逼自己不是我们的优良传统么?都要等到有百分之百的把握了再做市场推广?黄花菜都凉啦!"

吴锦华说:"不过德国天气还好,不像非洲那么热,没有那么高的散热能力的要求吧?"

路文涛纠正她:"别开玩笑啦,你是冬天过来的,还没经历过夏天。这边夏天还是热的,平均气温二十多度,有过三十多度的时候。我们的基站要放在外面,阳光直射的。老任,你们必须尽快搞定啊!客户很严谨,今天把你讲的一些性能参数都给记下来了,可别到时候又变啦!客户会质疑我们的诚信的!"

他们到了位于荷兰境内的小镇鲁尔蒙德,这里的那家"奥特莱斯"中的东西不少。

任志刚来德国出差之前没有考虑过任何休闲的安排,老婆没交待购物任务,但他还是在吴锦华的参谋下去买了两瓶自己都不认识的"霜"啊"水"什么的,准备带回去献殷勤。

他自己在一家"始祖鸟"的店买了一件夹克、一件抓绒衫、一件T恤,就算完成了采购任务。

路文涛在一旁笑:"我想起了我的一个同学,喜欢玩登山,他觉得'伟中'的人特别显摆,因为他们登山队里有一个'伟中'的男生,说是每次出门都里里外外穿一身'鸟'。我现在突然感觉那个'鸟人'不一定是显摆,很可能是像你这样,平时没空逛街,去海外出差时被同事拉去逛了'奥特莱斯',然后心不在焉地冲进一家店,捡了几件打折多的,迅速搞定。"

"伟中"在欧洲的"喜马拉雅山"上开垦出一片又一片新的良

田，竖起一面又一面高地上的旗帜，在亚太的"黑土地"上则持续丰收。

在印度尼西亚，"伟中"顺利拿到"爪哇移动"无线网络新建项目的二期合同之后，大项目组在雅加达召开了一次内部的"对标会"，各个区域项目团队的成员借此机会欢聚一场。

夕阳下，谢国林和项目总监李应龙在雅加达长长的海堤上漫步。

李应龙说："老谢，跟你个人对个标，你别忘了你到印尼来可不是仅仅来做个区域的项目经理，你别窝在黑木岛上的'舒适区'里岁月静好啦！什么时候可以从黑木岛出来，到雅加达来帮我？"

"谁说黑木岛是'舒适区'？谁说我们岁月静好？今年要补市区里的信号盲区，要在更偏远的山区村子里部署基站，还要去黑木岛附近的其他岛上施工，压力大了！"

谢国林并不反对李应龙的提议，他接着说："不过，我是要考虑出来了。我从总部出来的时候背了一个'数字化交付'变革推行的任务，去黑木岛本来是'EHS事故'之后去救火的，另外也算是自己的狗粮自己先吃一碗，自己生产的降落伞自己先跳一把，看看我们的'数字化交付平台'好不好用？要怎么改进？"

"自己的狗粮自己先吃""自己生产的降落伞自己先跳"是在"伟中"流行的两句话，指的是新的产品、新的服务自己先用，拿自己做试验。

"数字化交付平台"作为机关力推的支撑项目交付的数字化转型的软件平台，总会有人说好用，有人说不好用，推行者自己在实战中用过无疑更有说服力。

李应龙说："我不是讲黑木岛区域的压力不大，兄弟们不辛苦，只是认为一个区域项目经理对你来说大材小用了！我们二期合同要交付的基站数量比一期翻了一倍，压力狂大！你也别光惦记着你的'数字化交付平台',来帮我一起管管整个项目!"

李应龙更相信骨干的影响力、推动力在项目交付中的作用,对一个软件平台的作用,他乐见其成,但并不热衷。

谢国林说:"你看,你不够重视吧?推'数字化交付平台'和一起管整个项目不是一回事吗?我们的项目越来越复杂,业务越来越复杂,不可能永远靠几个暴躁大哥带着大家无止境地增加工作时间去解决问题吧?要借助更好的方法和工具才行!"

"好吧,我必须得同意你的观点。那我们就这么说定了,我想办法给黑木岛另外安排一个项目经理,你尽快出来!"

"不用另外找项目经理吧?让刘铁重新干啊!给他一个在哪里摔倒就从哪里爬起来的机会嘛!"

在"伟中",嗷嗷叫着想要上位的后起之秀太多,一个老家伙在哪里摔倒从哪里爬起来并不容易,但李应龙和谢国林愉快地达成了一致,他俩看到了刘铁的新的成长。

"老"与"不老"不仅在于生理上的那个"年龄",更在于你还有没有新的成长?还能不能有新的成长?

回到黑木岛。

夜,谢国林和刘铁又并肩坐在他们那个既是宿舍又是办公室的民宿院子里,那个游廊上开放式的餐厅中。

雨季,小雨打在院子里的阔叶树上,反而显得静谧。

史蒂文在四合的院子一侧他的房间门口。

通常他应该会凑过来,加入谢国林和刘铁的聊天,除非他在房间里对着电脑,或者在小泳池里泡着。但是不知道这位马来西亚华裔小伙子今天在想什么心事?只是一个人时而站定,时而踱几步,丁香烟在他手里忽明忽暗。

谢国林对刘铁讲了李应龙和他讨论的新计划,他鼓励刘铁在黑木岛上更上层楼,彻底拿回失去的一切。

他说:"再有什么困难,我和老李都会和你一起扛!你在这里下了课,吃了一个'D',起码回到原来的位置上,至少把二期完整地干完,拿个'A'再走吧!"

刘铁沉吟:"我本来正在纠结,第二次常驻海外又有三年了,想申请今年调回深圳管儿子去。我儿子现在很调皮,老婆有点搞不定他,很烦的。但有时候又在想如果回去的话,海外补助没有了,奖金要少一大截,我的'财务自由梦'又更难实现了。我和老婆商量下,这两天定下来!"

谢国林说;"你儿子刚到五岁吧?你让老婆孩子过来呗!在这边呆一年,明年下半年回去上小学!"

"不上幼儿园啦?"

"你和你们家领导商量商量吧,到这里来上一年大自然的幼儿园?"

雨下得大了一点儿。

史蒂文突然怪叫一声,穿过院子中央,朝这一边跑来。他经过游泳池时,故意身体一晃,装着要掉进水里的样子,又怪叫一声,冲到了谢国林和刘铁身边。

谢国林问:"这么兴奋?你一个人在那边思考人生呢?"

史蒂文提了张椅子过来坐下:"我在思考我后面的职业发展!"

谢国林和刘铁不约而同地记起了史蒂文那个"本来想去'苹果',面试没通过,然后来面试'伟中',很顺利地过了,于是计划来'伟中'工作几年,让简历变得漂亮些,再去面试'苹果'"的初心。

刘铁警惕地问:"什么职业发展?你不想在'伟中'干啦?"

史蒂文甩了甩头发,说:"没有啊,你们说我有没有可能去深圳总部重新入职?"

"什么意思?"

"我现在是在马来入职的,人事关系在亚太地区部,只能在亚太内出差吧?我想变成'伟中'深圳总部入职的员工,将来可以外派到其他地区部去工作,非洲、欧洲、美洲我都可以去。"

谢国林听懂了他的意思,问:"怎么?在岛上干烦啦?"

史蒂文说:"没有,和大家共事很愉快,二期还是会让我在这里继续干吧?我是在思考长期的规划,我认为像你们这样子四海为家很不错,可以体验不同文化背景下的工作和生活。我听你们说以前在中东、非洲的事情,觉得很有意思。"

刘铁问:"你不是计划在'伟中'工作几年,然后跳槽去'苹果'的吗?变了?"

史蒂文诚恳的样子:"我现在的想法有改变,在'伟中'坚持下去也可以得到我想要的吧?薪酬、成就感、成长,在'伟中'都不会缺。去'苹果'可能会有不一样的机会,但是,也要付出机会成本。"

刘铁问:"老谢,海外员工去中国总部入职是不是在流程上比较麻烦?有先例吗?史蒂文,你可以像老谢一样,把人事关系挂在马来西亚资源中心,也可以全球出差支持。"

史蒂文说:"我想过,但马来西亚资源中心的领导肯定会优先安排支持亚太的项目,而且,我想的不是出差这种,而是像你们外派常驻这种。"

谢国林想了想,说:"应该有先例。我认识几个机关采购的主管,我帮你问问他们。首先是业务部门觉得有需要,像你能力、绩效都不错,又适应公司文化,中文英文都很好,业务部门应该会支持你的诉求。对他们来说,多一个可以四海为家的骨干有什么不好的?规矩是死的,人是活的,只要合法就没问题吧!"

深圳,"欢乐海岸"的一家安静酒吧。

曾子健和张旺,还有那家做干细胞项目的、在美国

"OTCBB"上市的公司的刘老板、李哥,还有两个美女,在一起喝红酒、聊天。

刘老板的公司在深圳召开了一场股东大会,一个和谐、胜利的大会。今天晚上,是曾子健埋单,小范围的聚会。

两个美女从香港过来,是刘老板认识的朋友,其中一个是他们年少时候的二线港星,当年的青春玉女。

大家聊得开心,只有曾子健是强颜欢笑,他又与大时代"对错了标"。

中央通过并发布"八项规定"之后的那个冬天,全国上下到处在通报"查处违反中央八项规定精神问题XX起,处理人数XX人,给予党纪政务处分人数XX人",到处在宣传鲜活生动的反面案例。

曾子健指望诗诗的哥哥、张旺的堂哥等人帮忙的红酒生意在圣诞、元旦、春节的大好时节遇到了寒流。一旦依赖关系的公款集团消费的腿被砍掉,他们的酒庄又缺乏差异化的竞争优势,投资回报率的预期顿时变得不乐观。

他相信"八项规定"带来的寒流会很快过去。但是,他的各种项目的摊子铺得急了、大了,生意的成本、公司的费用、借的钱和贷的款的利息,他当下的"现金流"有了非常大的压力。

曾子健和他的情人阿芬很默契,两个人从来不在彼此回到家之后乱联络。但这个晚上,曾子健醉了之后,给阿芬发起了"微信":"Hello!"

阿芬很快回复了他:"Hello 啊?"

"帮个忙?需要点钱临时周转一下。"

"要多少?"

"五十万?"

阿芬有迟疑,但很快回复了一个表示"OK"的表情符号。

| 第三十章 |

诺伊尔访华

在非洲大陆的东边，浩渺的大西洋上有一个风景迷人的火山岛国毛里求斯。

毛里求斯不大，它的国土面积只有两千平方公里，人口才100多万。

毛里求斯避世，它距离最近的大陆，非洲的东海岸有两千两百公里；距离欧洲的法国超过9000公里，从它的首都路易港直飞巴黎的民航班机要飞将近12个小时。

欧洲有好几家领先的电信运营商是跨国的集团公司，它们在多个国家分别建设了电信通信网络。例如"德国电信"的足迹遍布全球的50多个国家，例如"沃达丰"的势力范围扩张到了全球将近30个国家。

总部在法国的"FOG电信"在毛里求斯有一家子公司，它运营的通信网络中既使用了"伟中"的设备，又使用了"爱立信"等西方公司的设备。不同设备商的设备共同构建的通信网络协力为当地居民提供电信服务。

那天夜里，"爱立信"在设备升级过程中出现了意外，工程师按照升级方案做完最后一步操作，却发现网络没有按预期恢复正常，手机的接通率低，无线网络的性能急剧下降。

客户一边等着"爱立信"的工程师解决问题，一边打电话给"伟中"的工程师，希望从与"爱立信"设备对接的"伟中"设备这一边配合，以更快速地定位问题所在。

驻扎当地的"伟中"工程师半夜被电话吵醒，二话不说，立马赶去了机房，协助故障处理。

他牢记公司对一线工程师的网络安全管理要求，严格按照要求获取了相应层级客户的审批，获得授权后才接入客户网络。

"全球化"的阳光正好，来自瑞典的"爱立信"、来自中国的"伟中"、法国人旗下的电信运营商，合作无间，在天亮的时候找到了问题所在。

"爱立信"的工程师解决了他们的问题，网络恢复了正常。南印度洋上的岛国人民继续用来自美国的"苹果"、韩国的"三星"打着电话，并不知道在"手机信号"后面那些忙碌的电信工程师们。

当地客户给"伟中"的领导发了一封热情洋溢的邮件，感谢他们急客户之所急，即使是竞争对手的设备出现了问题，也半夜从床上爬起来，不留余力地去支持。

一切看上去很美。

"莱茵电信"的"首席信息安全官"诺伊尔将在星期一抵达"伟中"的深圳总部访问。

当海外一些客户对中国的认知仍然局限在"中餐馆""玩具工厂"，甚至停留在更古老的年代时，邀请他们来中国考察一次，看看现代化的城市，充满活力的公司园区，聪明、好学、开放、敬业的员工，会增强他们对"伟中"的信心。

钱旦去杜塞尔多夫出差的时候邀请诺伊尔来中国一看，当时诺伊尔不置可否，但这个提议一直存在。随着双方商定的网络安全联合工作组的例行运作，以及无线替换二期合同决策的临近，诺伊尔来访变得更加顺理成章。

他们终于敲定了日程，诺伊尔将带着联合工作组的客户关键成员访问深圳、西安，与"伟中"的产品研发团队、网络安全实验室等做更深入的研讨，审视"伟中"在网络安全管理及能力上是否达到了与"莱茵电信"进一步扩大合作的要求,诺伊尔本人将给"伟中"员工做一场公开的演讲暨培训。

做完了接待诺伊尔一行的准备工作,星期六晚上,钱旦在补看美剧《绝命毒师》最后一季的前面几集。

秦辛和女儿早早睡了,他一个人对着电脑,套着副大耳机,想着明天可以睡个懒觉,一不小心就沉迷于这部神剧,看到了夜里三点。

但是他并没有睡成懒觉,星期天一大早,与他搭档的技术专家苏启亮的电话把他吵醒。

苏启亮说:"旦哥,法国的'FOG电信'出了个事情,我感觉如果处理不好,有演变成网络安全危机事件的风险,跟你汇报一下!"

"啥事?"

"'FOG电信'在毛里求斯有一张子网,早几天其他厂商的设备出了事故,我们的一线工程师在现场配合处理,他在操作过程中用了一个工具脚本分析设备信息,这个脚本本身没有问题,事故处理完后,客户对我们的配合很满意,还发了表扬信。"

钱旦这几个月遇到的几乎全是"见着风就是雨"的一惊一乍。

他睡眼惺忪,有点儿不耐烦:"那有啥毛病?你讲了这么久。"

苏启亮仍然慢条斯理:"毛病在毛求客户把事故报告提交给'FOG'电信集团总部之后,法国这边的客户网络安全部门对报告进行了审查,发现我们执行的这个脚本中有一条命令在我们以前提交给客户的任何产品资料中都没有,他们怀疑我们的系统有'隐藏命令',要求我们解释。"

钱旦立马警惕,认为这是一件真要小心处理的事情。对于已经移交给客户的设备,如果存在所有产品资料中都没有提及的"隐藏命令",就会被人质疑存在"后门"。何况,提出质疑是欧洲客户的网络安全部门，而不是运维部门。

钱旦问："谁找到你的？现在处理到哪一步了？"

苏启亮说："法国这边的客户先是直接找了毛求那边的客户，问他们是怎么回事？要求他们责成我们澄清。当地客户已经和我们的兄弟一起出了一个报告，详细解释了这个脚本的作用，每条命令是干什么用的，完全是当作一个技术咨询来处理，没有理解到客户网络安全部门的关注点。法国这边收到报告后'毛'了，要求我们在星期一巴黎时间早上九点之前给他们一个'非常严肃'的报告，业务部门刚刚才整明白客户的关注点，把邮件转到我这里来了。"

钱旦知道孰轻孰重。

如果这条不常用的命令真的没有在任何给客户的资料中提及，又在客户的网络上运行过，按传统的认知，不过是资料的遗漏，是完全可能发生的事情，但是在这个时代，就有可能被人拿来大做文章，当作公司设备有后门的"证据"。

他们必须迅速、妥善处理，避免事件升级成危机。

钱旦的家离公司有三十多公里，苏启亮住在公司附近。

钱旦说："你今天没有别的事吧？没有的话你先去公司，找个会议室，我现在赶过来，一起把这个报告写了。我把该通报的人都通报到，你想想产品和技术上还要叫谁？"

"好的。"

钱旦本来和秦辛约了下午去看春节假期想想看没有看的新电影，周星驰导演的《西游降魔篇》，却又放了她的鸽子。

钱旦在路上给肖武及相关产品线的领导通报了情况，以避免如果事态失控，自己背上协调、推动不力，甚至隐瞒不报的锅。

他花了一个小时才赶到公司。

苏启亮和一个产品研发的兄弟坐在会议室里，见到他进来，说:"旦哥,'FOG 电信'集团总部管安全的客户真厉害!"

"咋啦?"

"我仔细核对了,一线工程师运行的这个工具脚本中一共有 147 行命令,其他都是在给客户的产品资料中能找到详细说明的,有且只有一条命令找不到。这隔着十万八千里的非洲海岛上做了一个小操作,又是应客户要求的江湖救急,从过程到结果没有任何不妥,他们居然揪出了这个毛病!当天晚上'爱立信'做的操作比我们多得多,你说他们是会审计所有的操作命令?还是只针对'伟中'在搞事情?"

钱旦说:"都有可能,可能他们就是这么严谨,也可能是受了美国这两年抹黑中国公司的影响,特别针对我们在做安全审计。不管怎么样,关键是我们要把自己的事情做好,'白上加白',不要落把柄给别人。我们赶紧想咋写这个报告?等下午法国时间天亮了,还要找集团客户部的同事一起讨论。"

苏启亮他们写出了一个初稿,但钱旦觉得仍然是从技术角度的阐述,不行。

他说:"我们要做的不是解释这条命令是多么无害吧?如果这条命令真的在产品资料中没有,为什么?是只有这一条没有还是有很多条?为什么?这给人的想象空间太大了!我也觉得你们在搞后门。"

产品研发的那位兄弟委屈地说:"我们去年就专项整改过资料,这条命令不可能在任何产品资料中都没有,只是毛求客户手上的资料中确实没有。"

"为什么?"

他们很快搞清楚了"为什么",产品最新的软件版本比上一个版本只有微小的优化,就增加了这么一条命令。版本变化不大,资料变化也不大,但是最新配套的产品资料中是有这条命令的说明的，做资料的同事并没有疏漏。

"FOG电信"在非洲的几个子网率先升级到了最新的软件版本，问题出在客户和一线工程师手上的资料不知道为何没有同步刷新，他们手上都是旧的资料。集团客户的网络安全部门手上拿着的也是旧的资料。

对网络安全管理来说，一场乌龙。他们要证明确实是一场乌龙。

他们在公司的网站上核对，公司对客户开放的网站上的软件和资料已经同步到了最新的版本，上面可以查到那一条命令。

他们联系了"FOG电信"在非洲其他几个子网的同事，确认了有几个子网的客户手上的资料和软件一起同步到了最新的版本，也可以查到那一条命令。

他们终于可以在报告中有说服力地讲清楚"伟中"并没有刻意地去隐藏那条命令的作用，"伟中"的设备上不存在什么"后门"，只是资料传递过程中出了错，大家舒了一口气。

饥肠辘辘，他们三人去公司旁边的小店吃烧烤。

苏启亮问："旦哥，你说我做网络安全技术的，有没有可能去海外常驻？"

"你想去海外啦？"

"上次跟你去荷兰、德国出了一趟差，这段时间经常支持和海外客户的沟通，挺有意思的。我觉得如果有机会去海外天天与当地高水平的客户、同行切磋，应该能更有挑战性，能让自己的水平上一个新台阶。现在我太多时间在内部带产品团队的改进上了。"

苏启亮没有对钱旦隐瞒他另外一个现实的考虑，说："另外，都说去海外比呆在国内收入高很多，我也想为了将来能换一个大一点的房子、生两个小孩而奋斗嘛！"

他们都是有理想的现实主义者,或者,是植根现实的理想主义者。

钱旦说:"我们现在面对整个海外,视野更广嘛!你要出去还是要找一个更适合自己发展的岗位,也不能为了出去而出去,我也帮你留意一下。对了,你们邓总后来给你涨工资了吗?"

"涨了,我去年考评得了'A',上个月刚加了薪,加了25%!"

钱旦看着他高兴的样子,自己也被感染:"不错啊!你现在应该赶上你老婆的收入了吧?"

"终于赶上了!"

"上次在去香港机场的船上我跟你说的,我们公司的收入前三年没竞争力,但只要干得好,三年之后收入会上一个台阶,没忽悠你吧?"

星期一,他俩黑着眼圈接待诺伊尔一行。

诺伊尔舟车劳顿,但坚持自己已经休息好了,要马上按照商定的计划开始工作。

在他的概念里,他们不是来中国参观,而是来"伟中"做审计。

他在从主管到普通员工的名单中任意抽查了几个产品研发人员,详细拷问产品是怎样从需求、设计、开发、测试、交付去把网络安全的关的,他对照着之前"伟中"提供的材料,审视是纸上谈兵?还是实实在在的执行?

他去了"伟中"的网络安全实验室,认真检查安全测试的过程和结果是否严谨?

午饭没有按照惯例去公司用来接待贵宾的餐厅,而是去了员工食堂。

吃完饭,离开食堂,他指着洗手间门口的水渍,皱了皱眉头,对跟在旁边的钱旦说："安全隐患，员工容易摔倒！"

苏启亮听到了，轻松地说："诺伊尔先生，这个应该融入食堂清洁流程的改进，而不是在产品开发流程中加这一条吧？"

诺伊尔认真地说："我们审视供应商的网络安全管理，很重要的一个原因是希望供应商做好业务连续性的管理，避免供应商有一天由于发生严重的安全事件而倒闭。除了网络安全，你们还可能因为在反商业贿赂上犯错而倒闭，可能在员工健康和安全问题上犯错而倒闭，你们都要小心。"

一天下来，诺伊尔尽管保持着他的"扑克脸"，但眼神和语气是和善的。

星期二下午，诺伊尔在"伟中"用来举办各部门新年晚会的礼堂做了一次演讲暨培训。

诺伊尔准备得很充分，讲得很认真。他介绍了自己从业多年的思考和经验，详细分析了他们在第一天访问过程中发现的问题，以及改进建议。

台下黑压压地坐满了人，钱旦和坐在旁边的同事交流，大家都觉得受益匪浅。

诺伊尔讲到最后，"扑克脸"仍然是那张"扑克脸"，但眼睛里明明可以看得到理想主义的光芒。

他说："事实上，不可回避我们遇到，或者将要遇到的很多问题并不是技术问题，而是涉及到政治、法律、文化的差异。我们未来将要面对的最难的难题是如何让人们尊重彼此的历史、文化、法律和价值观，在互相尊重的基础上携手共进！我在过去两天里看到了很多，听到了很多，我更加坚定了自己的想法，那就是我们做的工作有一个更高层面的意义，我们在努力跨越东方和西方，努力促进东方和西方共同应对网络安全的挑战！这并不容易，安全永远是一段旅程！"

诺伊尔一行结束深圳的行程之后去了西安，那里有"伟中"一个很重要的研究所，还有一个更古老的中国。

他和"伟中"约定今后至少每半年来一次中国，"鹏城论剑"，共同探讨彼此在网络安全上新的进步和不足，探讨下一阶段的方向和具体工作。

| 第三十一章 |
花乱情迷

电影《沉默的羔羊》里说："我们怎样开始贪图的？我们贪图那些每天见到的东西。"

需求和欲望常常由身边所见、所闻、所感受而起。

见到别人买了新手机，自己也想换一个；听说别人加了工资，顿时觉得自己薪水低；身边有心仪的美丽女子，惦记着与她更加亲近。

罗小祥春节回国休了个假。

在国内半个多月，他回了老家，探望父母，与小学同学、初中同学、高中同学欢聚；去了老婆老家，在岳父岳母面前展现一个令人骄傲、值得炫耀的好女婿的风采；拜访了公司总部，见了机关对口的领导们，汇报了在一线的艰苦与奋斗。

忙忙碌碌，倒是忘记了吴锦华。

离开家，回到德国，见到吴锦华，他又忘掉国内的一切，继续意乱情迷。

吴锦华与一个女生合租了一套公寓。那是一个已经在欧洲常驻了几年的小姐姐，姓方，年初从法国调动过来，有车，所以吴锦华早晚常常坐她的车，不再需要男士们献殷勤做司机。罗小祥重返杜塞尔多夫,发现恍如隔世般地少了一个"护花左使"的活儿。

吴锦华的工作职责一部分是跟着路文涛,负责无线网络产品的客户关系,重点对口埃莉诺,另一部分是负责销售项目的一些内部管理工作。她有时候坐在路文涛他们的"作战室",有时候坐在开放办公区的座位上,有时候去"莱茵电信"见客户。

当她坐在开放办公区时,座位离她不远的罗小祥爱来搭讪。当她坐进"作战室"时,罗小祥瞟向她的空椅子,怅然若失。他倒是总能有借口去"作战室"里面找路文涛,或者杰瑞,或者其他人。当她去了"莱茵电信","去见客户"是罗小祥理所当然的重要工作。

吴锦华在晚上加班的时候,偶尔会给大家分享一个苹果、一只香蕉,或者零食、咖啡什么的。路文涛、张文华心里觉着让小姑娘请客不好意思,渐渐自己也养成了习惯。他们有了晚上加班时的"夜宵文化",组织气氛变得更加融洽。

罗小祥心里一开始以为吴锦华是在给自己一个人示好,一阵又一阵酥麻,后来发现是雨露均沾,心有不甘。

若即若离的感觉更令人鬼迷心窍。

吴锦华不是刻意,她对此全然不知。

吴锦华有过不单纯的感情经历,那是她的人生中已成为过去式的一部分,无可否认,无从重来。但并不意味着她就一定失去了单纯的品性。

在她的眼里,身边都是对自己好的师友,即使是最初见面时给她留下浮夸、拍马屁、大大咧咧印象的路文涛,对人也蛮好的。她觉得这既是自己的幸运,又是因为自己对别人好的结果。

那天晚上,回到公寓,方姐提醒她:"罗小祥对你很有意思嘛!你们有绯闻?"

吴锦华惊讶地说："不会的！哪有绯闻？他有老婆的。"

"有老婆就不会啦？自欺欺人。"

一句话问得她无言以对，在德国的这段日子，她充实得远离了自己的过去。

方姐说："我见过他老婆，他在法国常驻时老婆来过，个子不高，有些胖，讲老实话样子配不上他。不过据说是个才女，你也是才女呀！"

方姐说话的神态，有点儿母性泛滥的样子，好像在同情罗小祥的老婆配不上他，可以去拯救。

吴锦华说："小祥总在'朋友圈'晒了过年的照片，我觉得他老婆很有气质的呀！"

方姐八卦地一笑："我发现你在强调客观因素，回避自己的主观想法。他每次看你的时候的那个样子，别说看着你人了，你不在的时候，他看着你的空座位的眼神都充满了欲念。"

吴锦华着急了，说："主观上更不可能！他不是我喜欢的Type（类型）！"

"你喜欢的Type是怎样的？"

她坚定地说："是没结婚、没女朋友的！"

方姐见多了花花草草，呵呵一笑，说："你说的这不是喜欢的Type，是原则，每个人都有以为自己会坚持的原则，就怕感情上的事情不是非黑即白，有一天你稀里糊涂地就忘了原则。"

她不知道吴锦华的"曾经沧海"，只道她是"未经世事"。

感情上的事情不是非黑即白，一个人也不是如黑白一般分分明明，或者如黑白一般一成不变。

那晚之后，吴锦华有时候刻意避着罗小祥，有时候又觉得也许只是方姐神经兮兮，自己想多了，挺没必要的。

转眼间复活节假期将至。

罗小祥又想诱惑吴锦华同游巴黎。这两天却几乎和她搭不上话。她整天和路文涛、杰瑞他们在一起，很忙的样子。

晚上加班的时候，他看到她的头像在公司内部的即时通信软件上亮着，发消息问她："复活节有安排了吗？我们该去巴黎了吧！"

吴锦华窘迫，她坐在"作战室"里，路文涛站在她旁边，弯着腰，两个人正看着她屏幕上的项目材料，讨论着，即时通信软件却在屏幕上跳出了这么一条消息。

她不知道路文涛留意到了没有？下意识地放大了自己讨论问题的声音，好在消息只是闪现两秒钟就不见了，漫长的两秒钟，只留下提示有新消息的小头像在屏幕右小角闪烁。

路文涛当然看见了，他嘴里继续说着项目，心里略有歉意，因为他们刚才说好复活节假期加班，他以为吴锦华他们已经组了去巴黎的团，自己又拖着大家牺牲了一个小长假。

等到讨论完，路文涛坐回自己的座位，吴锦华回了罗小祥的消息："我复活节要加班，去不了。"

罗小祥迅速回复："又加班？"

"是呀！无线二期的标要在节前发，我们要投标。"

"客户赶在复活节放假前发标？"

"我们引导的，文涛大哥说想办法让客户在复活节前把标发出来，竞争对手都忙着去休假啦，我们可以比他们提前几天时间准备答标材料。"

连休四天的小长假。

路文涛拉着杰瑞、吴锦华等人加班加到了第三天下午。一直只有他们几个人耗在这一片办公区，没有其他事情和人来打扰，效率挺高。

工作进度不错，路文涛忽然地叹了一声，说："唉！今天晚上不搞了,明天也不搞了。我们明天去荷兰看花去吧!"

杰瑞率先热烈回应:"好啊!去郁金香公园看郁金香吗?"

路文涛说:"对!库肯霍夫的郁金香已经开了。我去年复活节就答应老婆和女儿去荷兰玩,结果被老孙拉着加了四天班。锦华不是计划去巴黎玩的吗?圣诞节被我拉着加班,复活节又被我拉着加班,明天休息一天!去不了法国去荷兰,反正我们肯定比竞争对手准备得充分了。"

"我没有计划去巴黎呀!"吴锦华红了脸,说:"我们明天去荷兰看郁金香来得及吗?"

"有什么来不及的?旅行社还有荷兰一日游,早上从杜塞出发,先去风车村看风车,再去库肯霍夫看花,晚上九点多就回来了。我们别那么赶,就去看花,怎么样?有兴趣吗?"

第二天早上,路文涛开一辆车,车上带着老婆、女儿。杰瑞开一辆车,车上带着吴锦华和项目组的另外两个兄弟。两辆车朝着荷兰而去。

郁金香、风车、木鞋、奶酪被称为"荷兰四宝",其中的郁金香不仅是荷兰的国花,而且是每年出口一亿球以上的主要创汇产品。

库肯霍夫公园距离阿姆斯特丹不远。

荷兰语中"库肯"即"厨房","霍夫"即"花园",它早在十五世纪就被最早开发它的一位伯爵夫人以"厨房花园"来命名。花儿们茁壮成长到十九世纪上半叶,一位景观园艺家应聘而来,为此地做了正儿八经的英式园林设计。

公园占地三十多公顷,实际上是个球根花卉的花园,里面种植了六百多万株各式球根花卉,包括水仙、藏红花、风信子等,其中主打的是约一千个品种的三百万朵郁金香。

每年从三月下旬开始,这里会举办为期两个月的花卉展览。

他们来得正是时候。

他们在中午时分进了公园，天气有些阴沉，但无碍绿树、草地、小河之间一片接着一片花田在争奇斗艳。

这里的郁金香有你几乎能想象到的各种颜色、各种形状。

最小的一株花不过人的巴掌大小，被种植在碎石里，据说是来自高原上的最初的野生品种，是如今郁金香庞大家族的老祖宗。最大的一株花差不多有一人高。

乱花渐欲迷人眼，走着走着，他们分成了两拨人。路文涛和吴俪俪哄着女儿在花丛间摆着各种姿势拍照。几个年轻人走得快些，杰瑞不时能评论几句珍稀品种的郁金香，令吴锦华大为惊讶。

她说："看不出呀，杰瑞！你对花还有研究？"

杰瑞老实地说："我昨天晚上刚做的功课，这段时间累死了，昨天晚上什么也没干，在网上看了半个晚上的库肯霍夫和郁金香。"

"那你记性很好嘛！能记得住。"

"跟你讲一个笑话，从前有个植物学家，每次去野外考察时总是走在队伍的最前面，向队友们介绍路上的各种花草，大家都很崇拜他。后来，大家终于发现，他赶在队伍最前面，把自己不认识的花草全部用脚踩死了，只留下了自己认识的。"

吴锦华发现杰瑞也会讲笑话。

这段时间两个人几乎每天见面，但交流的多是工作上的事情，这天从杜塞尔多夫一路侃到库肯霍夫，又在花海里边走边聊，才发现工作的话题之外也谈得投机。

令杰瑞大为惊讶的是吴锦华居然对玩《英雄联盟》有不少心得。

一行人在一个小广场会合，路文涛一家三口和那两位兄弟登上了广场上一座十九世纪的大风车腰部的观景平台眺望，杰瑞和吴锦华留在下面，饶有兴趣地观看两位穿着古老服饰的荷兰姑娘表演传统的烤鱼。

吴俪俪望着下面两位青春的身影，对路文涛说："你看那两个，蛮般配的。"

站在他们旁边的一位小兄弟听到了，响应道："我跟杰瑞说吴锦华不错，叫他去追，杰瑞说她天天和领导们在一起，搞不定。"

吴俪俪八卦心起，好奇地问："是吗？和谁在一起啊？"

那兄弟突然想起了什么，赶紧解释："嫂子别误会，我不是说路总。"

"别'总''总'地叫我，腻！"路文涛迅速想到了几张面孔，说，"海外嘛，狼多肉少，有几个老来献殷勤的，也不是什么领导，哪来那么多的领导？杰瑞就是霸气不足！还有一个罗小祥，整天围着吴锦华转。"

吴俪俪说："小祥不是有老婆的吗？哎呀，老孙的眼睛毒啊！小吴到杜塞的那天就看出来了。"

她意识到不合适在那个小兄弟面前搬弄太多，收住了后面的话。

吴锦华到家里来吃过不止一次饭，张口闭口"俪俪姐"，吴俪俪对她印象很好。

她学着小姑娘的语气对着路文涛："文涛大哥，孙总可是交待过你要对小姑娘的健康成长负责哈！"

路文涛的口头禅里已经少了"傻×"，多了"土人"。

他说："我怎么负责？我还能守在她旁边，把那个土人轰走？大家都是成年人，对自己的行为负责！"

返程路上，吴锦华浏览着手机里的照片。

收到一条"微信"，是罗小祥发过来的，这几天他没事就会问候一下："你们加班加完了没有？共进晚餐？"

她心情很好，回复到："昨天就加完了呀！今天来荷兰看郁金香啦！"

罗小祥在那边仿佛自己女朋友和别人私奔了一般，迅速回复："你去库肯霍夫了吗？和谁啊？"

"杰瑞、文涛大哥一家，还有两个项目组的小哥哥。"

"杰瑞也去了？我怎么不知道？我还以为你们今天加班。"

吴锦华对正在开车的杰瑞说："杰瑞，你的舍友好奇怎么你来荷兰看花，他不知道哩？"

"我的舍友？"

"小祥总呀，你的同居密友。"

杰瑞说："我们不是昨天临时定的吗？昨天他和孙总出去喝酒了，很晚才回来，回来就直接扑到床上睡了，早上我们出发的时候他还没醒了。"

吴锦华回复了一条："我们昨天晚上临时决定的。"

"看郁金香根本没必要跑那么远，离杜塞二十分钟就有很大一片很漂亮的郁金香花海，完全不输库肯霍夫，人还很少，拍照更方便。"

后来的几天，罗小祥总去约吴锦华共进晚餐。

吴锦华总说没有时间。她是真没时间，加入欧洲市场团队不到半年，如此重要的销售合同签单的关键时刻，她哪里有时间或者心情一个人溜出去吃大餐？

等到终于能缓口气的时候，吴锦华赴了罗小祥的约。

有些事情，某些大男人和小女生的脑回路是有巨大差异的。

女生的脑子里，总是会对自己说："他不会想对我怎么样吧？他那么德高望重一师长，他家有贤妻，他只是因为工作上的考虑吧？"

某些男性呢？一位那些年火红的年轻名人教导他的粉丝们说：

"如果一个女的跟一个男的单独吃饭单独看电影,那就是答应跟这个男的上床了。"

罗小祥带着吴锦华去了一家"米其林"推介的法国餐厅。

雅致的环境,精美的菜式,加上一瓶好红酒,吴锦华的神经舒缓了。她眉飞色舞地讲着最近工作上的见闻和心得,罗小祥貌似兴致勃勃地听着,不时点拨几句。

两个人聊到了电影和剧集,罗小祥介绍 1995 年的《爱在黎明破晓前》、2004 年的《爱在日落黄昏时》和即将上映的《爱在午夜降临前》。吴锦华听他讲着九年一部的"爱在三部曲"的来龙去脉,被浪漫爱情故事所打动,尤其,第二部故事的发生地在她心心念念的巴黎。

吃完饭,罗小祥邀吴锦华去家里拿他的移动硬盘,他说好把存满了电影和剧集的宝藏借给她。

吴锦华犹豫了一下,想着离开办公室的时候杰瑞说他马上要回住处,想着罗小祥说第二天要去波恩出差将近一个月,她点了头。

到了罗小祥和杰瑞两个人住的公寓,却没有见到杰瑞的影子。

吴锦华拿了硬盘,说了"谢谢"和"再见",转身要走。

罗小祥见她没有一丝暧昧或者留恋的意思,心里几分失落,几分不情愿就此错过。

他紧跟在她身后。在她即将开门出去的刹那,他抢先一步,伸出一只手摁在墙壁上,胳膊横在了她和门之间。

吴锦华一愣,瞬间慌张了起来:"小祥总?"

罗小祥伸出另一只手,摁在她另一侧的墙壁上,把她圈在了中间。

他把身体向她靠近。

吴锦华紧张地低下头,伸出双手推着他:"小祥总,你醉了,早点休息吧,你明天还要出差,很辛苦的。"

吴锦华有一米七左右,又有点力气,这个姿态倒是让罗小祥不容易抱紧她。

罗小祥有些犹豫,用蛮力?好像有损这几个月好不容易树立起来的光辉形象。放弃?不甘心。

他一句接着一句地表白:"锦华,其实我第一眼看到你就很喜欢你……你的气质真的和公司所有女生都不一样,你气质混搭,既很纯真,又很性感……认识你不到半年,你已经是在我梦里出现最多的人了……我有时候想,如果能够和你在一起,那真的是叫做夫复何求……在'伟中',女人像男人一样辛苦,男人像牲口一样辛苦,我觉得我可以尽自己所能帮你,让你尽量轻松一些……"

吴锦华沉默不语,她不知道该怎么接话。

他以为打动了她,再去贴近她。她却把自己缩得更紧,更用力。

拉扯了两个回合。

吴锦华急出了哭腔:"小祥总,求求你了,不要这样子,让我走吧!"

罗小祥换了可怜兮兮的样子:"我明天出差,有一个月见不到你,我们就抱一下,告个别,我保证不干别的。"

"不要啦,你喝多了,去休息吧。"

又是新的拉扯。

终于,门外隐约传来脚步声,钥匙声,还有杰瑞讲电话的一句:"好的,老路,明早见!"

吴锦华如释重负:"杰瑞回来了!"

她用力,一把推开他,捡起自己掉在地上的包。

门开了,杰瑞看到她,意外。

她举起自己的包，说："杰瑞，我来借小祥总的硬盘。"

她落荒而逃。

杰瑞进了门，对罗小祥说："你们吃法餐吃得挺快的嘛！没吃全套？"

"你怎么知道我们去吃法餐？"

"美女从办公室走的时候说今天晚上小祥总请她吃法餐。"

| 第三十二章 |

巴黎任务

尘埃落定，"伟中"在"莱茵电信无线替换二期项目"中的斩获超出期望。

"伟中"的更高集成度、更简单化、更轻薄的新一代无线基站产品切合客户需求，并且比竞争对手的同类产品领先，"技术标"评分领先对手。

更加简单、轻薄的基站变得更加容易安装，更加容易维护，加之在一期项目交付中积累的经验，整个服务成本的预算大幅降低，他们在投标中降低了报价，"商务标"亦领先对手。

"伟中"拿到了二期项目70%的份额，项目交付完成之后，他们的无线基站在"莱茵电信"将占到45%的份额，终于将要达成"喜马拉雅B项目"对"莱茵电信客户部"的无线基站40%市场份额的目标要求。

不仅"伟中"上下俱欢颜，卡恩和埃莉诺也在第一时间向路文涛和吴锦华表达了祝贺。

卡恩在给路文涛的电话里强调了客户高层对"伟中"新一代产品的认可和期待。他透露这一次客户的"首席信息安全官"诺伊尔不再持负面意见，而是认为"伟中"在对网络安全的理解及能力上进步很大，"莱茵电信"与"伟中"全面合作的风险可控。

路文涛和吴锦华在"莱茵电信"的办公楼里遇见埃莉诺，她不露声色地把他俩叫进了就近的一间空会议室。

她先是给了吴锦华一个拥抱，接着，紧紧地拥抱住了路文涛，嘴里说着祝贺的话。

路文涛被金发美女紧紧抱住，浓郁香水味沁入肺腑，正得意间，却从埃莉诺的头顶瞥见吴锦华在窃笑，他赶紧对着她装出一个无可奈何的表情，吴锦华笑得更加开心。

老孙犒劳项目组的兄弟姐妹们，他们去了路文涛最爱的本地餐厅之一，吃德国猪蹄配酸菜，喝精酿老啤酒。

老孙望着大口吃肉、大杯喝酒，踌躇满志的年轻人，抚今追昔。

他说："十年前，我们和那家以前领先业界，但是正在衰落的美国公司谈合作。谈判结束的那天晚上一起去酒吧喝酒，他们主持谈判的技术组长，一位满头白发的老专家问我们公司几个人年龄多大？当时我们主持谈判的技术组长三十二岁，我三十岁，其他几个人只有二十来岁。我们报完年龄，他更加伤感啦，说'我加入这家公司的时候你们都还没有出生，我在这个行业从事无线产品的研发已经三十多年了，却被你们一家做无线产品不到十年的公司超越了！'说完，他竟然趴在桌子上哭了。时间过得真快，一眨眼十年过去了，我们现在可以骄傲，应该骄傲，值得骄傲！但是大家不要得意忘形，更不要开始有守成的心态，可别一不小心走向老朽了！"

路文涛这两天似乎有心事，不知道怎么回事总给人感觉在强颜欢笑？

此刻，他倒是被老孙讲得来了情绪，说："领导，不会得意忘形！我可不满足，就算等到明年交付完二期，我们的基站份额也才占到 45%，我们怎么也要在'莱茵电信'占到一半以上的份额才能得意吧？"

吴锦华的啤酒进度最慢，她端起酒杯敬老孙："孙总特别怕我们得意忘形！我觉得文涛大哥虽然有时候看上去很夸张，实际上是很有忧患意识，考虑问题很周全的。杰瑞也是很谨慎、低调的呀！"

"什么叫我看上去很夸张？我哪里夸张啦？"

路文涛辩护了自己的光辉形象之后，转向杰瑞，接着说："杰瑞现在确实是很低调，我觉得低调过头啦！你看你发的那些邮件，每个人你都叫'总'，每个邮件最后你都要说句'谢谢'，有必要吗？你是不是去年因为网络安全被罚了一把，罚出心理阴影来啦？今后必须霸气一点！不要搞得好像别人个个是领导，就你是小弟一样。现在我们客户部，除掉张文华，技术上就你最牛了。"

路文涛早就想对杰瑞说这番话，终于有机会脱口而出。

辛苦一年，战功赫赫，结果被降薪 500，年度考评及基于考评的升级、加薪、奖金均落在后 40% 的人群中，还被明确 12 个月的时间内冻结个人职级的晋升和涨薪，这确实一度改变了杰瑞的"气质"。

何况，在过去的 2012 年，他的初恋女友在国内和别人"奉子成婚"了。

他正不知怎样对路文涛的这番话表态，老孙问："杰瑞，你多大啦？"

杰瑞答："今年二十九岁啦！"

老孙说："二十九岁在'伟中'该管很多事啦！路文涛说得没错，你现在是我们的绝对骨干，要更加霸气一些。我们公司在一线做销售和服务的人，没见过谁是靠温文尔雅、彬彬有礼上位的。"

杰瑞说:"孙总,我没有想过要上位了,我感觉自己在各位大佬的带领下,做一个技术专家就挺好!"

路文涛忍不住了,说:"杰瑞,你没搞明白领导的意思吧?又不是说只有当主管才叫'上位',你要做独当一面的技术专家也叫做'上位'!不管在公司内部还是在客户面前,气场都很重要!你代表的是我们客户部,别变得像个小绵羊一样,你以前不是这样的!"

"好!"杰瑞不再多说话,他端起杯子"咕咚咕咚"干掉了剩下的大半杯啤酒,算是表了态。

他喝得急,呛了一口。

第二天,吴锦华一大早就到了办公室,她坐在项目组的"作战室"里。

过了上班时间半个小时,路文涛姗姗来迟,他兴冲冲地对她说:"锦华,你很喜欢法国,还会讲法语的吧?"

吴锦华纳闷地望着他:"是呀,我在大学选修过法语,后来自己还学过。"

路文涛露出夸张的表情,说:"明天我们去趟巴黎!"

吴锦华更加纳闷,她冒出来一句:"好呀,领导奖励我们巴黎游吗?"

路文涛被她一句话说得瞪大了眼睛,乐道:"你真敢想!想多啦!我们去出差,有个非常重要的任务要去搞定!"

路文涛这几天确实有心事,他一直惦记着产品研发主管任志刚到杜塞尔多夫来"对标"的时候讲过"今年软件没问题,硬件可能有问题",讲过他们的新产品在散热能力上存在问题。

他可不愿意重演去年把自己的脑袋放在客户的桌子上,甚至悬在垃圾桶上的窘境。

他发邮件问任志刚最近的攻关进展，任志刚支支吾吾。他打电话过去，任志刚给他交了底：仍然不尽如人意！

通信设备里主要的热源是核心芯片，一枚小小的高性能芯片里的热密度和核反应堆堆芯的热密度是一个量级！散热能力的高低亦是决定通信设备的性能和可靠性的重要因素之一，怎么把芯片的热更加高效地散发出去需要精益求精的基础研究。

从前，"伟中"在行业内是追随者，他们要做的是抓紧业界标杆的牛尾巴，奋力追随领先者的步伐。

如今，他们自己变成了行业内的执牛耳者，在一些领域甚至可以说是闯入了"无人区"，不论是在大的产业方向上，还是在具体的技术课题上，都需要作为行业的先行者去探索。

"开放"也是刻在"伟中"骨子里的基因，新的全球化大潮滚滚，任何一个国家的科技企业都离不开全球化的产业链。

公司希望专家和主管们不是整日把自己封闭在斗室里，嚼着大蒜苦思冥想，而是要敞开大门，与产业界、学术界的大拿们切磋，多与天下英雄饮茶、喝咖啡，吸收全世界的能量。

任志刚和公司热技术研究中心的专家老赵此刻正在巴黎，他们在试图说服一位叫德约卡夫的法国教授帮助"伟中"攻克当下的难题，并且长期合作，将工程方案设计与基础技术研究并重，使公司的产品在散热能力上建立持续的领先优势。

那天路文涛打电话给任志刚，一听他居然在巴黎，先是大呼小叫，声称要没收他的护照，把他扣在欧洲做人质，家里什么时候搞定了产品的问题什么时候再放他回去。诈唬完了，路文涛决定自己去一趟巴黎，既是当面了解产品的进展，推动公司解决问题，又是恨不得亲自上阵说服德约卡夫加入"伟中"。

他心里并不是真的认为此次巴黎之行需要用上吴锦华的法语技能，只是以为自己圣诞、复活节两个假期都拉着小姑娘加班，破坏了她的巴黎梦,有这么个机会,就带着她一起去吧!

他一早去找老孙,两个人就下一步的工作对了标。他汇报了巴黎出差计划,老孙给了他充分的信任和支持。

4月巴黎,风仍然有凉意,但已经是春风。悄然盛开的樱花正点缀在这座古老都会的四处。

他们从"戴高乐机场"打了个出租车去位于左岸的酒店,一路上,路文涛低头划着手机,发着消息;吴锦华兴致勃勃地打量着窗外的一切。

到了酒店,却还没有到他们能够入住的时间。他们把行李放在任志刚的房间。然后,任志刚和公司热技术研究中心的专家老赵带着他俩去了不远处的一家本地餐馆,边吃午饭边聊。

德约卡夫是左岸一所大学的教授,是一位在散热领域颇有造诣的专家。老赵在一次散热技术研讨会上结识了他,并对他在会议上主题演讲印象深刻,认为他的研究方向和成果最切合"伟中"的需要。

老赵、任志刚到达巴黎之后已经和德约卡夫喝过一次咖啡。

那次咖啡喝了一个下午,他俩非常坦诚地介绍了"伟中"的产品在散热能力上遇到的瓶颈,以及未来对更高性能、更优能效、环境友好的散热技术的追求。

德约卡夫详细了解"伟中"的产品及现状,也进一步分享了自己的研究,可以说相谈甚欢。

但是说到加入"伟中",他断然拒绝了。他说自己不会考虑离开现在的工作环境,去为一家中国公司打工。

高端人才不一定非要归我所有,能够为我所用就挺好。这天下午,他们又约了德约卡夫喝咖啡,打算探讨以顾问的方式来合作的可能性及细节。

四个人坐在餐馆的门外,围着一张不大的圆桌。服务生端上了他们点的东西，打断了几个人的讨论。

吴锦华要了一份香橙鸭，她好奇地盯着任志刚和路文涛的盘中餐。

任志刚的盘子里是看上去有点儿糊了的青蛙肉和土豆块。

吴锦华惊讶地说："法国人也吃青蛙肉啊？看上去和中餐的做法差不多呀！"

路文涛摆出老江湖的样子，说："你看，读万卷书不如行万里路吧？你那么迷法国，不知道烧青蛙腿是法国人的一道家常菜吧？因为蛙腿是法国人的大爱，所以英国人长期把法国人叫做'青蛙'了。据说，法国人已经快把他们的青蛙吃绝种了，现在他们吃的是从印度尼西亚、越南进口的青蛙。"

老赵说："这也是全球化的价值链吧？中国人在巴黎吃法国厨师做的印尼青蛙。"

路文涛说："加一个，这个服务生我看也不像本地人。"

吴锦华饶有兴致地与服务生客套，一问她从哪里来？果然，那位女服务生回答她从保加利亚来。

路文涛的盘子里摆着一堆嫩红色，仿佛生肉一般的东西，里面夹杂着似乎是切碎的西芹、洋葱什么的，圆圆的碎肉堆上面顶着一个生鸡蛋黄。

吴锦华问："文涛大哥，你点的这是什么？一成熟的牛肉？"

路文涛隆重介绍："零成熟，完全生的牛肉！我每次来巴黎必点，鞑靼牛肉，又叫野人牛肉。这一盘子全是生的，切碎的生牛肉、生鸡蛋，算是法餐中的很特别的一道经典。"

任志刚疑问："你这能吃吗？太狂野了吧？"

"口感很嫩，很新鲜、细腻的，来，分给你们尝尝！"

众人皆嫌弃地摇头。

路文涛说："人家还是很讲究的好吧，鞑靼牛肉对食材和厨师的要求很高的。这又是一道让英国人受不了的菜。《憨豆先生》里面有一集,'憨豆先生'看到菜单上的'Steak Tartare',只认识'Steak',以为是牛排,上菜之后立马崩溃,又不好说不吃,就把肉往餐桌的盘子下面,各个地方藏,搞笑死了。"

老赵说:"老路在欧洲呆了多久啦?对欧洲美食的研究很深嘛!"

路文涛得意洋洋地说:"我是2011年才来的,在海外做市场嘛,首先要去学习、欣赏别人的文化,客户关系要做好,总要谈到吃喝玩乐、人生和理想吧?'莱茵电信'那个卡恩说我是他认识的亚洲人中间最了解德国的一个,我觉得我应该是他认识的亚洲人中间最了解欧洲的一个。"

吴锦华尽管还是觉得文涛大哥说话有点儿夸张,但现在她觉得这是一种无伤大雅、逗趣的夸张。她笑得露出了七八颗洁白的牙齿。

路文涛见吴锦华笑得那么开心,突然想起了给她接风那天,自己把几十块钱的红酒当"拉菲"赞的事情:"不过,像红酒这种东西我学了很久,理论知识丰富,也喝了很多,就是喝不出哪个便宜哪个贵,上次被这帮土人调戏了一把。"

他绘声绘色地讲了那日的故事,嘲笑了自己一把。

吴锦华方才留意到在餐馆的斜对面,隔着一条小河,矗立着一座双钟塔的、哥特式教堂建筑。那是一座巨大的石头建筑,古香古色、气宇轩昂、美轮美奂。

她问:"那边是个大教堂?"

刚才几个人从酒店走到餐馆的路上一直在热烈讨论德约卡夫,吴锦华这么一问,路文涛一拍大腿:"忘了给美女介绍啊!你那么迷法国,没认出来巴黎圣母院啊!"

"呀!"吴锦华惊呼一声,"我是觉得很眼熟,肯定是在网上看到过！"

"不急哈，这次会有时间让你逛的。"

结账走人的时候，老赵说："隔壁有个网红书店，早两天我和老任来逛的时候有一队不知道日本人还是韩国人在门口拍照，我们可以过去看看，时间还来得及。"

那书店离餐馆只隔着一个门面，吴锦华一见书店的招牌，又激动了："莎士比亚书店！当年海明威他们在巴黎的据点呀！"

莎士比亚书店门口种着一棵樱花树，粉色的樱花正开满枝桠，配着书店绿色的门脸，显得分外雅致。

吴锦华一边举着手机拍照，一边感慨："真想不到呀！饭吃完了才发现我们在巴黎圣母院和莎士比亚书店旁边。"

路文涛说："我老婆也喜欢巴黎，她说现代的巴黎能让人很容易地感受到历史的厚度和密度。你在小巴黎走，走几分钟就会碰到一个有几百年历史故事的建筑，就像随时会穿越到几百年前一样。"

老赵说："走吧，我们今天和德约卡夫约在一家有一百多年故事的咖啡馆，花神咖啡馆。"

下午，他们和德约卡夫坐在花神咖啡馆外面玻璃屋的角落。

德约卡夫精瘦的身材，炯炯有神的眼睛打量着两个新来的中国人。

老赵介绍说路文涛和吴锦华从德国来，对欧洲电信运营商的发展、痛点和诉求有深刻的理解。

德约卡夫对路文涛的问候只是礼节性回应，对吴锦华却露出了殷勤的笑容。

老赵说了新提议：如果德约卡夫不愿意加入"伟中"，"伟中"希望邀请他担任顾问。"伟中"可以赞助德约卡夫及其团队的研究课题，可以开放"伟中"的研究平台，可以派一些员工来协助他，只需要其中30%的课题由"伟中"的业务驱动，帮助"伟中"解决急需解决的问题即可。所有赞助课题产生的成果，例如专利等，"伟中"不需要独占权，只要获得使用的许可。

咖啡喝了两个小时，双方渐渐有了共识。接着讨论了一些程序性问题，德约卡夫却提出希望合作从7月1日开始，因为他不愿意打乱自己既定的上半年工作计划。

"伟中"的几个人刚刚喜悦了一会儿，心里又变得"拔凉拔凉"。

能与德约卡夫建立长期合作关系是他们此行的重要目的，但他们还有一个紧急而且重要的任务，必须尽快突破即将发布并且交付"莱茵电信"等客户的新产品遇到的瓶颈。他们已经遍访中外各路英雄并且分析过，德约卡夫目前的研究课题和成果是最有可能帮助他们迅速打开突破口的。

他们哪里等得了两个多月之后才开始！

双方又勾兑了半个小时，没有达成一致。

德约卡夫说他后面还有约会，今天只能到此了。

老赵拿了几张纸巾，写写画画，把"伟中"当下攻关的要点再次总结了几点，满脸真诚地递给德约卡夫。

他倒是接过了纸巾，随手往裤兜里一揣，款款道别。

| 第三十三章 |

塞纳河畔

他们在塞纳河左岸找的酒店入住，距离德约卡夫工作的地方不远，离他家也不远。

晚上，"伟中"的四个人在酒店附近的一家小酒吧里。

圣米歇尔喷泉和莎士比亚书店之间纵横的小巷中有一大片门面不大的餐馆、酒吧、小商店。正逢周末，人气正旺，但不算喧闹，游客中夹杂着不少学生模样的少年在穿梭。

他们去的酒吧面积不大，人不多。一个少年站在吧台旁边，边弹吉他边唱，偶尔独自舞上一段。他脱去了外套，白色暗花的衬衣，深灰色的裤子，系带的黑皮鞋，规规矩矩的头发，青涩的脸庞，和中国那些理工科大学男生的模样并无太大区别，该是附近学校来打工的学生吧？

酒吧里只有一个服务生，二十岁左右的女孩，金黄色的直发，黑色的抓绒衫，也是学生的气质。

"伟中"的四个人坐在酒吧里，从各自的视角谈着对未来万物互联的智能世界的理解，谈着他们当下奋斗中的痛与快乐。聊完一个段落，停下来，倾听片刻少年的歌唱，喝一口清爽的啤酒。

老赵是基础研究的视角，他的主要任务是把"钱"变成"知识"。这些年公司除了组织自己的专家们做研究，还越来越注重和国内、海外一流高校的合作，通过资助学术界而获取"知识"。

"伟中"作为一家公司，一个商业组织，难免更看重短期的市场需求和利益回报。而外部学术界的大拿们往往会去研究更遥远的理想世界，他们发表的论文、申请的专利等研究成果像通往未来的荒野上的点点灯火。

"伟中"认为只要他们的研究与公司对未来的规划大致相同，就可以寻求合作，从"钱"等方面支持他们。荒野上的灯火越点越多，总是可以帮助自己更好地感知未来，并且选择更优的路径，跑得更快。

任志刚是产品研发的视角，他的主要任务是把"知识"和"钱"变成公司的"能力"，包括公司的产品能力、专业服务能力、解决方案能力等。

路文涛和吴锦华是一线销售的视角，他们要把公司的"能力"变成"钱"。既要向客户销售公司的产品、专业服务、解决方案，从客户那里赚到"钱"，又要洞悉客户的痛点和诉求，推动公司走在正确的路上。

他们这一晚在塞纳河畔碰撞，火花四射。

吴锦华大部分时间在倾听。但与刚刚毕业加入"伟中"的时候不同，她心底里少了一些对有作为的前辈的单纯崇拜，多了一些对自己未来的作为的决心和规划。

路文涛焦虑地说："我不管，不管什么时候能搞定德约卡夫，老赵，散热的问题必须马上解决，家里别又给一线埋雷！我们不至于就等着在一棵树上吊死吧？研发不能在'对标'的时候一顿忽悠，等到一线签了单你们又说搞不定？我们的产品领先不能只是在'PPT'上领先吧？"

老赵看了一眼任志刚，说："也不是讲完全没有别的方案，只是别的方案成本要高一些，我们认为德约卡夫研究的仿生散热技术的成本更低。"

"伟中"对各个客户部和产品研发团队的经营目标的要求都很高，产品销售收入、利润率的目标达成情况占了任志刚的"KPI"的大头。

路文涛懂得任志刚的诉求。任志刚要对产品的收入、利润负责，自己要对销售合同的收入、利润、现金流负责，殊途同归，两个人都有降成本的责任。

他嚷道："老任，我们必须定一个 Deadline（最后期限），到时候你们还搞不定，我必须推动公司领导决策，不管 A 方案、B 方案、C 方案，能降成本当然好，实在降不了我们也必须按契约交付，不能破坏和客户好不容易建立起来的信任！"

几个人又商量好，路文涛和吴锦华在巴黎多留几天，继续参与下周上半周与德约卡夫的沟通。

他们回到酒店。

吴锦华房间在路文涛房间的隔壁。房间不足二十平米，显得逼仄，但外面有一个小阳台。

吴锦华拉开玻璃门。阳台很小，钢铁架子搭的，木头地板，齐腰高的铁栏杆，放了一把椅子。她走出去，忍不住惊呼了一声："呀！"

她看见近处是鳞次栉比的不规则形状的古老建筑的屋顶，远处的埃菲尔铁塔亮着鹅黄色的灯，既耀眼夺目，又不张扬。

相邻的阳台传来动静，路文涛走了出来。两个阳台不相通，但中间只隔着半人多高的花坛，花坛里种着小树来分隔。

吴锦华欢呼："好赞！我们的阳台上看得见埃菲尔铁塔！"

路文涛满不在乎地说："巴黎很多地方都可以看得见埃菲尔铁塔好吧！"

话音未落，铁塔逢整点的闪光时间到了，就见铁塔上灯光闪烁了起来，如烟花绽放，又似繁星拥挤在一起斗艳。

两个人凝望着在暗夜里熠熠生辉的埃菲尔铁塔。

第二天是星期六，他们已经计划了四个人一起逛巴黎。星期天吴锦华约好了由她那位在法国子公司工作的同学招待她。

吴锦华说："文涛大哥，明天去逛的时候帮我留意一下有没有运动用品商店，我要买一套早上跑步的衣服。"

路文涛疑惑地问："上次我们去'奥特莱斯'，你不是刚买齐了你的运动装备吗？怎么到巴黎来首先想着买跑步的衣服？"

吴锦华犹豫了一下，说："我想去塞纳河边跑步。"

尽管在下午喝咖啡时没有多发言，但路文涛认真听着德约卡夫的每一句话，留意着他的每一个表情。他顿时反应过来，问："你不会是想着要去偶遇德约卡夫吧？"

下午寒暄的时候德约卡夫说到他有早晨跑步的习惯。并且，当吴锦华感慨第一顿午餐一不小心坐在了巴黎圣母院和莎士比亚书店旁边时，他炫耀了他在塞纳河边跑步，经过的那些地标。

吴锦华小心地问："你觉得不好啊？公司前辈们有那么多在停车场、机场、高尔夫球场守株待兔等客户的经典。"

"伟中"初到海外发展，毫无名气的时候，前辈们蹲在客户的茶水间、地下停车场，守在客户要去的机场、球场，帮客户拎包，英语不行就带着最真诚的傻笑，一次，两次，三次，一步一步挤到客户眼前。

路文涛说："我觉得没有必要吧？情况不一样，当年那是急着认识客户，和客户建立长期的关系，是客户经理的责任和独特价值。这是和学术界打交道，老赵、老任他们更有共同语言，也是他们的责任。老实跟你讲，我没想我俩多留几天就能自己去说服德约卡夫，我是想掌握第一手的情况，将来要是搞不定，我踢老任的屁股踢得更准。家里不管用什么样的方案，必须给客户按契约交付！"

吴锦华说："我感觉德约卡夫对我印象还好，我本来也想感受一下在塞纳河边跑步的感觉，要是真的遇到他了，我不会瞎聊、瞎承诺的，拉近拉近距离就好。"

路文涛考究的眼神看着吴锦华，觉得她眼睛里闪烁着理想主义的光。

吴锦华被他看得紧张，微微低下了头。

路文涛说："我也发现他对你印象挺好！你要去跑步，我不怎么赞同，也不反对，但是我觉得你是漏电体质，你小心别漏电！"

"漏电体质？"

"这是以前埃及，现在公司做网络安全的一个老兄弟发明的词，当年他是我们的'金句王'，他说有的女人并不是自己刻意乱放电，但就总是容易电到别人，叫漏电体质。"

"我哪里有漏电?！文涛大哥，你才漏电吧！你和埃莉诺那街头拥吻，我看见你是电力十足的样子呀！"

"你胡说！我不是都跟你解释过了吗？我，我，好，剽悍的人生不需要解释！反正我是世界上少见的正人君子。"

见他急了的样子，吴锦华又笑得露出了七八颗洁白的牙齿。

一个轻松的星期六。

四个人在离酒店不远的路边吃了"法国煎饼果子"作早餐。

"法国煎饼果子"是路文涛命名的。他们在街边发现了那家小店，三个厨子在店门外的早餐摊前一字排开，正好是一个白人，一个非洲裔，一个印度裔。

白人大叔负责卖"法国煎饼果子"，他把面糊在烧热的铁板上摊成薄饼，打一个鸡蛋在上面，匀开，加一把碎奶酪，撒一些碎蘑菇，放几片火腿肉，一折一卷，新鲜出炉。

四个人爱上了这薄饼，天津人路文涛坚称这就是"煎饼果子"，原创知识产权属于天津卫，大家无从否认。

他们在卢浮宫里度过了整个上午的时间。

始建于十三世纪初的卢浮宫最初是十字军东征时期为保卫巴黎而在塞纳河畔修建的城堡，后来变成了法国国王和王后们居住的王宫，法国大革命之后，这里逐步变成了世界上最著名的博物馆和艺术殿堂之一，收藏着数不胜数的古典绘画和雕刻。

吴锦华和老赵是做过功课的，锦华在网上搜索过关于这座庞大宫殿的一切，老赵手上捧着一本画册、一张地图，认真地对照着现实世界和纸上描述。

路文涛曾经来过卢浮宫，他记得镇馆三宝"蒙娜丽莎""维纳斯"和"胜利女神"，还记得"自由引导人民""拿破仑一世加冕大典"等几幅名画。他本想作为东道主带大家游览，但按图索骥的老赵自然而然地变成了这队人的导游。

任志刚悲催地被拉上了一个他没有提前收到通知的电话会议,只能戴着耳机,心不在焉地跟着走,一度缩在墙角发了个言。

他们等着正在发言的任志刚,路文涛半开玩笑半认真地对吴锦华说:"老任这个倒霉孩子!比我们还要没日没夜。但是我们推动他的时候绝不能有恻隐之心,我们不舍得踢他的屁股,客户就会来踢我们的屁股!"

镇馆三宝中他们首先遇见了"蒙娜丽莎"。

尽管这一天卢浮宫里游客不算多,"蒙娜丽莎"面前仍然是里三层外三层。游客们越是站在外层,越是把相机、手机举得高,仿佛那位妇人就真实地站在面前。

煞风景的是画像的左右两侧各竖着一面不小的告示牌,告示牌比"蒙娜丽莎"更高、更醒目,上面用多国文字写着"警惕提防扒手"。唯恐有人看不懂,文字下面配了扒手掏包的示意图。

逛到"维纳斯"雕像前面的时候,任志刚的电话会议终于开完了。

他们绕着那尊断臂的大理石女神雕像前后左右端详、留影。正好来了一队成团的游客,女神像前拥挤了起来。"维纳斯"的旁边也立着一块"警惕提防扒手"的牌子。

告别了"维纳斯",没走几步,任志刚把手伸进自己的挎包里一伸,脸色微变。他认真地在里面翻找片刻之后,轻声对身边的路文涛说:"我的钱被偷了!"

这一天的"倒霉孩子"任志刚拐着一个挎包,包里的其他物件安然无恙,唯独夹层里面的一千多欧元不翼而飞!他想来想去,应该就是在爱与美的女神"维纳斯"的注视下被人给扒走了。

上帝没有洁癖,人世间总有瑕疵甚至污糟。传说欧洲扒手最多的城市,第一名是罗马,第二名是巴黎,恰是在西方文明史留下浓墨重彩，如今仍给人文艺、浪漫印象的两座一千多年的名城。

回想起与"蒙娜丽莎""维纳斯"相伴的"警惕提防扒手"，他们觉得报警应该是没什么用的。任志刚保持着淡定和风度，继续跟着大家欣赏馆中珍品，权当是"破财消灾"。几个人捂紧了自己的口袋。

镇馆三宝的另一位，"胜利女神"站在楼梯的拐角。

公元前190年前后，为了纪念一场海战的胜利，爱琴海上罗得岛的古希腊雕塑家创作了这尊女神像。

女神像有两米多高，据说最早是站在海边石崖上。如今她立在船头形状的底座上，张着翅膀，裙裾飞扬，丰盈的身体前倾，一条腿迈步向前，既呈现着女性身体之美，又洋溢着豪情与活力。

只可惜"维纳斯"断了臂，"胜利女神"不见了头。

路文涛豪气万丈："卢浮宫里我最喜欢她，看到她，我就感觉到胜利的强烈欲望！"

学究老赵从手中画册抬起头："告诉你们一个无用的知识，她的英文名叫'Nike'，'耐克'的名字就是从她而来，'耐克'商标的那个钩就是抽象了这个雕像的形态。"

他们坐在卢浮宫二楼露台的咖啡店吃了午饭。

吴锦华望着楼下院子中间的玻璃金字塔、排队入馆的人们，抚摸着露台上斑驳的石头矮墙，对三位前辈感慨："我是真的觉得很感恩公司这个平台，我毕业不到五年，从中东、北非到欧洲，见了那么多不同的风景、不同的人，简直是我自己在五年前不可想象的！"

路文涛说："我听到过身边很多人有这样的感慨啦！不过，我们那一批人说得比较多，现在的小孩中间，我是第一次听到有人这么说。"

"是吗？应该很多人都会这么想吧？"

"那不一定,现在很多小孩只嫌公司给他的回报来得太慢,哪里会感恩这个?我们那个时候最聪明的人要出国、要进外企,愿意来'伟中'的大部分是笨一点、理工科的宅男宅女。来了'伟中',突然满世界飞,到处和人家工作几十年的职业经理人、专家切磋,很多人会感恩公司提供了这样的平台,给了自己不一样的机会。"

任志刚附和:"是啊!我们那时候容易满足,也没有想一定要赚比别人多的钱,要和这个比那个比。我从原来的单位离职,去了深圳就觉得自己是投奔热土,整天干劲十足,每年自己和自己比,今年和去年比,越比越开心!哪像现在?我们部门一个小孩,去年考评没打'A',打了个'B'而已,又是申诉考评不公,又是投诉我偏心,还在公司论坛上吵吵。"

老赵说:"你们吧,这不能怪现在的小孩吧?现在社会上房价那么高、'宁愿坐在宝马车里哭也不愿坐在自行车上笑',公司内部又把'ABCD'的收入差距拉得那么大,比例控制那么严,他们当然焦虑。"

路文涛说:"那倒也是,就算是像锦华这样家里条件不错,攒钱买房压力不大的,从小学到大学习惯了站在金字塔顶上,来了之后当然想样样不输给别人,想次次打'A'、年年升级,都是从金字塔顶上下来的人,谁愿意来了之后被压在下面,是吧?锦华。"

吴锦华红了脸:"没有啦,我其实并没有很大的野心啦。不过,早几年确实不知道自己想要的到底是什么?读书的时候很简单,就是分数嘛!"

路文涛问:"早几年不知道自己想要的是什么?现在知道啦?"

吴锦华笑了,说:"现在还是不知道!但是好像比早几年要有感觉一些了。我来的第一天吃饭的时候,老孙讲'目标感很强是很好的优点，但是如果眼睛里只有目标而错过了路上的风景，未必是一件好事情'，我一直在想他这句话。"

路文涛称赞她："不错啊！老孙那是说给罗小祥同学听的，你记在心上了！你还知道感恩，心态不错！"

他转向任志刚："你们知道我想要的是什么？我在公司想要的就是四个字，'事成人爽'！老任，老赵，今年我们必须继续'事成'哈！"

午后，他们穿过杜乐丽花园，在花园另一角的橘园美术馆中看了莫奈的"睡莲"，路过协和广场上那根从埃及卢克索运来的方尖碑，逛了香榭丽舍大道，拜访了凯旋门。

吴锦华买到了一身跑步时穿的行头。

黄昏，他们在香榭丽舍大道边小憩，等待这一日最后的节目，去"丽都"晚餐、看歌舞秀。

| 第三十四章 |

"漏电体质"

在巴黎，"丽都"的歌舞秀与更为中国人所知的"红磨坊"齐名。

2022年，一场疫情之后，坐落在香榭丽舍大道中段繁华耀眼处的"丽都"宣布大裁员，70多年的"蓝铃女孩"舞蹈团解散，从1946年开始照亮巴黎每一个夜晚的"丽都歌舞秀"就此终结，那是本世纪第三个十年的后话。

2013年樱花季的这个黄昏，四个中国人买了晚上七点开始的晚餐加歌舞秀的票，正在门口等待入场。

路文涛又给大家讲了一个自己的段子："我第一次来巴黎是前

年七月份,星期六白天逛街,晚上去'红磨坊'看歌舞秀。我穿着长袖T恤、速干裤、沙滩凉鞋,到了'红磨坊'的门口,保安说我着装不符合要求,不让进。我票都买了,别人都可以进,就我不让进?!"

"那怎么弄?"

"扯了半天,保安给了一个妥协方案,说如果我穿一双袜子,就可以算'正装',可以进。那天我们买的是晚上九点的票,于是,我在巴黎的晚上八点多钟满大街跑着找袜子。'红磨坊'那条街上最多的是性用品商店,那种奇形怪状的女袜买得到,哪里来的正装男袜?找了半条街,找到家超市说有袜子,但是老板说要打烊了,死活不让我进!你们知道最后是谁救了我?"

"谁救了你?"

"马路边上的一个拉皮条的!他叫住我,问我是不是急着找'Sex(性)'?我说我不是找'Sex',是在找'Socks(袜子)'!他给指了条明路,说隔一条街有个卖定制西装的店,里面应该有袜子。我赶紧冲了过去,果然有!我花十欧元买了一双高帮的黑袜子,终于在表演开始前搞定!沙滩凉鞋配黑西装袜,法国绅士觉得合适,我觉得太怪异了,一进门就脱掉了,我人生最贵的一双袜子。"

任志刚说:"所以我说法国人虚伪、装×嘛!又要装高贵,又想赚你的钱。"

路文涛说:"老任,这个事情我后来琢磨过,我想得比你有文化。"

吴锦华又笑了,自从老孙叨叨路文涛讲话"没有文化",潜移默化,路文涛现在不怎么自称"莱茵河第一气质男"了,他现在爱自诩"有文化"。

任志刚问:"你咋想的?"

路文涛说："法国人也有灵活、务实的一面啊！当规则没有明确沙滩凉鞋加黑袜子算什么的时候，他们可以有一个妥协的选项。以前，我们讲很多老外对中国有刻板的印象，我们对老外不也是一样吗？喜欢给人类打标签！有些人崇洋媚外，恨不得见到的所有坏毛病都要打上'中国人'的大标签，有些人瞎骄傲，好像样样都只有中国好。其实都是人，天下人性是相通的！不能认定'法国人'就一定怎么样，'德国人'就一定怎么样，'中国人'就一定怎么样，要去看每一个个体究竟是怎么样的？"

任志刚说："是，刚才在凯旋门下面，那个制服笔挺的仪仗兵烟瘾犯了，站在门柱子旁边抽烟，抽完了把烟屁股往地上一扔，用大皮鞋踩着碾，就在凯旋门的门洞下面，我就想，这不是几十年前的中国大爷的做派吗？"

老赵说："老路，你们在一线做销售，特别关注在人的共性中找个性，个性中找共性，这也是一种能力！我和一个我们的法国专家交流，他认为他见到的中国专家的特质是灵活性和务实性，研究计划调整起来更快，法国专家的特质是责任感和质疑精神。但是，老任，你手下的兄弟们中间，不是两种人都存在吗？法国人中间，就像老路说的，一样也看得到灵活和务实。"

见两位认同自己的说法，路文涛继续："你们在家里做研发，工作是70%的科学、30%的艺术，我们在一线做销售，工作是70%的艺术、30%的科学。在一线工作，要以为样样有真理、定理套就糟糕啦！别说每个人不一样，同一个人，今年的想法还可能和去年不一样！"

吴锦华若有所思，说："所以下星期的德约卡夫也可能改变主意，同意提前和我们开始合作，不用等到7月1日了呀！"

三个大男人不约而同地看了眼她。

路文涛说："我们的锦华现在不仅把工作放在脑袋里，已经弄到血管里去了,随时随地在流着。今天好好放松吧,别想工作!"

任志刚拍了胸脯:"你们放心,不管德约卡夫什么时候上船,家里一定按时发布一个高质量、稳定的产品,绝对不会仅仅是'PPT 领先'!"

他们买的晚上七点的套餐的票包含三道菜的法餐、半瓶香槟和晚餐之后一个半小时的歌舞表演。

"丽都"的歌舞女郎号称"蓝铃女孩",个个是一米七五以上的大长腿,相貌端庄、身材匀称,舞蹈功底扎实。她们在大部分表演时间上身赤裸,下面玻璃丝袜,却丝毫不让人觉得庸俗,只是尽力呈现出巴黎浪漫、梦幻、艺术的那一面。

吴锦华打量四周,来消费的有不少"合家欢"模样的本地人。

表演开始前,舞台上有五六岁的小孩欢跳,有中年夫妇慢舞。

他们来得早,座位不错,在前面离舞台很近的地方。

同一张长条餐桌上有一对被服务生安排与他们"拼桌"的老夫妇。老头双手捧着老太太一只手,放在嘴边亲吻。两个人含情脉脉,久久对望、细语。

吴锦华偷偷瞄着,突然想起了自己逝去的两段感情,突然心里痛。

第二天早上,吴锦华开始去塞纳河边跑步。

跑到第三天,星期二,她真遇到了德约卡夫。

她和路文涛的计划是星期二下午参与和德约卡夫的再次沟通,星期三一大早返回德国。

星期二早上她在河边跑步、徘徊,然后,站在靠近圣米歇尔喷泉的左岸河边,望着塞纳河、西提岛发了会儿呆,正要转身离去,却猛然看见德约卡夫从新桥那边跑了过来。

她转身的时候,德约卡夫已经离得只有几步远了。

虽然她本就有偶遇的期望,但是这几天没见着德约卡夫的影子,她已经只是沉浸风景中,想着自己的心事,这一刻觉得突然。

她慌乱地笑着,用法语说:"早上好!德约卡夫先生!"

德约卡夫认出了她,有些惊讶,但并没有停下脚步,只是挥了挥手:"早上好!吴小姐。"

他继续向前跑去。吴锦华跟了上去,在他旁边跑着。

吴锦华继续用法语说:"在这里跑步,几十分钟就像跑过了几百年一样。"

德约卡夫说:"你法语说得不错!"

"我喜欢巴黎,但是很少有机会练习法语。"

"我记得我们的约会是今天下午,你的同伴呢?"

"他们在酒店,准备我们今天的交流,我有晨练的习惯,即使出差也是。"

德约卡夫扭头给了吴锦华今天的第一个笑容,他问:"我以为今天只有赵和任在巴黎。我记得你是一个销售人员,从德国来,你为什么会留在这里?"

吴锦华换了英语,说:"因为我急着给德国的客户提供更加低碳节能、环境友好、低成本的产品和方案,也许我可以说不仅是为了德国的客户,而是为了满足现在欧洲人的诉求,包括法国人。另外,事实上'伟中'是一个客户导向的公司,销售人员和研发人员通常是目标一致的。"

德约卡夫自顾自地向前跑,吴锦华保持着能够与他并肩的步伐。

又跑了几分钟,他放慢了脚步,快步走到路边一棵树下,弯腰拾起一片树叶,递给她。

吴锦华顺手接过树叶,莫名其妙。

德约卡夫说:"树叶总是在吸收阳光,表面的温度不断升高,但是,它为什么从来不会被烫伤?也许,如果我们充分理解了树叶的散热机理，就可以帮助你们解决你们急着想解决的问题。"

吴锦华一时领悟不到树叶的散热机理，但是她领悟到了什么，开心地说："德约卡夫先生，你已经在思考我们的问题啦?!"

德约卡夫说："上次在'花神咖啡馆'，赵送给了我几张纸巾，他是个聪明的人，用纸巾上的东西吸引了我。你把这片树叶带给他，告诉他这是我回赠的礼物，告诉他我们今天可以多花些时间来讨论细节。"

他顿了顿，说："也许，事实上我们已经在合作了。"

吴锦华连走带跑地回了酒店。

她去按路文涛的门铃，路文涛拉开门，觉得眼前一亮。

她激动地说："文涛大哥，德约卡夫已经在想办法解决我们的新产品要解决的问题啦!"

"你真的在河边遇到他啦?"

"是呀!"

"你牛啊! 怎么说服他的?"

吴锦华一愣，老实回答："我没有说服他! 他主动说他上周五回去后看到老赵在纸巾上写的东西，忍不住地思考。他认为他现在正在研究的东西切合了我们的应用场景，正好把学术研究和工业实践联系得更快，我们的应用场景是对他的仿生散热技术的完美验证!"

吴锦华摊开手，掌心是那片树叶："他说他从树叶的散热机理上得到了启发，希望这个星期能有时间向赵总、任总了解我们产品的更多细节，开始讨论技术实现和验证!"

路文涛的情绪迅速被点燃："太好了! 你换件衣服吧，我们找他俩去!"

他拉开门时觉得眼前一亮，是因为站在面前的吴锦华下身穿着一条勾勒曲线的紧身运动长裤，上身穿着的运动夹克外套拉开了拉链，露出了里面有点儿低胸的白色健身内衣和很明显的"事业线"，再加上由内至外散发出来的青春、阳光气息。

他开玩笑地加了一句："我还以为是你漏了电，把我们的法国教授给电晕了。"

她注意到他这一刻的视线，低头一看，拉上外套的拉链，红了脸说："我刚才在河边是拉好拉链的啦！跑回酒店的路上才觉得热，我，我，好，剽悍的人生不需要解释！难道女生身材好、穿得好是女生的错误？"

吴锦华冲了个澡，换了套衣服，和路文涛一起去找任志刚、老赵。

路文涛先下楼去买了四个"法国煎饼果子"回来。四个人在老赵的房间会合，心情不错。

路文涛说："锦华今天腿都跑软了，她本来跑完步准备回酒店了，结果遇到德约卡夫，她又陪着跑了一趟，然后又心情激动地一路跑回酒店，真是有苦劳也有功劳！终于搞定！把德约卡夫忽悠得提前上了船！"

吴锦华慌忙再次澄清："没有啦，不是我搞定的啦！是上个星期赵总和任总搞定的，我只是打了个酱油。"

"你这话说的，你只是来打了个酱油？那你回去要不要报销这次出差的费用？你跟他说的那段急着给欧洲人民提供低碳节能、环境友好的产品不是说得挺好吗？你怎么知道你的出现不是让他最后下决心的那一下呢？"

吴锦华不知道为什么路文涛突然很较真的样子，她又不知道怎么接话了。

路文涛意味深长地接着说："我们的新产品能够按时上市，收入、利润目标能达成，就是老任、老赵的功劳，两位大佬不缺一个故事。反正今后我跟老孙，跟其他领导讲德约卡夫提前上船的故事的时候，就讲是因为锦华不甘心 7 月 1 日的时间点，了解到法国教授的锻炼习惯，天天去塞纳河边守株待兔，终于等到了教授，以诚服人。这是锦华的贡献，老任、老赵，你们没意见吧？多符合公司价值观的一个故事！"

公司大了，争先恐后的人多了之后，如何准确地识别优秀或者高潜力的员工，做好"ABCD"的排序以及对有限的激励资源的合理分配变得更加难了。

过去，主管为下属争取利益时，总爱表扬他聪明、刻苦、学习能力强、善于沟通什么的。如今，单纯强调一个人的素质、能力已经越来越不好使了。再高的素质、再强的能力，也要看得到产出，要体现在绩效结果上才行。

公司越来越倾向"以战功论英雄"，在评优、升级、加薪、分奖金的时候，对主管要看他负责的产品或者客户的经营结果，对员工要看他围绕自己的责任所得到的绩效结果和关键事件。

狼多肉少，哪里有那么多"大事件"等着每个人去挑战？路文涛有心帮助吴锦华的"成长"，任志刚和老赵"秒懂"他的意思。

任志刚说："我们当然没意见！你们过来从欧洲客户的视角把我们的应用场景讲得更清楚，更能够打动教授了。"

老赵说："很多事情就是这样的，细节决定成败，小吴过来之后让德约卡夫发现了'伟中'里面不仅仅是一群像我们这样无趣的中国老男人嘛！"

下午与德约卡夫的交流进行得顺畅、愉快，法国教授答应尽快开始与中国公司的合作，算是为他们这一次的巴黎任务画上了圆满句号，为下一阶段的攻关开启了新章。

晚上，吴锦华又来到酒店房间外的小阳台，再看看城市那一头亮着鹅黄色灯光的铁塔。

她举起手机，认真拍照。

旁边飘过来一句："今天早点睡，明天早上五点半要出发去机场。"

她一惊，扭头看见路文涛坐在隔壁阳台的椅子上。

"哎呀，你吓我一跳，你怎么这么安静地坐在这里？"

"难道我平时总是很吵吗？"

吴锦华在她那边的阳台上坐了下来，说："没有啦，文涛大哥平时蛮好的呀！"

路文涛逗她："我发现你吧，有时候给人的感觉像是一个文艺女青年，有时候又给人感觉中文词汇量不够，表扬人只会说'还可以''蛮好的'，也没几个形容词。"

吴锦华认真地说："我是学通信工程的，理工女。不过我以前的男朋友是文艺青年，后来受了他的一些影响。"

路文涛没有答话，他望着埃菲尔铁塔，在想旁边这个女生到底是个什么样的人？

吴锦华也在思考，她问："文涛大哥，你真的觉得我经常'漏电'吗？"

"你还真记住这个啦？我是说你'漏电'，又不是说你乱'放电'，你说得对，身材好、穿得好、温柔得好不是你的错！"

吴锦华没有作声。

路文涛想了想，说："问题就是你周围总是有男人接收到错误信息，蠢蠢欲动吧？不过这也没啥，关键是你把握好自己真正想要的，如果你想要的就是这种被男人围着的感觉那就OK，如果不是，还是要避免产生太多没必要的干扰，分散自己的注意力。"

吴锦华辩白："哪里有那么多男生围着我？我对人好，亲和力强，别人愿意和我接近而已。"

"不是剽悍的人生不需要解释吗？"路文涛说，"那是你眼里的，我还不知道男人是怎么想的？比如你的那个司机。"

"我哪个司机？"

"你还有几个司机？你天天坐他车的那个。"

"我天天坐方姐的车呀！"

"方姐调过来之前那个，罗小祥同学！"

吴锦华想起了罗小祥想要"壁咚"她的那个晚上。

沉默了片刻，她说："算上初恋，我到现在一共交过两个男朋友，不算太多吧？"

路文涛澄清："我没有说你不好，我只是觉得表面上的你和实际上的你不一样，容易让人误会。我看你吧，第一眼觉得挺单纯的，第二眼觉得有点儿像'绿茶'，第三眼觉得其实还是一个单纯的女生。"

吴锦华低声说："不过，我是去年同时有两个男朋友。"

"啊？你牛！"

"而且，其中一个是有老婆、有孩子的。现在，你第四眼会觉得我是一个什么样的人呀？好欺负的人吗？"

"你，真的假的？"路文涛站起来，却看见吴锦华眼角有晶莹的泪光在闪烁。

她说："现在都分手了哈！两个男朋友，一个太负责任了，一心只想教育我，让我回到他规定的轨道上去跑。另一个太不负责任了，对未来的计划永远只有下一次怎么睡我。我以前很喜欢乔布斯那句'Follow your heart（跟随你的内心）'，但是在找男朋友这件事情上，我的心没有把我带到我真正想去的地方呀！"

这回轮到路文涛一时不知道怎么接话了。

吴锦华站了起来，说："谢谢文涛大哥带我来巴黎，我觉得这几天又学习了很多，睡觉去啦！"

"今后别叫我文涛大哥了，私人的事情上我讨厌'爹味十足'

地去教育别人，工作上你老是叫文涛大哥，别人听到了，总觉得你是一个刚来的小姑娘，不是公司的习惯，不利于你的职业形象。"

"那我怎么叫你呀？公司习惯叫'总'，你不乐意；你的英文名是'Wen Tao Lu'，叫出来还是'文涛'；叫'老路'？又把你叫老了。"

"叫'老路'吧！在你面前老一点儿无所谓。"

| 第三十五章 |

"Follow your heart"

老电影《燃情岁月》里说："有些人能清楚地听到自己内心深处的声音，并以此行事，这些人要么变成了疯子，要么成为传奇。"

我们中的大多数人，既不是疯子，也不会成为传奇。

短短几天，吴锦华在巴黎收获了很多。

我们的成长，本来就是从点点滴滴的亲身经历、用心体验中来。

三位专业背景、看问题的视角、所承担的责任各不相同的前辈聚在一起，既碰撞得火花四溅，又聊到公司发展历程中很多前世今生、前因后果的故事。吴锦华就像埋头拉了一段时间的车，有机会停下来和大拿们喝几杯咖啡，吸收来自他们的能量。

尤其是过去作为一线的销售人员，她与家里的研发人员打交道主要是高举客户的大旗，去推动研发满足各种市场需求。这次在非正式的场合听两位研发大佬各种诉说衷肠，令她有了很好的换位观察、思考的机会。

路文涛说的关于"漏电"的那些话，她并不完全认同，但也不是完全没有听进去。

她总记起在"丽都"和他们"拼桌"的那一对恩爱老夫妇，觉得关于爱情和婚姻，越来越清楚自己想要去向的地方，尽管当下仍看不清具体的路径。

回到杜塞尔多夫之后，路文涛果然在老孙面前大讲特讲吴锦华在巴黎之行中的功劳。老孙很高兴，他说尽管面对的不是客户，但也能看出吴锦华急客户之所急的虔诚和狼性，看到小姑娘半年以来新的进步。

路文涛对自己此行的收获亦满意。

除了眼前的项目上的事情，他始终没有忘记雷奥妮和她所在的"惠逊"公司。

他感觉美国公司尽管当下不是无线通信设备领域的主要玩家，但迟早会出现在他们面前，给像"伟中"这样的传统玩家带来威胁，甚至可能是对行业有颠覆性的威胁。

因为"雷奥"这个前缀有狮子的意思，他和卡恩在背后打趣雷奥妮为"母狮子"。他觉得自己就像是走在非洲大草原上，虽然眼前豁然开朗，但看见狮子的身影若隐若现、或远或近，知道它就在草丛中，迟早会冲到面前来。只是不确定在什么时候，以什么样的方式？

他这半年比以前更加关注行业发展的趋势，在认真地学习。他积攒了一些疑惑，这次去巴黎正好向任志刚讨教。

任志刚很乐观，他说一方面公司早有洞察，已经在IT、"云计算"上投入了好几年，相关的产品和解决方案越来越好。另一方面他个人认为电信网络的"虚拟化""云化""开放化"离实现还早得很，因为现在占据优势地位的几家设备商不会积极地去革自己的命，客户也要保护自己这么多年的既有投资，哪里会像个人消费者换部手机那么轻易？

人无远虑，必有近忧，路文涛不觉得可以高枕无忧，但是，任志刚既是产品领域的主管，又是专家，和他面对面深入探讨，令路文涛觉得自己对这个课题理解得更加全面、更加系统。

他和任志刚，从一开始的"互撕"，到后来的"相爱相杀"，到现在，可以说是"惺惺相惜"了。

罗小祥担心了两天。

他"壁咚"吴锦华未遂的第二天去了波恩出差，倒没什么不安，喝多了酒可以是个好理由。他给她发了条消息说了句"对不起"，心里其实在想自己当时是不是应该更加果断一些？把生米煮成熟饭再说？不过，当时杰瑞回来了，不再方便，复盘起来好像也没太多可以改进的地方。

恰巧公司连发了两条对内部酒后性骚扰事件的处罚通报，对犯规者解除了劳动合同，其中一条是回溯了半年之前的事件。

"职场性骚扰"算是一个世界性难题，隔一段时间网络上就会爆出一个大事件。对一个"大厂"，如果纵容，没准哪天就会让公司从声誉到金钱上都受到损失。

"伟中"重申了自己对"职场性骚扰"的零容忍态度，强调一经查实，对性骚扰行为者一律予以辞退处理。并且要求一旦有相关举报，禁止各级业务部门自行处理，一律上升到公司 HR 处理。

罗小祥看了通报，这才开始担心。他没那么担心吴锦华举报他，小姑娘应该不会。他担心万一她找别人诉苦或者炫耀，有多事的人举报他，例如路文涛之流。

他写了个邮件，斟字酌句的，既很诚恳地表达了歉意，又避免了承诺下不为例，把一切归咎为"爱"嘛！写完，转念一想，删掉了，哪能在公司的邮件服务器上留下这样的文字证据呢？

他从波恩回来，去她面前探了探，见她对自己的态度貌似和过去没大的差别，这才安心。

吴锦华接受了他喝多了、一时冲动的说法，觉得自己又没受到实际的伤害，过去就"翻篇"算了，未来自己对罗小祥敬而远之吧！

吴锦华前男友之一的曾子健倒霉事不少。

他崇拜史蒂夫·乔布斯，和吴锦华一样喜欢那句"Follow your heart（跟随你的内心）"。他曾经坚信自己的心带着自己走向了更广阔的未来，却发现，翻过一个山丘，前面的路变崎岖了，再翻过一个山丘，前面的路似乎更窄了。

他的红酒生意没有起色。

从前在"伟中"分析市场时，他习惯了"看行业""看竞争对手""看客户"的套路，如今惊觉，自己当初决定投资法国的酒庄时，这几点竟然都没有看清楚，或者是人算不如天算。

说到"看行业"，他才明白投资一家法国酒庄本来就不是一门快速获得回报的生意，从购入酒庄到收回成本，恐怕需要几十年。在海外买酒庄恐怕更适合那些钱多到要考虑分散配置资产，求个保险的真正的大款，而不是像他这样急着扳本的人。

说到"看竞争对手"，回到国内才发现满地是卖法国红酒的，中国人在法国投资的酒庄在一百家以上，还有在澳洲等地投资的。

说到"看客户"，他不得不接受中央的"八项规定"不是吹一阵风，而像是从此变了风向的现实。尤其是"遏制节日腐败"，使得原来以为高确定性的几处集团消费的"熟人"对他的贡献可以忽略不计。

更糟糕的事情来了，做干细胞的刘老板可能会出事！

这一年的反腐动作力度越来越大。那天张旺深夜打电话给他，说堂哥"张处"认为刘老板过去依赖的"靠山"很可能会出事。并且，刘老板和他的"靠山"，很难说谁会把谁拉下水！

"张处"提醒他们小心风险,要考虑提前"割席"。

曾子健和张旺合计不能痴等他们买的原始股从"OTCBB"转到"纳斯达克"上市了,要赶紧落袋为安,兑现走人。这时才发现,他们的股票卖不掉!

"OTCBB"确实是美国证券市场的一个板块,刘老板并没有骗他们。

但是,和"纽交所""纳斯达克"这类通过交易所平台自动撮合成交、流动性好的场内交易市场不同,"OTCBB"是一个场外交易市场。在这个市场中的股票,个人投资者并不能通过平台自由交易,而必须通过交易所指定的买卖中间商来交易,流动性不足。

简单的说,他们的原始股是真原始股,但是他们找不到"接盘侠",卖不掉。

那几年,一些中介机构四处游说国内的公司去美国上市,并且在国内帮着推销这些公司的原始股,其中不少是这种情况。结果是公司名义上在美国上了市,实质上只能算挂了牌,很难融到资;投资者则很难变现。

他俩并不孤独。

钱旦有些心痒痒,对申请第二次去海外常驻心痒痒,那是他内心深处的声音。

他最近半年在现在岗位上的工作渐入佳境,得到一线同事的好评,和周边部门协作良好,和他的主管肖武沟通顺畅。

前段时间,他去拉丁美洲的墨西哥、哥伦比亚出了一趟差。

世界很大,中国公司和中国人走得很远,拉丁美洲在地球的另一端。

去的那天,钱旦在北京时间晚上十一点从香港机场起飞,巴黎时间早上六点落地中转地法国,在"戴高乐机场"里面消磨了八个多小时，中午两点半继续飞，飞到墨西哥城时间晚上七点再次落地，跋涉了33个小时之后才到达目的地。

墨西哥和中国时差13个小时，昼夜正好颠倒。

遥远的是路途，亲近的是人。

除了立志成为"喜马拉雅山"的欧洲地区部、"黑土地"的亚太地区部，"伟中"在美国的"后花园"拉丁美洲的生意一样越做越大，驻扎的人越来越多。钱旦在这里遇见了很多过去在中国、中东北非共事过的老同事、老朋友。

出完差，走的那天，站在哥伦比亚子公司的高楼上，俯瞰着群山环抱中的波哥大城，回想起与几个多年未见的老兄弟们聊到的彼此近况，他又对生活、奋斗在别处的日子产生了向往。

他的少年时代是在上个世纪的八九十年代，那个时候，封闭多年的国门始开，不少孩子听着"外面的世界很精彩"，读着《万水千山走遍》的三毛和《笑傲江湖》的金庸，把"漂泊"等于了"浪漫"，他的骨子里亦然。

他结束第一次海外常驻，回到祖国已经有三年多。

一年前的他为了得不到当时的领导的信任而整日焦虑，无暇他顾。一年后的他从容了不少，开始有了不安分的时间和心气。

只是，调动到新岗位不到一年，干得好好的，似乎没有理由"逃"？回到深圳，拨动他心弦的那只手暂时消停了。

这一天晚归，他驾着车在住宅小区里寻找车位。

晚上在公司开会，肖武提到公司在墨西哥马上要签一个很大的无线通信网络建网合同，客户是一家美国巨头在墨西哥的子公司，项目在交付阶段计划配置一名网络安全管理的专家，需要他安排人手。

"伟中"有一个"美国梦"，梦想公司终有一天可以全面突破美国市场。毕竟，那是一个三亿人口规模、消费能力强、代表世界先进技术的高价值市场。建设好在墨西哥的这张无线通信网络是"伟中"向那家美国巨头进一步证明自己的机会,从过程到结果不能有任何疏漏,所以项目组会有网络安全管理专家的人员配置需求。

钱旦在会上听着肖武介绍,动了自荐的念头,回家路上一直在琢磨着此事。

这个岗位反正是肖武必须得解决人员安排的,目前领导正为没有合适的人选而挠头。自己去申请这个岗位,仍然是在这条专业线上奋斗,不算"干一行,不爱一行"吧?另外,于公这应该是一个挺有挑战性的工作,于私自己对传说中的"魔幻拉美"挺向往。

他终于找到一个空处,将车塞了进去,左右打量不会妨碍到旁边的车,这才上了楼。

这段时间他爸妈在深圳,他们已经睡了。女儿也睡了。秦辛在小声地讲电话。

见他回来,秦辛挂掉电话,说:"刘姐在和我说选举新'业委会'的事情哩,业主一平方米算一票,要我们一定去投她们的票!"

那几年深圳的小区流行各种维护业主权益,他们小区正在闹着选举新"业委会"。积极分子们列举的小区三大"孰不可忍"的现状:

第一,车位紧张,缺乏管理,有非本小区的车辆进来占用停车场;

第二,夏天蚊子太多;

第三,小区门口有一个小烧烤摊,油烟、噪声扰民。

钱旦心不在焉地听秦辛讲完,说:"到时候去投票呗,刘姐说投谁就投谁,我刚才找车位找了半天,是该管管。不过,那个烧烤摊挺好的，投没了真可惜！我跟你另外商量个事啊？"

"嗯？"

"上次从拉美回来，我不是说对再去海外有点动心，不过没有好的机会吗？今天晚上开会，领导讲了一个机会，我觉得蛮好，可以争取一下。"

他给她讲了详细的情况。

他最后说："宝宝现在三岁，等她上小学了，我就差不多申请调回来。趁这几年两边爸妈身体都不错，能在家里帮你，我出去多赚些钱？"

她一直支持他的所有决定，从最初南下深圳，到后来去埃及。

她说："好啊，说不定哪天我上班上烦了，不干了，带着姑娘去找你玩去！"

"那我这两天跟爸妈先提一下，然后去跟领导争取。"

钱旦是家中独子，爸妈心里希望他这个儿子不要东奔西跑，却又永远支持他的所有东奔西跑的决定。可怜天下父母心！

他用信用卡的积分给爸妈兑换了离家挺近的一个体检机构的体检，星期六带爸妈去体检。

体检的人不多，也不少。

爸妈分别进了相邻的两间诊室，他在门外等着。老爸现在的体检项目是"外科"，他认为是一个对成年人来说走过场的项目。

诊室的房门开了，只见老爸脸色铁青的走了出来，后面跟着一位老医生，他迎了上去。

老医生说："你是儿子吧？你爸爸直肠长了东西！"

"什么东西？不要紧吧？"

"你别说'不要紧'！我这儿只是做了'指检'，摸到有肿瘤，感觉情况不太好，你要尽快带你爸去医院看！"

谢国林和刘铁两杆"老枪"此刻所做的，正是他们内心此刻想要的。

　　他们继续在太平洋和印度洋之间的万岛之国奋斗，他们正在紧张交付"爪哇移动"的二期项目。

　　谢国林已经离开黑木岛，去了首都雅加达常驻。他在协助项目总监李应龙管理整个大项目，同时在更大范围内推行公司的"数字化交付平台"，践行更高效的交付项目管理方法。

　　他们召集大项目组的骨干在开项目例会，各个区域的项目经理们电话接入了会议。

　　黑木岛区域保持了去年四季度以来的势头，进度最快，网络质量好，成本控制不错，客户很满意。例会专门给了刘铁二十分钟时间，请他分享经验。

　　刘铁讲完，李应龙慷慨激昂地表扬："老刘这只烧不死的凤凰鸟！我去年来的时候被他急死了，心想，这老同志没真刀实枪干过大项目啊？公司这是废了一个优秀的技术专家，多了一个不合格的项目经理嘛！还出'EHS'事故，摔死人，太过分了！这一年老刘真是脱胎换骨，越来越专业！越来越牛逼！"

　　谢国林跟着感慨："公司一直强调'批评和自我批评'，但是，另外有句话不矛盾，就是'不要轻易地否定别人，更不要轻易地否定自己'！很多事情是没有可以照搬的经验的，挫折难免，关键是像老刘这样，通过'批评和自我批评'，去重新肯定自己和团队的战斗力！"

　　史蒂文和刘铁在一起，听到电话会议里面盛赞老刘，他转头对老刘比了一个"V"，会心一笑。

　　刘铁也伸手比了一个"V"，回应他。

　　他们白天去了火山下、湖畔那个把亡者放在树下的竹笼中天葬的神秘村落。他们在那个村子的无线基站开通了。

那个站点施工的过程中,刘铁从始至终守在现场。自从那次史蒂文带他们来到这个村子,这个偏远的站点就成了他心底里最重要的站点。

他记得那个从村子里走出去、从他们的铁塔上摔下来的年轻人。

散了会,他们回了各自房间。

刘铁房间的门敞开着,里面传来小孩调皮玩闹和女人大呼小叫制止的声音。他走到门口,心情彻底松弛了下来,打了一个大呵欠。

他的老婆和儿子在房间里等着他。

从前,熟稔的同事笑他怕老婆。他笑说不是怕,是敬畏。因为那些年不管他走到哪里,老婆都敢跟着。

2004年,他在伊拉克战争刚刚告一段落之后去了伊拉克常驻。老婆从香港飞迪拜,迪拜飞德黑兰,德黑兰飞伊朗下面的省城,再转乘汽车去两伊边境,越过边境线去找他。

她和他一起在缺水、缺电、缺蔬菜的伊拉克北部住了四年,帮他们开垦了一片白菜地,还怀上了他们的宝贝儿子。

他第二次海外常驻之后,原本老婆留在国内带娃,等他今年申请调回去。

但他们听了老谢的建议,刘铁打算在"爪哇移动"项目中再多干一年,彻底拿回失去的一切。他把老婆孩子接过来团聚,一家三口过一段相依在别处的日子。

五岁的儿子,见到爸爸的身影出现,兴奋不已:"爸爸,我又听到'哗咕哗咕'的声音啦!我们出去抓壁虎吧!"

| 第三十六章 |

天下父母心

深圳，星期一，闹钟定在六点半、六点三十八、六点四十五响三次。

钱旦五点就自然醒。他做了一个晚上的梦，睡得很不踏实。

上个星期六带爸妈去体检，医生"指检"后说老爸的直肠长了肿瘤，并且感觉情况不好。他今天请了一天假，计划带老爸去"北大医院"做进一步的诊断。

他心神恍惚了两天。

这么多年来对爸妈而言，自己一直是没心没肺地过着自己想要的生活。爸妈身体不错，两个人能够互相照顾，也很少因为家里的事情找他。陪伴、照顾父母对自己来说，一直是一件来日方长的事情，他觉着自己是幸运又幸福的。

前些年妈妈住过医院，动过手术。他在远方，爸妈甚至没有在事前告诉他。他并不知道担心。

这是第一次，他们在自己眼皮下面病了。而且，那个体检的老医生的表情、语气太严肃，令人想到疾病中那个糟糕的字眼。

这两天，他记起了很多平日里很少回忆的往事。

老爸年轻的时候在一个工厂的机修车间工作。他是个坐不住的人，脾气急，甚至可以叫做火暴，自己不听话就会被罚跪什么的。但是老爸乐观，重情义，人缘好，朋友多。

老爸从来是瘦的，但钱旦依稀记得小时候被他背在背上，登上他工厂附近的小山坡去看火车；或者是坐在他的大单车的前杠上，单车跑得飞快。老爸在自己的儿时记忆里一直是顶天立地的存在。

钱旦中学的时候去邻近县城的一处古老城楼春游，城楼前面有一条大江，有两位高年级的同学在江上泛舟，不幸翻船，两个人溺水身亡。

消息传回学校，又迅速从学校传出。那个时候，没有滚动刷新信息的"微信"，消息口口相传几道，变成了："三中去春游的学生坐的渡船翻船了！淹死人了！"

一艘渡船翻了，那得有多少人掉进河里啊？

他们家住的院子，也就是妈妈工作的单位在学校隔壁。是那个年代小城里流行的，前面是办公楼，后面是宿舍楼的单位院子。

妈妈的领导听到消息，又在早上遇见过兴冲冲出门的钱旦，赶紧找到了他老爸，把消息告诉他，并且叮嘱现在还不知道准确的情况，先别急着告诉他妈妈，免得他妈妈受不了。

老爸回到家里，一见到妈妈就瘫软了下去："钱旦他们出事了……"

倒是妈妈镇定地说："现在不清楚具体情况，先取点钱放在身上，把情况搞清楚再说。"

钱旦并不知道高年级的同学发生的事故，他和班上同学愉快地玩乐了一天，心满意足地坐火车回家。

他走出火车站，意外地发现老爸站在出站口等他。那时候，老爸已经知道了准确的情况，见到他，和往日一样的平静，带他回了家。

老爸没有提及几个小时之前在家里发生的故事，钱旦是几年之后才听爸妈讲起，才第一次知道老爸内心柔弱的那一面。

再长大，他考上了省内的一所大学。老爸送他去学校报到，他俩坐了一夜的火车。

那个时候的行李箱不是后来流行的有轮子的拉杆箱，只是一口大提箱。老爸走在前面，把箱子扛在肩膀上。他跟在后面，望着老爸微驼的背影，想起了朱自清先生的《背影》。

大学毕业，钱旦越走越远。

千禧年，他辞去在一家银行的工作，南下深圳。爸妈送他去火车站，他心里只有对外面的世界的期盼。

多年以后聊起社会治安的话题，老爸才说那天本来在裤子口袋里揣了几十块零钱，打算最后塞给他在路上用，结果，最后时一摸口袋，钱已经悉数被扒手扒走。那一天的老爸仍然是平静地什么也没有说，多年以后才偶然提起往日故事。

后来，自己在深圳安了家。妈妈还好，老爸住在深圳时却总不能安心、习惯，每次住不多久就要和他的岳父岳母"换防"。

父爱如山，沉默而坚实。

2013年的医院已经可以在网上预约，但仍不及后来的便捷。钱旦带着老爸早上七点多到了医院，等候到九点多钟才轮到他们。

医生领着老爸去屏风后面检查，老爸进去前突然慌乱地问了一句："痛不痛？"

钱旦心里一动，那个刹那第一次感悟到老爸已经不再年富力强。

医生说应该是良性的息肉，预定了一个星期之后的肠镜检查。钱旦在网上查过这个医生是医院胃肠外科的主任医师、专家，他们稍稍放了心。

回到家，妈妈说女儿听说"爸爸带爷爷看病去了"，觉得很新奇："真有意思啊！怎么是爸爸带爷爷去看病？应该是爷爷带爸爸呀！"

她的小脑袋瓜子里，还没有一代人长大，一代人变老，生命以它独特的方式传承、延续的概念。

一个星期以后，肠镜的结果出来。

好消息是它是"多发性肠息肉"，不是恶性的东西；不好的消息是在肠子更里面的位置发现了另外一个更大的、直径超过2厘米的；继续悬着的消息是病理检查结果要再过一个星期才能出来。

他们继续等待。

钱旦在长大以后很少和医院打交道，牙科除外。他研究着什么是"多发性肠息肉"？应该如何治疗？深圳哪家医院好？

网络安全管理部的会议。

肖武最后一个走进会议室，他说："议题开始之前我先说一个事情，墨西哥那个大项目的网络安全专家的人员需求，你们有人选推荐没有？自荐也可以！没去海外常驻过的，出去一趟挺好的。"

有人问："这个人还没有搞定啊？"

有人嘀咕："项目交付还要一段时间才启动吧？那么急着要人？"

肖武说："这个项目意义特别，客户背后是美国公司，所以才要为项目配一个专职的网络安全专家。人员可以先远程工作一两个月，准备好签证，不一定马上出发。一线昨晚又发了个大邮件，向公司领导求助，要求我们本周末之前定下人选，启动签证。"

钱旦没有开口自荐，他爸爸的病悬而未决。

他脑袋里倒是想到了一个人，"唉"了一声，又闭上了嘴。

肖武看着他："你想说啥？"

技术团队的主管老邓帮领导追问："这种说一半又吞回去的话最重要啦，老钱，你有啥想法？"

钱旦说："我想到了一个人选，不过，老邓，是你的人啊，我推荐合适不？"

老邓紧张了："你了解我的人的情况吗？我现在缺人！"

肖武问："钱旦，你想推荐谁？说！"

钱旦迟疑了两秒，说："苏启亮，我只是觉得他挺不错的，自己也想去海外常驻。老邓那边确实人手很紧,可能不合适。"

老邓放心了一点儿,说:"启亮不合适吧?他是很强,不过太年轻了,项目组愿意要吗?"

"苏启亮我知道,"肖武说,"太年轻啥?外面大把网络安全的大牛,年龄小得很,十来岁的小孩都有!苏启亮三十岁了吧?网络安全科班出身,进公司好几年了,还太年轻?那就是我们培养人有问题!"

老邓继续抵抗:"肖总,一线要的是安全管理专家,苏启亮是技术专家啊!"

肖武继续进攻:"没那么多复杂的管理逻辑,他有什么学不会的?他最近支持了好几次海外高层客户的来访接待吧?挺机灵的。我看他推动问题的意识和能力也不错!"

"肖总,我也缺人啊!"

"你缺人你赶紧去招啊!老邓,都说我们是吃青春饭的行业,吃青春饭有两个意思,一个是老得快,还有一个是青春的时候比同龄人机会多,能吃得更好嘛!你不要拦着小兄弟的发展,非要人家老死在你这里?你让他赶紧准备个简历,发给一线面试!"

老邓瞪了钱旦一眼。

第二天,钱旦在洗手间的尿兜的前面遇到了苏启亮。

他正盯着墙壁,惦记起老爸未知的病理检查结果和后续治疗方案,有些焦虑,旁边多了个身影,叫他:"旦哥!"

扭头一看,是苏启亮,他点头示意:"你好!"

"旦哥,谢谢你推荐我去墨西哥!"

"老邓这么快跟你沟通过啦?"

"邓总昨天一开完你们的会就找我沟通啦!他可不爽了……"

他的话没说完,被钱旦打断了:"别在这里说这些!"

他俩走出洗手间。

钱旦问："怎么啦？老邓是不爽我推荐你？还是不爽你想去海外？"

苏启亮说："没有啦，是我手上的工作要交接出来，我们部门太忙了，邓总不爽要给其他人压任务。他让我把工作交接清楚，不要留尾巴在这边。"

钱旦说："我就知道老邓有觉悟！我其实也舍不得你走啊，你上次怎么说的？我俩合作去见客户，我代表成熟、稳重，你代表'极客精神'，最佳拍档！"

钱旦问道："你去海外，家里人没意见吧？"

"昨天晚上和我老婆商量了，她刚怀孕。"

"啊！恭喜啊！那你不出去了？"

"去啊！她同意我去，她爸妈在深圳陪她。上次在德国的时候你说公司海外业务量这么大，出去常驻一趟，将来回看自己在'伟中'的职业生涯的拼图，会觉得很完整。我觉得很有道理。昨天和我老婆商量，她说既然有机会，晚出去不如早出去，圆了我的梦。"

钱旦点头："过去之后，该休假的时候就争取回来休假。公司一年给报销三套探亲机票，老婆、孩子、爸妈都可以用，到时候用完！别帮公司省钱。"

苏启亮是一个细心，又爱刨根问底的小伙，他问："旦哥，你刚才为什么说别在里面说这些？"

钱旦愣了愣，才反应过来他问的是什么，回答道："在洗手间里不要聊一些有的没的，你永远不知道后面隔间里的马桶上坐着谁啊！你刚才说老邓'可不爽了'，我不知道他有多不爽啊！万一他正好坐在你背后的马桶上呢？"

苏启亮叹道："大佬，你做网络安全做得这么小心了啊？"

钱旦说："没有啦，这和网络安全没关系。这不是刚刚有过故事么,早几天我和老邓边尿边聊,吐槽部门人手不够,肖总卡进人卡得过紧,老邓面试了几个人都被他否了。我俩聊得起劲,后面隔间的门一开,肖总面无表情地走了出来,他也不看我们一眼,走到门口一边甩手上的水,一边说'你们先审视自己的工作方法,提高工作效率,现在到底是人不够?还是你们没用好?',说完还是瞅都不瞅我们一眼,走了,好尴尬!"

说完,两个人乐了。

在"伟中"这样的公司,最不缺乏的就是年轻人的机会。

钱旦一不小心帮着把苏启亮"摆渡"去了地球的那一端,等待这个年轻人的将会是什么样的新大陆呢?

中午突然下了一场大雨。

下午,钱旦请了半天假,带着老爸去"北大医院"。

病理检查结果出来:"未见癌变"。

他们大大地舒了一口气!

不过,两个瘤一个达到了 25 毫米,另外一个虽然较小但是离肛门近,医生建议尽快处理。医生说可以通过肠镜切除,得住院半个月左右。

钱旦倾向于就在"北大医院"做手术,自己从来没有照料过爸妈,该到了反哺的时候了。老爸则希望回湖南治疗。

晚上睡不着。

他想起了城中一家去年才开始营业的、引进香港管理模式的公立医院。听说那家医院不但具备国际一流的管理经验和医疗技术,就医的体验也很好。

钱旦在网上搜索,深圳人向来乐意接受新鲜事物,大家对那家医院的正向反馈较多。他决定带老爸去看看,也许在治疗方案及医院上能有新的选择?

他们希望的是有一个对身体伤害最小、能根治的、可靠的治疗方案，以及体验更好的就医环境。

过了两天，钱旦带着爸爸去了那家香港人管理的医院。

新医院，挂号费一百块，没有拥挤的人群，环境不错，体验不错。

医生的门外没有排队的人，里面一个年轻的医生很是耐心，但他面对钱旦带过来的之前的病历报告，却是一副没有把握的样子。

他叫过来了一个年长一些的医生，做起了"会诊"。他俩商量完，继续用商量的语气对父子俩说："这两处应该都可以先用肠镜切除，但有可能转急诊手术。"

这趟下来，钱旦爸爸拿定了自己的主意。

晚上，等钱旦回家，爸妈把他叫到他们房间。

老爸说："我和妈妈商量好了，我们回湖南去治疗。我下午问了一个在'湘雅附二医院'的朋友，他讲这样的手术在深圳的医院可能一个月做几十例，在他们那里一天做几十例，医生的经验完全不一样，让我去他们医院做手术。我觉得他讲的有道理。而且，在这边你们总要请假，太麻烦你们，我就去'附二'做，我们能够照顾自己，你们放心！"

钱旦知道老爸的犟脾气。上午那两个年轻医生的青涩表现给老爸留下了深刻印象，说到两地医院在手术经验上的差距，似乎无可否认。

爸妈一辈子总怕麻烦别人，不管是对外面朋友，还是对家里亲戚，有时候甚至让人觉得"见外"。钱旦当然不认为爸妈是麻烦自己，但他知道爸妈很怕麻烦自己，可怜天下父母心！

钱旦的爸妈急急忙忙回了湖南。

他们家在湘西一座群山怀抱中的小城中，爸妈打算先回一趟家，然后去长沙住院、手术。

星期六晚上七点多的火车，钱旦送完站回家，看到女儿买来，一直是老爸在照料的两只小兔子，他想问女儿："爷爷多久喂兔子一根胡萝卜？"

他刚一张嘴，鼻子一酸，眼泪差一点儿掉下来，好一会儿才平静下来。

他舍不得他们离开深圳，他祈望老爸手术顺利，两位老人身体健康、长命百岁。

"伟中"的同事中，不少人如他，年少时只遗憾万水千山走不遍，渐渐年长，身仍在远方，心里开始害怕"树欲静而风不止，子欲养而亲不待"的遗憾。

老爸顺利地在长沙完成了手术。

老两口从开始住在医院墙外的小酒店等床位，度日如年，到住进医院，做完手术，又花了半个多月的时间。钱旦去了两次长沙。

等老爸动完手术，钱旦去英国出了一趟差。

公司驻地在离伦敦不远的小镇贝辛斯托克，他每天就是在酒店、公司，以及几个项目组的所在地来回，忙忙碌碌。

直到离开的前一天，他和一位来出差的同事利用星期六去逛了一天伦敦。

他们从滑铁卢火车站开始，经过伦敦眼、大笨钟、议会大厦、白金汉宫、大英博物馆、塔桥等等，最后沿着泰晤士河的岸边走回到滑铁卢火车站。

河滩上有一位不知名的歌手，四五十岁的年纪，花衬衣、牛仔裤、太阳眼镜，坐在自己带去的躺椅上，一把电吉他接在便携的电池箱上，阳光下悠闲地歌唱。

早两天下过雨，河滩有些泥泞，他独自坐在那里，孤独却又惬意的样子。

钱旦站在河堤上，望着河两岸那些著名的古老建筑，听着歌手的弹唱，他的心弦又被拨动。

他一直认为自己很年轻，不论身体还是心态，走遍万水千山仍然是自己向往的生活。但是，过去的两个月令他觉得纵使自己离老去尚早，自己身边的世界却在慢慢变老。

他想，还是暂时安定自己那颗驿动的心，留在离家近一点儿的地方吧！

| 第三十七章 |

吴俪俪的工作

德国的夏天，夏天的杜塞尔多夫。

老孙在星期六召集部门骨干开"务虚会"，讨论明年的业务规划。

时间刚刚进入七月，老孙昨天召集大家瞄准既定的年度目标讨论了下半年重点工作及计划，觉得不过瘾，今天又召集大家就中长期的业务设想和规划碰撞思路。

他的爱将路文涛请假，委托吴锦华代替自己与会。

路文涛说他必须要去机场接人，他的老婆吴俪俪、女儿路雨霏回了趟中国，今天又从国内再次抵达杜塞尔多夫。而且，这次，他的岳父、岳母大人随着一起来了德国。

"伟中"每年给常驻海外的中方员工报销三套因私的往返机票，员工本人、配偶、儿女、父母皆可使用。

起初，公司说没有使用掉的机票可以兑换成钱，不少员工就真把机票节省下来，兑换成人民币。距离中国远一点的国家，一套往返机票能值个一万人民币左右，一年节省两套，外派三年就多得了五六万。

后来，公司认为不对，给海外员工报销因私机票的目的是鼓励和至亲的亲密连结，令大家不至于为了工作，或者为了钱既背井离乡，又抛妻弃子。于是，公司修改了规则，每年可以报销三套往返机票，并且可以累积到第二年使用，但不用则作废，不能兑换成钱。

机票变成了不用白不用，再加上一批接着一批人常驻海外，在异乡拖家带口的生活经验亦在同事们当中不断积累、传承。渐渐，不仅陪伴着出海的老婆、孩子多了，老人也有了。

路文涛的父母、岳父母起初完全没有来德国陪伴一段时间的计划，他们想着不会习惯那里的生活。此次岳父、岳母的成行是因为他们的女儿为了一个工作机会在纠结，亦是天下父母心。

路雨霏的幼儿园离家近，八百米左右的距离，吴俪俪每天走着接送女儿。

她在幼儿园总遇见一位同样是来接送小宝贝的台湾妈妈，她们一回生，二回熟，三回四回成了朋友。

几个月前的一天，两家的男主人均出差在外，吴俪俪带着女儿去了台湾人家里做客。碰到她家的网络出了问题，手机、电脑连不上"Wi-Fi"，台湾妈妈正要打电话找人，吴俪俪技痒，很快帮她找到了问题并且解决之。

台湾妈妈惊讶地称赞她："哇！你好厉害！"

她骄傲地一笑："这么简单的问题！我以前在国内可是一家互联网'大厂'的网络专家。"

"看不出呀，后来是因为结婚就放弃了工作吗？"

"也不是，一开始没想放弃工作。那时候我老公被公司派去中东、非洲常驻，我留在深圳上班。他一年回国一次，我快到三十岁了还没怀上宝宝。我挺想当妈妈的，那我们就商量，要么他放弃事业上的发展机会坚决要求调回国，要么我放弃工作去做他的'家属'，最后决定是我放弃咯！那时候他在也门常驻，我跑去也门陪他、'造人'，雨霏就是在那边怀上的。"

"也门在哪里？！"

"在阿拉伯半岛上，有海盗的亚丁湾的一边是索马里，另一边就是也门。是一个很古老的国家，也是世界上最不发达的国家之一，条件艰苦，不过，手抓羊肉和蜂蜜很好吃。"

"小雨霏是在那里怀上的？你们好厉害！这样子说的话，你以前和我老公可以算是同行吧？"

原来，她的老公在一家研发、销售工业领域专用网络设备的公司工作，公司总部在台湾，在德国有一个子公司覆盖其在西欧区域的业务。

两个人交流至更深，吴俪俪说自己心里对"全职太太"的身份仍然有不甘，她们那一代大陆女生的主流意识是要有自己的事业，她从前算是一个在工作上争强好胜的人，辞职之前干得很不错，辞职的时候领导和同事都觉得遗憾。

吴俪俪说："我老公比我赚得多，所以我们就选择了我牺牲，没有最佳方案，只有更优方案。现在，我有时候还是会害怕自己变得和社会脱节。"

"不会和社会脱节的啦！我们和社会连接的方式可以有很多种，又不是只能靠去打工。你们有计划将来在德国定居吗？"

"我们没想过定居，迟早要回去的。"

过了几天再遇见时，台湾妈妈问吴俪俪有没有兴趣去她老公公司上班？

她说和老公偶然谈起新朋友时，她老公说公司正在招人，不妨问问吴俪俪有没有兴趣？吴俪俪专业背景强；又是说普通话的，和台湾公司总部沟通方便；再加上她英语很好，又正儿八经地学了一段时间的德语，与本地人的交流也没问题。

一开始吴俪俪没当一回事，台湾妈妈提了两次，后来再去她家，遇到她老公，又提到了这事儿。

吴俪俪突然问自己："为什么不呢？"

有些时候，如果我们认认真真地追问自己一句"为什么不呢"，一些以为理所当然的事情就会出现另一种可能。

她和路文涛商量，路文涛首先认真地了解了那家公司，确认他们家的产品和"伟中"并没有太强的竞争关系。然后，两个人纠结的是时间。

白天女儿去了幼儿园，吴俪俪闲着。那家公司不像"伟中"，没有加班的风气，该休假时就休假，时间上不是一定说"不行"。不过，既然去上班，吴俪俪就会兢兢业业，没准还是会争强好胜，时间上好像也不是一定可以说"行"，尤其是在起步的阶段。

他们把这事情放了下来，不再挂在嘴上讨论，但偶尔会在吴俪俪的心上。

过了一个月，吴俪俪和爸妈视频聊天时偶尔提到了这事情。

言者无意，听者有心，下一次视频时，她爸爸说："以前你们邀请我们到德国来住一段时间，我们觉得没有必要，人生地不熟的，反而是你们的负担，而且要来也是文涛的爸爸妈妈来。上次打完电话，我和你妈妈商量，如果你真的很想去上班，就是担心雨霏没人接送的话，我们可以过来帮帮忙，至少住一段时间，帮你们过渡一下。"

她从小就是爸爸的骄傲。爸爸心里对她早早成为了"家庭主妇"是有遗憾的，尽管他很喜欢路文涛。

于是，吴俪俪就这样决定了尝试一种新的生活。

处理好各项准备事宜，她在夏天的时候带着女儿回了家，再来时，带上了她的爸妈。

路文涛站在机场的出口张望，他等到了老老小小一行人。女儿叫一声"爸爸"，冲过来扑在他的腿上，头上一顶男孩们戴的船长帽飞出老远。

又到了"伟中"半年一度的绩效周期的最后一个环节，做绩效评价、结果沟通的时候。公司各个层级的组织要分个优劣，各个团队里的员工要排个高下。

"莱茵电信客户部"在主管和高级专家这个层级的"赛马"有路文涛、罗小祥、张文华等7个人，他们由老孙给出考评建议，报上一级人事管理团队评议、批准。

排名前20%的人可以打"A"，7个人的20%是1.4人，部门上半年的组织绩效很好，老孙打算报两个"A"上去，强势争取。

"伟中"在"莱茵电信无线替换项目"的二期合同中以不错的商务条件斩获了70%的份额。合同交付完成后，公司的无线基站将在"莱茵电信"占到45%的总市场份额，"客户部"一举达成了"喜马拉雅B项目"的既定目标。最大的功劳归于路文涛，老孙把他排在了第一名。

第二名给了负责对口"莱茵电信"采购部的一位"本地高端"，那位德国人为几个高质量合同的落单做出了卓越贡献。老孙要在本地员工中树立标杆。

排名后10%的人要打"D"，7个人的10%是0.7人，前面两次老孙"四舍五入"地交了人出去，这一次打算"居功自傲"，一个"D"也不报。

那么，他还要打2个"B"、3个"C"出来。

按"PBC（个人业绩承诺）"的结果排到最后，负责对口诺伊尔的"本地高端"巴拉克和罗小祥落在了"B"和"C"的分界线上。

一向杀伐果断的老孙纠结了两分钟，给巴拉克打了"B"，给罗小祥打了"C"。

罗小祥的上半年"PBC"中有一项没有达成，由于客户内部对自身业务发展方向的分歧，他负责的一个重要销售项目的进展比承诺的时间滞后了不少。

巴拉克的上半年"PBC"中也有一项重要程度差不多的承诺没有达成。但巴拉克是刚入职一年多的本地员工，老孙认为巴拉克的贡献更接近期望。

他纠结两分钟，是记得这是罗小祥的职业生涯中第一次落到了"C"。他欣赏这个有追求、有冲劲、能出成绩、又会做人的年轻人，但他感觉罗小祥心里的草长得太欣欣向荣，不像路文涛、张文华那般对自己从公司获得的回报有"战略定力"，或者说那般实在，这个"C"肯定会让罗小祥很不爽。

但他认为得到一个"C"没什么大不了的，公司每次考评有40%的人群是落在"C"和"D"的区间，并且，一次相对落后的客观反馈，对一路上顺风顺水的罗小祥未必是坏事。

就像路文涛和张文华，去年因为"关键黑事件"，工资被降了500块、年度考评被降了一级、个人职级晋升被冻结了12个月，那两人表面上骂骂咧咧、嘻嘻哈哈，实际上的进步肉眼可见。

路文涛渴望"吃肉"的狼性依然，但该细致的时候变得更加细致，言谈举止间不仅比过去显得"有文化"了，而且，对产业发展的趋势有了更多细节性的掌握。在气质上，他不仅是个精明的销售，还添了几分业界大拿的派头。

张文华思考的边界不再习惯性地聚焦在自己的一亩三分地上，他对整个"客户部"的业务的关注度在提高，与中高层客户的沟通能力在有意识地加强。

他俩这段时间的进步，应该与去年底那次负向激励之后的刺激与反思有关系吧？

杰瑞、吴锦华、王天天等普通员工由张文华、路文涛、罗小祥等几位"带头大哥"给出考评建议，由"客户部"的人事管理团队进行集体评议，给出结果。

开会评议的时候，老孙一进会议室的门就表扬吴锦华："吴锦华跟着路文涛，越来越有狼性了！你们看到她刚才给总部研发的邮件没有？'No Excuse，No Surprise（不要借口，不要意外）'，推动问题有狼性，挺好！张文华，你那个杰瑞还没有人家姑娘霸气！"

客户对他们的产品提了一个功能特性上的不满足项，要求"伟中"改进。家里的产品研发说是合同中没有承诺的新需求，人手不够，只能在后续版本中规划。

杰瑞发了一个长邮件，分析该特性的必要性，并指出是答标的时候有歧义，客户澄清过，一线找产品研发确认过，当初家里说"行"，现在变"不行"了！

产品研发发回来一个长邮件，不认旧账，说是当时一线表述不清，导致误解。

邮件来，邮件去，各自较各自的真。

几个回合之后，在"抄送人"中的吴锦华回了一个邮件，标题是"No Excuse！No Surprise！！"，正文开头一行红字："我们不能用公司内部沟通出现的问题，作为糊弄客户的借口！这是一个奠定市场格局的重大项目，竞争对手很不甘心我们拿到的份额，我们就不要给客户高层、公司领导带来意外啦！"

她在邮件的"抄送人"中间添加了好几个公司领导。

张文华说："孙总，我知道这个邮件，他俩商量好的，杰瑞是技术总负责，和产品研发配合很多，不想弄得太情绪化。吴锦华作为客户经理，合适代表客户来唱黑脸。"

路文涛说："他俩现在默契得很！客户那边，技术线的客户特别认杰瑞，埃莉诺那边有什么事情都是找锦华了。"

"是吗？"老孙高兴地说，"金童玉女！他俩是不是都单身？公司现在不强调同一个部门不允许谈恋爱了，只要不是上下级关系就行，要不你们撮合一下，帮他们解决后顾之忧，好在这里多干几年！他俩白天在办公室合作，晚上在家里配合，多好！"

路文涛说："我家锦华的粉丝可不少，杰瑞自己要霸气才行！他们现在天天在一个项目中忙，杰瑞要是搞不定，也没人能帮他撮合了。"

张文华说："什么叫'你家锦华'？你家俪俪上班去了，没人管你了？我看好杰瑞，现在不是流行'暖男'吗？就是他这个类型的。"

难得一起"八卦"几句，气氛变得轻松，只有罗小祥在一旁兴致不高，不说话。

吴锦华毫无争议地排在了这个层级的员工的第一名，得了"A"，王天天得了"C"。

路文涛的观念里，团队成员的功劳就是自己的功劳，他毫不吝啬地把合同落单、与产品研发对标乃至在巴黎说服德约卡夫提前入伙、及时改善新产品散热能力的功劳往吴锦华身上靠。没有人挑战他，或者说是挑战吴锦华的贡献。

王天天来的时间太短，排名靠后算是正常。

这个层级的员工中还可以打一个"A"，张文华想给杰瑞争取，罗小祥报了他带着的本地员工勒夫，这样，他们要在杰瑞和勒夫中"二选一"。

罗小祥一开口，不说他的勒夫的贡献，而是挑起了杰瑞的毛病："无线二期项目交付刚刚开始，对杰瑞的考验在下半年吧？而且他去年因为网络安全违规刚被罚过，还连累了大家，好像没那么大的贡献能支撑他绩效'跳变'吧？"

张文华说："小祥总，去年的事情已经是历史啦，不要和上半年的考评搅合在一起！"

老孙想着自己给罗小祥本人打的那个"C"，起了平衡的念头，但又不想一锤定音。

他说："你们认为给杰瑞打'A'的说服力不够？这样，不争了，投票，杰瑞和勒夫'二选一'，少数服从多数！"

HR主管响应："你们现在单独发'微信'给我，选谁就发谁的名字。"

结果出来，勒夫多得了一票。

评议会结束，路文涛和张文华被老孙留在了会议室，他们要同步无线替换项目的最新情况。

罗小祥回到他的办公位，办公室里的同事多数吃晚饭去了，吴锦华正好从项目组"作战室"的方向走过来。

罗小祥叫她："没去吃晚饭呢？"

"刚才回了客户一个邮件。"

"一起吃晚饭去？"

吴锦华没有太纠结于往事，也没空纠结，但她有意识回避着和罗小祥单独相处。

因为公司严打"性骚扰"，罗小祥也没再敢造次。

他看出了她的迟疑，说："走吧，去食堂吃，现在应该还有菜。"

"嗯，我拿下工卡。"

公司在杜塞尔多夫的人不少，租了离办公室不远的一个餐厅作为员工食堂。

他俩走在路上，罗小祥说："恭喜你！"

吴锦华不明所以："恭喜我什么呀？"

罗小祥望望周围,小声说:"本来应该等最终结果出来之后,路文涛和你沟通的,我透露出来违规呀,不管了,恭喜你上半年考评得了一个'A'。"

"是吗?"

"是啊!你不要跟别人说啊,刚才开会,张文华想给杰瑞争取一个'A',路文涛没吭气,但我不同意,杰瑞上半年的贡献没你大嘛!"

"杰瑞上半年也很辛苦呀!"

"我们又不是看苦劳,要看贡献。"

按照公司的规则,罗小祥不应该讲这些话。

首先,他们评议的结果尚未通过上级的最终审批;其次,到了结果沟通的时候,应该是由路文涛和吴锦华沟通;然后,公司对各级人事管理团队会议要求"内阁原则",最终发布的是达成一致的结论,不允许暴露讨论过程中的分歧,不能有人充"好人",有人戴"恶人"的帽子。

罗小祥既想抢先当"好人",又要体现自己能决定吴锦华考评结果的地位。

他说的话,拆开看每一句是真话,合起来却不是那么回事。张文华和路文涛是想给杰瑞争取一个"A",但他们是拿杰瑞和勒夫比,不是和吴锦华比。吴锦华是大家首先达成共识的第一名。

他这么一说,好像是吴锦华要和杰瑞"PK"这个"A"的归属,唯独他在为吴锦华力争似的。

晚上回到住处,罗小祥对他的舍友杰瑞说:"靠!今天开会讨论考评,大家就你打'A'还是打'B'有分歧,最后投票,你差一票。吴锦华得了一个'A'。"

他仍然是这么个话术,拆开看每一句都没说错,合起来听,以为是杰瑞要和吴锦华"二选一",他为杰瑞抱不平一般。

一个业务越来越复杂、各种人才越来越多的"大厂"如何识别、激励优秀，如何鞭策后进？绩效考评承载了太多，就像学校里面那一张必须排名的考试试卷。

| 第三十八章 |

意料之外

7月底，到了公布上半年的绩效考评结果，并完成主管与员工的沟通的环节。

罗小祥正在和本地员工勒夫沟通，他的手机响了。

老孙在电话里问："你现在公司还是在'莱茵电信'？"

"孙总，我在小会议室，在和勒夫沟通考评了。"

"你搞完到我办公室来一下，大概还要多久？"

"十来分钟吧！"

勒夫得了"A"，他俩沟通的气氛融洽。

听到领导的召唤，罗小祥赶忙结束了和德国人的交流，看看表，离老孙刚才打电话才五分钟。

他来到老孙的办公室，房门敞开着，里面没有人。

老孙的办公室不大不小，一套老板桌、椅，大桌子前面有一个小圆桌，圆桌上放着一台投影仪，周围随意放着几把椅子。

罗小祥估计老孙很快会回来，他走进去，正准备在桌前坐下，却看见老板桌的侧柜上面放了一盒药。

老孙的身体壮得像牛，平时从没听他说过哪儿不舒服，罗小祥下意识地去关心领导在吃什么药？

侧柜只有桌面的一半高，他绕到老板桌前，拿起药盒端详。药是在本地买的，纸盒上印着德文，但他很快地看明白了，是一盒治疗腹泻的药而已。

罗小祥把药盒放回原处,扭头看见老孙的电脑没有锁屏,屏幕上一页"PPT",他看了一眼,顿时有种"整个人都不好了"的感觉。

按照公司的信息安全管理要求,员工要将工作电脑的自动锁屏等待时间设置在十五分钟之内。对于销售、研发这样的敏感岗位,要求人离开即手动锁屏。不知道老孙急着去了哪里?疏忽了。

罗小祥正细看,电脑屏幕一变,锁屏的画面自动跳了出来,恰在那时,门外传来老孙和同事打招呼的声音。

罗小祥回到圆桌旁边的一张椅子上,刚刚坐下,掏出手机看,老孙进来了。

老孙脸上挂着笑容,仍然是他爽朗的声音:"你来啦,等多久了?"

"孙总,我刚进来。"

"哎,不知道吃错了什么,拉肚子!你说还要十来分钟,我又去了趟厕所。"

老孙说着,回到自己桌前,瞟了一眼电脑屏幕,弯腰从抽屉摸出了一包烟,走到罗小祥旁边,把烟往小圆桌上一放,走到窗前把窗户打开,到门口把门关上,又去拿了个一次性纸杯,倒一点水进去当烟灰缸用,然后来到圆桌旁,坐下。

办公室不允许吸烟,老孙一般是规矩地去楼下吸烟区,只是在晚上加班时,等德国人都下班了,偶尔关起门在办公室里抽烟。今天算是破例。

罗小祥拿起桌上的烟,给老孙递了一支,点上,自己也点了一支。他本来没有烟瘾,为了亲近领导才抽。

老孙抽了一口烟,望着罗小祥,说:"和你沟通上半年的考评结果,上半年给你打了一个'C'。"

当给了员工一个不理想的考评结果时,有些主管会心虚,喜欢各种"甩锅"。什么你表现不错,你这个"C"是"C"里面靠前的;什么实在是因为要比例控制,又考虑到绩效结果的应用,你刚升了级、加了薪,这次就把很久没升级、加薪的张三放在前面照顾一下了;什么我很认可你的贡献,但是上级复核评议的时候怎么怎么样之类的。

老孙从来直截了当,而且,他习惯先讲结果,观察对方的第一反应。

罗小祥刚才看到老孙电脑屏幕上的东西已经不爽,还没缓过来,又得了职业生涯的第一个"C",心情好不了,但表面仍能沉住气。

他说:"唉!上半年有项任务没完成嘛!我们年初定目标的时候太乐观了,这个项目的节奏受客户内部在业务发展方向上的分歧影响太大,我觉得我们能做的都做了,没办法,下半年我继续努力吧!"

老孙不是完全赞同他的话,说:"这个项目是超出了我们最初的预想,不过也不能说是没办法!我、你、还有路文涛、张文华,我们作为'客户部'的业务主管,很重要的一个工作职责是要推动客户和公司两边对齐战略,不管是推动公司的产品规划满足客户的战略诉求,还是引导客户的投资方向、投资节奏朝有利于我们公司的战略方向上倾斜,总之是不能客户向东走,公司向西走吧?那样的话,我们再苦再累,也是事倍功半,疲于奔命!"

罗小祥点头,他忍不住说:"上半年老路是贡献很大,不过,我们七个是你直接打考评的,我还以为我会排在第三、第四,结果排到最后三个人中间去了,还是有些没想到,领导向本地员工倾斜了吧?我能理解。"

罗小祥精致地计算过与自己有关的一切,包括每次考评应该在什么样的位置上。

老孙知道他的性格,不想跟他陷到"人比人"的逻辑里面去。人无完人,而且,一百个人眼里有一百个哈姆雷特,如果陷入"人比人"的细节里面,你跟他说"巴拉克比你高",他说"巴拉克没我匀称",怎么也不会服气。

老孙说:"小祥,不存在向本地员工倾斜的问题,我们努力的方向是中方员工、本地员工'一张皮'!公司的考评首先是拿每个人和自己设定的目标比,刚才讲清楚了,你的改进方向是继续推动客户和公司两边对齐战略,下半年要把项目拿下来,我们是结果导向!"

老孙起身去拿了自己的杯子,回到这边,喝了口茶,接着讲自己心里的话:"这两年你对我们客户部的贡献很大,长期绩效好,公司给你的回报也不错吧?你个人的目标感很强,成就导向很强,这是好事,我一直认为你的基本素质在我们部门几个人中最好!公司每次考评有40%的人是'C'和'D','C'是'正常',不是对你的否定,只是对你过去半年工作的阶段性反馈,提醒你还有进步的空间嘛!你在我们客户部的发展前途很好,不要太急!"

罗小祥听着老孙的话,又想起刚才在他电脑屏幕上看到的东西,内心生出厌烦。他克制着自己,表态道:"好的,孙总,我明白了。"

老孙语重心长地说:"我记得有次吃饭的时候跟你们说过,在'伟中'奋斗必须有很强的目标感,这也是公司对骨干的基本要求,但是,如果眼睛里只有目标而错过了路上的风景,未必是一件好事情。那次路文涛解读得不错,我们的快感不能全部寄托在每一个'ABCD'上嘛!"

这时候听老孙提到路文涛,罗小祥更加不爽,他努力地挤出谦逊的笑容："好的，孙总，我多向大家学习。"

从老孙办公室出来，罗小祥在心里悄悄骂了一句："虚伪！"

他在老孙的电脑屏幕上看到的是老孙正在填的一页"继任者计划"。

"伟中"为了引导各级主管更加重视后备干部的选拔，每年要求主管们反馈一次自己的备选继任者。

"继任者"按照成熟度分为三类，第一类是"就绪"，意思是随时可以接班；第二类是"差一步"，意思是假以时日，补上某一方面的经验或者缺陷，就可以上任；第三类是"差两步"，就是离"就绪"差距更大的可造之才。

"继任者计划"推行没两年，公司在任命新的干部时并不要求一定从"继任者"名单中挑选，只是会评估最终的"继任者"与"名单"的符合比例。老孙在德国已经五年多了，按照公司的要求，该走了！他的"继任者计划"显得更加现实。

罗小祥心里有一个很明确的短期目标：接老孙的班！

但刚才看到的那张"继任者计划"上，"就绪"中放了三个人，一个是路文涛，另外两个居然是现在其他"客户部"工作的同事，自己和张文华被放在了"差一步"的名单中。

这不是"虚伪"吗？口口声声说我的基本素质最好！发展前途很好！路上的风景很美！一次考评不照顾就罢了，确实只有那么大的事情，但"就绪"中间放三个人都没有我？宁愿要"外来的和尚"也不要我？太意外了，完全没认可我的能力嘛！

送走罗小祥，老孙回到自己的电脑前，输入锁屏密码，重新斟酌他的"继任者计划"。

他本来只把路文涛放在"就绪"中，报上去之后，上级 HR 反馈"就绪"中的人不能只有一个，如果本部门没人，可以填外部门的人，然后给他推荐了两个人，直接填在他反馈的材料中发了回来,要他确认后再次上报,然后在上一级的人事管理团队会议上评议。

老孙之所以把罗小祥放在了"差一步"中,是觉得他有些太算计个人的得失,大局观、胸怀上有欠缺。"客户部"的生意越做越大,业务越来越复杂,人越来越多,罗小祥真要做了主管,怕是不会顾及下属们的死活,只聚焦自己如何进一步上位吧?这些年,公司这样的人并不少见。

但是,他并不想把两个"外来的和尚"放在这个位置上!自己的离任应该是在年底之后,还有时间来提点他们几个吧?自己不要去犯完美主义的错误!

老孙斟酌着,删掉了两个外部门的人选,把罗小祥、张文华都提到了"就绪"中。

一个月之后,深圳,"伟中"总部。

钱旦去波兰、捷克、瑞典几个东北欧的国家出了一趟差,回到深圳没几天。

他又在洗手间的尿兜前面遇见了苏启亮。他有些惊讶:"你还在深圳?我觉得好久没看到你了,还以为你已经调去墨西哥了。"

苏启亮低声说:"我休了半个月假。"

"挺好!出去前好好陪陪家里,调动手续启动了吗?"

"嗯。"

钱旦感觉到他情绪不高,并没有多想。

晚上,老婆带着女儿在屋里画画,钱旦"葛优瘫"在客厅沙发上挑着之前的《中国好声音》看。

他已很少看电视,除了守一守足球赛的直播,或者偶尔在遥控器上弹一弹综艺节目。

那一年,"银狐"里皮带领一支广州球队横扫亚洲足坛,把已经多年不看中国足球的钱旦拉了回去。而各大卫视周末黄金时段的综艺节目正如火如荼。

一个六十岁的香港老头、一个十九岁的深圳女孩、一个四十岁的内蒙汉子、一个二十多岁的台湾姑娘同在这一期的《中国好声音》中，他们唱着歌，分享着追逐梦想的"心灵鸡汤"，再加上四个导师的"戏精"表现，令钱旦的心情和身体在电视机前面松弛，不想动弹。

阳台上，两只兔子在笼子里做爱做的事情，折腾出很大的动静。兔子真是生殖能力超级强大的动物，不久前刚生出几只小兔，这又开始发情了。

兔子是女儿闹着买来，老爸在回湖南看病之前悉心照料着的。在钱旦心里，它们是女儿、自己和老爸三代人之间的一个情感纽带。但这么一窝接着一窝的生，总不能把阳台完全改造成兔舍吧？

手机响了，是苏启亮的电话。

决定了把苏启亮调去海外常驻之后，老邓已经另外安排了人作为技术专家和钱旦搭档，不知道他这个时候打电话给自己做什么？

钱旦调小电视机的音量，接通电话："启亮，啥事？"

电话那头的声音依然是情绪不高的样子，带着些许迟疑："旦哥，我还是跟你说一声比较好，我要离职了。"

"啊？为什么？"

钱旦的思绪迅速从"好声音"和"发情的兔子"回到了那个以年轻的理工科男女为主的世界中。他在脑海里快速搜索，没有关于苏启亮要离开"伟中"的蛛丝马迹。

苏启亮说："我家里出了一些意外，我岳父不同意我去海外。"

"出啥事了？"

"我老婆身体不太好，我决定先休息一段时间，然后换一个稳定在深圳的工作，方便陪她。"

"不至于非要离职吧？我们公司也有稳定在深圳的工作岗位啊！你不是在年初刚加了25％的薪么？去海外常驻也是你个人的意愿啊！"

苏启亮的声音仍然低沉，但多了坚定："旦哥，谢谢这两年你的帮助！我和家里人已经决定了。"

电话打完，钱旦觉得非常意外。

他在"伟中"十余年，见惯人来人往，前些年在北非、中东工作时更是要负责区域内十多个国家软件服务工程师的调配。

总有人会主动离开公司，对于年轻的同事来说，有些人是嫌钱少，觉得自己的付出没有获得相应的回报而走；有些人是不愿意做一颗"大厂里的螺丝钉"，要去寻找真正属于自己的赛道；有些人是和直接主管合不来，因为一个人而逃离一个公司；有些人则是因为"伟中"海外业务的欣欣向荣与自己不愿意四海为家的心意之间的矛盾而迷失了方向。

但是，苏启亮？

老邓和大家对苏启亮一直欣赏、爱护有加，去年年度考评给他打了"A"，年初给他加了25％的薪。他自己主动表达过去海外常驻的意愿，去墨西哥更是独当一面的关键岗位，全新的挑战。

钱旦回忆起自己上一次见苏启亮时，他并开心心说尽管老婆刚怀孕，但是同意他去海外，说要圆了他的梦，晚出去不如早出去，家里有岳父岳母照顾着就行。怎么就会风云突变呢？

钱旦给老邓打电话，电话接通，他顾不得问好，开门见山地疑问："老邓，苏启亮要离职？没听你说啊？"

"我跟你说有用吗？"

老邓没好气地回了一句，然后冷静下来，说："他老婆流产了。本来一线要人要得急，他的调动手续已经启动了，公司这边都审批完了。"

钱旦没想通："那也不至于离职吧？意外情况，晚一点去报到不行吗？"

老邓脾气又来了："碰到一线那边有傻×呗！启亮一开始没跟我们说，自己和那边沟通，没说改变主意，只是希望推迟一个月去报到。不知道哪个傻×，对他各种威胁，诛心之论，说他不服从公司安排、不负责任、找借口逃避外派。他说了老婆流产的事，那边说你老婆流产了你能做啥？女人流产了休息两三天自己都能去上班了。然后给了他一个Deadline（最后期限），要他一个星期内必须到位！把他给惹急了。"

钱旦说："这个人力需求我们拖了一线很长时间，估计一线也是憋了一肚子气，我们能不能沟通一下？两边做做工作？"

老邓说："这还要你说？做了很多工作，肖总也出面了。启亮和一线在电话里吵的时候估计家里人在旁边，说是老丈人很不高兴，不同意他出去了。另外，我从其他兄弟那里了解到，一直有外面的公司在挖他，他应该是找了下家了。"

"他要去哪里？"

"不知道，应该是'腾讯'或者'阿里'。"

"挽回不了吗？"

"兄弟，现在的小孩和我们那时候不一样，都挺有个性的，一旦决定了要跟你分手，就很难挽回。像苏启亮这样的，老婆条件不差，工资不低，家里其实没有靠他去海外多赚点钱的诉求。他自己在外面根本不愁找不到下家，国内互联网企业发展势头这么猛，他去哪里不是一个宝？"

钱旦说："一线谁啊？第一时间安慰启亮一下，给他做做心理按摩不行吗？等几天，他情绪缓过来，老婆身体恢复没问题，再商量时间呗！最起码人不至于走吧？实在不行，我们赶紧换人，又不是解决不了的矛盾。"

老邓说："唉！本来公司说'狼性'从来是说对占领市场、对赢得竞争有'狼性'，现在总有人搞错了方向，眼睛里面只有'事'，没有'人'，对自己的兄弟只有'狼性'。一线有人说了，'这种没有责任心、不服从组织安排的人，走了有什么可惜的？在海外奋斗的兄弟谁家里没困难？都这样谁帮公司征战海外？他的人事关系已经走到一线了，反正不会同意退回来，不能按时到位就给他考评打D，干掉他！'"

"靠！傻×！"

"我和启亮讲好让他休半个月假，好好考虑，他休完假回来还是坚持要离职，我认为是搞不定了。你一直在外面出差，现在回来了你也可以再约他吃个饭，聊聊看。不过，你别以为自己很了解现在的小孩，有代沟的！"

| 第三十九章 |

一地鸡毛

钱旦以为自己仍然是年轻人，不到四十岁么，他不认为自己会和苏启亮们有什么代沟。

但是，他同意"现在的小孩"有不一样的地方，自己未必如自己以为的那般容易和他们推心置腹。

他想起一件往事，一个他一直记得的教训。

常驻埃及的时候，他的团队中有一个大学毕业不久的小兄弟，聪明、能干、阳光。钱旦欣赏他，以为他们是互相信任的同事和朋友，不管是在工作中，还是私下里都乐意多聊几句。

有一天，那兄弟很突然地提出离职，说是要去美国继续读书。

钱旦为少了一个得力干将而惋惜，但又觉得人各有志，衷心地祝福他一路顺利。

不料，那兄弟回深圳总部办理离职手续的时候说自己其实并不想离开公司，也没有去美国读书的计划，只是因为在非洲的工资、奖金低，主管乱画饼、瞎忽悠，他想换个地方，继续在公司奋斗。

总部的主管向钱旦反馈了情况，钱旦这才记起自己因为很欣赏他，曾经在一次宿舍火锅宴时对他说过"你进公司的起薪怎么这么低？我得想办法帮你加薪"之类的话，但恰逢"次贷危机""金融危机"发酵，带来了大环境的风险因素，公司采取更保守的财务策略，一段时间内冻结了给员工调薪，新员工的奖金也不高。

几句私下里的真心话，不但吊高了那兄弟的期望值，平添了他的失望，而且被人当作了虚伪。

钱旦反思自己一是犯了人事管理上过早承诺的忌讳，二是与人沟通，不能只在乎自己说了什么，而要多想一想对方听到的是什么？不要想当然地以为别人是"脑回路"和自己一样的朋友。

尤其是在更年轻的一代人面前，自己以为有双向的"交流"，其实只是一个人的"表达"。那位兄弟甚至宁愿撒个谎，也不愿意向他这个"领导"表达心中真实的怨言。

电视里的"好声音"已经唱完，阳台上的兔子停止了"折腾"，钱旦给苏启亮发了一条消息："明晚有空吗？请你吃饭？"

等他洗完澡，收到苏启亮的回复，彬彬有礼："旦哥，不好意思，刚才没看手机，明晚我请你吧！"

第二天，他们去了公司旁边一家新开不久的音乐餐厅。

餐厅的人气很旺，坐得拥挤，一张张年轻的脸，湘菜，歌手在不大的舞台上弹唱。

苏启亮去意已决。

虽然他有去海外潇洒常驻一回的愿望，有赚更多的钱，然后可以在家里讲话更"大声"的私心，但告别家人，飞向地球另一端毕竟是不一样的人生状态，本就有忐忑。

老婆意外流产，一家人心情"丧"。他第一时间从公司得到的不是理解和安慰，而是训斥和威胁。

虽然后来老邓和肖武在帮他，但人还没到位，已经和新部门闹僵，他怕调动过去之后，将来的日子不好过。肖总表态出面找对方领导协调，想办法终止调动？他怕自己变成了大家眼里的一个麻烦。

加上岳父的不满，朋友"内推"的公司给的薪酬包比现在"伟中"给的有涨幅，他和家里人一起做了决定。

年轻人最大的本钱就是年轻本身，因为年轻，有足够的未来可以去试错，可以去从头再来。

钱旦感慨万千。

他想到，一方面，我们的社会在从享用"劳动力红利"向享用"工程师红利"转变，越来越多的"工程师""程序员"是中国产业升级不可或缺的基础。另一方面，那一张张年轻的脸被当作了取之不竭的资源，当作了成本测算表上简单明了的"一个人多少钱"。

企业终究是追求利润的商业组织，特别是在"快鱼吃慢鱼"的通信、IT和互联网行业，一家公司、一条业务线、一方区域、一个项目的领头人紧盯客户、竞争和经营结果理所当然，对员工最好的回报亦是更好的薪酬回报，而非没有根基的、表面上的温情脉脉。

但是，体力化的脑力劳动终究还是脑力劳动，怎能忽视个体的差异，忽略每一张年轻的脸背后的喜怒哀乐，好奇心和创造力呢？情怀当不了饭吃，但抛却了人文关怀的团队的战斗力是可以长期持续的吗？

两个人沉默了一会儿，苏启亮说："旦哥，这里可以点歌的，我点支歌。"

片刻之后，舞台上的歌手唱起了苏启亮最近常常单曲循环的一首歌：

> 充满鲜花的世界到底在哪里
> 如果它真的存在那么我一定会去
> 我想在那里最高的山峰矗立
> 不在乎它是不是悬崖峭壁
> 用力活着用力爱哪怕肝脑涂地
> 不求任何人满意只要对得起自己
> 关于理想我从来没选择放弃
> 即使在灰头土脸的日子里
> ……

"莱茵电信"的"首席信息安全官"诺伊尔按双方商量的计划第二次拜访"伟中"总部。

苏启亮之后，与钱旦搭档的网络安全的技术专家叫姚悦，是个三十岁的女人，个子不矮，身材不胖不瘦，钱旦觉得她长相有几分韩国女人的味道。

迎接诺伊尔的那一天，钱旦被姚悦的手指所吸引，他瞄了几次，她右手的五个手指涂着平常的蓝色指甲油，与众不同在左手，她左手中指是红白色，其他四个手指在蓝色的底色上面画着的是？五面国旗？

钱旦问："你这指甲油，中指是加拿大国旗，食指是英国国旗吧？还有三面是？"

姚悦得意地伸出左手："美国、英国、加拿大、澳大利亚、新西兰。"

"美国国旗是这样的吗？"

"半面美国国旗，只画了星，没画条，这样整个颜色不至于太杂乱，好看吧？就是中指的加拿大国旗颜色不太搭。"

钱旦看明白了，问："你没事涂这五面国旗干嘛？欢迎客户？他们可是德国人。"

姚悦说："我涂了几天了，不是为今天的事。这是代表'五眼国家'啊！你没看'斯诺登报告'的爆料？上面讲到这五个国家在网络上的合作，我星期天去做指甲，无聊，蹭个业界热点而已。"

斯诺登是2013年横空出世的一个名人，"外行看热闹，内行看门道"，钱旦专注公司自身的改进，专注"白上加白"，没去研究斯诺登的报告中究竟说了啥，姚悦是个"技术派"，对与她的专业相关的一切兴致勃勃。

钱旦若有所思地赞美她："有个性！老邓手下都是这么有个性的人！"

他记起了第一次和他搭档出差时，穿着黑色牛仔裤和大骷髅头的黑色圆领衫，脑袋后面扎了个小小马尾的苏启亮。

诺伊尔的第二次访问和第一次一样成功。他又在"伟中"的礼堂里做了一次演讲暨培训，分享了他的新发现。

在深圳的最后晚宴，诺伊尔尝试了中国白酒，"扑克脸"上有了丰富的表情。

他对钱旦说："钱先生，很高兴过去和你们的合作，未来，我希望科普克先生也会和你们有良好的合作。"

科普克是跟着诺伊尔一起来访的另一位客户，从长相看，有印度人的血统。

钱旦听出了他话背后的话，说："当然！但是，诺伊尔先生，你本人呢？不和我们合作了吗？"

"是的，我会有新的工作，科普克将会是我们新的'首席信息安全官'。"

"真的吗？你要去哪里？"

"噢，我仍然在'莱茵电信'，我去集团做企业客户的生意的事业部。"

"那么，你仍然是我们的客户，仍然会和我们有良好的合作嘛！"

诺伊尔微笑着说："我们针对企业大客户有一些'公有云'的业务规划，那是我下一阶段工作的重点，我想那不是'伟中'的业务范围。"

钱旦对诺伊尔提到的"公有云"一知半解，但他自信地说道："据我所知，'伟中'在IT和'云计算'上也有成体系的软硬件产品。"

诺伊尔有些惊讶："是吗？我认为这个领域有实力的玩家都是来自美国。"

晚上睡觉之前，钱旦给远在德国的路文涛打了一个电话。

他们交流了诺伊尔这次来访的情况，钱旦说："诺伊尔说他要调去做企业客户的部门，他说他下一阶段的重点是'公有云'。"

路文涛说："我这几天也听说了，'莱茵电信'想从他们的企业大客户那里赚更多的钱，'惠逊'在引导他们发展'公有云'业务，诺伊尔过去负责技术，是决策链上的关键人物。所以说危机、危机，危中有机，如果没有去年网络安全的烂事，我们哪儿有机会和诺伊尔找到共同语言，早早建立信任关系？"

钱旦说："傻×，啥叫网络安全的烂事？"

路文涛说："土人，不要这样讲话，文明点儿，我现在是'莱茵河第一素质男'！听话听重点，你别'玻璃心'，我收回刚才的话，你干的不是烂事，你帮我们破了和诺伊尔之间的冰，要表扬！将来还要和他打很多交道的！"

"我今天跟诺伊尔讲我们在'IT'和'云计算'上也不差，不过，实际上'公有云'不是公司的菜吧？"

"不知道啊！理论上，客户想吃的菜，就应该是我们要做好的菜。我有个预感，我迟早会和'惠逊'的那个大胸妹'PK'一场！而且，我夜观星象，这一天越来越近了！"

"你丫真有文化！都会观欧洲的星象了！"

光阴似箭，又到了12月，曾子健的世界里一地鸡毛。

长沙，曾子健最亲近的表妹出嫁的那一天，他的姨妈家里很是热闹。

新娘的亲戚、朋友把客厅挤得满满当当，等着来接亲的队伍。

化妆师在餐厅的桌子上摆开装备，给一袭红衣的女主角化着妆。

摄影师端着他的相机，从各个角度去记录女孩出嫁的那一天。

新娘的爸爸、妈妈，也就是曾子健的姨父、姨妈在家里走来走去，和来得早的亲戚聊上几句，又走来走去。

沙发上一胖一瘦两个男人不知道是什么时候进来的？他们大刺刺地坐着，不给站着的长辈让个座。

新娘的爸爸从镜子里端详了一会儿正在化妆的女儿，转过身，视线再次扫到沙发上那两个人，感觉有些奇怪：家里亲戚自己熟悉，新娘子的朋友到家里来闹的只是几个闺蜜，化妆师和摄影师的帮手不会一直这么坐着，这两人是谁？

新娘子化好妆，叫妈妈过来化个小妆。

新娘爸爸小声问新娘妈妈："沙发上那两个是哪里的人？"

妈妈瞟了一眼，说："哦，他们讲是曾子健的朋友。"

话没说完，被新娘子按在了化妆师的镜子前面坐下。

爸爸仍然纳闷：曾子健一家说是昨天下午从深圳赶过来，他自己人还没有出现，怎么两个朋友找到这里来了？今天婚礼的流程里也没有给他派任务呀？

他正打算过去和他们打个招呼，问个究竟，门口传来动静，曾子健一家老小拥了进来。

"哎！呀！好漂亮的新娘子！"

"健哥哥，你怎么才到咯？"

"堵车咧！新郎倌快到了不？"

他们挤在一堆，新娘的爸爸说："子健，你来得这么迟，你的两个朋友早就坐在这里啦！"

"我的两个朋友？"

曾子健顺着新娘爸爸的视线望过去，脸色变得铁青。

那一胖一瘦的两人稳稳地坐着，似笑非笑地望着他。

曾子健气血上涌，径直走过去，眼睛瞪着胖子。

他压抑住怒火，低声说："你们怎么找到这里来的？你们不要太过分！"

瘦子听了，大着嗓门说："健哥，你这话就讲得不对头，是你太过分还是我们太过分？"

胖子唱红脸，他对着视线被吸引过来的人们摆了个笑脸，转向曾子健，似开玩笑一般地说："健哥，我们去深圳那是找不到你家的门，你要回来了，长沙市几个熟人，我们不要你带路也找得过来！"

他放低了声音："我们到阳台上去聊不？"

三个人去了客厅外的阳台。

诗诗站在新娘旁边，她脸上挂着笑，眼睛冷冷地瞟向这边。

胖子有话好好说的样子："健哥，你不要奇怪我们怎么知道你回长沙了？怎么找到这里来了？长沙很小，总有人可以告诉我们！我们也是实在没有办法，几十万对你来讲应该不是什么事，对我们来讲不是小数，你这样躲着我们，电话也打不通，是什么意思哦？我们晓得这个妹妹是你最喜欢的，你今天一定会来，只好来这里做不速之客。"

瘦子气呼呼的样子："曾老板，现在做烂了的人越来越多，怕真的是我们图你一点点利息，你图的是我们的本金！借条我们带过来了，今天把钱的事情搞清楚了，我们就不在这里讨嫌，悄悄摸摸地走，不然，别到时候破坏大家的好心情！"

胖子和瘦子是曾子健的债主。

去年11月，他在长沙向他俩各借了五十万，讲好借半年，每十万块每个月利息三千，利息三个月一付。

到了今年5月，曾子健按时付清了两期利息，对他们说自己本来已经把要还的本金准备好了，但有项目紧急需要资金周转，要续借半年。

两个人本来就把放点私人贷款当作副业，既然能按时付清利息，他们欣然同意，五十万本金续借半年，利息仍然三个月一付。

8月，他们没有收到曾子健应付的利息。

一开始曾子健还接电话，电话里自信、热情，信誓旦旦说马上就付，然后一拖再拖，每次都有一个很有说服力的理由。

11月，不但利息没付，本金没还，而且电话不接了。

他俩结成了联盟，互相交换信息，想摸清曾子健到底欠了多少钱？生意到底做得怎么样？

两个人结伴去了一趟深圳，发现曾子健的公司关着门。而且，这才发现居然没有人知道曾子健住在哪里？之前给的地址已经换了主人，他从来不和朋友闲聊自己现在的家庭住址。

他们和曾子健并非陌生人，而是二十多年前在同一个银行系统的同事，朋友的朋友。

他们从朋友那里打听到了这一场婚礼，以及新娘的住址，今天一早就低调地混了进来。

曾子健让自己的语气变得尽量柔和，像是在央求："我不会赖账的，都是知根知底的老朋友，你们放心！时间上再缓一缓好不？我的项目马上就会签一个天使轮的投资协议，马上有大笔战略资金到位，等钱到位，第一时间打到你们账上！"

他接着解释："不存在不接你们电话，找不到人的事情。我前段时间在国外，我在国外有生意，经常要出去，你们知道的啊！这两个月在欧洲耽误了，国内的手机卡在那边出了点问题，电话是不蛮好打。"

那两人交换了一个眼色，胖子说："健哥，我们信你，你别把我们当傻子啊！听说你入股的美国项目已经没戏了，红酒生意也没赚到钱，酒庄退股了？你还有什么国外的生意？"

曾子健说："那些是以前的老项目，只是回报慢了一点，资产都在。我在运作引进一些欧洲的消费品品牌进来，欧洲有些质量很好，但是中国人还不清楚的日用品品牌，现在中国有钱人多，喜欢相信国外的牌子，这一块很值得做。另外，我还在运作一个专业的中欧之间的供应链管理公司。你们没看新闻？早几天英国首相卡梅伦带了七个内阁大臣、一百多个工商界领袖访问中国，中国和欧洲关系的黄金时代要来了，我国外的朋友多，看到新机会当然要去抓！"

瘦子说："曾老板，你调子高，但是这些关我屁事？我不管英国人和中国人怎么样，只管你欠我的钱要还！"

客厅里，新娘的一个闺蜜接了一个电话，大声嚷嚷："来了！来了！他们上来了！"

新郎的队伍到了。

曾子健拍了拍瘦子的肩膀，回了客厅。

喜悦的喧闹里，诗诗贴近曾子健，耳语，因为激动，她的语速变得很快："他们到这里要钱来了？有病吧？"

"我来处理，你别管！"

"我们欠了他们多少钱？"

"五十万的本金，加九万多利息，每个人。"

曾子健去拿了两排四支包装的手持礼花筒，大声说："我先到楼下去，等新娘新郎出门、上车的时候放礼花！"

他叫了一个表弟，又对着两个不速之客："一起下去吧！"

电梯里无语，到了楼下，胖子对他说："健哥，我们现在先走，等下去酒席那边找你。"

瘦子说："曾老板，记得赶快转给我们，我们收到了就不去吃酒席了！"

诗诗跟着大家下楼的时候问子健："他们呢？走了？"

"等下还会去酒席那边。"

"我刚刚给秦辛打了个电话，她活期有二十万可以马上借给我，你先把利息还给他们？"

曾子健不置可否，他在想："二十万？先还谁的钱？"

他欠的债，远远不止这两家。

| 第四十章 |

连夜雨

婚宴安排在中午，地点在湘江边上一座专门做婚宴酒席的建筑中。

曾子健一家刚走进婚宴厅，他的手机响了，是胖子的电话。

胖子说:"健哥,我试着再打一次你这个号码,你还真的没换号码哦,那前段时间怎么一直打不通呢?"

曾子健说:"跟你们讲了前段时间在国外,手机漫游出了点问题,还有时差晚上手机关机的问题,在飞机上手机关机的问题。"

瘦子在旁边对着电话大声喊:"曾老板,你什么时候到酒席这边来?"

曾子健隐约听到了手机之外他的声音,他环顾四周,客人们多数还没有到,厅里人不多,没看到他俩。

他问:"我到了,你们在哪里?"

"我们在外面露台上,无敌江景咧!"

曾子健看到婚宴厅朝着湘江方向的一角有一个小门,应该是通向露台。

他顾不得和家人招呼,快步走了过去。

饭店离湘江很近,露台对着宽阔的江面。天气不算好,视野里灰蒙蒙的,城市显得多了寂寥。

露台很大,胖子和瘦子在角落,俯身在栏杆上,抽烟。

曾子健走过去,胖子递过一支烟,瘦子问:"钱呢?还没转给我们?"

曾子健摆摆手,谢绝了胖子的烟,说:"我另外给一个方案,你们看可以不?"

"什么方案?"

"我们把本金和欠的利息一起转成本金,重新签个借款协议,算我欠你们每个人六十万,再续借一年,可以不?"

瘦子不干:"你这算什么屁方案?就是今天一分钱不还咯!"

曾子健说:"宝哥,我只是暂时在周转上确实有困难,你们今天把我丢到江里去,也拿不到钱啊!送佛送到西,你们再帮帮忙!要不这样,我们把利息改成一个月一付,我今天先把十二月的利息付了。"

胖子把手里的香烟在大理石的栏杆上摁灭,对着湘江一弹,烟屁股在空中划了一个弧线,飞得老远。

他说:"我觉得这也可以算是一个方案,不过,利息不能再按'3'算,要提高。"

"提多高?"

"十万块钱每个月还四千,每个月还一次利息,宝哥看呢?"

被叫做"宝哥"的瘦子说:"那要是不按时付利息怎么办呢?利滚利!"

一对新人带着两边的父母、亲戚走上了露台,摄影师指挥着大家背对江景,合影留念。曾子健被他老爸叫了过去拍照。

有人大声地问曾子健的老爸:"你们这一趟在深圳住了很久吧?跟着又再回深圳带孙子去?"

他老爸爽朗地笑着说:"暂时不去啦!这一趟回来就换防了,我们亲家去深圳,我回来吃吃长沙的新鲜蔬菜!"

"深圳难道没有新鲜蔬菜?不会吧!"

"那哪里有长沙的蔬菜这么便宜,这么新鲜、味道好?"

照了像,曾子健和亲戚们聊了一会儿,这才走回两个债主身边。

他说:"'4'就'4',没必要利滚利吧?"

胖子说:"我和宝哥商量了一下,算了,我们体谅你,你也要体谅我们。就重新签两个借款协议,前面欠的本金加利息合在一起,我们每个人借给了你六十万,月息4%,每个月还一次利息,今天你先把12月的利息转给我们,一个人两万四,没错吧?"

瘦子说:"曾老板,下个月没按时收到钱,我们也不去深圳找你了,那就会在长沙去找你爸爸妈妈要钱的,到时候你别怪我们!"

胖子带着包，包里装着需要的物件，他们就地写起了借条。

诗诗从里面出来，叫曾子健："仪式马上开始了，你该进来了吧？"

曾子健走到诗诗身边，交代了几句，再走回来说："我要我老婆把这个月的利息转给你们，你们收到了再走？"

瘦子说："我们进去喝喜酒啊！曾老板，有我们的位子吧？"

"应该多备了一桌的。"

晚上，曾子健和张旺在"颐而康"洗脚，那是他每次回长沙的保留节目。

躺在足浴沙发上，把身体舒展开，曾子健感觉自己累了。

他问："有刘老板的最新消息吗？到底是被抓了还是跑路了？"

做人体干细胞项目，公司在美国证券市场的"OTCBB"板块上市，鼓动他俩买了原始股的刘老板已经失去联络一段时间了。

张旺说："好像确实是被抓了。"

"什么事？"

"不是在湖南出的事，我晚上在我堂哥那里吃饭，他也不清楚具体情况，好像不止一个事，非法经营、行贿什么的都有吧？"

"他手下那个老李呢？"

"找不到人。"

曾子健的声音低沉："他们在美国的公司完蛋了吧？我的两百万泡都没有冒一个就没了。"

张旺也投了两百万进去，他自我解嘲："泡泡还在啊，'OTCBB'的原始股还是在我们手上嘛！你现在到底欠了多少债？搞得定不？"

曾子健没有吭气。

张旺又问："诗诗办的那个培训班怎么样？生意还不错吧？"

曾子健说："还好，现在靠她有饭吃，但也不算太好，解决不了问题。"

张旺叹口气:"我讲我运气不好,这两年只赔钱,没赚钱,你一回长沙,我就不敢做声了!你这几年比我还要命背,在埃及搞旅游、炒股,碰到动乱,回来卖红酒,碰到'八项规定',干细胞这个事情吧,算是被我拖下水了。你其他的投资呢?没一个赚的?"

曾小健笑了笑:"大时代的小人物,没有踩准社会的点,被社会毒打,没办法。"

两个人闭上了眼睛。

两个洗脚的服务员话多,一开始总想和两个客人找话题,见两个客人不乐意搭理她们的样子,互相聊起了天。

曾子健睡着了。

不知道过了多久,他睁开眼睛,摸出了手机划拉。

打开"微信",发现情人阿芬发了一堆消息过来。他把她的消息设置成了静音、不振动,今天没怎么看手机,没留意到她的消息。

他随手划拉到最初的消息,一条一条往下看。

阿芬发了几张照片,一张左、一张右、一张近、一张远地展示着她刚做的头发。

阿芬挑逗他:"昨天洗澡的时候擦着自己的身体,突然擦出感觉来了,想你了。"

然后说:"昨天晚上运气好,打麻将赢了几千块,去洲际酒店开个房不?"

等了半天不见他回复,阿芬先是发了个"问号脸"的符号,然后嗔到:"曾先生,人呢?"

又过了一小时,来了一条:"晕,我大姨妈晚来三天了,上次叫你穿小雨衣你不穿,会不会中奖?"

等了一会儿，不见回复，来了几个皱眉、大叫、怒视的表情符号。

阿芬今天的情绪特别荡漾。

曾子健回了一条："我在长沙参加表妹的婚礼，没看手机，你真的假的？"

阿芬很快回了消息："要是真的怎么办？"

"真的我负责呗。"

"你怎么负责？"

"陪你去医院。"

"喊！我还以为你要说生下来你养。"

两个服务员结束了足浴的流程，张旺恢复了精神，突然找茬："你们话怎么那么多？明明我们不想和你们扯谈，你们还两个人自己讲个不停？客人没同意你们扯谈，你们就不允许讲这么多话！你们说是不是这样？吵死人了！子健，她按得怎么样？"

"还不错。"

"还不错就算了，不然我要投诉你们。"

曾子健心想，张旺这是心里烦躁吧？过去和他来洗脚，他最喜欢和女服务员讲过不停，各种调戏的话，今天居然一本正经要投诉人家话多。

没等到他回消息，那头的阿芬来了一句："被吓得不说话了？放心，大家都是成年人，真要有事我自己负自己的责。"

他赶紧回复："和朋友在外面，回深圳约你。"

从"颐而康"出来，发现长沙下起了雨。

雨下了整整一夜。

阿芬的老公平时从来不看她的手机，阿芬记起了就会删掉她和曾子健的聊天记录，没记起就不会及时删掉。

这一晚，阿芬去洗澡的时候，她的老公鬼使神差地拿起了她的手机，随手一试就输对了锁屏密码，开始玩她的手机。

于是，阿芬家里，一夜的暴风疾雨。

第二天中午，曾子健、诗诗带着儿子回深圳。

一家三口在高铁上落座，六岁多的儿子缠着诗诗玩，曾子健打开了"Kindle"。

"Kindle"正式进入中国市场不久，习惯在旅途中阅读的他刚买了一个最新一代的。他刚刚打开新"Kindle"，手机响了。

手机屏幕上显示着"阿峰"，那是"阿芬"。

他把手机屏幕对着诗诗亮了亮："我接个电话。"

曾子健一边往两节车厢的连接处走，一边接通电话，他小声说："在回深圳高铁上，怎么啦？这么猴急？"

阿芬的声音沙哑疲惫，但不慌乱："方便吗？跟你说个事。"

"方便。"

"我昨天晚上去洗澡的时候把手机放在沙发上，我老公看我手机了。他从来不看我手机的，昨天不知道怎么心血来潮。"

"他看到什么了？"

"什么都看到了，昨天我们发的消息，还有上两次发的我也没删。"

"你老公知道我是谁吗？"

阿芬心里突然感到了失望，纸没有包住火，火止烧着她和老公那座用纸搭建的婚姻宫殿，一夜未眠，曾子健条件反射的问题不是关心"你怎么样？""他有没有怎么对你？"而是在担心自己会不会有麻烦？

她平静地说："不知道，我没说你是谁。大家都是成年人，我自己负我自己的责，你放心。对了，我大姨妈来了，你也放心。先挂了。"

曾子健回到座位上，装作继续看书，脑子里在回忆他最近和阿芬都在"微信"里聊了什么？上一次？上一次约去洲际酒店，他先到，发房间号给阿芬。再上一次？好像也是发消息约见面做肉身上的切磋，说了不用开房，开车去海边。看来阿芬是糊弄不过去的。

诗诗看出蹊跷，他的"Kindle"停留在同一页上。

她问："怎么了？"

他答："没事。"

他看了一眼坐在靠窗的位置专注玩游戏的儿子，小声对诗诗说："一个我欠了钱的，催账。"

"多少？"

"不多，五十万。"

雨下得更大，车窗外的世界更迷茫。

曾子健和阿芬缘起火车上的一次偶遇，两个人的生活圈子本来隔得远，阿芬真的对"他是谁"守口如瓶，独自面对家里的一地鸡毛。

阿芬的老公为人规矩，工作"996"，经常出差，为家庭承担着他认为一个男人该承担的责任。突然之间发现自己头上变成了"离离原上草"，他出离屈辱和愤怒，但他暴力不起来。

阿芬坚持说这是他们夫妻之间出的问题，是自己犯了错，第三者是阿猫还是阿狗不重要。

几天下来，他总是记起老婆手机"微信"记录的那些话语，每一句话如同扎在心上的长针，扎进去，抽出来，又再扎进去。

他那天看到的，除了一对情人之间的密语，只知道阿芬戏谑地叫过那男人"曾先生"，还提到那个男人借了阿芬钱，没有还，要再借半年。

他和阿芬的婚姻关系暂时停在了抉择之前的冷寂路口。

他和同事聚餐，然后去唱歌。他主动找酒喝，又抽起了戒掉的香烟,但是,点一支烟,喝一杯酒,能够醉多久?

他歪倒在"KTV"包房的沙发上,掏出手机,看起了阿芬的"微博"。他平日里并没有"刷微博"的习惯。

他终于变得格外敏感,很快发现了一个叫做"曾大牛"的男人在阿芬的"微博"评论中尽管发言不多,但与阿芬互动中能闻到与众不同的味道。

"微博"与"微信"的不同在于它是一个以"博主"为中心的开放圈子,而不是相对封闭的"朋友圈"。他跳去了"曾大牛"的"微博"。

曾子健是从2010年底开始玩"微博"的,起初一年多在埃及的时候发得频繁,回国之后刻意低调,只是偶尔发发,并且特别注意对自己的"隐私保护"。尤其是债主多了之后,他和诗诗删掉了很多与两个人的"经纬度"相关的"微博"。

阿芬的老公翻看着曾子健的"微博",确信自己找到了那个第三者。尽管对应不到线下世界的大活人,但结合"微信"和"微博",他梳理出了一些信息。

第三者姓曾,有老婆孩子,在埃及长住过,似乎曾经是"伟中"的员工,做过红酒生意,和自己的老婆把洲际酒店当作"老地方"。他们还把车开去后海的荒地上幽会过,那天两个人明明是在同一个地方打了卡。

阿芬平时消费习惯刷自己信用卡的附属卡,自己觉得有"你负责美丽妖娆,我负责拼命赚钱"的成就感,没料到她不但把"美丽妖娆"给了别人,还大方地把钱借给了那男人。

自己知道了这些又能怎么样呢?

他另外注册了一个叫做"你在做天在看2013"的"微博"号,在"曾大牛"的"粉丝"和"关注的人"中挑选着人来"关注",然后,他给他们群发起了"私信"。

第一条是:"'伟中'前员工曾某,网名曾大牛,道德败坏,自己早有家庭,有老婆孩子,仍然到处拈花惹草,趁别人工作加班多、出差多的机会,引诱别人老婆,破坏别人家庭。"

他后悔那天没有把阿芬的"微信"截屏,没有实锤。

K歌散场,他呕吐完,坐在同事送他回家的车上,发了第二条:"曾某不但骗色,而且骗财,他哄骗别人老婆借钱给他,长期赖账不还。"

他没有直接把"私信"发给"曾大牛",第一个告诉曾子健的是张旺。

第二天,曾子健仍在床上睡懒觉,张旺打电话过来,问:"健哥哥,你这是搞网恋,泡了哪个你老东家的同事的老婆吧?"

"什么意思?我哪里有心情搞什么网恋。"

"还讲没有?有人在'微博'发'私信'给我,控诉'伟中'前员工曾某趁他加班多、出差多的机会骗财骗色,我发给你。"

曾子健看着张旺发过来的"截屏",猜到了是怎么回事。

紧跟着,又有两个朋友默默地把"截屏"发给了他。

长沙那个瘦子债主也发过来"截屏":"曾老板,你是什么债都欠,一顿乱欠啊!我觉得我和胖子上你的当了!"

他打阿芬的电话,回铃音响了两下,他又挂掉,开始打诗诗的电话。

电话接通,他问:"有人在'微博'上给你发乱七八糟的东西吗?"

"什么乱七八糟的东西?我没看'微博'。"

"有人搞下三滥的事情催债,在'微博'上造谣,讲我为了借钱勾引人家老婆,好像是群发给了很多人,现在这些催账的真是什么事情都做得出,你也要小心一点!"

诗诗看了,气愤地回电话:"这是诽谤吧?我们可以报警吧!"

"唉！人家也可以去打官司讨账，算了，你不去管他就行了。"

阿芬的老公继续研究着"曾大牛"的"微博"，他又在一条"微博"的评论中发现了线索，阿芬称"曾大牛"为"健哥"。

他笃信自己的判断。

他群发了一条"私信"："曾某健的老婆不能满足他变态的欲望，他频繁在外开房，上一次开房的时间是11月28日，在洲际酒店和别人的老婆过感恩节，再上一次是11月22日，在后海的工地附近车震。"

他想克制住自己，不要沉沦其中，但总会去想象不堪的情节，实在难受，就"群发"一条"私信"出气。

诗诗的直觉告诉她，也许这不是"讨账公司"干的事情，她觉得有些话不是讨账的人的语气，她忍不住地回忆11月下旬的那两天曾子健的行踪？

"微博"流行的时候，钱旦和曾子健已经"友尽"，他和曾子健谁也没"粉"谁。

秦辛和曾子健"互粉"了，她收到了那些"私信"。

她和钱旦聊："曾子健很倒霉，回国做生意又不顺利，欠了不少债，讨账的各种手段催账，诗诗说他讲自己运气不好，被时代毒打。"

钱旦不以为然地说："什么运气不好？过高地估计了自己的能力吧？我还是那个观点，大公司的人容易搞不清楚自己过去成功到底是因为平台的能力？还是个人的能力？他不一定就有他自己以为的那么了不起。"

"哎，看来你对他的成见是无法改变了。"

"我确实不爽他在埃及做的那些事，但没有成见。而且，我不觉得这个什么'你在做天在看2013'一定是讨账公司，我们同事也有收到这些'私信'的，据他们说曾子健后来一个人在埃及的时候就不老实。做人，还是要有一点敬畏之心吧！"

| 第四十一章 |

马革裹尸

每年元月，"伟中"都要隆重地举行为期一个星期左右的"市场大会"。

"市场大会"实则就是公司的年会，之所以冠名以"市场大会"，是因为"伟中"强调"以客户为中心"，强调自己是一个"强市场导向"而非"纯技术导向"的公司，一切业务和产品规划的牵引应该来自市场，来自客户。

公司以及各个区域的主官们在辞旧迎新之际齐聚一堂，既做复盘过往，谋定未来的关键"对标"，又会对过去一年表现优异的个人和团队论功行赏。

很多人平素是相距遥远的"网友"，甚至会为了达成自己的责任目标而去踢别人的屁股，推动对方满足自己在业务发展上的诉求。大家亦会利用这难得的机会私下里吃顿饭、喝个酒，有冤的报个冤，有仇的报个仇。

2014年1月，"莱茵电信客户部"的部长老孙带了路文涛回国开会。

老孙的任期将要结束，他将要被调离德国。老孙有意带自己心中能力和经验已经"就绪"的接班人路文涛拜见各方大佬。

自从半年前窥见老孙的"继任者计划"的三个"就绪"人员的名单中没有自己，罗小祥不露声色地失望，更加殷勤地表现，但"我欲将心向明月，奈何明月向沟渠"，老孙还是一副更喜欢路文涛的样子，这次回国参加年会带了路文涛，不带自己，他在心底里又添了忿忿不平。

在深圳开完会,路文涛请了几天假,打算回天津看看父母、姐姐,然后赶回德国。他的岳父岳母在半年以前去了德国,他和吴俪俪商量好这个春节一家人在德国过。"市场大会"结束的那天,他提前溜出了会场,赶到天津家里仍然到了晚上。他们家住了三十多年的老房子被拆了,爸妈搬了新家不久,他还没有来过新家。

老爸在楼下等他。他远远地,一眼认出那个熟悉的身影,走近了,却发现了陌生。

在德国时每个星期和家里视频一次,视频里爸爸妈妈的样子一如从前,老爸永远爽朗,笑谈一切,老妈永远操心一切,不厌其烦,例如"你是不是瘦了?""你今天脸色有点儿发黑,是不是病了?"

眼前的老爸和视频中见到的比,却消瘦了不少,不知道是不是衣服不合身的缘故?老爸过去再冷也不习惯戴帽子,今天却戴了一顶大大的棉帽子。

老爸一把抢过他肩上的电脑包,背在自己身上,没走几步,他分明听到了他粗重的喘气声。

他问:"爸,你怎么啦?戴这么大的帽子?"

老爸说:"没事,有点儿感冒,医生说要注意保暖,你姐给我买了顶帽子。"

上了楼,打开家门,老妈双手一拍,高兴地迎了上来,却是视频电话时看不见的一瘸一拐。

他问:"妈,你腿怎么啦?"

老妈说:"没事,摔了一跤,快好了。"

老妈准备了他小时候最吃的菜,他津津有味地吃着,讲述着他们爱听的一切,尤其是他们孙女的近况。

是夜，上了床，关了灯，屋里陷入了黑暗。

老爸在咳嗽，打破了宁静。

路文涛起来，悄悄站在爸妈卧室门外，听了一会儿，然后去了阳台。

他独自站在阳台，打量着外面，熟悉又陌生的城市一角，心里有隐隐的牵挂和不安。他看到了爸妈的衰老，仿佛是在忽然间发生，但他知道并不是在忽然间发生，只是爸妈如今的生活对自己来说，已经变成了支离破碎的片段。

第二天，姐姐一家人过来，大家打开话匣子，家里面热闹、温暖。

姐姐说："你看爸这帽子不错吧，他呀，气管炎、肺气肿，前段时间咳嗽咳得吓人，叫他戒烟就是不听，只能盯着他，冬天要特别注意保暖。"

姐姐说："妈去年可遭了罪，8月份胆结石，切了胆囊，后来又摔了一跤，摔骨折了。"

路文涛着急了，嚷道："我怎么不知道？你们怎么不告诉我？"

姐夫在一旁解释："爸妈不许我们跟你说，有我们在家里，你放心！"

老爸说："告诉你干什么呀？你在德国那么远，你和俪俪照顾好自己，照顾好小雨霏就行了！家里姐姐、姐夫照顾得非常好！"

老妈说："都不是大毛病，这不是都好了吗？你不用操心我们，我早想通了，生老病死，自然规律。"

路文涛不是一个多愁善感的人，在家里住了几天，白天晚上热热闹闹、开开心心，但到了深夜，当世界归于宁静，只剩下老爸的咳嗽声时，他总是会感觉到一种从来不曾有过的，莫名的忧伤。

再回到德国的那一天，夜深人静的时候，躺在床上，他对吴俪俪说:"回来的飞机上我一直在思考一个问题,想了一路。"

吴俪俪翻身搂住了他,问:"什么问题?"

他说:"我在海外常驻有十三年了,是不是该调回去了?"

路文涛说了他在天津的所见、所闻、所感,然后说:"小时候,我病了,什么了,需要爸妈陪的时候,他们从来不会说忙,没有时间。现在,我感觉我错过了家里很多关键的时候,逃避了很多责任。"

吴俪俪说:"我觉得回不回去都行,你定!不过,雨霏明年六岁了,她是回国上小学?还是留在德国,将来不走国内的教育体系?我们要定一个方向了。"

"嗯,那回去吧!我找时间和老孙沟通下。"路文涛说,"你在这边刚上了半年班,又要跟着我走了。"

"嗨!这个你不用考虑,我回去也不会找不到事情做吧?中国现在发展多快!机会不会比外面少!"

她记起了什么,说:"公司说春节后要安排我去台湾总公司培训,如果决定了要回国,我就不去了。"

"他们还挺看好你的嘛!"

"那是,你老婆又不笨!只是这几年嫁鸡随鸡,自废武功。"

春节前,谢国林和刘铁不约而同地从印度尼西亚回了深圳,休假。

钱旦请他们吃饭,去了那家苏启亮推荐给他的吃湘菜的音乐餐厅。

歌手在台上唱着最新的歌曲,疑问着"时间都去哪儿了"?三个人静静地听着,沉浸在各自的情绪中。

一曲唱完,钱旦说:"我春节前请三天假,带家里人去新西兰玩。"

"新西兰不错呀，你是跟团还是自助？"

"跟团，公司组的高端团，南岛八日游。"

老谢问："公司还干这事？"

钱旦说："不但干这事，公司还补贴四分之一的团费了。"

刘铁说："不会吧？你是得了公司的什么大奖激励吧？"

钱旦说："我没得什么大奖，员工都可以报名。据说是因为公司在新西兰市场发展势头很好，老板希望保持良好的营商环境，鼓励大家去旅游，公司补贴些团费，去了别抠抠搜搜，该给小费就给小费，为两个国家人民之间的好印象尽微薄之力么。"

老谢说："生意做到现在，是有些'功夫在诗外'了！公司好像在各个国家都在参与一些公益类、教育类的项目。"

"是的，公司发展到今天，如果将来会遇到大困难，大概率也会出在'诗外'。"钱旦转向刘铁，"老刘，你第二次海外外派有三四年了吧？啥时候回来？"

刘铁说："马上四年了，我去年就申请调回来，被老谢留下了，今年必须回！"

老谢的脸上绽放出憨厚笑容："你去年在岛上呆得挺爽的吧？老婆孩子陪着，项目也顺利，年度考评打了'A'，江湖传说你和史蒂文现在是黑木岛一带农村里最欢迎的人。"

刘铁已经与领导们沟通好坚持完上半年，把"爪哇移动"二期项目的扫尾工作做完，7月份的时候调动回来。他这次休假把老婆孩子先送回了国。

钱旦问："回来去哪个部门？定了吗？"

刘铁说："服从安排，说不定过两年在机关呆厌了，又申请去海外，'三出宫'。"

刘铁比他俩大，这一年四十三岁。

钱旦说："还出去啊？你也是一个只有翅膀没有脚，只能不停地飞的鸟人呐!"

"我这不是还没有财务自由吗?而且,我们回来这两天去看了学位房,准备再买一套房,压力大啊!"

老谢问:"哪儿的学位房?你娃不是下半年就上小学了吗?现在买学位房没用了吧?"

刘铁说:"小学无所谓,我们提前买将来上初中的学位房。在'南二外'旁边,七十四平米,三百多万,都一平米五万块了。我觉得贵了,谁知道将来房价会不会被打下来?现在买会不会买亏掉?但是为了儿子没办法。我得继续奋斗,赚钱还贷!"

钱旦说:"房叔,你好!这是你的优质固定资产,有什么压力?放心,深圳的房价不会跌的!"

"谁知道呢?你们说人要是真的可以在现在和未来之间来回穿越,提前看到未来会发生什么,那多好!"

"没用!看过电影《死神来了》吗?人生太多'参数',你改了这个'参数',那个'参数'的输出就变了,只能活在当下。"

春节之后,谢国林和刘铁回到印尼,他俩一个继续在雅加达,一个依旧去黑木岛。

"爪哇移动"二期项目在黑木岛区域除了要补市区里的信号盲区,还要往山区部署更多的基站,要去黑木岛周边的几个岛上施工。"伟中"干得不错,再有三四个月,工程就可以圆满结束,刘铁可以凯旋,史蒂文可以飞向更广阔的新天地。

马来西亚华裔史蒂文忘掉了他在"伟中"工作几年,丰富自己的简历,然后跳槽去"苹果"的初心。他成功地从"伟中"的马来西亚子公司离职,在深圳总部重新入职,变成了一名可以全球派遣、四海为家的外派常驻员工。

公司计划在年中把他派往摩洛哥常驻,谢国林和刘铁在岛上与他同住的时候,聊了很多北非往事,他在旁边静静听之,心向往之。

偏远山区和附近小岛上的居民对移动通信的需求超出了大家最初的以为，每个无线基站的站点一动工，周围常常是一堆"围观群众"，孩子们如过节一般，大人们拿出平时出门才带在身上的老旧功能机，跃跃欲试。

他们每次去这样的站点都会带一些饮料、饼干、面包，送给遇见的村民。他们成了传说中黑木岛一带农村里最欢迎的人。

他们的内心是自豪的，为自己的能力得到了证明和认可，为自己真真切切地在丰富人们的沟通与生活，在消除这个世界发达与不发达地区之间的数字鸿沟。

2月，雨季。

本来是个星期六，休息日。但刘铁和史蒂文发现自己起了个早床，他俩临时起意，去跑了几个新开通的站点。

即使在雨季，他们的工程进度也没有延误。新开通的一批站点的性能指标很好，附近村子里每个遇见的人都给了他们最友善的笑容。

将近黄昏的时候，天空放了晴，他俩从最后去的偏远的站点回驻地。刘铁开着一辆SUV，史蒂文坐在副驾驶位上，明媚阳光洒在两个人的心中。

史蒂文划开手机："哇，快抢！老谢在群里发大红包！"

这一年春节，IT和互联网的圈子里新闻不断。

除夕，"联想"宣布与"谷歌"达成协议，前者以29亿美元从后者手中收购"摩托罗拉"的移动业务，"联想"将获得"摩托罗拉"的品牌、智能手机产品组合以及2000项专利。

同一天，"京东"向"SEC"递交招股说明书，计划在美国上市融资15亿美元；不久之后，"阿里"透漏了年内在纽约证券交易所上市的计划。

大年初五，比尔·盖茨不再担任"微软"的董事长，一代IT人的偶像转行去做慈善、疫苗和避孕套。

"微信红包"赶在春节前横空出世，时髦的人们纷纷把自己的"微信"和银行卡绑定在一起。虽然尚未达到一年之后的火爆程度，但仅仅春节放假的那几天，就有四千万个"红包"在"微信"上被领取。"腾讯"偷袭了"阿里"的"珍珠港"，"支付宝"不再一家独大。

谢国林在大项目组的群里发了一个红包。由头是不仅"爪哇电信"项目组获得了公司的年度金牌团队大奖，他们对"数字化交付平台"的推行也成为公司的榜样，公司的电子公告牌上刚刚公示了对有功人员的嘉奖令，老谢名列前排。

刘铁嚷嚷："你拿我手机抢一下！"

"没了，秒光！"

"不会吧？太过分了，我俩加班跑站点，这帮人守着手机抢红包！还是说雅加达的网速比我们的快？"

"老谢这个公司嘉奖，是只有荣誉，还是可以升级、加薪？"

"那肯定有实惠！起码升级、加薪的时候可以优先，下次去雅加达要宰他一顿大餐！"

他们的车即将驶出山道，前面已经是一条直路。一辆大卡车慢悠悠地压在双向两车道他们的车道上。

刘铁跟了几分钟，打转向灯，一脚油门，打算超车。

两车并行，即将超出的瞬间，"砰"的一声，车外一股烟，爆胎了。

刘铁顿时觉得把不住方向盘，方向盘上的强大力量打得他撒开了一只手。他很快反应过来，重新双手握紧了它。

他专注在把住方向、减速的时刻，史蒂文大叫起来。

一辆对向驶近的大巴车以为他们会及时完成超车，粗心的司机没有发现异常，丝毫没有减速的意思，对着他们冲了过来，很快到了眼前。

刘铁下意识地猛踩一脚刹车，电光火石间，他们的车失控，冲下四五米高的路肩，径直向路边的杂树林而去。车身侧翻了一圈，仍然四轮着地，一头撞在树上，骤然停住。

史蒂文好不容易反应过来，看看自己手脚可以自由挪动，他叫到："Shit！吓死我了，刘总！"

没有听到刘铁回应，他扭头一望，惊恐地大叫："老刘！老刘！"

刘铁那边树枝刺进车内，正抵在他的脖子上，鲜血已经喷了一身。

刘铁含糊的声音，问了一句："你没事吧？"

然后，他闭上了眼睛，没有再睁开。

史蒂文只是几处擦伤，安全带在身上勒出一道深深的红印。

谢国林和李应龙赶上最快的航班飞到了黑木岛上。

后来的几天，他们处理着该处理的一切。

三个人一起去了出事地点。他们把车远远停在方便停车的地方，走到了车祸的地方。

老谢拎着两提本地啤酒，史蒂文带着丁香烟。开了酒，点燃烟，仿佛刘铁就坐在眼前。

老谢说："老刘本来去年要走的，是我把他留了下来。"

他没有办法再多说一句话，张开嘴，只会哽咽。

李应龙和史蒂文一样沉默。

打破宁静的是李应龙的手机，有人打来电话，好心给他建议："应龙总，老刘是星期六，休息时间出的事吧？"

李应龙说："是啊，他们星期六临时决定去站点看看。"

"应龙总，去年你们就出了'EHS'致死的事故，这次一死一伤，再算成'EHS'事故，公司的问责可能会很严厉啊！虽然是车爆胎了，但是为什么没有检查车况呢？一样是你们管理不到位导致。不过，如果是星期六自行外出，不是工作上的事情，其实对老刘的善后不会有影响，该给的都会给，但是对你可能会好一些，你明白我意思吧？"

李应龙立刻被引爆："我不明白你的意思！你他妈的有毛病？老刘就是为了项目，为了工作出的事！公司该怎么算就怎么算，该把我干死就把我干死！老子就是没照顾好兄弟们！"

晚上，三个人并排坐在驻地那个四合院的游廊里，当初他们经常和刘铁一起坐着聊天的地方。丁香烟在手里明明灭灭，异域芬芳伴随"咔嗒咔嗒"燃烧的声音弥散。

谢国林突然起身，跳到院子中间的树下，蹲下来，用手扒拉着。

李应龙问："干啥？老谢！"

"你们听到'哗咕哗咕'的声音没有？老刘一直说是壁虎的叫声，我就从来不相信壁虎会叫。"

"伟中"为海外员工购买的商业保险中附加了身故遗体运返。按照家属的意愿，刘铁的遗体被送回了国。

钱旦去了深圳殡仪馆，最后的告别仪式。

刘铁的身体被处理得不错，就像是在花丛中睡着了一般。

钱旦看着他的脸，记起了最初在伊拉克相识的时候，记起了苏莱曼尼亚的郊游，埃尔比的彻夜长谈，还有他总在嘴里叨叨的老婆、孩子、"财务自由"的话题。

他瞥见了刘铁老婆的"LV"包，记起刘铁说自己之所以长期在海外干，是为了"多赚点钱，让老婆孩子永远过得自由自在，不要因为'差钱'而干不了想干的事情。"

他记得公司老板亦说过："我们努力追求成功，不是为了做世界第一,而是为了给老婆多买两个包包。"

他从心底里祈望老刘的家里人往后的日子能过得顺利,那一定也是老刘最后的祈望。

| 第四十二章 |

信息不对称

德国,杜塞尔多夫,"伟中"的办公楼。

星期六加班的人不多,吴锦华和杰瑞两个人坐在"莱茵电信无线替换二期项目"的"作战室"里。

项目在交付阶段,工程进度过半,他们一个负责客户关系,一个负责技术,两个人约好一起来办公室加班,对齐当下客户高层关注的几个技术问题的来龙去脉。然后,一起去吃午饭,吴锦华要吃日料,杰瑞想吃川菜,结论当然是日料。

十一点钟的时候,罗小祥来了办公室。他找不到手机的充电线,来拿自己放在办公室的另一根。

路过老孙办公室的时候,他吸吸鼻子,闻到了烟味。他犹豫了两秒钟,敲了敲门:"孙总!"

老孙在里面应道:"门没关。"

罗小祥推开门,他以为老孙一个人在里面,想要和领导谈一次心。

办公室里却不止老孙,路文涛坐在老孙对面,两个人不知道在密谋什么?见他进来,路文涛一副做贼心虚的样子,老孙笑得没有平时那般随性。

老孙没有招呼他坐下,而是问:"有事找我吗?"

罗小祥说:"老路在给领导汇报工作呢?我没什么紧急重要的

事，星期六加班，忘记带烟了，想跟领导讨根烟抽。"

路文涛皮笑肉不笑，老孙装作热情地拿起桌上的半包烟，扔给罗小祥："拿去！"

"谢谢领导！我继续干活去了。"

见领导没有邀请他坐下来的意思，他出门，悻悻然地绕着办公区慢慢地走了一圈，打量着周遭的一切，坚定了心里的决定。

罗小祥走进"作战室"，吴锦华和杰瑞正并肩坐着，杰瑞在他的电脑上指点，吴锦华的头几乎要靠到他的肩膀上去了。

这些日子杰瑞和吴锦华给人形影不离的感觉，罗小祥问过他的舍友，杰瑞坚称他们只是在同一个项目中的最佳拍档。罗小祥心里推敲过，他俩的出双入对只在办公室和客户那里，顶多晚上加完班之后杰瑞送女孩回家，并没有看到工作之外的私会迹象。

但眼前一幕仍然令罗小祥心生妒意，他咳了一声："你俩这么亲密啊！有'投影'不用，非要挤在一起。"

杰瑞脸红了，吴锦华大方地说："罗总，你看哪儿有'投影'？'投影'被人借去开会啦！"

罗小祥自顾自地端详起贴在墙上的项目组组织结构、项目集成计划、里程碑、表示当前进度的小红旗什么的，然后才转身说："到点了吧？走！我请你俩吃午饭。"

吴锦华和杰瑞既然只是拍档和朋友，没有理由不带罗小祥玩。

杰瑞说："我们中午准备去吃日料，一起去不？罗总。"

罗小祥说："想吃日料？那必须我带你们去一家！我知道一家很靠谱的，刚刚开张，就是不知道这个时候还能订到座位吗？"

杜塞尔多夫是欧洲最大的日本人聚居区之一，城中不缺好日料店。他们去的那一家口味地道、环境上乘、价格不菲。

在罗小祥的盛情和坚持下，三个人吃掉了几百欧元，直吃得杰瑞和吴锦华心里生出了不安。

潇洒埋单的时候,罗小祥其实有些肉痛,但又有满足感。

这半年多,他不时感觉到自己在从非洲出来的"土鳖"路文涛和张文华面前失去了优势,从上次窥见的老孙的"继任者计划"来看,自己接任老孙的位置的小目标没戏了。但不管怎么样,跟眼前的这两位比,自己还是各方面很有优越感的。

走出餐厅,罗小祥说:"我带你们去个地方!"

吴锦华想婉拒,说:"哎呀,我答应下午陪方姐去逛超市的。"

罗小祥说:"很近的,吃完饭散个步,要不了多久。"

他们的车朝着城郊而去,杰瑞猜测着目的地,报了几个地名,罗小祥只是笑着摇头。

目的地确实不远,离公司办公楼不过五公里左右。

车在树林边的几栋双拼别墅前悄然停下,罗小祥径直朝着一套房的大门而去,杰瑞和吴锦华跟在后面,仍然不知道这里是什么地方?

罗小祥从口袋里掏出钥匙,打开房门,说:"进来吧!看看这个房子怎么样?"

两层的"大House",室内面积有一百五六十平米,罗小祥领着他们穿过客厅,来到房子后面的庭院,说:"这个花园有差不多两百平米,花园外面的小树林那块地也可以用,怎么样?这房子不错吧!"

杰瑞感叹:"嫂子要过来?罗总,你很低调嘛!悄悄租了个'别野',我们天天住在一起,一点没听你提过!这房子一个月要多少租金?"

罗小祥露出自得的微笑:"我不知道一个月多少租金,我买下来的!"

那两人露出惊讶的表情,面面相觑了一下。

杰瑞叫:"什么时候买的?你真的是低调的奢华啊!"

罗小祥看到了他俩的表情，骄傲地说："我可是最早向你们两个人通报，你们一个是我的同居密友，一个是，嗯，'伟中'德国最有气质的美女。公司里没有其他人知道，你们帮我保密。"

吴锦华小心地问："罗总，你这个房子要多少钱啊？"

罗小祥望着花园外的小树林，说："很划算的，七十万欧元，有德国工作签可以贷款，我首付了三成，贷款利率才一点几，慢慢还。"

"那是很划算！"杰瑞问，"罗总，你是打算自己住？还是做投资？"

"自己住！我老婆下个月过来。"

"伟中"鼓励销售和服务体系的员工四海为家，出现在公司最需要的地方，反对常驻在发达国家的员工利用公司安排的工作机会为自己办理移民，就地沉淀。所以即便是老孙这样的主管，一旦在一个欧洲国家常驻了五年以上，公司也会安排他调离。

不过，林子一大，里面飞的鸟儿自然各式各样，总有人会悄悄地为自己和家人办理长居、移民的手续。尽管公司不喜欢，但这是合法合规的个人选择，无所谓对错好坏。

杰瑞来得早，知道一些同事的操作，他问："罗总，你是打算将来留在德国不走了？还是先买个划算的好房子再说？"

"你们觉得德国不好吗？"罗小祥反问道，"我们在这里合法工作，依法纳税，拿到长居和身份是顺势而为，为什么一定要回去喝'地沟油''毒奶粉'，呼吸'PM2.5'呢？你们在深圳能住得起这样的房子吗？"

罗小祥平日里是客户部里意气风发的才子形象，没有在大家面前讲过这样的话，杰瑞感觉到他的反常，没有再说话。

吴锦华多问了一嘴："他们说在欧洲同一个国家最多常驻五年之后公司就会想办法把你调走呀！那过几年公司要你离开德国怎

么办？"

罗小祥冷笑了一声，说："鸟大了，什么林子都可以去吧？德国就只有'伟中'一家公司呀？"

回去的路上，三个人的话少。

罗小祥不知道自己为什么要把杰瑞和吴锦华带过来，炫耀一番自己悄悄买下的大房子？也许是他俩亲密相依的样子，加上撞见路文涛和老孙的神神秘秘刺激到了他，他只是下意识地像孔雀一样开开屏。

杰瑞因为知道了罗小祥的秘密而感到震惊，他震惊的并不是他在德国买大房子这件事情本身，而是这位亲密舍友办事如此隐秘，今天之前一点风也没有漏出来。

他所不知道的是，罗小祥还有一个更大的秘密隐藏得更好。

暂且把时钟往回拨。

在前一天的晚上，老孙和客户老大吃饭、喝酒、聊未来。

在这一天的早上，老孙习惯性地到了办公室，惦记着昨晚和客户老大聊的话题，拨了路文涛的电话。

路文涛不像有些"玻璃心"，会为了领导多看或者少看自己一眼而琢磨半天。老孙给他打电话，从来开门见山，连"Hello"都省略。

老孙说："我昨天晚上和老大喝酒，他说他们内部有共识，不会在电信网络的'全面云化'上太激进，今年会继续观望，另外，他们认为所谓无线基站的IT化、开放化之类的概念是个更加遥远的事情，上个月和我们'对标'之后，他们很认同我们的网络演进方案。挺好！你不用整天担心会被'惠逊'他们颠覆掉。"

不久前，在路文涛的协调下，"莱茵电信"和"伟中"又组织了一次"无线高层对标会"，效果不错，双方对齐了在无线通信网络发展上的战略规划。

路文涛说:"领导,那可不能大意!'iPhone'出来以前谁会想到有一天'苹果'变成了全球手机玩家的标杆?2011年手机销量第一的老大还是'诺基亚'了,'iPhone'出来才几年?'诺基亚'的手机眼看着就要歇菜了!就算它被'微软'收购,我也一点也不看好它的前途。"

2013年9月2日,"微软"宣布将以37.9亿欧元的价格收购"诺基亚"旗下的大部分手机业务,另外再用16.5亿欧元的价格购买"诺基亚"的专利许可证;2014年4月25日,"诺基亚"完成与"微软"手机业务交易,从此退出手机市场。

老孙说:"电信设备和手机还是不一样吧?手机这种终端类的产品没什么客户粘性,消费者想换个手机,分分钟就换了。电信网络的演进和客户的商业回报耦合紧密,你别大意是对的,但我相信我们这个行业的变化不会是一夜之间的颠覆,会有个过程。"

路文涛说:"这个道理我明白,但是人无远虑,必有近忧嘛!"

老孙说:"昨天客户老大还说了一个事情,他们现在收入增长的压力很大,今年为企业客户提供'云服务'的规划会加速实施,我刚才来办公室的路上想,这一块应该不是我们的菜吧?你找机关对公司在IT和'云业务'上的解决方案,琢磨琢磨。我走了以后,你要把我们在'莱茵电信'的生意张罗得更好!"

路文涛迟疑了一下,说:"领导,你现在办公室呢?要么我现在过来一下?"

"不用,这个事情没那么着急,你星期六星期天陪陪老婆孩子,下个星期再说。"

"没有,不是,领导,我,我另外有点事情,想向你当面汇报。"

"哦?那你过来吧!"

老孙挂了电话,心里想:"这小子突然变得吞吞吐吐的?想干啥?"

不一会儿,路文涛赶到了办公室。

他走进老孙的房间,转身把本来敞开的房门轻轻关上,这才来到老孙的老板桌前的一把椅子上,对着老孙坐下。

老孙狐疑地看着他的举动,问道:"你鬼鬼祟祟的,什么情况?"

老孙一问,路文涛没有再拐弯抹角,直截了当地说:"领导,我想申请上半年调回国。"

"不行!"老孙斩钉截铁地说。

"为什么不行?我在海外已经干了十三年了!机关还有一堆人从来没出过海外!"路文涛立马急了。

老孙的斩钉截铁是在意外之下的条件反射,他给自己点了一支烟,把烟盒伸向路文涛。

路文涛没有接:"我早就戒了。"

"你不错啊,说戒就真戒了。"老孙从桌子下面掏出一瓶水,递给路文涛,问,"你家里有什么困难吗?怎么突然说要回去?你老婆孩子不是都在德国吗?"

路文涛说:"也没有什么很大的困难,就是上个月回去休假,突然发现我爸妈比以前老了很多,我在外面十多年,陪家里人太少了!我妈去年动了一次手术,又摔了一跤,我知都不知道,我怕现在不多看看他们,以后后悔。"

"你妈恢复得怎么样?"

"恢复得还行,现在没什么事了。"

老孙说:"理解!不过,你调回去也不能在天津陪着他们吧?如果他们身体还没有到那个地步,你在这边又正是干得越来越顺手的时候,我建议你可以再干个三年左右,个人发展再上层楼,然后再考虑回去。"

路文涛说："领导，我和一个以前的老兄弟聊起这个事，他在中国地区部，说公司这几年在国内的业务发展也很好，地区部缺骨干，北京那边有岗位空缺，我想看看能不能调到北京去？离家近。我怕过了这个时间段，以后不一定有这个机会。"

"怎么可能？公司的干部一直流动性很强，中国市场永远是我们的根基，国内不可能将来就没有岗位了。"

路文涛接替老孙的任命在下个星期就要上会评议，在评议通过之前，老孙没有给他明说，但有过暗示，路文涛心里有数。

老孙接着说："我马上就要调走了，我认为你的任命是不会有问题的，这个位置比你急急忙忙调回去，能找到的位置好多了吧？将来，你在我这个位置上干好了再调回去，上升的空间要大得多！"

路文涛显然有过思考，他说："领导，你说我们在'伟中'奋斗是为了什么？"

"靠！我们要上升到谈人生的高度了吗？"

"不是谈人生！我回想自己来海外，最开始就是为了赚海外补助，后来觉得有成就感，一是一次又一次达成看上去不可能的目标，事成人爽，二是刚出来的时候就是在中东、非洲这样的地方，别人也根本不相信中国公司有能力做通信设备，现在就是在欧洲，中国公司也是大家公认的最有实力的玩家之一，这些是靠我们这些人的奋斗，一步一步实现的，我想起来确实很骄傲！另外，我们这个团队的氛围也很好，大家一起干活很开心。"

"那所以你要回去？你逻辑不通嘛！"

"所以这些是我在乎的，我对过去十三年得到的东西很满意，调回国去也还是继续在公司奋斗啊！领导，你的这个位置反而不是能让我纠结的点，我从来没有设计过自己的人生是要怎么一步一步往上爬，在职位上爬到一个什么样的高度。"

老孙靠在椅背上，盯着路文涛，深吸了一口指间的烟，烟灰跌落在桌上，他说："我是真的希望现在的团队中有人来接我，不想让公司安排一个人空降过来做领导，这算是我的一个执念吧！"

门上传来了两下敲门声，罗小祥的声音在门外："孙总！"

老孙答应道："门没关。"

罗小祥推开门，见到路文涛坐在里面，他怔了怔。

老孙问他："有事找我吗？"

罗小祥说："老路在给领导汇报工作呢？我没什么紧急重要的事，星期六加班，忘记带烟了，想跟领导讨根烟抽。"

路文涛琢磨着刚才老孙对自己说的话，给了罗小祥一个微笑，没有说话。

老孙拿起桌上的半包烟，扔给罗小祥："拿去！"

"谢谢领导！我继续干活去了。"

罗小祥出了门，路文涛开心地说："小祥可以接你的位置啊！他能力强、和客户熟、又符合干部年轻化的导向。"

老孙说："小祥业务能力是很强，但我总觉得他为自己算计得多了一些，过去又发展得非常顺风顺水，将来业务顺利还好，一旦遇到压力，不知道他能不能带好队伍？"

路文涛说："嗨！为自己算计不很正常吗？他肯定会珍惜机会，好好干的。说句老实话，我和小祥性格不一样，平时和他没有太多私交，但是，我们不能总希望每个人都长得和自己一样嘛！我觉得这是公司不少领导的一个坏习惯。"

"什么坏习惯？"

"希望下属都长得和自己一样啊！我觉得公司不少领导都非常有责任心，把公司的事情当作自己家里的事情一样，总觉得下属的言行举止要和自己一模一样才放心。现在公司这么大，平台和流程的能力已经比以前强多了，领导要相信长得和自己不一样的人也可以把事情干好嘛！"

老孙赞赏地说："你小子一套一套的，是比以前有文化了。不过，你回去的事情，我说了不算，还要地区部的领导批准。"

两个人又聊了一会儿，约好晚上去路文涛的家里家宴。

路文涛离开之后，老孙去洗手间洗了一把脸，让自己显得更加精神一些。

回到办公室，他拿出手机，按下了他父亲的"微信"的"视频通话"，他大声地问候："爸！你们好吗？"

"我们很好！我叫你妈过来。你回国的事情定了吧？"

"定了！上半年肯定回来啦！"

"回来好，你在国外有十多年啦，很辛苦！"

"辛苦什么？不辛苦，我好得很！你们保重好自己的身体！"

信息不对称，在路文涛一心回国，谢绝了升职的好机会，老孙决定不勉强他，改为推荐罗小祥接替自己的时候，罗小祥正在为了撞见老孙和路文涛在密谋什么而愤懑。他向吴锦华、杰瑞炫耀了自己在德国买的大房子，坚定了自己的人生决定。

| 第四十三章 |

出走

过了两天，晚上，老孙刚刚回到办公室，坐下。

罗小祥出现在他的门口："孙总，有空吗？"

"小祥，进来！坐！"

罗小祥走进老孙的房间，转身把本来敞开的房门轻轻关上，这才来到老孙的老板桌前，对着老孙坐下。

老孙感觉他有些神秘兮兮的样子，问："找我什么事呐？"

罗小祥平静地说："孙总，我准备离职了。"

"什么？"老孙怀疑自己听错了。

"我准备明天提交离职申请。"

老孙顺手拿起放在桌面上的烟，停顿了一下，没有取出里面的烟，而是把烟盒往罗小祥面前一扔，问道："为什么？"

"戒了！我对烟没有生理依赖，心理依赖也没有。"罗小祥拿起烟盒，又放下，反问道，"孙总，你说我们在海外奋斗，是为了什么？"

"最近大家很流行谈人生吗？"老孙一贯的大嗓门，"来海外奋斗为了什么？我真没思考过这个问题！当年，领导说'公司在非洲的业务发展起来了，一线缺骨干，你去非洲吧！'我想都没想，一个星期之后就出发了。后来，公司说欧洲的业务上快车道了，你去欧洲吧，我就屁颠屁颠来欧洲了。你认为我们在海外奋斗是为了什么？"

罗小祥说："我是为了更好的机会。我到欧洲来，是想有在高端市场成功的履历，在个人发展上有更好的机会。"

老孙问："那你现在为什么要离职？认为没有机会了吗？"

罗小祥答："不像我预想的那样吧！孙总，你说过，目标感很强是我的优点，我前年的时候在心里定过一个小目标，要在三年内，三十二岁以前达到孙总的高度，你是我的榜样和目标。"

"还差一年嘛！你怎么认为一定达不成这个目标了呢？就像我们每年的业务目标都很有挑战性，但每年年底冲刺一把总能搞定，年年难过年年过！你这还差一年了，就放弃啦？"

"孙总，你不用忽悠我了，有路文涛他们在，机会不是我的。我心里有数，你们毕竟是非洲出来的老兄弟！"

那天路文涛说公司不少领导的一个坏习惯是希望下属长得和

自己一模一样，没有欣赏个体差异的意识，说公司平台和流程的能力已经比以前强多了，领导要相信长得和自己不一样的人也可以把事情干好，老孙赞同他的说法，他认为自己并没有路文涛所说的坏习惯。

最初的时候，老孙很欣赏"长得和自己不一样"的罗小祥。他认为"长江后浪推前浪"，与"土八路"一般的路文涛和自己比，罗小祥更年轻、起点更高，更象征着公司的未来。

后来，他渐渐觉得罗小祥在大局观、胸怀上有所欠缺，不放心未来他在逆境和压力下的表现，而路文涛不但"上过战场，开过枪"，还"受过伤"，在顺流逆流中都行过船，所以，在推荐接班人的时候，他把路文涛排在了前面，并不意味着他心里完全否定了罗小祥。

路文涛谢绝机会，坚持要回国之后，老孙想到用人不能太理想主义，罗小祥一样可以胜任自己这个岗位，又安了心。

不料，眼见这个星期就要上会评议他的接班人的任命，罗小祥这边也生了变故。

老孙心里想："你小子想到哪里去啦？我和路文涛当年一个在南部非洲，一个在北部非洲，中间隔着一个'撒哈拉'，根本就没有交集，别讲得好像我任人唯亲一样！"

但他没有解释，他说："小祥，我们的信息是不对称的，路文涛在海外十多年，快要回流了，我再一走，你要担的担子是远比现在重的。"

罗小祥脱口而出："他回国也轮不到我吧？还有陈明浩和王勇。"

陈明浩和王勇是兄弟部门的骨干，是半年以前老孙上报"继任者计划"时，上级 HR 推荐给他的"就绪"的接班人，但那两人已经被他从名单中删除，换成了罗小祥和张文华。

老孙很快反应过来，但他不知道罗小祥在自己的电脑上窥见了名单，只当是接触到那份未定稿的名单的人中间有人泄露了信息。

他问："你为什么会认为还有陈明浩和王勇？你从哪里知道的？"

罗小祥支吾道："你的接班人又不是非要从我们几个人中间挑选，可以公司空降，可以跨部门调派，陈明浩和王勇都是熟悉欧洲情况的，领导喜欢的人。"

老孙心里恼火，说："这样，我可以告诉你，大家很认可你，包括我，包括地区部和子公司的领导，你未必没有你想要的机会。你再多考虑一个晚上，明天再下结论。"

周末就要在上级人事管理团队会议上评议这个任命，老孙必须尽快定下他最后的建议方案。

罗小祥却在心里冷笑："什么我再多考虑一个晚上？给我下最后通牒呢？"

他嘴里答应着，离开了老孙的办公室。

第二天，罗小祥又来找老孙。

他说："孙总，我已经考虑很久了，还是决定离职。其实还有一个原因是我昨天没有说的。"

"什么原因？"

"公司有些人力资源政策莫名其妙，我们在德国不管干得好干得差，到时候就非要惦记着把我们调走，防着我们自己办移民，何必呢？我发现自己越来越喜欢德国了，准备将来在这边长居。我准备留在这边找一些自己喜欢做的事情做，不想受那么多教条的束缚。"

老孙问："你打算做什么？"

罗小祥说："没想好，先休息一段时间。我相信这边总会有适合我的机会,实在不行就去做代购,倒卖奶粉回国。我们不是有家属在'淘宝'上倒卖德国奶粉,一年能赚上百万吗?"

他并没有说实话,他已经确定了下家,下家正催他去报到。

老孙突然有点儿反感他的腔调,说:"人各有志,如果你已经慎重思考过,我不勉强留你。但我们要安排好你的工作交接。"

"我希望在一个月内办好手续,考勤截止。"

罗小祥离开之后不到半个小时,他的"离职申请电子流"急不可耐地走到了老孙这里。

老孙望着电脑屏幕上显示的离职申请,打了路文涛的电话:"你在哪里?"

"在客户这边。"

"忙完了回办公室找我,紧急而且重要。"

路文涛匆匆赶回来,直扑老孙的办公室。

"啥事?领导。"

"情况有变化!你在德国多干两三年吧!"

"哎!你不能出尔反尔啊!"

老孙说:"谁出尔反尔?罗小祥要离职!"

"啊?!"路文涛惊讶地问,"为什么?"

"'为什么'不重要,重要的是他一定要走,我们必须保证业务和团队的稳定,关键时刻,你顶住吧!"

路文涛问:"那你跟他说了计划让他接你吗?"

老孙说:"我说了你要回流,说了领导们都很认可他,还要我怎么说?我以前就是担心他在逆境和压力下的表现,现在不就说明问题了吗?他这都不能算是逆境,只是自己觉得自己不像以前那么受宠,就接受不了啦?我理解就是这么一回事!"

路文涛沉吟:"是不是可以让张文华来接你?或者就让公司安排一个干部过来嘛!"

老孙有些着急:"路文涛,现在不仅仅是谁来接我的班的问题!我要离开德国,罗小祥要在一个月内离开公司,你要回流,最熟悉高层客户的人突然全不见了,你放心吗?"

路文涛沉默了,上个星期六的时候老孙说支持他调回国,但是还要地区部领导批准,计划在这个周末评议老孙的接班人的任命时,把整个客户部的布阵排兵一起汇报,包括他的回流。这两天他既开心和老孙达成了共识,又担心会有变数,没想到变数来自罗小祥。

他觉得三个人同时离开确实是个很不靠谱的事。

老孙在德国已经五年多了,又是高升,回国另有重用。那天晚上在自己家里吃饭,他和老孙聊了很多,两个人的父母都在变老,老孙尽管大他三岁,却是家中独子,他有的牵挂老孙都有。

那么,只有自己留下?

路文涛说:"靠!三年之后又三年,三年之后又三年,从中东到北非到西欧,我在海外就快十五年了,老大!"

两个月以后,复活节假期刚过。

早上,城中一幢有着粗犷混凝土立面和洋气落地玻璃窗的办公楼里,一位身材高挑、欧美人的脸庞、黑色短发、白色衬衣既透着干练,又不多不少地露出了"事业线"的女士直挺着腰,坐在她的办公桌后。

一位亚洲人模样的男士出现在她的办公室门口,他中等身材、大脑门、发际线渐高但仍可以拥护他留着刘海。他笔挺的修身西装,眼神坚定,在敞开的门上恰如其分地敲了两下。

她看到门口的他,瞟了一眼电脑屏幕右下角显示的时间,站起来,用英语欢迎道:"Welcome on board!(欢迎你的加入!)"

他快步上前,用德语回应道:"Vielen Dank! (非常感谢你!)"

两个人的手握在了一起。

女士是雷奥妮，一家在 IT 和"云计算"上领先的美国公司"惠逊"在德国的台柱子。最初是公司的一位销售经理，年初的时候升任主管销售的高级副总裁。

男士正是一个月前从一家中国通信设备公司"伟中"办妥离职手续的罗小祥。

把时钟拨回到去年圣诞前的一个上午。

"莱茵电信"办公楼一楼大堂的侧面，拐角处有一间咖啡厅，落地玻璃窗前放了一溜高脚凳，和吧台一样的桌子。罗小祥从楼上下来，看看手表，还早，他踱去咖啡厅，买了一杯"拿铁"，转身看见雷奥妮正独自坐在高脚凳上，侧背对着自己，面朝着玻璃窗外。

罗小祥和雷奥妮打过几次照面，知道彼此的身份。"伟中"的客户经理们习惯去客户那边晃荡，即使没有约定的拜访、会议，他们也在找偶遇、见缝插针聊几句的机会。雷奥妮不一样，她从来是在约定的时间前不早不晚地赶到。她负责的也不止这一个客户。

今天她不知何故独自坐在这里喝咖啡？在等谁？

罗小祥端着咖啡走过去，在她旁边的椅子上坐了下来。

他用德语说了一句，"你好！"

雷奥妮把视线从她的手机上移开，转头看了他一眼，点头示意，又把头转了过去。

罗小祥喝了两口咖啡，开口道："听说你们正在招聘销售经理？"

雷奥妮对他的搭讪感到惊讶，反问道："你怎么知道？"

"作为一个有经验的销售经理，我的习惯是时刻关注我的客户，关注我的客户的客户，关注竞争对手。"

"你们认为'惠逊'是'伟中'的竞争对手吗？"

"惠逊"是 IT 和"云计算"领域的玩家，而"伟中"过去聚焦在电信通信设备领域，近年才在 IT 和"云计算"上起步，在传统的认知中，两家公司不是同一个赛道上的选手。

罗小祥笑笑："这个世界上，唯一不变的就是变化。我认为'惠逊'和'伟中'正在成为竞争对手。"

雷奥妮终于把身体转了过来，打量着他，问："那么？"

罗小祥望着她的眼睛，说："那么，如果我想应聘你们的职位，可以直接把简历发给你吗？"

2月，罗小祥接受了"惠逊"的"Offer（录用通知）"，向"伟中"提交了离职申请。

4月，他正式加入了"慧逊"，成为公司负责电信行业的高级销售经理。

罗小祥去"惠逊"报到的这一天，路文涛没有加班，他到点就回了家。

他的车在那栋灰蓝色人字屋顶、白色外墙的房子外面缓缓停下。他下车，朝着房子的窗户挥挥手，走到车尾，打开尾箱，搬出来一个轮胎，往房子里面滚。

中午的时候他去车行把适合在积雪和有冰的路面上使用的冬季轮胎换成了夏季轮胎，换下来的轮胎被他塞在了车里。

五岁的女儿路雨霏从房子里面冲了出来："老爸，我来帮你滚轮胎！"

她跑到爸爸身边，双手推在轮胎上，一使劲："好重呀！"

"重吧？我一个人推累死啦！幸亏你来帮忙！"

孩子的外婆在厨房里忙，外公跟着跑出来，喊道："雨霏，外公来帮爸爸，你快去洗手，要吃饭啦！"

路文涛对他的岳父大人说："爸，不用你帮忙！不重的。"

女儿说："老爸，妈妈刚才和我视频啦！"

"是吗？她怎么不等我回家再打呢？"

"妈妈说，台北很晚了，她要睡觉啦！而且，她只想我，不想你，她和我视频就可以了呀！"

"那妈妈说她什么时候回来没有？"

路雨霏噘起小嘴："她说还要一个多星期才能回来。"

罗小祥提出离职之后，路文涛留在了德国。

他打电话回家，爸妈听他说调动回国的计划变了，要在海外多干两三年，心里多少失望，嘴里坚决支持："你工作重要，我们身体很好，家里的事情有你姐在，你不用担心！你们照顾好自己，你们好我们就好！"

路文涛对每个人，对他自己说留下来的理由是因为部门突然出了意外情况，必须留下来"救火"。

但是他知道，自己并不是真的像刘德华在老江湖片里最爱说的那一句"我冇得拣！"自己心底里对在海外市场上攻城拔寨带来的成就感仍然有一份不舍。在老孙同意他调回国，罗小祥还没有提出离职的那几天，这种不舍开始从心底里泛起。

他只祈望爸妈身体健康，将来，千万不要有"树欲静而风不止，子欲养而亲不待"的遗憾。

老孙已经回国履新。

路文涛被任命为"莱茵电信客户部"的部长，成了大家的领头羊。

吴锦华接过他之前的棒，负责无线网络产品的客户关系和销售。

罗小祥走后，由本地员工巴拉克负责固定网络产品的客户关系和销售。

张文华推荐杰瑞来担任负责技术方案与服务的技术主管，他自己在德国多留一年，以"CTO"的名分对口一些技术型的高层客户。

既然路文涛留在了德国，吴俪俪也就继续留在了那家做专用网络设备的台湾公司。剑一旦在手，一不小心就锋芒毕现，公司很快发现了她的能力，迅速地器重她，安排去了台湾总公司培训，打算回来后让她负责一块业务。

在"莱茵电信"，"金毛狮王"卡恩升了职，他是新的客户老大，仍然是路文涛要对口的客户。两个人亦算是一起奋斗，分享成功，共同成长。

5月，深圳，曾子健离开了家。

钱旦和秦辛去深圳湾体育中心看李宗盛的"既然青春留不住"演唱会。等待开场的时候，两个人说起了他们曾经很熟悉的那一对。

秦辛邀请诗诗一起看演唱会，诗诗终于还是拒绝了。

钱旦说："诗诗不来也好，这些怀旧的歌，就怕她越听越伤心。"

秦辛说："我倒是没想到这一点，就想邀她出来散散心。这段时间觉得她变得陌生了，见不到人，打电话讲几句就挂了。"

钱旦说："她不想见你不？欠了你的钱没还，曾子健又出轨，搞得鸡飞狗跳的。"

秦辛说："我跟她说了，钱的事情不急，什么时候有什么时候还。你说十几年的朋友，因为借个钱就不见面了，不值当不？曾子健真不是东西！"

"他们办好离婚了吗？"

"不清楚，我上个月给诗诗打电话，她讲在办离婚手续，曾子健已经搬出去了，但是不愿意多讲的样子。不过，我昨天听一个原来经常和我们一起'遛娃'的小艾讲，她在'海岸城'碰到他们一家三口，诗诗讲是曾子健还是孩子的爸爸，来和儿子一起吃个饭。小艾讲他们有可能是假离婚，躲债！"

钱旦说："嗯，那也有可能！他这里欠，那里欠，不知道到底欠了多少钱？"

李宗盛在舞台中央开始了他的歌唱，两个人静静听着，轻轻和着。

唱到《山丘》的时候，秦辛忽然叹道："想起刚刚毕业的时候，我们四个人都好单纯！今后，怕是再也没有那个感觉了。"

钱旦念叨了一句演唱会宣传册的话："既然青春留不住，就让我们站在人生的中央，过好未知的日子吧！"

| 第四十四章 |

是新的生命还是一个煎蛋？

老孙在杜塞尔多夫时的那间办公室，如今被他的继任者路文涛占用。路文涛保留着老孙过去的所有布置，只是把自己不多的零碎物件搬了进来。

此刻，他和张文华在那间屋子里激烈地争论着。

一年前，"亚马逊"意外地击败"IBM"，赢得美国中央情报局六亿美元"云计算服务"的合同，是中大型企业、机构的IT架构从传统软硬件设备的采购向"云计算服务"的租用演进的标志性事件之一。

传统的IT软硬件设备采购就像是各家各户各自建一个厨房，买齐自家独用的厨房用具。通常，一顿饭只有家里几个人吃，有些碗筷长期闲置在柜子里。如果有一天大宴宾客，又可能会缺筷子少碗，手忙脚乱。所谓"资源缺乏弹性"。

"云计算"中的"私有云"服务就像是一个企业在自家地盘上建了一个食堂，内部员工去食堂吃饭，吃多少拿多少，按需付费，既不会浪费资源，又不会在节假日等特别的日子资源不足。这个食堂只允许本单位的人来吃饭，谢绝外面的人进来，通过物理隔绝来保证就餐者的安全和隐私。

"云计算"中的"公有云"服务就像是在大街上开了一个餐馆，与食堂不一样的是谁都可以去吃饭。企业可以按需要发放"就餐券"给员工，省了自己建设、管理食堂的麻烦。缺点是只能点菜单上的菜，不能想吃什么做什么，而且，在安全管理上有更大的挑战。

"公有云"让企业可以租用与其他用户共享的数据中心提供的计算能力、存储资源和其他服务，与创建和维护自己的数据中心相比，租用"公有云"提供的"云服务"更便宜，资源更具"弹性"。

"惠逊"洞察变革，他们正在欧洲建设多个"公有云"节点，通过给客户提供"云服务"的租用来拓展"公有云"市场。在电信行业，他们试图更进一步，引导运营商在电信通信网络的"云化"上大胆变革，使自己成为颠覆行业旧传统的新玩家。

雷奥妮在销售IT软硬件的年代与"莱茵电信"的管理层建立了很好的合作关系，近两年，她一直在和客户探讨面向未来的"云化"变革之路。

一方面，"莱茵电信"认可"惠逊"关于未来的概念，但他们不愿意在投资上太冒进，在近期规划中，他们仍然选择与"伟中"这样的传统电信设备商合作，选择沿着传统的路径逐步演进。

另一方面，"莱茵电信"的用户除了使用手机、座机的个人，使用宽带、IPTV的家庭，还有当地的企业。这两年，公司增量不增收，利润增长放缓，大股东给了公司管理层不小压力。

雷奥妮有的放矢，提出先逐步将企业内部的业务支撑系统、运营支撑系统、管理支撑系统等支撑系统进行改造，将这些系统上的业务从传统IT设备迁移到"云"上去,以降成本、提效率,并积累经验,为未来电信核心业务的"云化"打基础。

在此之外,雷奥妮提出双方合作,"莱茵电信"可以将"惠逊"的"公有云服务"转售给自己的企业用户。这样,对"莱茵电信",是增加收入的新手段,对"惠逊",增加了利用对方的客户关系增加"公有云"用户规模的新渠道。

双方交流了几轮,渐渐在"公有云"合作的目标、范围和计划达成了一致,只是在报价及合同商务条款上仍有分歧。

"莱茵电信"搁置电信网络的"云化"变革规划,与"伟中"对齐了在无线通信网络演进上的战略规划之后,路文涛松了一口气。

但是,他心里一直琢磨着"惠逊"在做的事情。

这天,他和张文华一起去见客户的新老大,"金毛狮王"卡恩。

聊完预定的议题,卡恩突然发问:"诺伊尔说'伟中'在'云计算'上也有解决方案,是真的吗?"

诺伊尔现在是"莱茵电信"企业用户事业部的"首席技术官"。

张文华说:"是的,诺伊尔先生上次访问'伟中'总部时听到我们总部的专家有介绍,回来后他向我了解,我发了一些资料给他。"

听话听音,路文涛记得自己以前给卡恩介绍过"伟中"在IT和"云计算"上的规划和进展,尽管当时没有深入讨论,他敏感地意识到卡恩此刻绝不是随口一问。

他直言不讳:"是不是'莱茵电信'和'惠逊'的合作出现了某些问题?也许,我们可以一起评估一下'伟中'的解决方案?讨论一下'伟中'是否可以做些什么?"

"我接下来有另外一个会议,你们可以先去和诺伊尔的团队讨论。"卡恩眼睛里的赞赏一掠而过,他淡然地说,"也许,你们有机会参与进来。"

路文涛毫不犹豫地表态:"谢谢!我们马上和诺伊尔先生约时间,参与到'云'的项目中来。"

张文华板着脸,没有再说话。

一走出卡恩办公室的门,张文华按捺不住,着急地说:"老路,'公有云'不是我们的菜吧?我们没有必要什么都要去参与吧?"

路文涛反问:"客户如此想吃的菜,怎么会不是我们的菜呢?"

他看了看很严肃的张文华,说:"我们别在这里讨论,回办公室说。"

他俩是分别开车来的,分头回去。

路文涛回到办公室,刚在那张老板椅上坐下,张文华走了进来。

他站起了身,说:"客户老大愿意给我们机会,我们为什么不参与呢?以前我只怕'母狮子'来动我们的奶酪,现在好了,突然一下,客户反而把她的肉丢了过来,我们为什么不去抢抢呢?"

张文华激动地说:"你怎么知道是块肉?要是一块啃不动的骨头呢?公司的'云计算'软件现在很不成熟,别说'云计算'了,连传统IT产品的质量都没解决稳定性的问题!杰瑞说公司的存储产品上个月在东南亚出了一次一级重大事故,客户的业务中断了六个小时才恢复,一线的兄弟差点被害死。"

路文涛说:"我们公司什么时候是等能力完全具备了,才去做业务?这么多年,我们从来都是先有销售的机会,再倒逼着能力提升吧?无线一期刚交付的时候,一堆的问题,客户老大逼着我表态,要我把脑袋押在他们的桌子上!埃莉诺更狠,说我的脑袋悬在她的垃圾桶上！后来二期就要签合同了，任志刚突然说我们的软件没问题，硬件有问题，散热不行，大家紧张得一逼！后来怎么样？还不是都搞定了！如果那时候非要等公司的能力完全具备了才去卖，有我们的今天吗？"

张文华说："你认为以前那种情况是正常的吗？以前是没有办法，我们要攻别人的山头，举着菜刀、扔着手榴弹也要往前冲！现在无线、固网拿到的份额已经够我们消化的了，你不是已经冲上喜马拉雅了吗？我认为这两年我们的收入增长一点问题没有，而且交付压力已经很大了，没必要再去冒这个险！真要一不小心拿到了合同，家里的产品搞不定，砸了我们的牌子，'云'的山头攻不上，反而影响了'网'的阵地呢？"

路文涛说："首先，我认为以前不正常！其次，你不要这么激动！最后，老张，你不能总是只盯着问题，畏手畏脚的。我觉得你现在是'守成心态'，变得越来越没有'狼性'了！"

"你别乱扣帽子！什么叫'狼性'？狗行千里吃屎，狼行千里吃肉，别把'狗性'当'狼性'，这可是你自己当年的金句！"

两个老拍档，没有外人在，张文华毫不放让："我不是要'守成'，是在讲风险。你看看外面那些一开始很成功的初创企业，发展到后来饿死的少，撑死的多！怎么撑死的？都是取得了成绩之后以为自己最牛，什么都想要，胡乱扩张，最后能力达不到，不但新的市场没抢到，精力分散之后连原来起家的市场都丢掉！我们一样要有所为，有所不为，不能什么都想要！"

路文涛反驳："照你这么说，公司为什么要去做 IT 产品？为什么要去做'云计算'产品？公司投入大量成本做了的东西，我当然要卖！我是在公司战略规划的能力范围内有序扩张好不好？"

办公室的墙上并排贴着两张地图，分别是德国地图和世界地图。

张文华走到世界地图面前，在美国上面指指点点："我一直不明白公司为什么要做 IT 和'云'啊！在这个领域，我们的竞争对手遍布美国东西，个个都是业界标杆，你说我们公司投入了多少人在做 IT 和'云'？这些美国公司加在一起投入了多少人？我们能干得过吗？"

"我还真思考过你说的这个问题！这些美国公司吧，从我们读书的时候开始就是偶像级的存在，高不可及的样子。谁说我们现在一定要打败它们？各个行业都在炒作数字化变革，都在讲'在线'，IT 和'云'的市场大得很，我们和美国人一起把蛋糕做得更大，我们分其中一块不行么？做生意，完全可以想办法去和行业内的其他玩家构建良性的，既竞争又合作的关系么！又不是非要你死我活的。"

张文华说："我真佩服你的脑回路，前段时间叨叨怕市场格局被美国公司颠覆，天天打听雷奥妮在干啥，等到'莱茵电信'说决策了搁置电信网络'云化'的规划，'惠逊'不来动我们的奶酪了，你脑洞突然一开，说要反过去抢他们在'公有云'上的生意，要去抢他们的肉！"

张文华有疑问的，是路文涛思考过的题目。

他说："我可不是脑洞突然一开，我一直在琢磨这个事情，只不过一直拿不准，今天卡恩主动抛出这个话题，一定是客户有难处，那我们不能无视客户的难处，必须积极响应。"

路文涛说出了他一直在琢磨的事情："过去，IT 是 IT，电信网络是电信网络，井水不犯河水，将来，两边的融合越来越强，那次钱旦来出差的时候你们几个给我上的课，你还记得吧？我记得很清楚，当时钱旦还说人们总是高估未来一、两年的变化，而低估未来十年的变化，一些热炒的概念落地比预期慢，但一旦有一天落地，颠覆过去的速度会比想象中更快。如果 IT 和电信网络的融合趋势是没有人能够'证伪'的，未来的变革是一定会来到的，我们怎么办？现在我们在电信网络上的市场格局不错，主动在电信网络上革自己的命，导致新的竞争对手进来，好像有点傻？这下好了，客户给机会让我们到别人家的地盘上去折腾，在非电信核心网络上去练练，不挺好么？"

张文华说："听上去挺好，关键是万一搞不定，砸牌子。"

路文涛说："你又绕回来了。外部环境、竞争对手不可能永远不变，守成是守不住的，以攻为守才能得永生。就像一个鸡蛋，蛋壳看上去密不透风，实际上薄得很，主动地从内向外打破它，那是孵出一个小鸡，是新的生命，被动地等着别人从外向内打破它，那最后就变成了一个煎蛋，多惨！"

"哎！我发现你现在说话一套一套的，越来越有领导的样子了。"

"不是越来越有领导的样子，是越来越有文化了，我现在是方圆十公里内最有文化的中国人。不对，最有文化的地球人。"

调侃了一句，路文涛回到"认真脸"："这样吧，明天早上我们分头了解情况，你摸摸现在'惠逊'和'莱茵电信'之间到底出了什么问题？我找总部了解公司现在对'云'的销售到底是个什么策略？"

张文华没有再争辩，他"嗯"了一声，转头向门外走去。

他觉得路文涛说的有些道理，但又确实觉得多一事不如少一事。他在德国的最后一年，如果只是"守成"，从海外功成身退，开开心心调回总部机关问题不大，何必要在这个时候去找一个新战场、新对手厮杀呢？

路文涛叫他："晚上去我家里吃饭不？今天包饺子吃。"

"不去！还说唯一不变的是变化，你们家请人吃饭永远是包饺子吃，能不能变化一下？"

"哎！你简直是张嘴就来，没良心！上次请你去家里吃饭是吃火锅好不好？"

张文华觉得自己带了怨气，自觉不好，他解释道："我和杰瑞约了巴拉克一起吃饭，正好讨论一下新情况。"

巴拉克是他们的一个本地高端员工，德国人。老孙当初安排他负责诺伊尔的客户关系，罗小祥离职以后，巴拉克刚刚接手罗小祥的工作，暂时兼顾诺伊尔那条线。

第二天，两个人再在路文涛办公室碰头。

张文华一走进来就说："两个坏消息，你想先听哪一个？"

路文涛抬头望着他："坏消息一。"

"坏消息一，巴拉克侧面了解到，'莱茵电信'和'惠逊'现在的分歧主要就是报价和商务条款。我俩分析，客户很有可能不是真心想给我们机会，只想让我们进去搅局，给'惠逊'压力，逼他们降价。我们参与进去，很可能就是劳心费力地打了个酱油。"

"坏消息二是什么？"

"坏消息二，有客户告诉巴拉克，前天'惠逊'的人过去拜访诺伊尔，除了雷奥妮，还有一个中国人，说是以前我们公司的主管，从他们说的来看，我觉得是罗小祥。"

路文涛这下吃了一惊："罗小祥去'惠逊'了？不是说他在卖奶粉吗？"

张文华说："你还真信他卖奶粉去了？客户说是以前我们经常去找莱曼的主管，大脑袋，Luo，我一听也很惊讶，再一想，挺符合逻辑么，他是一个有追求的人，怎么会去安于和家属抢奶粉生意？现在'惠逊'对我们是知己知彼了。"

"这个土人。"路文涛嘀咕了一句，他问张文华，"你的结论是什么？"

张文华这才坐下，坚定地说："搞啊！"

路文涛再次惊讶："你说我脑回路奇特，你的思路也很清奇啊！昨天唧唧歪歪不想搞，今天听到两个坏消息，你反而想搞了？"

张文华呵呵一笑："我昨天晚上想到快两点钟，第一，你说的有道理，与其等将来别人从外向内打破我们的蛋壳，把我们给煎了，不如现在主动从内向外突破，去他们的地盘孵只小鸡，万一能养出一群老母鸡呢？第二，公司需要积累在IT和'云'上的项目经验，这是难得的机会。第三，昨晚和巴拉克吃饭，他有一个新观点，我觉得也很有道理。"

"什么观点？"

"他说'伟中'在欧洲的电信行业实际上已经站稳了，如果能够通过提供'云服务'，一步一步地去建立起与其他行业的大企业的联结，和整个社会各行各业的发展耦合得更加紧密，可以帮助公司在欧洲把根扎得更深、伸得更广，更好地打上'在欧洲、为欧洲'的烙印，将来抵抗社会环境变化的风险的能力会更强！"

路文涛第三次惊讶："这哥们很有想法啊！看来我还是跟他聊少了。"

张文华说："还有第四，我本来想在海外的最后一年轻松一点，昨天洗澡的时候突然觉得，再折腾一把新东西也不是一件坏事。折腾一年之后再回国，那我算是有新领域经验的老专家，更好找岗位吧？"

路文涛当然不会因为两个"坏消息"就言退，他说："我今天找了总部的领导，他们说公司也急着打造'云'的样板，如果是真的有机会，他们会全力投入。杰瑞他们在忙无线网络的事情，我想我们就你和巴拉克牵头，赶紧和诺伊尔交流一次，看看我们的差距到底有多大？怎么才能真的搅一把局？"

第四十五章
鲶鱼

传说，挪威人喜欢吃沙丁鱼，市场上活鱼的价格要比死鱼高很多，所以靠海吃海的渔民们想带更多的活沙丁鱼回港。可是，大部分沙丁鱼会在返港的路途中缺氧而死。

后来，有人在渔船上装沙丁鱼的大水箱里放进了一条以沙丁鱼为主要食物的鲶鱼，沙丁鱼见了鲶鱼四处躲避，把水箱中的死水搅活，使缺氧的问题得到解决，大多数沙丁鱼活蹦乱跳地回到了渔港。

再后来，有人考证说北大西洋没有鲶鱼，挪威人没听说过这个传说。但人们舍不得这么好的故事，故事的主角又变成了西班牙渔民、日本渔民。

不管是哪里来的渔民，"鲶鱼效应"成为了一个著名的理念。它既指企业管理者通过引进优秀人才以激活原有员工的活力，又指采取某种手段引导新的企业参与竞争，从而激活市场中的旧同行。

张文华和巴拉克的判断没有错，在"云"的故事里，"莱茵电信"并不是真心想让"伟中"做主角，在他们心中，"惠逊"是理想的一号主角，"伟中"只是用来刺激一号主角的那条"鲶鱼"。

就内部支撑系统"上云"来说，双方合作多年，"惠逊"对"莱茵电信"的企业IT架构和应用非常熟悉，迁移起来心里有数。就"公有云"服务的转售而言，他们已经针对"莱茵电信"的企业用户做过调研，"惠逊"有满足用户各种需求的上百项"云服务"可供选择。

乙方"惠逊"一旦相信"非我莫属",在报价以及一些商务条款上就不愿意让步。

而对甲方"莱茵电信"来说,谈判技巧再多,最根本是营造充分的竞争氛围。如果乙方感受不到竞争,自己就难以占据谈判的主动。

卡恩不喜欢被垄断,他要求下属多引入两家供应商参与,给"惠逊"施加更大压力。

于是,"惠逊""伟中""戈尔"成为了短名单上的三家竞争者,"戈尔"是另外一家美国公司。

卡恩不认为"伟中"的"云计算"解决方案更有竞争力,但他知道路文涛会认真地掺和进来,成为一条不错的鲶鱼。

卡恩知道"伟中"的企业文化第一条是"以客户为中心",他知道路文涛是这个文化最坚定而深刻的践行者之一。路文涛拜访过"莱茵电信"无数次,从来不会跑过来说"我有什么好产品""我想卖给你什么",他的叙事逻辑从来是"你有哪里疼吗?""我还能做些什么来帮到你?"

老孙给卡恩讲过一个故事,路文涛刚刚加入"伟中"的时候在中国内地某省工作,一次,某位客户说自己最大的"痛点"是儿子数学成绩差,路文涛就果断翻出中学课本做起了家庭教师,每个星期去给客户的儿子上两次数学课。

老孙讲这个故事的时候,路文涛在一旁傻笑,说:"那是十多年前在中国的内地城市,家教不值钱,你们知道现在中国的课外培训多贵吗?现在这么干可能可以算行贿啦!我是数学成绩好,张文华入行的时候从帮客户家里换煤气罐开始了。"

卡恩乐意把"莱茵电信"以及他本人遇到的困难、面临的挑战和路文涛分享。

他清楚路文涛终究是为了"伟中"的可持续的商业成功,以及个人的成就，但他欣赏路文涛那种近乎宗教习惯般的"以客户为中心"的行事逻辑。

他亦欣赏路文涛既泼辣、大胆地追求更有挑战的目标，又勤奋、务实地寻找现实的解决方案的工作作风。

当然，这一次卡恩不会开诚布公地告诉路文涛，在他心里"伟中"只是用来压价的配角，刺激"惠逊"的鲶鱼。

路文涛在"伟中"内部迅速地推动上下左右同欲，成立了"莱茵电信一朵云项目组"。他们把"莱茵电信"的这个"云计算"项目叫做"一朵云"。

老孙回国之后在他的新职位上忙碌着，他和路文涛没有直接的工作对口关系，彼此联络并不多。

这一天，北京时间晚上十点多，他打了一个电话给路文涛。

路文涛正在开项目分析会，见是老孙的电话，赶紧接了："领导。"

他刚开口叫了一声，老孙在那头听见电话接通，依旧也不称呼，也不寒暄，直接问道："你们那个'一朵云'项目运作得怎么样了？"

路文涛汇报道："正在开项目分析会了，感觉和以前的无线项目玩法太不一样了，我还没整明白牛鼻子到底在哪里？要怎么去牵？今天公司有两个专家刚到德国，约了明天和客户'Workshop'，现在对材料了。"

老孙说："你没整明白是对的，你小心点儿，公司都没整明白！"

"是不是啊？不是说公司在国内有个'公有云'，已经运营两年了，很成熟了吗？"

"成熟个屁！我给你打电话就是因为今天去看了国内那个'公有云'，差距大着了！"

路文涛问："怎么啦？"

老孙说："我就跟你讲一个最基本的，今天他们带我去参观'公有云'的那个站点，你知道机房的门上是什么锁吗？一把挂锁！然后门口站着一个老保安，前台坐着两个小姑娘。我上个月在法国参观'Equinix'的数据中心机房，你知道'Equinix'吗？"

"不知道。领导，你什么时候去法国参观了数据中心机房？"

"上个月去法国出了趟差，急急忙忙的，你别打岔，'Equinix'是全球标杆的数据中心托管和运营商，总部在美国，你知道人家的机房是什么样的吗？"

"什么样的？"

"人家的机房第一道门是刷卡进去，进去后是一个接待厅和警卫室，核对访客证件，然后是一道指纹锁的厚铁门，进去后是一个联动的双门通道，就是通道两边是墙，两头各有一个门，人进入通道后必须关上一道门之后才能打开另一道门，防止有人想强行冲进去的设计。最后到了机房里面，不同的区域还有不同的门禁。我今天怼他们，我们在'公有云'上和别人的差距，就是一把挂锁和高等级安全防护系统的差距！懂行的客户一看就会认定我们不是专业的玩家！"

路文涛附和了两句，老孙顿时觉得他没有抓住自己讲的要点，急了："哎！你没有真正领会我说的差距是什么吧？和客户谈'云'的合作，关注的重点是持续运营的能力，包括用户数据资产的安全这些都是非常重要的，不是像你过去卖无线，主要是关注软硬件、网络性能指标。我原来以为公司这帮人很懂，今天从门锁就发现了巨大差距，他们还是做产品研发，实验室的脑子啊！连基本的安全运营都不专业。我特地给你打个电话，提醒你小心点儿，产品研发当然是想卖自己的东西，你可是海外第一个吃螃蟹的，方方面面都要考虑到，别被带到沟里去啦！"

路文涛真心佩服，问："领导，你啥时候对'云'理解得这么深了？"

老孙得意地说："活到老，学到老，不学新东西的老家伙太容易被后浪拍死在沙滩上啦！我记得这个项目'惠逊'引导了很久，我走的时候还没听说我们能参与，你怎么去拱的？客户怎么会突然想到把我们拉进来？"

路文涛说："我没有主动去拱啊！据说'惠逊'很强势，在报价上不让步，合同条款也坚持按照他们全球的标准条款，不愿意满足'莱茵电信'的诉求，卡恩他们不爽，想多拉两家参与，就拉我们和'戈尔'进了短名单。"

老孙说："客户是真心想带我们飞？还是想让我们陪着玩玩，给'惠逊'施加压力？你搞清楚没有？"

路文涛说："领导，我想清楚了，不管客户的初衷是什么，我就当是真的有机会！万一搞定了，意义重大，一是和'莱茵电信'的合作更广更深，粘性更强，二是通过新产业的拓展帮公司和欧洲社会耦合更紧密，三是让公司的'云计算'解决方案在海外打个样。"

"搞得定吗？我们说追求的应该是'跳一跳，够得着'的目标，定一个站着就可以够得着的目标没出息，定一个跳起来都够不着的目标耗散大家有限的精力，我感觉这个项目我们不一定够得着啊？"

"搞不定一样有意义吧？老母鸡都是从小鸡长起来的，失败的经验也是经验！我们尽心尽力去搞，向客户展现百分之百的诚意，搞不定我也要能理直气壮地去卡恩面前大哭一场，哭到他觉得欠了我的。"

晚饭的时候，路文涛、张文华带着公司来的两个专家去了老城里的那家餐厅吃德国猪手，喝精酿老啤酒，那是他们招待祖国来客的保留节目。

张文华沉默，闷着头，专注吃盘子里的德国酸菜。

路文涛懂得他，说："老张是个很认真的人，本来他是坚决反对我们参与这个项目的，怕产品能力不行，搞不定，白费精力。现在决策要做了，他简直是把项目搞到血管里去了，随时随地在身体里面流着，整天琢磨牛鼻子到底在哪里？我们怎么样才能赢？"

张文华举起啤酒杯，和几位一一轻碰，但只喝了小口。

他骄傲地说："最近罗永浩有句话，那就是讲我，'我认真不是为了输赢，我就是认真'！就算是去打个酱油，我也要把打酱油的分解动作给整明白。"

路文涛自己也深陷其中，说："我也在反复想，我们产品没优势、成本没优势、运营没经验，简单地去报个低价亏着卖？先不说公司同不同意，那正好是顺着客户的原意，只起了个进去压价的作用，没意思。我们必须要想办法强行加戏！我可不想只是打个酱油！"

公司来的一个专家是专注产品和解决方案的，喝了酒以后放松，说："我们领导说了，如果产品能力很强，都世界第一了，那公司还要一线的销售干什么？各位大佬在一线的价值就是帮我们弥补产品的短板，拿合同就是靠各位大佬的客户关系么！"

"胡说八道！"张文华说，"当初无线产品怎么卖进去的？首先是产品满足客户需求，我们的基站集成度高，一套设备能实现别人要用几套设备实现的功能，正好满足了客户在成本、环保、网络演进、运维效率各方面的需求。我们在一线首先要做的是推动公司和客户对齐战略，推动公司的东西能解决客户的痛，哪可能靠做做客户关系就拿到合同？"

另一个专家是负责商业咨询的，说道："能够解决客户的痛点问题是很重要的,其实不仅仅是说产品本身,整个合同的设计都要考虑客户的痛点,我们这个项目客户的痛都在哪里?'惠逊'的报价太高等于是已经摆在桌面的,还有没有其他的,客户没有说出来,甚至自己都没有意识到的?"

路文涛和张文华不约而同地点了点头,举起了酒杯,他们心里已经在思考专家说的这个问题,只是暂时没有答案。

吃完饭,依旧经过老城的集市广场,他们依旧停下了脚步。

两位专家以那尊戎装、骑马的约翰威廉二世的青铜雕像为背景互相拍着照。

路文涛路过这里很多次,他不爱拍自己,掏出手机,认真地对着雕像拍了一张,然后顺手发在了"朋友圈",没有文字,只是照片。

两年前,在把公司的无线网络产品规模销售进"莱茵电信"的前夕,他发过一条几乎一模一样的"朋友圈",骑士在冷清的夜色里策马前行。孤独,但昂首向前,坚信"马到山前必有路"。

第二天上午,他们共赴"莱茵电信",然后分头行动。

张文华、巴拉克、两个专家带着"客户部"技术团队的两个小伙去和诺伊尔的团队"Workshop(研讨会)"。

路文涛约定了卡恩的时间,单独交流。

路文涛拜访卡恩的时间要迟半个小时,他先和大家一起赶去"Workshop"的会议室。

离会议时间还差几分钟,巴拉克正坐在离会议室十来米远、走廊拐角的休息区。他本来就帅气逼人,今天打扮得格外精神。

等几个中国人走近,他对路文涛说:"'惠逊'的人在会议室里面,雷奥妮、罗小祥,还有两个人,听说是专程从美国赶过来的。"

"是吗?他们安排了'惠逊'紧挨着我们的时间交流?"

路文涛又来了一句:"诺伊尔先生没有印度血统吧?故意搞这一套?"

印度人是传说中最难缠的客户之一,他们擅长货比三家。喜欢拿东家的报价给西家看,拿西家的报价给东家看。他们喜欢故意在和东家谈判时,约好西家的人在门口候着,对东家是"你再不从,抢着干的人就在门口"。对西家是:"我已经和别人谈得七七八八了,你看着办吧。"

话音未落,那边会议室的门开了,里面的人热热闹闹地拥了出来。

"惠逊"的几个人朝着这边走来,罗小祥一眼就看见了路文涛和张文华,他挺直腰板,和身旁一位金发碧眼、气宇轩昂的男士比划着,目不斜视地向前走。

路文涛等他擦肩而过,大声地用英文叫他:"嗨!罗先生!"

"惠逊"的几个人扭头看过来,路文涛微笑着对众人点了点头,故意用英文对罗小祥说:"小祥,好久不见!你们也是来谈'云'的项目吗?"

罗小祥勉强笑笑:"我还有事,有空再聊。"

说完,跟上他的新同事的脚步朝前走。

路文涛对张文华说:"干扰他一下!"

张文华笑:"土人,你这有意义吗?"

"没意义,我乐意。"

"伟中"众人向会议室走去,开始他们的"Workshop"。

"傻×!"

"惠逊"那边,罗小祥在心里骂了一句。

面试"惠逊"的时候,他详细阐述了自己与电信运营商行业的客户的联结能力、谈判能力。结果这个项目谈来谈去,不但没有能够快速关闭以为到了尾声的合同,居然还谈出了两家新的竞争对手。

雷奥妮对节外生枝很惊讶，也很警惕。

罗小祥心里相信这两家竞争对手构不成真正的威胁。

他了解到"戈尔"公司认为自己胜算不大，并不重视这个项目，只打算象征性地报个价。

自己的老东家则是这个领域的"菜鸟"，拿什么来斗？如果老孙在，应该根本不会参与这个项目，现在无非是路文涛好大喜功，什么都要去插一杠子，延缓了自己给新东家纳上"投名状"的时间。

不过，Any coin has two sides，每枚硬币都有正反面，他在新的老板们面前没有流露出任何轻敌的意思，装作对手很强大倒是可以增加自己的"投名状"的含金量。

"伟中"和"莱茵电信"的"Workshop"研讨得很热烈。

诺伊尔表示"伟中"展现的解决方案的能力超出了他的期望，中国人的进步速度之快，总是出乎人们的意料。但是，"伟中"缺乏有说服力的、在中国以外市场的成功案例。

双方达成一致，"莱茵电信"提供更多现有IT系统和企业用户的详细信息，"伟中"的专家团队尽快给出一个更有针对性、更细节的建议方案。

路文涛拜访卡恩也达成了一个重要共识，"莱茵电信"将进一步延迟项目，给新参与进来的供应商更多的准备时间，这样要公平一些。

兔子已经提前起跑，乌龟必须争取更多的时间，他们要够时间找到一条和兔子不一样的路。

忙了一天，路文涛在晚上将近九点的时候离开了办公室。

他没有直接回家，绕去了莱茵河对岸的一家餐厅。

他把车停在餐厅门外，拨了一个电话。

片刻，吴俪俪从里面跑了出来，她红着脸，笑意盈盈。

她在和她那家台湾公司的同事聚餐，讲好了路文涛下班之后来接她。

最近吴俪俪有些纠结，公司器重她，同事们喜欢她，她乐在其中。但是，女儿满五岁了，明年是回国去上小学，还是留在德国？

回去？又要在渐入佳境时放弃自己的工作，这些年始终在为了老公、孩子而舍弃自我。一家人留在德国长居？老人在这里帮着带娃有一段时间了，但他们并不习惯此地的生活。她和路文涛已经习惯了四海为家，但两口子对就此移居海外并没有那么大的兴趣。而且路文涛在德国已经快满三年，按照"伟中"的规矩，他在这个任期满了之后肯定会被公司调走。

| 第四十六章 |

破壳

钱旦认为这些年越建越长的"高铁"和越开越多的"七天""如家"们改变了中国人的生活，人们有两三天假期就乐意跑去几百公里外探亲访友。加上越来越热闹的"微信"令呼朋唤友变得容易，那两年，各种同学聚会蓦然地多了起来。

星期六，早晨，钱旦匆匆赶到深圳北站，搭上第一班去长沙的"高铁"，他和两个要好的初中同学约好去"草莓音乐节"。

那两个同学平日在湖南，钱旦和他们难得一见。三个人在"微信"中约一起出去玩一趟约了一年，一开始说飞去巴黎，但三个人的假期凑不上，然后说自驾去丽江，钱旦发现自己一样没空，最后变成在长沙一聚，两天时间就可以搞定。

"草莓音乐节"在橘子洲头的沙滩上，雨后的地面泥泞，混在80后、90后中间，虚岁已四十的他们与其说是为了欣赏音乐，不如说是为了缅怀年少轻狂时。

下午的几个歌手唱得不知所谓，天色暗下来之后，倒是有几首歌让他们在人群中放肆地蹦跶起来。

音乐会散场，从橘子洲头走去湘江大桥上打车。走着走着，突然遇到了放烟花的时刻，烟花在湘江的上空绽放，一朵接着一朵，钱旦忘记了低头看路。

回到酒店，他们在小街的路边摊吃宵夜，猪脚、虾尾、凤爪，典型的长沙味道。钱旦心底里的感触如同八爪鱼的爪子一般蔓延开来。

"千禧年"离开湖南之后，在"伟中"打的这份工帮他圆了走遍万水千山的梦，屈指数来，常驻和各种出差去过的国家已经超过四十个。少年时爱读三毛和金庸，把"漂泊"想作"浪漫"，他对能圆自己最初的梦心满意足，甚至对公司有了感恩之念。

但是，万水千山走不遍，人生却动量守恒，有得必有失。这些年他顾及家人和旧友的时间少，难得像今天和老朋友在一起，看一场并不属于他们的音乐会，聊一些有意义无意义的话题，只为了消磨在一起的时光。

自己是不是也应该像这个圈子里的很多前辈一样，以四十五岁"退休"为目标，将来让生活多一些闲，多陪伴父母、妻女，多和旧日朋友约看细水长流？

The night is young，夜未央，"巴西世界杯"赛程过半，这个晚上两场四分之一决赛，阿根廷对比利时、荷兰战哥斯达黎加，他们看了一夜的球。

钱旦喜欢的两支球队，梅西的阿根廷队、罗本的荷兰队双双获胜。他纠结当两个队在下一轮对决时，自己应该挺"梅老板"

还是"小飞侠"?

已是黎明时分,中午的"高铁"回深圳,他忍不住在"朋友圈"发了一条"九宫格",用九张照片贴了音乐节、夜宵摊的留影,和罗本、梅西的酷照。

他以为大家都在睡梦里,不料,照片下面迅速收到了评论,路文涛说到:"土人,挺闲嘛!"

钱旦回复:"嫉妒吗?我难得浮生两日闲!"

路文涛又来了一条:"你居然可以闲两天?明显最近工作不饱满!看来机关就是人太多!"

钱旦心情不错,给路文涛发了一条"微信"过去:"土人,别叽歪,我好不容易出来爽两天!不过,话说回来,'斯诺登事件'之后,我的压力确实小些了。"

"为什么?"

"欧洲客户发现我们未必是主要矛盾啊!我们是能力差,但那能力强的人可能连态度都有问题,更可怕!所以最近针对我们的质疑少了,对中国、美国、欧洲各家供应商的无歧视的要求多了。我们技术团队压力还是大,但是流程慢慢理顺了,突发的要去澄清的质疑少了,像我这种写报告的人压力小了。"

路文涛没有再回复。

钱旦关了灯,躺下,闭上眼睛,刚要睡着,手机却响了。

钱旦接通电话,一听对方的声音,骂道:"靠!你今天这么亢奋?天都亮了,我中午还要赶路回深圳,再不睡没得睡了,没空跟你闲扯!"

"我就要跟你扯!"电话那一头是远在德国的路文涛,"扯正事,什么叫做无歧视的要求?'斯诺登事件'之后,对中国、美国、欧洲各家供应商的什么样的无歧视的要求多了?快说!"

"非要现在说吗?路总!"

"必须现在说！土人！"

钱旦撑起身体，靠在床头，重新开了灯："你知道'斯诺登报告'吗？"

"听说过，不知道。"

"不知道自己上网查！过去一说到网络安全和隐私保护，欧洲客户就觉得是中国公司才存在的风险，'斯诺登'之后，大家发现来自美国的网络安全和隐私保护的风险更大！所谓无歧视的要求就是说过去只是特别关照中国公司，现在趋向一视同仁，据说欧盟的隐私保护机构正在对几家美国公司做一些调查，他们涉及的个人数据比我们这种做基础设施的公司多得多。欧盟正在制定一个有史以来最严格的《通用数据保护条例》，企业一旦违规，最高可能受到 2000 万欧元或全球营业额 4% 的罚款，全球营业额的 4%，很吓人了！"

钱旦讲完，电话那头很安静，他问："喂？听得见吗？睡着了？"

路文涛说："嚷嚷啥？我在思考问题。"

"思考啥啊？你们是不是出了什么网络安全事件？出了网络安全事件要及时上报公司，不要试图掩盖子哈！"

"没有什么网络安全事件。我们不是在参与'莱茵电信'的'一朵云'项目吗？客户先发了一个技术标，还单独发了一个运营的标，我们的技术评分肯定比不上'惠逊'和'戈尔'。"

"然后呢？"

"然后，运营部分客户要几家供应商出方案。我今天在'莱茵电信'的电梯里和卡恩偶遇，他突然问我一句'你们能有更好的安全运营方案吗？'我刚才一边看球一边琢磨，难道他认为我们还能有比'惠逊'更好的安全方案？卡恩这句话问得好像是对'惠逊'的方案有顾虑？在我们参与进来之前，他们应该已经有过各种交流了呀？怎么还不放心？"

卡恩曾经称赞路文涛是一个优秀的销售，敏感、喜欢思考，而且行动敏捷。路文涛对客户的言行确实很敏感。

而刚才钱旦的"微信"又触动了他对业务的敏感的神经。

已经熬了一夜，钱旦闭着眼睛，说："'云'的安全很重要的一点是数据的安全运营，安全方案不是单纯的技术手段就能解决的，在个人数据的控制和处理中法律上的雷不少，尤其是对一部新的、号称史上最严格的法规的遵从上，理论上说，'惠逊'和我们是在同一个起跑线上。谁知道现在'惠逊'是怎么控制和处理数据的？是不是习惯成自然，把个人数据传去欧盟之外的地方了？欧洲人现在对美国的做互联网、做'云'的公司是有一定不满的，'惠逊'又很高傲，未必愿意为客户去定制一些方案，卡恩有顾虑很正常。"

"你还懂'云'？"

"我不懂'云'！你现在骚扰我干嘛？正好星期五陪领导接待一个欧洲做安全测评、认证的公司的高管，他们聊到这方面的情况。我早两周去给公司领导汇报电信软件的网络安全，领导说怎么样才最安全？最安全就是有些东西我们就不要在欧洲卖啦！"

"哪个领导说的？怕被车撞死就不出门啦？"

钱旦睡意已经没了，认真地说："我讲认真的，没叫你不卖'云'，但是有所为有所不为，我们可以把完整的解决方案解耦开，实在高风险的部分不如暂时不卖，等将来有更多的实践和经验以后再说。举个例子，我们为什么一定要去做'云'的运营？能不能在欧洲找个本地的合作伙伴来做？"

路文涛感觉钱旦说的好像对，细想又不对："你还是不懂'云'，我们这个'一朵云'项目包括了'云服务'向企业用户的转售，现在客户要我们做运营方案，我说方案是我们不做运营？"

"那是你要解决的问题,我只是举个例子,商业模式可以设计嘛!'公有云'对电信运营商也是新鲜事物吧?谁说'莱茵电信'一定要按照'惠逊'规定的玩法?"

那天晚上,罗小祥也看了两场"世界杯"。

夏天的德国和中国时差六小时,看完球,子夜时。

怀孕的老婆睡了,他打开冰箱,拿出一瓶这些年爱喝的比利时修道院啤酒"Rochefort 10",穿过他的"大 House"后面的院子,来到院子外的小树林边。

他的老婆在三个月前来了杜塞尔多夫,与路文涛一家人的四海为家不一样,他们是决定了永远地在德国安居乐业,体验新的未来。

他一边慢慢地喝啤酒,一边细细地欣赏入住不久的新居。

双拼别墅,两层小楼,一楼的灯差不多全亮着,把屋外那个两百平米的院子也笼罩在温馨光线里。

脚下这块林间的地在不允许做地面硬化的前提下,也可以由他们使用。

他盘算着要在院子里种些什么样的花草?烧烤炉放在哪个位置?孩子出生以后,给他或者她打造一个什么样的儿童乐园?院子外这块地?不用白不用,过阵子把老人接过来,他们一定会开心地在这里种上两样菜?

对了,作为一个德国人,家里是养两条忠诚的"德牧"?还是感情丰富的"罗威纳"?

一瓶啤酒剩下一口的时候,一不小心,他的思绪跳去了"莱茵电信"的项目。这个项目,一样每天在他的血管里流淌着,他忍不住地再一次推敲每一个细节。

本来是一个雷奥妮引导出来的,"惠逊"独家参与的合同,客户磨磨叽叽落不了单,交到他手上,独家"议标"突然成了三家

"竞标"。

起初，他综合各个渠道得到的信息认为很明显，客户只是为了给"惠逊"施加压力而拉了另外两家公司进来演戏，行使甲方做导演的权力。

雷奥妮认同他的分析，在这个项目上，"伟中""戈尔"和"惠逊"的实力差距较大。一个非我莫属的项目，他们没打算在和"莱茵电信"的谈判中轻易妥协。

客户宣布推迟合同决策，这一点显然对后来的两家有利。他打探到"戈尔"仍然不重视这个项目，项目节奏的变化是路文涛在作祟。

罗小祥在自信之余有了警惕。

他接手项目并不久，"一家变三家"这个意外发生的责任不应该由他来背。起点小波折，他克服困难搞定了之后更能体现他解决意料之外的问题的能力。

但意外一再，项目久拖下去，自己身上的压力会渐渐变大。

雷奥妮早几天当着德国公司老板和总部来人的面说："罗先生，'莱茵电信'的项目是公司上半年在德国最有把握、最重要的项目，现在怎么会变成了一个'大惊奇'？你必须更有决断力，在三季度结束之前拿下合同。"

"什么叫我必须更有决断力？拖沓的节奏和我有没有决断力有个毛线关系？这女人开始甩锅了？"他在心里暗骂。

昨天约了自己在"伟中"带过的小兄弟王天天吃饭。

王天天告诉他，路文涛现在特别强调保密，禁止不同的项目组之间交流项目运作情况。如果遇到有人在食堂、电梯里把项目挂在嘴巴上闲聊，路文涛一定会一本正经地制止，没完没了地唠叨。

王天天说他没有参与"一朵云"项目，只知道从公司、地区部、各"能力中心"陆续过来支持的专家不少，项目组里聚集了中国人、德国人、爱尔兰人、马来西亚人、印度人。办公室现在有两个热闹的"作战室"，一个是杰瑞和吴锦华带着一帮人在忙无线网络的项目，另一个就是张文华、巴拉克领着的"多国联军"在应对"一朵云"的项目。路文涛则在两个"作战室"之间窜来窜去，大部分时间耗在了"云"这边。

罗小祥问："公司投了这么多专家过来？都是干啥的？"

王天天清楚罗小祥现在的角色，讲多了，不管自己实际知情多少，都不合适，不讲，碍于情面。他斟酌道："罗总，具体的我不清楚，感觉'云'的玩法和传统电信设备的玩法大不一样，我搞不懂！来支持他们的好像干啥的都有，技术专家、集成和交付的专家、商业咨询的顾问，还来了一个美籍华人，好像说是做安全方案的顾问。"

如今的"伟中"强调"全球化"，公司认为过去的"国际化"是以中国为中心，以中国人向外走为标志，而"全球化"则是以世界为中心，以利用全球的优势资源为全球的市场服务为标志。公司在全球各地建立了各类研究所和能力中心、资源中心，除了针对不同方向、课题的探索、研发之外，海外市场的重大项目常常会调集各方专家协同作战。

王天天想把话题岔开，说："罗总，我给你讲个八卦，现在杰瑞和吴锦华两个人可暧昧啦，每天早上一起到办公室，晚上一起走，我严重怀疑他俩睡一起！"

"是吗？"

"是啊！不过杰瑞不承认，说他是每天顺路接送吴锦华，他俩顺个鬼路啊！"

罗小祥对吴锦华已经不感兴趣，既然钓不到她，那个女人对自己就没什么意义。

他看看表，说："吃得差不多了吧？我们早点回去休息？"

回到今天，罗小祥迟迟没有喝掉酒瓶里的最后一口酒，因为还不想回屋睡觉。

他想，技术部分"伟中"怎么也不可能超过"惠逊"，运营方案上老东家也不可能更出彩，会不会商务部分报个超低价来抢单？

这两年"伟中"强调聚焦主营业务、主营产品，强调合同的利润和现金流，即使路文涛打算报个超低价，公司也未必会同意吧？

那自己还有什么放心不下的呢？

是因为"伟中"这帮人总是为百分之一的希望，付出百分之百的努力，在过去二十年将太多的"不可能"变成了"可能"？

还是，只是自己越来越在意这一次的输赢？

当听到"伟中"越来越重视这个合同，投入越来越大之后，这个合同已经不仅是自己献给"惠逊"的"投名状"，还是一个给老东家的宣言："你们还是小瞧我了吧！失去我是你们的重大损失！"

一个星期以后，那幢有着粗犷混凝土立面和洋气落地玻璃窗的楼里，罗小祥急匆匆地走进雷奥妮办公室，急匆匆地问："雷奥妮女士，我们的商业模式能否根据'莱茵电信'的诉求优化？提供定制化的运营方案？"

没头没脑的问题，雷奥妮反问："什么商业模式？为什么要优化？"

罗小祥平缓了自己的语速、语气，说："'伟中'给的建议方案是他们和客户共同建设一个合营的'云'，双方共同投资，'莱茵电信'只需要采购部分设备，'伟中'免费提供一部分作为他们的投资。关键是，'伟中'放弃'云'的品牌要求，帮助'莱茵电信'打造一个自有品牌的'公有云'。将来，双方按比例进行收入分成。"

"你从哪里得到的消息?"

"雷奥妮,别忘了我从前在'伟中'负责'莱茵电信'的客户关系和销售,不管是在'伟中'还是'莱茵电信',我有我的消息来源。"

"惠逊"的"公有云"在全球是一致的模式,他们拥有"公有云"的品牌、资产,承担运营管理的责任,客户通过网络接入"惠逊云",按实际使用量来付费。

按实际使用量付费的模式让他们的客户可以轻松适应不断变化的业务需求,不需要投入过多预算。同时,他们的客户还可以根据实际业务发展而非业务预测来调整所需要的使用量,从而降低过度预配置或者容量不足的风险。

"惠逊"还设计了一套"使用越多、单价越低"的分级定价机制,帮助客户降低单位成本。

"惠逊"的模式相对传统的 IT 软硬件采购,无疑是更能打动客户的创新,也是他们的"公有云"在全球各地从成功走向成功的根本。

罗小祥转身走到办公室的一块白板前,捡起一支笔,几笔画出了一个堆栈式样的架构图,然后,一边标注出"硬件""软件""云服务""运维""运营"等,一边梳理竞争对手的逻辑。

他说:"在'云'建好之后的运营上,'莱茵电信'拥有所有的资产、品牌,承担运营包括安全管理的责任,'伟中'只负责技术支持,这样,'伟中'规避了网络安全管理和隐私保护上的风险,规避了一些德国人在这上面的担心。另外,因为是'合营',对'莱茵电信'来说,预算可控,对'伟中'来说,短期应该是亏损的,但是没关系,将来'莱茵电信'每赚十块钱,都要分他们几块,路文涛可以跟公司讲一个想象空间巨大的故事!"

雷奥妮的思路一样敏捷，她问："但是，'莱茵电信'为什么要这样做？这样做，对'莱茵电信'是重资产运营，有违'公有云'的基本逻辑？"

罗小祥说："有没有一种可能，'莱茵电信'更感兴趣的，不是做我们的用户和转售商，而是做我们的竞争对手？"

| 第四十七章 |
皆为序章

罗小祥说得没有错，"莱茵电信"突然发现，对于他们来说，更有意义的事情也许是作为新的玩家，参与到欧洲"公有云"市场的竞争中去，而不仅仅是作为一家美国公司的用户和其在德国的转售商。"伟中"帮助他们看到了这个新的可能性。

两年多以前的那个春天的晚上，路文涛和卡恩在那家意大利餐厅谈到无线网络设备的升级换代合同的时候，卡恩提醒路文涛："你们在试图踩破人们已经习惯的旧的利益链，重构新的利益链，你们必须特别小心！"他还说："我并不是因为喜欢你们而支持你们，而是为了'莱茵电信'的利益。供应商一家独大对'莱茵电信'来说不是一件好事情，我希望通过你们来平衡你们的竞争对手，重构这个利益链。"

路文涛总是惦记着客户的话。他认同卡恩的"利益链论"，并且，发散地思考之。他相信在一个有着复杂产业链的行业，一个新的玩家要想闯入别人的生意里，并且站稳脚跟，持续发展，终归是要去一脚踩破旧的利益链，然后重构新的利益链。过去卖无线网络产品如此，如今卖"云"亦然。他认为这个利益链的龙头始终应该是"莱茵电信"，只有竭尽全力帮助客户，让客户获得持续的商业成功,"伟中"才能够伴随客户不断成长。这是公司"以客户为中心"的要义之一。

那天晚上,当罗小祥站在他们家院子外的树林边上一边凝望着新居,一边在心里推敲项目的时候,路文涛一个人坐在他们家客厅的一个小小的凳子上,望着女儿画在小白板上的太阳、白云、小河、树林、花儿,一个大自然的生态系统沉思。

他想着钱旦在电话里说的话:"谁说'莱茵电信'一定要按照'惠逊'规定的玩法?商业模式可以设计嘛!"

他意识到,不管是作为甲方的"莱茵电信",还是作为竞标者的"伟中",之前其实都在"惠逊"设计的框框里面向前走。

"伟中"项目组的思路在这个框框里,算计着软件的功能和特性、系统的性能和安全、合同的报价与商务条款,发现自己与"惠逊"比,每一个部分都难有优势。

那么,能不能重新设计这个由"云计算"服务商、"莱茵电信"、最终用户构成的利益链呢?

最近两年,电信运营商们在焦虑他们的收入流失去了新兴的互联网企业。

例如在中国,过去,除夕的时候大家拜年的短信发不停,一两年前"中国移动"在除夕一天的短信量就能达到 90 亿条左右,一角钱发一条就能从一天的拜年短信中获取 9 个亿的收入。今年,越来越多的人在发"微信"拜年、摇手机"抢红包","腾讯""阿里"们抢去了电信运营商的一部分收入。这是肉眼可见的趋势。

"莱茵电信"和其他电信运营商一样,在想办法降成本的同时,更想找到新的收入和利润增长点。转售"惠逊"的"云服务"是基于这个考虑,但那终归是人家的品牌,人家主导的业务,人家赚大头。这样发展下去,自己的存在感越来越小,渐渐沦为一个"哑管道"。

第二天是星期天，路文涛本来和项目组成员说好不加班，大家放松放松，自己则答应了家里人一起去郊游。

天亮的时候，他靠在床头，半躺着，急切地等着吴俪俪醒来。

阳光透过白色的蕾丝窗帘，吴俪俪睁开眼睛，看见路文涛望着自己，眼睛里闪烁着奇怪的光，她伸手揽住了他，拖长声音绵绵地叫了一声："老公……"

路文涛温柔地说："有个事跟你商量一下，我有些项目上的问题要和张文华他们讨论，能不能你先带女儿和爸妈去玩，我上午先去办公室，差不多中午的样子来找你们？"

吴俪俪揽着他，沉默了半分钟，说："你昨天晚上不是和张文华说今天决不加班，让他带公司专家去'奥特莱斯'给老婆买包包吗？天一亮就反悔啦？人家乐意陪着你加班吗？"

头天晚上张文华和几个公司来支持的专家在路文涛的家里，吃饺子、喝红酒。客人们吃了饭，看完第一场世界杯球赛才走。告别的时候，路文涛嚷嚷着这个双休日决不加班。

路文涛把手机的屏幕转向吴俪俪，说："天还没亮就反悔啦！我和张文华已经聊一阵子了，说好等下去办公室讨论，项目的事情有些新思路，必须尽快敲定。"

"哦，你们都说好了还假惺惺地问我能不能？你去吧！中午赶过来哈，你答应了女儿今天陪她玩的，别又是空头支票！"

路文涛、张文华和几个专家讨论了一个上午，又临时拉了一个电话会议，向地区部和总部的领导做了汇报。

他们竟然在中午的时候就离开了办公室，张文华带着来出差的同事直奔"奥特莱斯"，路文涛赶去和家里人会合。

他们高效地达成了一致，决定向"莱茵电信"提出不一样的运营方案：

"伟中"将全力支持"莱茵电信"打造自己的"公有云"品

牌，帮助"莱茵电信"建设品牌、资产归属自己的"云"，而不仅仅是作为别人家的用户和转售商。

"伟中"自己则仍然做好运营商背后的供应商的角色。

从"租赁"变成"自建"，"莱茵电信"的成本会变高，没关系，"伟中"希望作为共建、合营的伙伴，分担部分建设成本，将来双方按比例分成收入作为回报。这样，项目预算能够控制在一个合适的范围。

"伟中"放弃"这朵云"在公众面前的品牌。

接下来的两个星期，和客户的沟通顺利，卡恩、诺伊尔等人对"伟中"的新方案产生了浓厚的兴趣，胜负的天平悄然改变了倾斜的方向、角度。

罗小祥通过自己的渠道得到了消息，他意识到路文涛抓住了"牛鼻子"。

但是，公司高层没有人支持他的建议，去针对性地改变与"莱茵电信"的合作模式。他们认为以"惠逊"的实力，没有必要在品牌、经营的主导权上作这样的妥协。

傍晚，老城的一家小酒吧门外，靠着马路边上摆了一张高脚桌，罗小祥和雷奥妮站在桌子旁边，一人拿着一杯啤酒。这条路上，不少下了班来喝一杯的打工族。

雷奥妮说："公司同意我们给'莱茵电信'更好的报价和商务条件，我们要让客户充分意识到他们和'伟中'联合起来成为我们的竞争对手是一件荒谬的、不可能获得商业回报的事情。"

罗小祥不置可否，说："'伟中'在讲他们的欧洲故事的时候，经常讲一个早期发生在西班牙的故事。"

"什么故事？"

"从马德里到塞维利亚有一条高速铁路，有时候，有些乘客投诉在火车上手机的通话效果、上网体验很差，当地的电信运营商去找提供设备的西方供应商,供应商认为为什么一定要在火车上打电话、看手机呢?没文化!这不是一个普遍的需求。他们说可以制定一个计划,在两年之后帮助当地运营商解决这个问题。运营商试着找到了'伟中',三个月之后,'伟中'告诉客户说他们已经找到了解决方案。你知道他们做了什么吗?他们在中国找了一段速度最快的铁路,免费建设了几十个无线基站,一百多人放弃节假日忙了三个月,找到了解决方案。于是,西班牙的那家电信运营商和'伟中'签了一个合同,采购他们的设备,替换掉原有西方供应商的设备。"

罗小祥眯着眼睛望着几家酒吧门外和他们一样站着的、穿戴讲究的人们,接着说:"你们总是骄傲地看待世界,总以为凭借被过去的成功证明过的实力就可以确保'我的规则就是规则',而他们总是担心被世界抛在后面,总是愿意为了机会改变自己。并且,他们的文化,'以客户为中心'!"

雷奥妮盯着他的眼睛:"'你们'是谁?"

罗小祥笑了笑:"我们。"

雷奥妮说:"小祥,不要沮丧,这个合同到今天还没有结论。并且,也许,我们两家的竞争才刚刚开始,来日方长!"

一年半以后。

春节后的某一天,杜塞尔多夫华灯初上。

三个不能算年轻也不能算老的中国人站在那一天罗小祥和雷奥妮来到的那一家酒吧的门外,围着同一张桌子,喝着同样的啤酒。

三个人是同一年出生的同龄人。十年前,他们在三十岁那一年相识于尼罗河畔。如今,他们在四十岁这一年相聚在莱茵河边。

世界上唯一不变的是变化,十年弹指一挥间,他们在变化中成长，在成长中变化。

谢国林从昔日埃及的"背锅侠"变成了公司一个业务领域的"领头羊"，他又具备丰富的重大项目管理经验，公司把他从"黑土地"的亚太调到"喜马拉雅山"的欧洲来常驻，希望他帮公司在高端市场中竖立起"数字化交付"的业界标杆。

这两年，老谢在公司"给领头羊喂饱草"的激励导向下，获得了不错的物质回报和精神鼓励，也算是"念念不忘，终有回响"。

钱旦的工作岗位又有了变化。"斯诺登事件"之后，"伟中"在网络安全管理上面临的外部压力小了，在新业务领域的机会更多了，钱旦仍然常驻深圳，但是离开了网络安全管理部，去了承担"云计算"交付任务的部门。

只是，钱旦和他的同事们没有料到，三年之后，中国通信设备供应商的网络安全问题会被人别有用心地做文章，成为全球化逆流中的符号之一，他们将被推上风口浪尖。

路文涛终于要把十五年的海外常驻生涯告一段落，他在德国的工作已经交接得七七八八，马上就要踏上归途。

钱旦来欧洲出差，老谢从深圳出发奔赴新的常驻地，他俩约好了结伴同行。

飞机落地的当天，路文涛领着两个老友出来私聚。他要带他们去吃德国猪手，喝精酿老啤酒。路过这家酒吧的门口时，三个人临时起意，决定先学着本地人的做派，站在路边喝一杯。

路文涛问："老旦，你看人家老谢，从中东、北非到亚太，又来欧洲，'三出宫'了，你别窝在机关啦，什么时候再出来常驻？"

钱旦用手指搓着杯子的把手，说："我每次来海外出差，感受到你们的氛围心里就蠢蠢欲动，想再来一线奋斗一把，纠结啊！"

路文涛说："那就出来呗！你纠结啥？老婆不同意？"

"老婆还好，问题不大。主要是爸妈年纪大了，我又没有兄弟姐妹，总感觉离家太远了心里不踏实。你们不知道，我老妈现在活动圈子小了，喜欢坐在家里胡思乱想。她没事老看'微信'步数，要发现我一天没走几步吧，就担心我'是不是病了？'。我春节前出差，一大早去香港赶飞机，她又担心得不得了，'怎么早上五点钟就走了那么多步？是不是家里出事了？'。我要天天在海外跑，不知道她会焦虑成什么样子？可怜天下父母心！咋办？"

谢国林说："是，我们到这个年纪，基本上都是家里老人、小孩的问题，没有以前那么潇洒啦！"

钱旦说："你潇洒依旧啊！中东、非洲、亚太、欧洲，走遍万水千山，我羡慕嫉妒恨！"

老谢的笑容永远憨厚："你俩都是一个女儿，招商银行，我是两个儿子，建设银行，压力大，没办法啊！老板最喜欢生二胎的了，多养一个娃，能老老实实多奋斗几年。"

路文涛说："我也是老人、小孩的问题。前年回天津，突然觉得这些年陪父母太少，回来就跟老孙申请调回去，当时走不开，没走成。今年公司把研发的主管往市场一线赶，出来找位子的干部多，客户部的业务最近又比较平顺，我正好有机会调回去。"

钱旦说："你是2001年外派中东北非常驻的吧？十五年了，完全符合公司导向。回去以后干什么岗位？定了吗？"

"研发的任志刚过来接替我，我回去负责一个产品。公司真让我俩换个屁股继续撕！"

老谢问："你老婆和女儿早回国了吧？"

路文涛说："是啊，雨霏去年回去上小学。我老婆现在在国内上班也忙，主要是她爸妈在带娃，我回去虽然顾不上太多，但家里多个人总好些吧！"

"你老婆一回去就上班了？"

"她在这边的时候不是去了一家台湾公司打工吗？她们公司老板挺欣赏她的，说正好大陆分公司有个合适的职位，劝她回国之后继续在公司干，神奇吧？我老婆跟着我做了几年家庭主妇，丢了自己的很多东西，这次我支持她继续干。"

三个人举杯碰了一下，喝完杯中酒，路文涛结完账，他们去了那家门楣上有一头猪的雕像的餐厅。

他们边吃、边喝、边继续聊。

钱旦此次出差的任务和"莱茵电信"的"一朵云"相关，他问："项目组说'莱茵电信'的'公有云'业务发展得不错，今年计划二期扩容了，你走了，客户高层的支持没问题吧？"

路文涛自信地说："没问题，现在技术上有杰瑞把关，客户关系上有巴拉克负责，他们工作做得很扎实的。我们的'云'是去年年中商用的，'莱茵电信'下半年就抢了'惠逊'的两个大客户，今年上半年三大车厂中有一家会把他们的业务往我们的'云'上迁移，卡恩、诺伊尔他们对我们的系统和技术支持很满意。"

"我听说'惠逊'那边主要是一个以前我们公司的人在折腾？"

"罗小祥嘛！以前老孙其实挺喜欢他的，他在公司发展算很快的了，但还是觉得公司对不起他，走了。他要不走，我前年就能回国了。听说他在'惠逊'那边干活还是很拼命的，但我们肯定不能给他机会！你知道我有时候觉得他像谁吗？"

"谁？"

"我觉得他的调调和以前在埃及的时候你那个好朋友曾子健有点儿像，精致的利己主义者。"

有人突然提到曾子健，钱旦没有吭声。

老谢却问："曾子健好像回国了吧？"

钱旦回答："他回国几年了。"

路文涛说："听说他那个时候是出卖公司商业秘密给竞争对手

吧？回国了公司没报警抓他？"

钱旦说："做得很小心，公司没有证据。他现在做生意欠了一屁股债，想抓他的债主多了，整个人失踪了，不知道躲到哪里去了？"

"是吗？他不是挺牛的样子吗？"

"他当年留在埃及搞旅游公司，碰到动乱，后来回国卖酒什么的，又来了'八项规定'，总之就是折腾了不少事情，折腾来、折腾去，各种万万没有想到，没折腾出个名堂。"

"这么倒霉？"

钱旦说："我觉得不全是运气的问题，他是把在'伟中'的时候支撑他成功的平台的能力也当作了自己个人的能力，自我认知出了偏差吧？"

吃完饭，路文涛领着两个老友路过老城的集市广场，快要走到约翰·威廉二世的青铜雕像的时候，对面走过来两个人，定睛一看，却是手牵着手散步的杰瑞和吴锦华。

杰瑞看到走近的路文涛，下意识地松开了她的手，吴锦华却顺势把手挽在了他胳膊里。

几个人在雕像下相遇、驻足。

路文涛笑杰瑞："你俩不是都结婚了吗？你怎么还鬼鬼祟祟的？人家锦华都比你大气！"

杰瑞红了脸，说："以前我们不是在同一个部门吗？低调惯了。"

杰瑞和吴锦华在春节的时候回国结了个婚，数起日子来仍是在蜜月中。杰瑞的人事关系已经调去了地区部，但仍然常驻在德国，这段时间仍然在"莱茵电信"的项目中支持。

吴锦华岔开了话题："老路，你还记得巴黎那个德约卡夫吗？"

"转移话题啦？我当然记得，那个研究散热的法国教授，你怎么突然提到他?"

"他不是一直在做我们的顾问吗？今天给我发了一个邮件，说他不想做我们的顾问了，已经谈好加入公司的巴黎研究所，做我们的正式员工！"

"好啊！公司的品牌越来越强，上船的'大拿'越来越多了。"

路文涛掏出手机："锦华，帮我们三个老男人合个影吧！"

他和谢国林、钱旦并肩靠在了雕像下的围栏上。

吴锦华把手机的镜头对准他们，指挥到："一、二、三，加薪！"

三个人一齐喊到"加薪"，笑得灿烂。

老谢乐呵呵地说："我又没有与时俱进，我还只知道喊'茄子''Cheese'，你们都知道喊'加薪'了。"

路文涛接过手机，看了看照片："不错！不错！"

他举起手机，对着雕像，多拍了一张。

他们挥手告别，路文涛和他的老兄弟们向左，小两口向右，这一刻殊途，终归是同道。

夜深，人静。

杰瑞和吴锦华的住处，灯光暗淡，餐厅的餐桌上对着两台合上的笔记本电脑，只有电源指示灯放着绿光，卧室里只开着床头的小灯，两个人早早上了床，他们约好今天不加班，任务只是"浪漫"。

谢国林坐在酒店的写字桌前，左手边放着手机，右手拿一支笔，在桌面的白纸上画，他在研究读初中的大儿子用"微信"发过来的数学题。

钱旦半躺在酒店的床上，他把一条部门的招聘广告转发在"朋友圈"里。公司前年拿下了"莱茵电信"的"一朵云"合同，去年按照同样的套路获得了与法国一家运营商的合作机会，当下又正在和西班牙人谈判。部门缺人,正急着招兵买马。

路文涛坐在马桶上刷手机,他发了一条"朋友圈"。这一次贴了两张照片:一张仍然是清冷夜色中的青铜骑士雕像;另一张是同事们送给他的告别纪念册的扉页,吴锦华在那上面抄了一位曾经住在杜塞尔多夫老城里的诗人海涅的几句诗:

  一个古老的故事
  它叫我没法遗忘
  空气清冷,暮色苍茫
  莱茵河静静流淌
  映着傍晚的余晖
  岩石在熠熠闪亮

图书在版编目（ＣＩＰ）数据

与云共舞 / 令狐与无忌著. -- 上海：上海文艺出版社, 2024. -- ISBN 978-7-5321-9034-8

Ⅰ．I247.5

中国国家版本馆CIP数据核字第2024L27N32号

发 行 人：毕　胜
统　　筹：冯　凌
责任编辑：李　霞
封面设计：钱　祯
封面插图：杨　鑫

书　　名：与云共舞
作　　者：令狐与无忌
出　　版：上海世纪出版集团　上海文艺出版社
地　　址：上海市闵行区号景路159弄A座2楼 201101
发　　行：上海文艺出版社发行中心
　　　　　上海市闵行区号景路159弄A座2楼206室 201101 www.ewen.co
印　　刷：上海昌鑫龙印务有限公司
开　　本：890×1240　1/32
印　　张：13.875
插　　页：2
字　　数：336,000
印　　次：2024年9月第1版 2024年9月第1次印刷
Ｉ Ｓ Ｂ Ｎ：978-7-5321-9034-8/I.7110
定　　价：69.00元

告 读 者：如发现本书有质量问题请与印刷厂质量科联系　T:021-52830308